Cuentos Grotescos
Autor: José Rafael Pocaterra
ISBN: 9798554778834
Publicado por Caobo
https://caobo.org/
BE 0723.947.028
Bélgica, 2020

Este libro es de dominio público.

José Rafael Pocaterra

CUENTOS GROTESCOS

Caobo Ediciones

Contenido

Nota 11
Prólogo a la presente edición 13
Prólogo del autor. 17
De cómo Panchito Mandefuá cenó con el niño Jesús 25
Bastón Puño de Oro 35
La llave 41
El chubasco 49
La 'I' latina 55
Las Linares 65
Mefistófeles 71
Redención 79
Claustrofobia 85
Rosa sabanera 91
Noche de primavera 95
Pérez Ospino & Co. 101
Aniversario 105
El perro 113
La coartada 117
El vals antiguo 123
Como entonces... 127
La ciudad muerta 133
Oropéndola 145
Noche Buena 149

La cerbatana.	153
Los come-muertos	159
Tema para un cuento.	165
Soledad.	171
El retrato	181
Año Nuevo	185
Una mujer de mucho mérito.	191
Familia prócer	197
El ideal de Flor	205
El aerolito	215
El arte de fabricar toneles.	223
Patria, la mestiza	227
Su señoría, el visitador.	251
La casa de la bruja.	269
Las frutas muy altas.	279
"La *mistá*".	307
Pascua de Resurrección.	319
Los pequeños monstruos. *Él*.	337
Los pequeños monstruos. *Ella*.	349
El patriarcado	363
Matasantos.	371
Una mujer fría	387
Las hijas de Inés	399
El rosal de la cascabel	421

Cuentos Grotescos

José Rafael Pocaterra

Nota

Esta edición se basa en la colección de cuentos que el autor recopiló, publicada en 1955 bajo "Ediciones EDIME", y que reúne relatos previamente publicados en diversas revistas y colecciones. Cada vez que fue apropiado, actualizamos la ortografía al español moderno, sin embargo, mantuvimos intacto el estilo colorido de Pocaterra, sus "venezolanismos" y sus juegos de palabras en el lenguaje regional.

Esperamos que esta nueva edición de un clásico venezolano les traiga alegría y calidez.

Prólogo a la presente edición

Algunas palabras apresuradas sobre la obra en cuestión, o más bien sobre el autor. No diremos aquí que José Rafael Pocaterra fue un escritor y periodista venezolano de la primera mitad del siglo XX, ni que fue un férreo crítico de la dictadura militar que regía su patria en sus años mozos, ni que vivió gran parte de su vida en el exilio de los rebeldes y de los tipos que forman peo.

Si tú buscas el nombre de José Rafael Pocaterra en la web conseguirás setecientos cincuenta y pico mil de artículos de nivel escolar que dicen todos lo mismo; que Pocaterra esto y aquello, que criticó duramente a Juan Vicente Gómez y que bla, bla, bla... Toda una avalancha de lugares comunes que te condicionarán la lectura de su obra de una manera nauseabunda, como sucede en general con todos nuestros próceres americanos, a quienes la repetición ritualista y desinteresada —en el mal sentido— los convierte en bustos, los petrifica, los vuelve "conflei" fofo y acartonado. Si te interesan los datos de crucigrama, ahí está Google.

A Pocaterra hay que leerlo con frescura, como se lee a los hombres de carne y hueso. Conviene leerlo también después de darse un paseo por su Valencia, por lo que queda de ella; por las esquinas de la Plaza Bolívar o la Calle Comercio, por los residuos de esa *perfecta cuadrícula española* de su infancia que la demencia modernizadora ha perdonado, más por gracia de la incapacidad burocrática que de la compasión, en las que se puede oler la caña brava de los techos, los mentados techos rojos de la provincia arrogante, el frescor de los zaguanes y la calma divina y sepulcral de los mediodías del Caribe.

Por estas calles niñitos zambos y mujeres pícaras tranzan aún coquitos y conservas, o cualquier cantidad de productos y favores que el mismísimo José Rafael pudo haber consumido en su día. Habría que ver su Casa Natal, que todavía existe, convertida hoy en museo y espacio de encuentro cultural entre la avenida Anzoátegui y la calle Colombia —otrora Calle Real— del casco viejo de la ciudad.

En estos sitios no hay que forzar mucho la imaginación: remover la odiosa publicidad contemporánea, los toldos plásticos, algún "grafiti", la cara desgastada de algún político; para ver con ojos propios el mismo paisaje, y con suerte, algún hombre de campo o de edad portando casi el mismo ropaje que viera Pocaterra en su día...

Si tal aproximación no es posible, por A o por B, debemos hacer un pequeño esfuerzo, como cuando leemos a Bolívar, a Miranda o a Lincoln, y sobreponernos al estilo de una época que no es la nuestra, cuyo rococó puede hacernos olvidar, a veces, que estamos ante hombres de afectos y limitaciones, apasionantes y más cercanos a nosotros de lo que sus estatuas nos permiten ver a simple vista.

Pocaterra es a la vez un clásico, uno de esos que sirven para encontrar las opiniones y los juicios cuando los propios faltan, y un contemporáneo. Las realidades que describe encuentran ecos en el presente, en lo feo y en lo hermoso. Escribía desde y para una clase social a la que él mismo despreciaba pero de la que no pudo escaparse. Su frustración, tal vez, se equipara a la de un

Frank Lloyd Wright, condenado a usar su talento para satisfacer a los millonarios de buen gusto en lugar de ofrecer soluciones habitacionales para las grandes mayorías.

En la historia del castellano latinoamericano, con sus afluentes de vocablos indígenas y africanos, los escritores han batallado desde siempre por plasmar en el papel el *habla común*. Esa batalla sigue librándose; los hombres de letras no han pactado aún normas universales para ello. Si prestamos atención al estilo, podemos entender el esfuerzo de un artista por retratar una realidad compleja para la cual las convenciones de la lengua educada no son suficientes. Su pluma, sin embargo, es tan poderosa que se deja disfrutar —responsabilidad de cualquier texto— aun por el lector que ignore su origen; es así que se reconoce a un gran escritor. En tiempos como estos es prudente y refrescante releer su obra. Esa es la motivación principal de esta edición.

Quizás nunca como ahora el exilio y los argumentos en defensa de la prensa libre sean un tema tan relevante. Vidas accidentadas abundan en generaciones como las de Pocaterra, marcadas por el yugo militar y el despojo. Mas no cualquiera puede, desde una vida accidentada y difícil, labrarse un nombre en la Historia. Llegará tal vez un día en que tal acto (el de labrarse un nombre en la Historia) sea irrelevante o inalcanzable, no por la dificultad de los medios, sino porque la hiperabundancia de los talentos hará imposible recordarlos a todos. En días así, recordaremos solo a los clásicos: los universales y cada quien sus locales. Pocaterra se balancea entre ambos conjuntos según los vientos del momento.

A veces sepultado bajo el analfabetismo forzoso de los períodos atareados, que dejan poco tiempo para la lectura, cada generación de venezolanos redescubre eventualmente a Pocaterra, se emociona con su narrativa y se identifica con sus vicisitudes, muchos desde la comodidad hipócrita de los sillones, muchos desde el hambre y la cárcel injusta que sufren hoy millones de almas de todas las lenguas y de todos los climas. La obra de este valiente periodista y escritor nos abre, queramos o no, un puente entre nuestro presente y un pasado que, si bien es lejano, nos condiciona y nos moldea.

Los *Cuentos Grotescos* son, hay que decirlo, una obra de ficción, no un mamotreto político ni un tratado periodístico: son historias de niños enamorados, de solteronas feúchas, de hombres arribistas o de fobias, de recuerdos de infancia... y deben ser leídos desde la búsqueda egoísta del placer literario.

Pocaterra tiene el gran mérito de que no predica: conmueve. Más allá de su estilo, enérgico y eficaz aun cuando es imperfecto, lo que transpira por sus líneas es una profunda compasión, un odio contra la opresión y la mezquindad y un clamor ansioso de fraternidad para con nuestros semejantes. Su obra será para nosotros, nuestra generación sobre la que tanto peso recae, una escalera (una de tantas) hacia un mundo más justo.

Si en ese mundo futuro, abundante y ajeno a los dramas de hoy, nos acordamos del escritor valenciano dependerá en gran medida del azar. ¡Habrá mucho que hacer en una humanidad liberada! Pero creemos que Pocaterra se sentiría satisfecho con ser útil en el camino hacia ella.

Los egos y las glorias valen poco para los grandes hombres.

Prólogo del autor

Este prólogo fue escrito especialmente por José Rafael Pocaterra para la edición hecha en un solo volumen por "Edime" en 1955.

Esta edición, revisada y corregida, contiene en uno solo los dos tomos de los "Cuentos Grotescos", y consta de cuarenta y cuatro trabajos, éditos e inéditos. La única impresión del primer tomo data de hace más de treinta años... En breve quedó agotada. Desde entonces otros cuentos, no todos "grotescos", novelines y si se quiere novelas (algo de esto publicado en otros idiomas en el exterior y retraducidos a mi propia lengua), vinieron a engrosar la serie. Ya no eran paisajes y perspectivas de mis llanos del Guárico, del Occidente lacustre, de la Caracas refitolera, tremenda provincial que anegaba de lágrimas, al desemboque del cerro, en la vallada de techos rojos y palomas caseras, los ojos del poeta vuelto a la patria; ni menos aquella otra de don Heriberto García de Quevedo:

"...en la falda de un monte que engalana
feraz verdura de perpetuo abril,
tendida está cual virgen musulmana
Caracas, la gentil..."

y que según el vate engolado era un "noble plantel de heroicos ciudadanos". No, señor, no era ya nada de eso... "Alta y en alto" la saludó Eduardo Marquina mucho después, en una hora de aplastamiento escandaloso, ¡y las mil tonterías que conferencistas, escritores y portaliras trashumantes ofrendaban a la hospitalidad pueblerina de la pueblerina villa! La afrancesada aldeota que no sabía francés, tuvo su temporada ingenua, pequeñas islas de la cultura que el viejo Humboldt disfrutara en las reducidas tertulias "mantuanas", cuando un negrito valía cinco pesos y un indio, ni dos. La plebe caraqueña era sumisa o escandalosa y procaz entre dos bochinches, y el ingenio "local" vengaba, a punta de chistes agudos o idiotas su vieja murmuración colonial. La gente "decente" —ya que para un humorista antañón, los demás debían de ser gente indecente— vestía muy bien, arrastraba coche, iba a la ópera y barítonos de salón, poetas domésticos, damas contraltos, sabios a domicilio, con mucho de política parda y otro poco de entusiasta ilusión "por el arte", daban pábulo a las hablillas venenosas de la gente "de segunda" y a ese admirable regocijo plebeyo que se agolpaba a las ventanas de los bailes o vendía sus granjerías a lo largo de las aceras, entre el empedrado enmarcado con "yerba -e- pollo" y la fachada de apliques imitación mármol y hierros de ventana barrocos. Había un silencio solemne cuando en el rincón del piano una de esas celebridades locales —¡siempre tan caraqueñas!— que era "jurisconsulto" o "mago del bisturí", tocaba flauta o violín o había escrito un tratado de Derecho romano o fue el primero que descubrió la propiedad diurética de la pata de grillo, o sencillamente, ocupaba el rectorado de la ilustre Universidad, pulsaba su lira y, cabe un pianista ocasional, deleitaba a las mujeres lindas, gordas, encorsetadas que delicuescían tras sus abanicos, al recitado de la patética melopea "¡Oh Cazador!"...

Esto exasperaba las pocas villas provincianas que envidiaban e imitaban aquellas *soirées* de un modo ingenuo y lamentable. El país, mientras tanto, iba a la diabla: guerras civiles, guerras sociales, guerretas, conspiraciones con los tres toques simbólicos al postigo y periodismo "doctrinario". ¡Qué Caracas aquella! Políticos sin política. Generales por tablones. Intelectuales de chambergo y revólver. Brandy. Las "americanas" de Puente de Hierro. Los tiroteos urbanos y rurales. Una mezcla de Gustavo Adolfo Bécquer y Xavier de Montepin.

Antes de lo que llámase la "era del petróleo" (1915-195...?) el lago de Maracaibo era de agua salobre, acusaba su riqueza grasa en las franjas de moaré tornasol que se tendían por la superficie plomiza, o en los charquillos de asfalto, tierra adentro. Una población de calles de arena, mitad alquería circunscrita a unas cuantas vías en derredor de la plaza central y más allá, buen trozo de techos pajizos de tipo tahitiano. Abogados poetas, médicos poetas, curas poetas, mercaderes poetas, muy amantes de su tierra, en verdad bastante instruidos para su medio, fanáticos de sus creencias de tipo político o de tipo religioso, todos excelentes, todos simpáticos, todos poetas.

Entre aquella gente de Oriente y de Occidente, un poco gárrula, criadero de caudillos y emporio de tristes hazañas de campamento o de encrucijada, lejos de la atolondrada capital, más allá de la mesocracia de las villejas de la zona central, al socaire de las cordilleras que se ven desde el valle de Caracas, costa abajo a anudarse en la Pamplona colombiana, el gran silencio de las llanuras... El pastor con su mecha de carne y su potro flaco, la desolación sin caminos, ni voluntad, ni esperanza. El Llano. Un aleluya que se convirtió en de profundis. Allí también capté el paisaje y el hombre que tanto éxito ha alcanzado después en el asfalto del Distrito Federal, estilizándose en joropos o pintándose en grandes murales literarios de tipo simbólico...

Lo que yo creo que no debe soportarse, ni en el arte ni en la vida, es esta especie de heroína literaria con que se está drogando a las plebes urbanas, describiendo con aciertos indudables un fondo de sabana, la majestad de los ríos paternales, la infinita angustia de las distancias para poner a bailar unos muñecos novelísticos rellenos de aserrín lírico y con los que se pretende crear lo que la realidad del arte debe mirar tal como es y devolver honradamente a la perspectiva de su propio pueblo: el aniquilamiento positivo de una raza que se extingue, para que otros hagan literatura con su úlcera, su catástrofe económica y su decadencia. ¡Pero si hasta las pésimas estrofas de nuestro himno nacional están llenas de embuste! Tenían que tener un éxito esas artificiosas imágenes de que entre la Selva, el Llano y los hombres palúdicos de hace una buena parte del siglo pasado y lo que va de éste... íbase a comenzar la llamada "revisión de valores" en un "afán de superación". Y el escenario de las letras contemporáneas de mi país se pobló de disfraces de llanero, hablando en llanero y cantando con zapatos de botines ciudadanos el ritmo tosco y bravío de quienes largaban el estribo de punta para desahogar el entumecido cabalgar de sus sabanas. Lo dice la fabla ruda de los pastores, de los pastores de los Guáricos y de los Apures: "deseos no empreñan". En mis cuentos y en mis novelas ("Vidas obscuras", "La casa de los Abila", algún otro trabajo) yo he querido dar otra noción: la real. La que yo vi en luengos años en el corazón de las llanuras, bajo el castigo de las plagas, de las guerrillas salteadoras que acometían, surgidas del Centro o del Oeste, las últimas reses, los últimos caballos, las últimas gallinas, en hatos, potreros y ranchos... De paso quedaban mujerucas encintas y hambre adelante como estrella de Belén, camino de poblados despoblados. Y dale con la literatura patiquinesca de estar forjando lindas novelas y masoquineando la pueril vanidad criolla que remata, en cada pedazo del país en que vivimos, con aquello de: ¡"este heroico y sufrido Estado"! Puede haber un arte sin honradez, como una mujer es bella sin honestidad.

Esos trozos de ambiente son "el ambiente" de mi literatura. Ni rectifico, ni sacrifico: Narro.

Por eso "las modalidades" cogidas aquí y allá, unos copiando, adoptando, otros recopilando y glosando, son, a la severa dignidad de las letras, como esos recursos de las pobres gentes que en vaso abyecto recogido entre las basuras de la casa rica, al que ciñen un papel rizado, plantan un geranio "para cuando pase la Procesión". Y esto es patético y perdonable por su desinterés. ¡Lo otro, no! De ese arte, falso, de ese relumbrón necio pasan al desenfado de dictaminar y analizar con el tremendo desparpajo que parece ser el signo fatal de una frustración agresiva. Yo he sido testigo de etapas sucesivas de este desenfreno que, a la postre, conduce al mismo sitio de donde surgió: la cacografía recurrente. Hablan de "nobleza de estilo" mulatos luangos que ni saben pronunciar su lengua, y de "técnica" novelística y cuentística quienes no logran pergeñar algo que perdure más allá del tobo de los papeles del día antes.

Retratarse en camello de alquiler contra una pirámide, trepando la gradería del Templo del Sol en sandalia de Miami, o asomado a una terraza de un café de París, o saliendo del capitolio de Washington o metiéndose en el Empire…, cuando no es la otra forma de "cultura" para la que Venecia hiede a agua posma, Roma es muy calurosa y sólo la Côte d'Azur deja su recuerdo porque vieron pasar al Rey Faruk en bi-ki-ni ¡y las ostras son divinas!

Y esto no es Venezuela, no señor. Esto es el mestizaje hispanoamericano, frutas del trópico enlatadas por Campbell.

¿Un arte propio? El arte no es propiedad ni de un país ni de una raza, ¡y menos de dos docenas de pelafustanes que salen por ahí con la sigla de "nuestra generación" que años apenas luego son nuestra degeneración. Que con los instrumentos que se posean —como un preso labra un coco bien labrado o Cellini trabaja la pata de una custodia— puede hacerse arte, es lugar común. Sólo que por el hecho de estar recluido no todo convicto labra coco ni todo modesto platero cincela custodias. "Catorce versos dicen que es soneto", comentaba hace más de tres siglos Lope de Vega; y le advierte quién sabe qué petulante de su época: "sólo que entre los versos hay que poner talento".

Claro está que cuando uno de los Mann —y no sé si Tomás es mejor que Henrique —o un Somerset Maugham, un Green, un Sartre o un Camus, ya tenemos el chaparrón de "nuevas sensibilidades en un delirante enanismo…" Y cada artículo crítico es un catálogo de librería y los papanatas se quedan boquiabiertos ante esas erudiciones que saltan de la interpretación de Rimbaud a los principios de la economía animal o a la palingenesia de la lírica en el Renacimiento italiano… Esto tampoco es nuevo, porque es eterno. Hojeando una vieja colección de la "Revista Ilustrada" que editaba en Nueva York entre los 90 y 95, un "crítico" de la época, contemporáneo del autor del "Bel-Ami", escribe ingenuamente:

"En los cuentos y novelas cortas se distinguió mucho Guy de Maupassant; pero tiene competidores que lo igualan y algunos que lo sobrepasan en Francia. Le falta en estos cuentos el arte de cristalizar en una frase todo un concepto filosófico, esa perfección suprema de los cuentos de Voltaire".

Lo mismo hubiera significado dicho al revés ahora:

El cuentista, es decir, el escritor que logra encerrar en pocas páginas lo vital, lo artístico y lo que necesite dos o trescientas para comunicar al lector en dos o tres días lo que él logre en pocos minutos, es la simiente del novelador copioso cuyo mérito es extenderse, explicar, explicarse, y cuando lo logra es porque la simiente prendió. De lo contrario, la generalidad de "fabricantes" de intriga novelesca con sus tres clásicas dimensiones y la cuarta en veremos, no pasan de ser festones más o menos vistosos de un arco de cartón que al marchitarse toman la más triste forma de la basura: la marchitez vegetal y el papel sucio.

Esos maestros como Faulkner, Steinbeck o el italiano Pirandello algo antes, o Aldous Huxley, cuyo cordón umbilical —¡parece mentira!— venía desde "Un drama nuevo", de Tamayo y Baus que hace tiempo se consideró "un culebrón", no reventaron a la celebridad porque estuvieran preocupados en devolver lo que las olas sucesivas del arte —de su arte— les vino acumulando desde Bélgica basta Barbey D'Aurevilly, o desde Dickens hasta Oscar Wilde. No: como cada uno de ellos tenía su mensaje (y escribo este horror de expresión para que lo entiendan los pucherólogos de las letras) ellos escribieron así porque así lo pensaron de la imagen material a la sensible, porque algunos lo vieron o lo vieron vivir de cerca... Porque lo sufrió su hiperestesia finísima del ambiente, de la sociedad, del mundo, en fin, en que se agitaron o vivieron u observaron. Y cuando un Proust enfermizo se encerraba entre malhadados emplastos y recogía las huellas de sus "tiempos perdidos" entre los vahos de creosota, al dorso de cuanto papel le caía a la mano, ya regresaba con las gavetillas cerebrales cargadas de datos, de aspectos, de asombrosas inducciones, de deducciones calofriantes en el proceso de una vida literaria de "salonard" que no aspiró a ser un "salonard" de la vida literaria. Las divinas comedias surgen de las pequeñas tragedias: el ámbito no importa. Las luchas civiles de un poblacho florentino, las corrientes corrosivas de una sociedad "faisandée" que se pudría antes del '14 para volverse "maquis" el '39… Esto no es. Lo que importa es el genio que las interpreta.

¿Escuela… estilo… tendencias? Hace ya tiempo, desde el "preciosismo" que se impuso la tarea de desprestigiar la difícil facilidad a punta de retorcimientos y palabras escogidas y de imágenes tomadas a la música, a las artes plásticas y aun a la repostería, hasta la penúltima moda surrealista que trajo como pleamar de entusiasmo juvenil piedras, conchas y mariscos con y sin s; todo eso que en la playa vomita la inexhausta energía del mar literario con su resaca de "generación" de tal a cual año, ha venido intentando, a fuer de análisis, sacar de quicio el concepto de claridad, de simplicidad, de escueta belleza, eso que a través de los siglos fue la elegancia esbelta de altura, de equilibrio en la arquitectura de las grecias frente a las babilonias de jardines colgantes…

De cómo Panchito Mandefuá cenó con el niño Jesús

I

A ti que esta noche irás a sentarte a la mesa de los tuyos, rodeado de tus hijos, sanos y gordos, al lado de tu mujer que se siente feliz de tenerte en casa para la cena de Navidad; a ti que tendrás a las doce de esta noche un puesto en el banquete familiar, y un pedazo de pastel y una hallaca y una copa de excelente vino y una taza de café y un hermoso "Hoyo de Monterrey", regalo especial de tu excelente vicio; a ti que eres relativamente feliz durante esta velada, bien instalado en el almacén y en la vida, te dedico este Cuento de Navidad, este cuento feo e insignificante, de Panchito *Mandefuá*, granuja billetero, nacido de cualquiera con cualquiera en plena alcabala, chiquillo astroso a quien el Niño Dios invitó a cenar.

II

Como una flor de callejón, por gracia de Dios no fue palúdico, ni zambo, ni triste; abrióse a correr un buen día calle abajo, calle arriba, con una desvergüenza fuerte de nueve años, un fajo de billetes aceitosos y un paltó de casimir indefinible que le daba por las corvas y que era su magnífico *macferland* de bolsillos profundos, con bolsillito pequeño para los cigarrillos, que era su orgullo, y que le abrigaba en las noches del enero frío y en los días de lluvia hasta cerca de la madrugada, cuando los puestos de los tostaderos son como faros bienhechores en el mar de niebla, de frío y de hambre que rodea por todas partes, en la soledad de las calles, al pobre hamponcillo caraqueño. Hasta cerca de medianoche, después de hacer por la mañana la correría de San Jacinto y del Pasaje y el lance de doce a una en las puertas de los hoteles, frente a los teatros o por el bulevar del Capitolio, gritaba chillón, desvergonzado, optimista:

—Aquí lo cargoo… ¡El tres mil seiscientos setenta y cuatro; el que no falla nunca ni fallando, archipetaquiremandefuá…!

El día bueno, de tres billetes y décimos, Panchito se daba una hartada de frutas; pero cuando sonaban las doce y solo —después de soportar empellones, palabras soeces, agrios rechazos de hombres fornidos que toman ron— contaba en la mugre del bolsillo catorce o dieciséis centavos por pedacitos vendidos, Panchito metíase a socialista, le ponía letra escandalosa a "La Maquinita" y aprovechaba el ruido de una carreta o el estruendo de un auto para gritar obscenidades graciosísimas contra los transeúntes o el carruaje del general Matos o de otro cualquiera de esos potentados que invaden la calle con un automóvil enorme entre un alarido de cornetas y una hediondez de gasolina; y terminaba desahogándose con un tremendo "mandefuá" donde el muy granuja encerraba como en una fórmula anarquista todas sus protestas al ver, como él decía, las caraotas en aeroplano.

Quiso vender periódicos, pero no resultaba: los encargados le quitaron la venta: le ponía el "mandefuá" a las más graves noticias de la guerra, a las necrologías, a los pesares públicos:

—Mira, hijito —le dijeron— mejor es que no saques el periódico, tú eres muy "mandefuá".

III

Tuvo, pues, Panchito su hermoso apellido Mandefuá, obra de él mismo, cosa esta última que desdichadamente no todos son capaces de obtener, y él llevaba aquel Mandefuá con tanto orgullo como Felipe, Duque de Orleans, usaba el apelativo de Igualdad en los días un poco turbios de la Convención, cuando el exceso de apellidos podía traer consecuencias desagradables.

Pero Panchito era menos ambicioso que el Duque y bastábale su "medio real podrido" —como gritaba desdeñosamente tirándoles a los demás de la blusa o pellizcándoles los fondillos en las gazaperas del Metropolitano.

—Una grada para el muchacho, bien ¡"mandefuá"!

De sus placeres más refinados era el irse a la una del día, rasero con la estrecha sombra de las fachadas, y situarse perfectamente bajo la oreja de un transeúnte gordo, acompasado, pacífico; uno de esos directores de ministerio que llevan muchos paqueticos, un aguacate y que bajan a almorzar en el sopor bovino del aperitivo:

—En mil setecientos cuarenta y siete ¡"mandefuá"!

—Granuja, ¡atrevido!

Y Panchito, escapando por la próxima bocacalle, impertérrito:

—Ese es el premiado, ¡no se caliente mayoral!

El título de mayoral lo empleaba ora en estilo epigramático, ora en estilo elevado, ora como honrosa designación para los doctores y generales del interior a quienes les metía su numeroso archipetaquiremadefúa.

Y con su vocablo favorito, que era panegírico, ironía, apelativo —todo a un tiempo—, una locha de frito y un centavo de cigarros de a puño comprado en los kioskos del mercado, Panchito iba a terminar la velada en el Metro con "Los Misterios de Nueva York", chillando como un condenado cuando la banda apresaba a Gamesson, advirtiéndole a un descuidado personaje que por detrás le estaba apuntando un apache con una pistola o que el leal perro del comandante Patouche tenía el documento escondido en el collar. Indudablemente era una autoridad en materia de cinematógrafo y tenía orgullo de expresarlo entre sus compañeros, los otros granujas:

—Mire, vale, para que a mí me guste una película tiene que ser muy crema.

IV

Panchito iba una tarde calle arriba pregonando un número "premiado" como si lo estuviese viendo en la bolita… Detúvose en una rueda de chicos después de haber tirado de la pata a un oso de dril que estaba en una tienda del pasaje y contemplando una vidriera donde se exhibían aeroplanos, barcos, una caja de soldados, algunos diábolos, un automóvil y un velocípedo de "ir parado…". Y, de paso, rayó con el dedo y se lo chupó, un cristal de la India a través del cual se exhibían pirámides de bombones, pastelillos y unos higos abrillantados como unas estrellas.

En medio del corro malvado, vio una muchachita sucia que lloraba mientras contemplaba regada por la acera una bandeja de dulces; y como moscas, cinco o seis granujas se habían lanzado a la provocación de los ponqués y de los fragmentos de quesillo llenos de polvo. La niña lloraba desesperada, temiendo el castigo.

Panchito estaba de humor: cinco números enteros y seis décimos, ¡ochenta y seis centavos! la sola tarde después de haber comido y "chuchado…". Poderoso. Iría al Circo, que daban un estreno, comería hallacas y podría fumarse hasta una cajetilla. Todavía le quedaban dos bolívares con que irse por ahí, del Maderero abajo, para él sabía qué… ¡Una noche buena muy crema!

Seguía llorando la chiquilla y seguían los granujas mojando en el suelo y chupándose los dedos…

Llegó un agente. Todos corrieron, menos ellos dos.

—¿Qué fue, qué pasó?

Y ella, sollozando:

—Que yo llevaba para la casa donde sirvo esta bandeja, que hay cena allá esta noche y me tropecé y se me cayó y me van a echar látigo…

Todo esto rompiendo a sollozar.

Algunos transeúntes detenidos encogiéronse de hombros y continuaron.

—Sigan, pues —les ordenó el gendarme.

Panchito siguió detrás de la llorosa.

—Oye, ¿cómo te llamas tú?

La niña se detuvo a su vez, secándose el llanto.

—¿Yo? Margarita.

—¿Y ese dulce era de tu mamá?

—Yo no tengo mamá.

—¿Y papá?

—Tampoco.

—¿Con quién vives tú?

—Vivía con una tía que me "concertó" en la casa en que estoy.

—¿Te pagan?

—¿Me pagan qué?

Panchito sonrió con ironía, con superioridad:

—Guá, tu trabajo: al que trabaja se le paga, ¿no lo sabías?

Margarita entonces protestó vivamente:

—Me dan la comida, la ropa y una de las *niñas* me enseña, pero es muy brava.

—¿Qué te enseña?

—A leer... Yo sé leer, ¿tú no sabes?

Y Panchito, embustero y grave:

—¡Puah! Como un clavo... Y sé vender billetes, y gano para ir al cine y comer frutas y fumar de a caja.

Dicho y hecho, encendió un cigarrillo... Luego, sosegado:

—¿Y ahora qué dices allá?

—Diga lo que diga, me pegan... —repuso con tristeza, bajando la cabecita enmarañada.

Un rayo de luz se hizo en la no menos enmarañada cabeza del chico:

—¿Y cuánto botaste?

—Seis y cuartillo; aquí está la lista —y le alargó un papelito sucio.

—¡Espérate, espérate! —Le quitó la bandeja y echó a correr.

Un cuarto de hora después volvió:

—Mira: eso era lo que se te cayó, ¿nojerdá?

Feliz, sus ojillos brillaron y una sonrisa le iluminó la carita sucia.

—Sí..., eso...

Fue a tomarla, pero él la detuvo:

—¡No; yo tengo más fuerza, yo te la llevo.

—Es que es lejos —expuso, tímida.

—¡No importa!

Por el camino él le contó, también, que no tenía familia, que las mejores películas eran en las que trabajaba Gamesson y que podían comerse un gofio…

—Yo tengo plata, ¿sabes? —y sacudió el bolsillo de su chaquetón tintineante de centavos.

Y los dos granujas echaron a andar.

Los hociquillos llenos de borona seguían charlando de todo. Apenas si se dieron cuenta de que llegaban.

—Aquí es… Dame.

Y le entregó la bandeja.

Quedáronse viendo ambos a los ojos:

—¿Cómo te pago yo? —le preguntó con tristeza tímida.

Panchito se puso colorado y balbuceó:

—Si me das un beso.

—¡No, no! ¡Es malo!

—¡¿Por qué?…?!

—Guá, porque sí…

Pero no era Panchito Mandefuá a quien se convencía con razones como esta; y la sujetó por los hombros y le pegó un par de besos llenos de gofio y de travesura.

—Grito…, que grito…

Estaba como una amapola y por poco tira otra vez la dichosa dulcera.

—Ya está, pues, ya está.

De repente se abrió el anteportón. Un rostro de garduña, de solterona fea y vieja apareció:

—¡Muy bonito el par de vagabunditos estos! —gritó. El chico echó a correr. Le pareció escuchar a la vieja mientras metía dentro a la chica de un empellón.

—Pero, Dios mío, ¡qué criaturas tan corrompidas estas desde que no tienen edad! ¡Qué horror!

V

¡Era un botarate! ¡No le quedaban sino veintiséis centavos, día de Nochebuena…! Quién lo mandaba a estar protegiendo a nadie…

Y sentía en su desconsuelo de chiquillo una especie de loca alegría interior… No olvidaba en medio de su desastre financiero, los dos ojos, mansos y tristes de Margarita. ¡Qué diablos! El día de gastar se gasta "archipetaquiremandefuá…".

VI

A las once salió del circo. Iba pensando en el menú: hallacas de "a medio", un guarapo, café con leche, tostadas de chicharrón y dos "pavos-rellenos" de postre. ¡Su cena famosa! Cuando cruzaba hacia San Pablo, un cornetazo brusco, un soplo poderoso y de Panchito Mandefuá apenas quedó, contra la acera de la calzada, entre los rieles del eléctrico, un harapo sangriento, un cuerpecito destrozado, cubierto con un paltó de hombre, arrollado, desgarrado, lleno de tierra y de sangre…

Se arremolinó la gente, los gendarmes abriéndose paso…

—¿Qué es? ¿qué sucede allí?

—¡Nada hombre! que un auto mató a un muchacho "de la calle…".

—¿Quién…? ¿Cómo se llama…?

—¡No se sabe! Un muchacho billetero, un granuja de esos que están bailándole a uno delante de los parafangos… —informó, indignado, el dueño del auto que guiaba un "trueno".

VII

Y así fue a cenar en el Cielo, invitado por el Niño Jesús esa Nochebuena, Panchito Mandefuá…

Bastón Puño de Oro

I

Un cuento bonito, ¿no? Un cuento donde no asome la vida real su cara risueña, que mortifica como la expresión regocijada que tienen ciertos pordioseros. Debía ser una leyenda con antiguo sabor caballeresco: la escena sobre el ribazo de uno de esos ríos del centro de Europa, tan historiados, el Rin, el Dniepper, el Danubio; y en un castillo feudal; los personajes deberían llamarse Elsa, Humberto, el paje Otto; la imposición humana con barbas de plata y jubón de terciopelo negro, llamaríase el burgrave Sigfried; la crisis dramática en el fondo del gran salón, amueblado recia y severamente, con artesonados muy altos, aparadores muy graves, sitiales muy rectos de cuero estampado; y el desenlace: una noche de tormenta, a la luz lívida de los relámpagos, se mecería colgado, el cadáver del paje amante…

O más bien una leyenda morisca del mediodía de España, con su abencerraje en potro árabe y su castellana suicida y su don Ramiro implacable…

¿Tal vez una fantasía veneciana, uno de esos crímenes callados donde se contiene, ardida en fiebres mediterráneas, la pasión del alma italiana? Casi todas terminan así: resonó un grito, un cuerpo cayó al agua, después… nada… Una góndola que se alejó, bogando suavemente hacia el Adriático…

Hay también lindas historietas: monjas que palidecen de amor en el fondo de los claustros, desdeñadas que mueren noble y dulcemente rogando por el alma maldita del bienamado. ¿Te acuerdas del don Juan de Baudelaire, en la barca de Caronte, rodeado de las pobres amorosas que se marchan con él a los infiernos? Y amantes, como el de Bécquer, que persiguen a través de la selva una mujer que es apenas un rayo de luna temblando sobre el agua.

Son, niña, literaturas románticas, perfumadas de arcaísmo; un poco irreales, pero también muy significativas en el grito humano del odio, de la pasión, del orgullo que se escucha en todas ellas… ¿No es verdad? Yo quisiera obsequiarte forjando alguna de esas lindas novelas de amor; y hacerla exótica, a la ribera de un río lejano, cerca del Cáucaso, para pintarte la "angustia interior" de los esclavos; o en Hungría, donde la vida antigua parece vivir, como la abuelita Iliria, en un perpetuo sueño de montañas verdísimas y de azul de cielo.

América es también un tesoro de preciosas imaginaciones: hay entre mis libros un Castellanos, un viejo Oviedo, algunas cartas de Fray Pedro Simón y hasta los comentarios populares del *Tirano* y las crónicas brasileñas de *Francisquito*, que podrían darme, siquiera en préstamo, alguna fuerte e intensa leyenda de aborígenes y de conquistadores… Pero no; todo esto quedaría fuera de la vida pequeña, grotesca, divertida e insignificante que yo sufro en fijar por alguna de sus alas membranosas; esta existencia nuestra, tiene también, como las raposas, un revolotear vacilante y llega hasta los aleros y en veces hasta los campanarios no muy altos…

Te contaré, pues, la historia de Pedro Benítez y de la que es hoy su mujer, María Ernestina, una muchacha triste que no se casó por amor…

Un domingo, en misa de diez, miró Pedro Benítez a María Ernestina. La había visto antes, casa de las Tersites, donde algunas noches se reunían a jugar dominó o a poner "juegos de prendas", pero hasta aquella mañana no la *miró*. Realmente, trajeada con mejor gusto que de costumbre, con el gran sombrero paja de arroz adornado en cerezas y rosas, Pedro Benítez, a quien la casa Walter Klosset & Cª Sucs., le había aumentado el sueldo, en junio, al corte de cuentas del semestre, pensó que él debía tener novia. Y pensó, además, que él podía tener novia. A la salida de San Francisco se acercó a ella y a las amigas. Saludó con cordialidad; esbozó un piropo de dependiente, manejó con alguna soltura su bastón, puño de oro, recuerdo de familia y las acompañó a la Plaza, y se estuvo con ellas la mañana, hasta La Francia, hasta el tranvía luego… Seis meses después, salía con ella de brazo, del Concejo Municipal. Las Tersites fueron madrinas. Los periódicos publicaron un "nupcial" y los retratos: "ella, la bella armiñal, el candor; él, mano robusta para llevar el timón de la nave de la vida por mares bonancibles, etcétera…".

El del timón ganaba unos trescientos bolívares: redondeaba sus ciento y pico de pesos dando clases de Teneduría por la noche; ella adornaba sombreros para las canastillas del Pasaje Ramella. Hubiera conseguido una plaza buena en "El Louvre", pero como tenía que estarse allí todo el día y había tantos jóvenes empleados… Pedro Benítez era hombre celoso y avisado.

—No mijita, con lo que tenemos basta por ahora. Después... tú verás cómo yo logro que boten a Ursulino de "la casa" y así me aumentarán...

Ella, agradecida, lo besó con mimo:

—¡Tú nada más; contigo nada es todo!

Y él continuó razonando acerca de lo que se perjudicaba "la casa" con aquel Ursulino, un muchacho tan sinvergüenza, que llegaba a las nueve a la oficina, se ponía a hacer versos, y le robaba los tabacos del escritorio hasta al mismo don Federico.

II

Es un misterio impenetrable cómo cambian de carácter algunas mujeres. Ursulino perdió el puesto: le sorprendieron hurtándose un dinero. Pedro Benítez mejoró. Compró, por cuotas, un pequeño "Pleyel" para que María Ernestina, de matinée, lazada de azul, con peinado Cleo, mientras él fumaba un capadare barato, le tocara en las veladas "L'oiseau moqueur" y el "Adiós a Ocumare". Aquel piano, con sus voces un poco destempladas, vibrando acordes de métodos y valses criollos, alborotados, sensuales, aquellas cubiertas de música siempre llenas de grabados sugestivos: rincones de salón moderno donde *gentlemen* impecables inclinan sus monóculos sobre escotes tremendos, o giran enlazadas parejas en un torbellino de fracs y de hombros desnudos... En fin, la misma música, la eterna visión de lujo que se entra en el alma de las mujeres por las rendijas más absurdas... Posible es que también el roce con la seda, con los aigrettes costosos, con todas las cosas de lujo y de elegancia, turbaran aquella cabecita linda peinada a la Cleo...

Y él, Pedro Benítez mohíno, quebrantado, sentía que su mujer lo veía como desde arriba, encaramada en un ensueño... Ya ni tenía gusto en llevar los domingos el bastón puño de oro, recuerdo de familia...

III

—¿A que no te imaginas...?
—¿Qué?
Habíase vuelto en el taburete del piano, dejando sobre el atril, a medio tocar, una partitura de "La Viuda Alegre". Él no adivinaba. Era tarde; quería comer.

—A Ursulino, ¡qué te parece!, lo nombraron director de un Ministerio. Esta tarde estuvo aquí, de visita. Me dijo que tú habías sido un buen compañero de oficina en sus días de burgués; que él te apreciaba mucho..., que en Caracas no había unos libros mejor llevados que los tuyos... En fin, de lo más amable. Dijo que volvería a verte...

Pedro Benítez hizo una mueca desdeñosa:

—¿A mí...? Yo no quiero nada con un hombre de tan malas condiciones... ¡Ese es el colmo!, darle una dirección de Ministerio a un vagabundo que se roba hasta los lápices de los escritorios. ¡Este país está perdido!

Pero Ursulino era tan simpático, se hizo tan de la casa, que a pesar de sus antiguas incorrecciones iban los tres al cine; algunos domingos quedábase a almorzar con el matrimonio. No obstante su carácter oficial, al salir de la oficina, no desdeñaba esperar a su antiguo compañero, para irse a dar juntos la vuelta al Paraíso; unas veces pagaba él, otras su amigo... Era una amistad estrecha. Ursulino colaboraba en varios periódicos; tenía éxito, tenía talento.

Bueno, sería medio maluco, decíase Pedro Benítez, pero sabía tratar a los hombres, y además no era pretencioso. Todo lo contrario; parecía que no se diera cuenta de su importancia política, viviendo en la misma cuadra que el general Rodríguez Pérez. Con esto lo disculpaba y hasta lo elogiaba cuando en "la casa" los demás empleados extrañaban aquellos morisqueteos.

IV

El otro día nombraron a Ursulino Cónsul en Amberes. Y se llevó a María Ernestina, a bordo del "Guadeloupe", en traje de hilo crudo, con un gran velo, con un gran carriel-necessaire, con un hermoso "paja de Italia" adornado por ella misma… Como ella lo había soñado sobre las notas destempladas de su pequeño "Pleyel".

V

En el Correo, viendo el pizarrón del movimiento de barcos, encontré a Pedro Benítez. Me saludó con efusión: estaba decaído, avejentado, llevaba un terno cacao, algo anticuado… El bastón puño de oro, recuerdo de familia, había perdido el regatón y estaba arreglado con una cápsula de revólver…

—¿Qué te parece lo que me ha sucedido?

Yo no pude contestarle de pronto: balbuceé algunas filosofías vagas. Él completó mi pequeño discurso, casi rebelándose, dando dos golpecitos enérgicos con el bastón:

—¡Y sobre todo, chico, hacerme eso a mí! ¡A un hombre de mi conducta, que tiene doce años trabajando en una de las casas más fuertes de Caracas!

La llave

I

—Divino, chica, divino...

—Pero, pasa, pasa para acá.

Un instante cesó el parloteo de las dos amigas. En mitad de la habitación, entre los dos veladores con su *abatjour*, con algo de litúrgico, de solemne, de pecaminoso, se extendía, en cedro oscuro y repulido, con un estilo imponente, semi-imperial, el lecho agobiado de cortinas, intacto, al parecer, bajo sus ropas lujosas.

Y no era ni en la sala donde *ellos* habían derrochado buen gusto, ni en aquel saloncillo coqueto, ni en los corredores, ni en el comedor con grandes taburetes de grandes espaldares de cuero estampado con escenas venatorias y patas de quimera, ni en el cuarto de baño, colección de losas, de metales, de *catchouc* y de mármol, ni en los departamentos de servicio, la cocina gigantesca condecorada con tres largas órdenes de cacerolas de aluminio, sino allí, en el dormitorio, en la vasta habitación que alumbraba para las noches nupciales un globo eléctrico esmerilado, tamizando la luz en una vaguedad submarina, donde Carmen le hizo a su amiga la consabida pregunta:

—Y... ¿eres feliz?

—Hasta más no poder... —repuso Clara, pálida, ojerosa, cerrando los ojos con fuerza.

II

Una hora después, Carmen sabía muy vagamente que el matrimonio de Clara era como el de todas. Cuatro o cinco veces le tocó visitar a sus íntimas en plena luna de miel y siempre, siempre, aquella necedad de "yo lo adoro" y "él no puede estar un instante sin mí", y el "nos desayunamos tardísimo", y el "figúrate" y ¡la biblia! Pero por qué ella a los treinta años iba a enojarse por una tonta de más o menos que se casase... ¡No faltaba más! Sin embargo, una especie de instinto muy vago, una como necesidad de verter en aquel platazo de melaza algunas gotas de desconfianza, ¡quién sabe qué!, pero, en fin, algo imperioso como una ley le hizo murmurar, acariciándole el pelo a la recién casada toda fresca e ingenua en su bata de "trousseau":

—Así dicen todas...

Y la otra vivamente:

—¡No!, y así es, por lo menos conmigo. De las otras... no sé... Ahora las compadezco más que nunca porque eso, eso debe ser horrible... Ah, si yo supiera que Jacobo... ¡Nada! me volvería loca. Y sacudió sobre la espalda el pelo desceñido, húmedo, flotante... ¡Me volvería loca!

—Pues mira, niña. Caracas sería un manicomio...

—Pero tú crees... —y los ojos de Clara, clatos e inverosímiles, se clavaron en la morena inquieta, con los suyos tan negros, tan malvados como dos bandoleros en un breñal:

—No; yo no creo... ¿así tan de pronto?

—¿Cómo tan de pronto?

—Digo, me parece que *ellos* se portan bien al principio; después, ¡ay chica!, se fastidian, se entretienen... ¡Tú no sabes cómo son los hombres!

La ingenua, zaherida, rasguñada de repente sin saber dónde ni cómo ni por qué, apenas pudo rechazar algo agresivo que se le venía al espíritu, sonriendo, casi irónica:

—¡No seas zoqueta! Vas a saberlo tú mejor que yo…

Y la otra, con una convicción deliciosa, con un poco de rubor:

—¡Ah, sí! Mucho mejor; acaso yo no veo a mis hermanas casadas, acaso yo no he visto y oído a mis hermanos… Te empiezan que si una cita con un amigo fantástico en el Club, y este individuo te lo deja un día a almorzar, y luego este individuo está en Antímano, en Macuto, en Los Dos Caminos y hay que ir a hablar con el allá, medio día, un día entero… Y si el individuo fantástico tiene una hacienda fantástica también, te encuentras tú de la noche a la mañana con que tu marido está en una cacería… que… hija, desgraciadamente es lo menos fantástica que puedes imaginarte… Y no creas, te traen del bicho que dicen haber matado hasta un cuero de regalo… ¡Un horror! A Margarita, mi prima, se le apareció un día Juan Francisco con una pierna de venado y, ¡la pobre!, en el hueso tenía pegada una etiqueta del puesto del mercado.

—No, chica, eso no es igual con todos —repuso a media voz, queriendo dar a sus palabras un tono de evidencia que desmentía los ojos desconfiados, fijos en un ángulo de la habitación, hacia el ropero con su luna de tres faces…

Hubo una pausa. De repente ella exclamó:

—¡Ay, qué olvido!, el pobre Jacobo dejó las llaves…

Por la entreabierta hoja del ropero, una línea oscura del pantalón colgado revelaba la cadenilla de las llaves… Corrió hasta el mueble, descolgó la prenda, trató de soltar el hierrillo sujetador… No podía.

—Mira tú, si sabes.

Y Carmen, diestra, soltó el llavero, dispersando las llaves sobre la cama.

—Espérate, espérate... Las conozco todas. Esta, chiquitina, la de cierto cofrecillo que no conocemos sino nosotros dos; esta, "la chata", es del "apartado"; esta, del escritorio; esta, la de la caja; esta... esta...

Y de repente se irguió, con una arruga meditabunda en el entrecejo... La otra la miraba en silencio.

—¿Con qué llave abrió Jacobo entonces la oficina?

Y clavaba la mirada en un llavín inglés niquelado leyendo en el metal un poco idiota: *Yale ya... le*. Y pensó luego por asociación eufónica... ya le voy a estar preguntando.

—¿Por qué, chica?

—Porque esta es la llave, la única... López debe saber... —Y luego asomándose a la galería gritó:

—¡A López, que venga acá!

Vino López; era un viejo sirviente de su marido, medio chofer, medio cocinero, con el perfil huido, disimulado.

—López, ¿don Jacobo tiene otra llave de la oficina?

—No, *señó*; yo soy quien la cargo. Abrí esta mañana y barrí, como *toos* los días. La puerta es de *gorpe*; cuando él sale, la cierra; yo le echo llave despúes...

—¿Y esta llave?

El viejo la tomó entre sus dedos, luego de limpiarse la tierra negra del jardín en el pantalón... Se quedó pensativo:

—Esta llave... ¡Yo sé, pues!

Cuando Clara entró a la habitación, su amiga parecía ensimismada en los bibelots de la mesa de noche, pero ella juraría que aquel pliegue voluntario de su boca oprimía una risa, una risa burlona, aguda, desvergonzada, una risa que ella le conocía tanto, que compartió gozosa más de una vez, pero que ahora tenía una crueldad inaudita.

Quiso llorar de rabia. Pero un loco orgullo le hizo forzar la sonrisa; quiso decirle algo duro, echarla, insultarla, pero su voz, un poco velada, solo dejó caer algunas palabras como distraídas:

—Qué raro, ¿verdad? Yo que sé todo lo de él…

Y la otra, con un consuelo peor en la voz:

—Quizás, ¿de dónde será esa fulana llavecita, niña?, ¡los hombres tienen tantas cosas raras!

Estuvo con ella hasta las once de la mañana, no quiso quedarse a almorzar: —No, chica, ¿cuándo? —rehusó con un tono ambiguo, como diciendo "aquí va a haber película". Pero se la comió a besos en el anteportón; y todavía al meterse al auto le dijo antes de cerrar la portezuela:

—Ya sabes, mi vida, ¡mucho fundamento!

Clara cerró, de golpe, y se quedó plantada en mitad del corredor con una pena agria en la garganta, con los labios contraídos como si hubiese tomado algo amargo.

III

—¡Monina! ¡Nena!

Nadie. Los estores, corridos. ¿Estaría en el baño? Pero sacó el reloj, ¡la una menos cuarto! ¡Caray! Qué le importaría a él que aquellos majaderos del club no creyeran en que el Marne fue un triunfo aliado, ¡no juegue! Y su pobre mujercita esperándole para almorzar.

—¡Nena, chiquilla!, ¿dónde te metes?

Extraño. No salía a recibirle. Y en el comedor, la mesa con un solo cubierto… el de él.

—¡Clara! —gritó entonces—. ¿No está Clara aquí…?

—Sí está —respondió ella misma desde la galería.

Allí estaba, en una orilla de la cama, con las manos en la barba y los ojos clavados en el suelo y todo el cabello cogido de rizadores, con esa fealdad preconcebida de las mujeres enfurruñadas. Y un hociquillo... ¡Misericordia! Ríase usted del Marne y de von Kluck...

—¿Qué te pasa?

—Nada.

—¿Ni un besito?

Se apartó, brusca. Él comenzó a bromear. Tenía razón ella en enfurruñarse, no se olvida así el almuerzo, ¿verdad?, pero nada, que le *cogieron* por el amor propio, y la guerra europea, y el imbécil de Pancho que quiere ser más alemán que Dios... pero no volvería a ocurrir eso; ¿no lo creía?, se lo juraba por lo más grande, con la mano puesta sobre el diccionario, si era preciso; sí.

Todo esto, lavándose las manos. Después se enderezó la corbata, luego fue hasta la puerta, ¡ese almuerzo! Entró de nuevo, sacó el reloj: —Caracoles, la una menos diez. ¡Eh!, ¿es que no almorzaremos hoy? Anda, nena, di que sirvan...

—Cuando *usted* quiera, siéntese y almuerce... Yo no tengo ganas. Me duele la cabeza.

Entonces se sentó a su lado. Trató de abrazarla, de dejarle un beso en el cuello.

—¡No, no! No me toques... No me toque usted... ¡Que no! ¡Que no! ¿Pero entonces? Espérate, no, espérese... A mí eso ahora no... Quítese, déjeme, usted es un... Bueno, no quiero decirle.

Y el otro, asombrado, con la corbata debajo de una oreja.

—Pero mijita, ¿qué es?, ¿qué te pasa?, ¿qué te he hecho yo?

Se arrancó de sus brazos, fue a un mueble, volvió hacia él y le puso ante las narices un objeto.

—¿Cómo llaman esto?

—Pues... ¡Una llave!

Y ella, con los ojos fulgurantes:

—¿De qué otro modo se llama, vamos, di…?

—Pues… se llama en inglés *the key*, la llave; en alemán *ein schlüssel*, una llave; en italiano, *la chiave*; en francés… tú sabes… la llave, *la clef*.

—Sí, hipócrita, grandísimo hipócrita, y en turco y en chino y en japonés… Pero aquí se llama que me has engañado, que eres un vagabundo, que esta no es tal llave de oficina, ni tales carneros… Y que yo, ¡óyelo!, me voy para casa de mi madre, ya; voy a pedir un coche… Y no me verás más ni muerta, y toma tu llave asquerosa…

—¡Cuidado, niña, que me "rompes"!

IV

Una hora después, con todo el cabello a medio rizar, los ojos enrojecidos y las mejillas como dos brasas, se sentaba a almorzar en el sitio de costumbre, al lado de Jacobo. Lo había pensado mejor: su pobre mamá estaba quebrantada para ir ella a proporcionarle un disgusto. Pero ella cumpliría con su deber de esposa mártir hasta el fin. Sentábase a almorzar y con más calma tomaría el partido que debía… ¡Nada de perdón! Eso sí…

Y dos o tres veces, respondió con un empellón y un rodar de la silla al pie travieso que su marido estirábale por debajo de la mesa…

—Necio…

—Mira que me levanto…

—¡Sinvergüenza!

Él, ya tomaba el café, se puso elocuente, tierno, conmovedor… Comprendió que más valía una verdad a medias que una mentira bien urdida… Pues sí, aquella maldita llave, ¿sabes? Una especie de oficina cuando soltero, un local, una cosa así…

—Sí, una cosa así… ¡Horrible! —e hizo ella una mueca de asco infinito.

—¡No, no exagero; de antes de casarme! —Oh sí, mucho antes de conocerla, se lo juraba, se lo juraba sobre… sobre… —Y distraído, cogía los pedazos de pan de cerca de ella.

—¿Sobre el diccionario, verdad?

—No, mijita, sobre mi corazón que es el tuyo, que es el mío.

—Sí, el tuyo, el mío, lo mismo que haces en la mesa con el pan que me pertenece.

Y los dos se echaron a reír.

—Mira, voy a darte una prueba definitiva, vidita, ¿todo es esta fulana llave? —Y la sacó del bolsillo, mientras ella hizo un gesto como si en vez de pobre objeto de níquel fuera un alacrán,— ¿todo es por esta maldita llave? Pues mira… —Y desde la mesa, por sobre la cancela de romanillas, la arrojó al techo. Saltó entre las tejas, rodó un poco y cayó, sonora, en la canal.

—¡Se acabó lo de la llavecita!

V

A las cuatro, con los ojos hinchados, él salió de la habitación en puntillas. Clara dormía; a ratos su respiración se alteraba con un sollozo como sucede a los niños contentos que han llorado… Sonreía, plácida con el cabello hecho un turbión sobre las almohadas y las ojeras enormes…

Jacobo de paso, en el zaguán, detuvo al viejo sirviente que entraba con un saco de estiércol para las matas del jardín:

—Oye, López, antes de que se despierte la señora, ve si te subes al techo y allí, en la canal del pasadizo, me consigues una llavecita de níquel, así larguita… ¡Tú la conoces…!

El chubasco

I

Amanecía ya, cuando por la boca del río, laguna afuera, el bongo "María Concepción" largó todo el trapo... Sosteníase el sur, desde la madrugada, de un modo raro, persistente. En cuclillas sobre la paneta, Chinco con la caña del timón entre las piernas, tomaba el desayuno: plátano, un peso salado, un menjurje oscuro que hacía las veces de café... Cerca del patrón, su hijo, Chinco Segundo, soplaba el anafe y daba vueltas a los plátanos, por cuyas cáscaras quemadas, achicharradas, entreabiertas, fluía la miel.

A proa, de bruces entre el "cayuco", el único tripulante del "María Concepción", Tirso Gutiérrez, un coriano, dormía a pierna suelta. Escorado a estribor, el bongo navegaba con un flete de maderas, desde el litoral del sur, lago arriba. La banda casi se hundía en el agua; y bajo la brisa fresca y sostenida, gemían las jarcias y la frágil arboladura que soportaba una de esas velas oscuras, sucias y características de la navegación interior.

Un agua verde, de cristal turbio, ondulaba, mansa, hasta el horizonte donde por entre dos nubes, rotas, como descosidas, caía en ella una mancha de sol. En aquel sitio el agua parecía hervir...

A lo sumo del cielo, barras de nubes grises, tendidas. Y muy leves, muy lejanas, muy escondidas, unas nubecillas color de cobre, que parecían empujadas, al par de la vela, por sobre la mansedumbre de la laguna.

El coriano despertó restregándose los ojos.

—¡Buena viajada llevamos! —comentó bostezando.

Chinco masculló entre dientes:

—¡Quién sabe!

II

En efecto, quién sabe. A las tres de la tarde cayó el viento sur... El lago, cuya costa más cercana era apenas una línea brumosa, parecía una plancha de metal; era un agua pesada, cobriza, sin una ondulación... La vela caía, flácida, a lo largo del mástil de la "María Concepción...". Así, durante una hora o más, inmóviles, bajo un sol sofocante, en mitad de la laguna...

El coriano seguía durmiendo. Pesaba sobre los nervios una atmósfera de electricidad.

—¡Hombre, *cuñao*, no juegue! —gritó el patrón—. ¡Alza arriba, pues!

—¡*Bay*, criatura! Dale vos con *er* talón a ese cristiano a ver si *aispierta*.

Y como el marinero no diera de sí sino un ronquido, le gritó al chico:

—¡Tirso, Tirso, que te llama a vos!

Y el niño lo sacudió rudamente. Abrió los ojos, desperezóse:

—¿Qué es, qué le pasa, patrón?

—¡A mí, nada...! Acomódate pa' ir largando lo que tengamos, que viene "rizando".

En efecto, comenzaba a correr por la quieta superficie como un calofrío de brisa. El ojo certero del marino lo advertía.

—¡Vamos, *cuñao*, menéese por *vía* e' su madre, que viene del nordeste!

Pero el coriano tenía pocas ganas de menearse. Y solo cuando la brisa, muy fresca, se levantó, comenzó la maniobra con una pereza inaudita.

—¡Vos no parecéis coriano! Te pesan las patas a vos… ¡María Purísima!

El otro era un indio de mandíbula cuadrada, con ese ojo híbrido, ese ojo verde, "rayado", como le llama el vulgo. Y contestó malhumorado:

—Es que a ustedes los "maracuchos" les gusta mucho mandar y no que los manden. Nosotros los corianos somos mejores que ustedes y servimos mejor.

El patrón se cambió el tabaco para escupir y dijo, sin hacer gran caso, con la socarronería zuliana:

—Por algo será…

—¿Por qué puede ser? Acaso yo no los *vide* en la *juerza* de Coro… Pa' desertores es que sirven ustedes —exclamó el indio con desprecio.

—Decís vos… —repuso Chinco. Y mirando luego cómo se iban encrespando las ondas, ahora de un verde báltico, empenachadas de espumas sucias bajo la brisa fresca, se interrumpió: —Pero no está esto para conversadera… Viene "tiempo".

—¿*Aónde* estamos?

—Más arriba del Tomoporo…

—¿Nos metemos?

—¡No, qué vamos a meternos ahora! No hay modo de fondear con un anclote: nos arrastra el marullo sobre la costa…

Pero una ráfaga le cortó la palabra; y la vela rasgada de arriba a bajo, se sacudió sobre el mástil como un ala rota…

—¡El chubasco! ¡María Santísima!

Sobre el laberinto de oleadas coléricas el viento, silbando, abatía el trapo, lo hinchaba, lo sacudía, rechazando a los dos hombres y al niño que trataban de recoger la vela.

—Vamos, ¡con brío! —gritaba el patrón—. ¿No te da vergüenza a vos que esa criatura sea más útil que vos?

El otro le respondió con una injuria horrible:

—...si a su madre le debía dar más vergüenza.

Restalló un chicote en el aire y el coriano con el rostro cruzado por el castigo, se tambaleó sobre la paneta... Dio luego un aullido, y los dos hombres, abrazados, rodaron por la cubierta sobre las "trozas" de madera.

El temporal, con toda su fuerza, arrebató de nuevo la vela rota, hubo un crujir de maderos y el mástil partido con vela y envergadura, se fue al agua. La "María Concepción" comenzó a saltar, desarbolada, con el timón loco, mientras los dos hombres luchaban enfurecidos y el niño, lleno de terror, se había agazapado a la borda.

El coriano era fuerte, pero Chinco más ágil, más diestro, logró quedar encima; y en un instante su mano sacó del pecho el largo puñal familiar que llevaba colgado bajo la camisa junto con las sagradas reliquias de N. S. de Chiquinquirá.

—¡No me mate! —clamó el coriano, aterrado.

—¡Que no te mate! ¡Si vos salís ganando, porque por culpa de vos nos vamos a ahogar todos!

Y lo iba a clavar contra la cubierta cuando el niño le agarró el brazo:

—¡No lo matéis, papá, no lo matéis!

Chinco le dio con el brazo armado un empellón a su hijo, que perdió el equilibrio y se fue al agua... No pudo ni gritar. Cayó y desapareció en un torbellino de espumas furiosas...

Con la faz estúpida, quedóse, puñal en mano, mientras el otro se incorporaba, lívido de horror y de emoción...

Tiró el arma y corrió a la banda, gritando:

—¡Chinquito, mijito! ¡Virgen Santa, salvámelo vos!

La Virgen no respondió; en cambio, Tirso Gutiérrez, el coriano, se quitó la blusa, amarróse un cabo a la cintura y se arrojó al agua... Buceó en todas direcciones. A ratos sacaba la cabeza, desesperanzado.

—¿No lo halláis? —preguntaba desesperado el padre.

—¡No! —respondía Tirso, volviendo a zambullirse.

Se había comenzado a serenar el tiempo; y cuando en el agua fulguró como una postrera llamarada el poniente, Tirso, agarrándose a la mano del patrón, subió a la cubierta del "María Concepción" tiritando, rendido, con los pies y las manos como de rana, después de tres o cuatro horas de estar buceando.

—Ahora voy yo —dijo el patrón y amarrándose la cuerda se lanzó al agua ya oscura, mientras Tirso iba organizando a bordo la manera de seguir viaje...

III

Ya era avanzada noche cuando, casi desmayado, salió Chinco del agua.

Insensible al frío, al cansancio, como un harapo mojado se echó en una borda. Miraba la superficie del lago con una tenacidad bestial y triste.

—¡Me se ahogó la criatura! —gimió sordamente.

El coriano rezaba en la sombra:

—¡Es por culpa mía, patrón! —dijo al fin conmovido—. Es por culpa mía.

—No, soy yo el culpable… Vos no tenéis culpa ninguna… Ustedes los corianos son mejores que nosotros.

—¡No diga eso, patrón! —protestó el indio.

Ahora, bajo el dolor, los dos hombres rivalizaban en hidalguía:

Y el maracaibero, secándose el llanto con el revés de la mano, respondió, convencido:

—¡Cómo no voy a decirlo! Si vos sois de aquí, cuando lo del pobre muchacho "me aprovecháis…".

La 'I' latina

I

¡No, no era posible! Andando ya en siete años y, burrito, burrito, sin conocer la *o* por lo redondo y dando más qué hacer que una ardilla.

—¡Nada! ¡Nada! —dijo mi abuelita—. A ponerlo en la escuela…

Y desde ese día, con aquella eficacia activa en el milagro de sus setenta años, se dio a buscarme una maestra. Mi madre no quería; protestó que estaba todavía pequeño, pero ella insistió resueltamente. Y una tarde, al entrar de la calle, deshizo unos envoltorios que le trajeron y sacando un bulto, una pizarra con su esponja, un libro de tipo gordo y muchas figuras y un ataditó de lápices, me dijo, poniendo en mí aquella grave dulzura de sus ojos azules:

—¡Mañana, hijito, casa de la Señorita, que es muy buena y te va a enseñar muchas cosas…!

Yo me abracé a su cuello, corrí por toda la casa, mostré a los sirvientes mi bulto nuevo, mi pizarra flamante, mi libro, todo marcado con mi nombre en la magnífica letra de mi madre, ¡un libro que se me antojaba un cofrecillo sorprendente, lleno de maravillas!
—Y la tarde esa y la noche sin quererme dormir, pensé cuántas cosas podría leer y saber en aquellos librotes forrados de piel que dejó mi tío el que fue abogado y que yo hojeaba para admirar las

viñetas y las rojas mayúsculas y los montoncitos de caracteres manuscritos que llenaban el margen amarillento.

Algo definitivo decíame por dentro que yo era ya una persona capaz de ir a la escuela.

II

¡Hace cuántos años, Dios mío! Y todavía veo la casita humilde, el largo corredor, el patiecillo con tiestos, al extremo una cancela de lona que hacía el comedor, la pequeña sala donde estaba una mesa negra con una lámpara de petróleo en cuyo tubo bailaba una horquilla. En la pared había un mapa desteñido y en el cielo raso otro formado por las goteras. Había también dos mecedoras desfondadas, sillas; un pequeño aparador con dos perros de yeso y la mantequillera de vidrio que fingía una clueca echada en su nido; pero todo tan limpio y tan viejo que dijérase surgido así mismo, en los mismos sitios desde el comienzo de los siglos.

Al otro extremo del corredor, cerca de donde me pusieron la silla enviada de casa desde el día antes, estaba un tinajero pintado de verde con una vasija rajada; allí un agua cristalina en gotas musicales, largas y pausadas, iba cantando la marcha de las horas. Y no sé por qué aquella piedra de filtrar llena de yerbajos, con su moho y su olor a tierras húmedas, me evocaba ribazos del río o rocas avanzadas sobre las olas del mar...

Pero esa mañana no estaba yo para imaginaciones, y cuando se marchó mi abuelita, sintiéndome solo e infeliz entre aquellos niños extraños que me observaban con el rabillo del ojo, señalándome; ante la fisonomía delgadísima de labios descoloridos y nariz cuyo lóbulo era casi transparente, de la Señorita, me eché a llorar. Vino a consolarme, y mi desesperación fue mayor al sentir en la mejilla un beso helado como una rana.

Aquella mañana de "niño nuevo" me mostró el reverso de cuanto había sido ilusorias visiones de sapiencia... Así que en la tarde, al volver para la escuela, a rastras casi de la criada, llevaba los párpados enrojecidos de llorar, dos soberbias nalgadas de mi tía y el bulto en banderola con la pizarra y los lápices y el virginal Mandevil tamborileando dentro de un modo acompasado y burlón.

III

Luego tomé amor a mi escuela y a mis condiscípulos: tres chiquillas feúcas, de pelito azafranado y medias listadas, un gordinflón que se hurgaba la nariz y nos punzaba con el agudo lápiz de pizarra; otro niño flaco, triste, ojerudo, con un pañuelo y unas hojas siempre al cuello y oliendo a aceite; y Martica, la hija del herrero de enfrente que era alemán. Siete u ocho a lo sumo: las tres hermanas se llamaban las Rizar, el gordinflón José Antonio, *Totón*, y el niño flaco que murió a poco, ya no recuerdo cómo se llamaba. Sé que murió porque una tarde dejó de ir, y dos semanas después no hubo escuela.

La señorita tenía un hermano hombre, un hermano con el cual nos amenazaba cuando dábamos mucho qué hacer o estallaba una de esas extrañas rebeldías infantiles que delatan a la eterna fiera.

—¡Sigue! ¡Sigue rompiendo la pizarra, malcriado, que ya viene por ahí Ramón María!

Nos quedábamos suspensos, acobardados, pensando en aquel terrible Ramón María que podía llegar de un momento a otro... Ese día, con más angustia que nunca, veíamosle entrar tambaleante como siempre, oloroso a reverbero, los ojos aguados, la nariz de tomate y un paltó dril verdegay.

Sentíamos miedo y admiración hacia aquel hombre cuya evocación sola calmaba las tormentas escolares y al que la Señorita, toda tímida y confusa, llevaba del brazo hasta su cuarto, tratando de acallar unas palabrotas que nosotros aprendíamos y nos las endosábamos unos a los otros por debajo del Mandevil.

—¡Los voy a acusar con la Señorita! —protestaba casi siempre con un chillido Marta, la más resuelta de las hembras.

—La Señorita y tú… —y la interjección fea, inconsciente y graciosísima, saltaba de aquí para allá como una pelota, hasta dar en los propios oídos de la Señorita.

Ese era día de estar alguno en la sala, de rodillas sobre el enladrillado, el libro en las manos, y las orejas como dos zanahorias.

—Niño, ¿por qué dice *eso* tan horrible? —me reprendía afectando una severidad que desmentía la dulzura gris de su mirada.

—¡Porque yo soy hombre como el señor Ramón María!

Y contestaba, confusa, a mi atrevimiento:

—*Eso* lo dice él cuando está "enfermo".

IV

A pesar de todo, llegué a ser el predilecto. Era en vano que a cada instante se alzase una vocecilla:

—¡Señorita, aquí "el niño nuevo" me echó tinta en un ojo!

—Señorita, que "el niño nuevo" me está buscando pleito.

A veces era un chillido estridente seguido de tres o cuatro mojicones:

—¡Aquí…!

Venía la reprimenda, el castigo; y luego, más suave que nunca, aquella mano larga, pálida, casi transparente de la solterona me iba enseñando con una santa paciencia a conocer las letras que yo distinguía por un método especial: la A, el hombre con las piernas abiertas —y evocaba mentalmente al señor Ramón María cuando entraba "enfermo" de la calle—; la O, al señor gordo —pensaba en el papá de *Totón*—; la Y griega, una horqueta —como la de la *china*1 que tenía oculta—; la I latina, la mujer flaca —y se me ocurría de un modo irremediable la figura alta y desmirriada de la Señorita...—. Así conocí la Ñ, un tren con su penacho de humo; la P, el hombre con el fardo; y la S el tullido que mendigaba los domingos a la puerta de la iglesia.

Comuniqué a los otros mis mejoras al método de saber las letras, y Marta —¡como siempre! — me denunció:

—¡Señorita, "el niño nuevo" dice que usted y es la I latina!

Me miró gravemente y dijo sin ira, sin reproche siquiera, con una amargura temblorosa en la voz, queriendo hacer sonrisa la mueca en sus labios descoloridos:

—¡Si la I latina es la más desgraciada de las letras..., puede ser.

Yo estaba avergonzado; tenía ganas de llorar. Desde ese día cada vez que pasaba el puntero sobre aquella letra, sin saber por qué, me invadía un oscuro remordimiento.

V

Una tarde, a las dos, el señor Ramón María entró más "enfermo" que de costumbre, con el saco sucio de la cal de las paredes. Cuando ella fue a tomarle del brazo, recibió un empellón

---

1 Horqueta de madera que usan los chicos; se arma con dos tiros elásticos para disparar piedras a los pájaros y a los faroles.

yendo a golpear con la frente un ángulo del tinajero. Echamos a reír; y ella, sin hacernos caso, siguió detrás con la mano en la cabeza... Todavía reíamos, cuando una de las niñas, que se había inclinado a palpar una mancha oscura en los ladrillos, alzó el dedito teñido de rojo:

—¡Miren, miren: le sacó sangre!

Quedamos de pronto serios, muy pálidos, con los ojos muy abiertos.

Yo lo referí en casa y me prohibieron, severamente, que lo repitiese. Pero días después, visitando la escuela el señor inspector, un viejecito pulcro, vestido de negro, le preguntó delante de nosotros al verle la sien vendada:

—¿Cómo que sufrió algún golpe, hija?

Vivamente, con un rubor débil como la llama de una vela, repuso azorada:

—No señor, que me tropecé...

—¡Mentira, señor inspector, mentira! —protesté rebelándome de un modo brusco, instintivo, ante aquel angustioso disimulo— fue su hermano, el señor Ramón María que la empujó, así... contra la pared... —y expresivamente le pegué un empujón formidable al anciano.

—Sí, niño, ya sé... —masculló trastumbándose.

Dijo luego algo más entre dientes; estuvo unos instantes y se marchó.

Ella me llevó entonces consigo hasta su cuarto; creí que iba a castigarme, pero me sentó en sus piernas y me cubrió de besos; de besos fríos y tenaces, de caricias maternales que parecían haber dormido mucho tiempo en la red de sus nervios, mientras que yo, cohibido, sentía que al par de la frialdad de sus besos y del helado acariciar de sus manos, gotas de llanto, cálidas, pesadas, me caían sobre el cuello. Alcé el rostro y nunca podré olvidar aquella expresión dolorosa que alargaba los grises ojos llenos de lágrimas y formaba en la enflaquecida garganta un nudo angustioso.

VI

Pasaron dos semanas, y el señor Ramón María no volvió a la casa. Otras veces estas ausencias eran breves, cuando él estaba "en chirona", según nos informaba Tomasa, única criada de la Señorita que cuando esta salía a gestionar que le soltasen, quedábase dando la escuela y echándonos cuentos maravillosos del pájaro de los siete colores, de la princesa Blanca-flor o las tretas siempre renovadas y frescas que le jugaba Tío Conejo a Tío Tigre.

Pero esta vez la Señorita no salió; una grave preocupación distraíala en mitad de las lecciones. Luego estuvo fuera dos o tres veces; la criada nos dijo que había ido a casa de un abogado porque el señor Ramón María se había propuesto vender la casa.

Al regreso, pálida, fatigada, quejábase la Señorita de dolor de cabeza; suspendía las lecciones, permaneciendo absorta largos espacios, con la mirada perdida en una niebla de lágrimas… Después hacía un gesto brusco, abría el libro en sus rodillas y comenzaba a señalar la lectura con una voz donde parecían gemir todas las resignaciones de este mundo:

—Vamos, niño: "Jorge tenía un hacha…".

VII

Hace quince días que no hay escuela. La Señorita está muy enferma. De casa han estado allá dos o tres veces. Ayer tarde oí decir a mi abuela que no le gustaba nada esa tos...

No sé de quién hablaban.

VIII

La Señorita murió esta mañana a las seis...

IX

Me han vestido de negro y mi abuelita me ha llevado a la casa mortuoria. Apenas la reconozco: en la repisa no están ni la gallina ni los perros de yeso; el mapa de la pared tiene atravesada una cinta negra; hay muchas sillas y mucha gente de duelo que rezonga y fuma. La sala llena de vecinas rezando. En un rincón estamos todos los discípulos, sin cuchichear, muy serios, con esa inocente tristeza que tienen los niños enlutados. Desde allí vemos, en el centro de la salita, una urna estrecha, blanca y larguísima que es como la Señorita y donde ella está metida. Yo me la figuro con terror: el Mandevil abierto, enseñándome con el dedo amarillo, la I, la I latina precisamente.

A ratos, el señor Ramón María que recibe los pésames al extremo del corredor y que en vez del saco dril verdegay luce una chupa de un negro azufroso, va a su cuarto y vuelve. Se sienta suspirando con el bigote lleno de gotitas. Sin duda ha llorado mucho porque tiene los ojos más lacrimosos que nunca y la nariz encendida, amoratada.

De tiempo en tiempo se suena y dice en alta voz:

—¡Está como dormida!

X

Después del entierro, esa noche, he tenido miedo. No he querido irme a dormir. La abuelita ha tratado de distraerme contando lindas historietas de su juventud. Pero la idea de la muerte está clavada, tenazmente, en mi cerebro. De pronto la interrumpo para preguntarle:

—¿Sufrirá también ahora?

—No —responde, comprendiendo de quién le hablo—, la Señorita no sufre ahora.

Y poniendo en mí aquellos ojos de paloma, aquel dulce mirar inolvidable, añade:

—¡Bienaventurados los mansos y humildes de corazón porque ellos verán a Dios...!

Las Linares

I

...Las Linares son cuatro. Se casó la segunda; acaso la de mejor físico. Y no es bonita ni mucho menos: unos ojos grandes un poco saltones, la boca grande también y coincidiendo con los ojos. ¡Pero las cejas...! Las cejas de todas ellas que son dos bigotes invertidos, dos montones de pelos negros y ríspidos, en arco de treinta y seis grados hacia las sienes donde el cabello lacio, acastañado, encuadra la fisonomía inexpresiva que caracteriza a la familia. Las otras tres hermanas, más o menos así mismo: a una la desmejora la nariz arremangada, a otra el corte del rostro en ángulo recto, y a la menor todo esto junto y además el desconcierto que causa aquella criatura tan raquítica, tan menguada, tan hecha a retazos, con un vozarrón que pone pavor en el ánimo...Todas, pues, así: ni gordas ni magras, a pesar de la anemia; caminan como escoradas a la izquierda; paseando dan la impresión de que huyen, de que tratan de escapar restregándose con la pared, como perros castigados.

Pero sobre todo ¡aquellas cejas! La misma Juanita Ponce que no se ocupa en mal de nadie, pagando visita a las Pérez Ricaurte, no pudo disimularlo:

—Mamá está muy contenta con este vecindario; es gente muy buena: ustedes, las Lopecitas, el señor Anchoa Castrillo, todas...

¡Y esas mismas muchachas Linares, las pobres, a pesar de las cejas, son muy simpáticas!

Es una pesadilla. En las tiendas, en el tranvía, en las tertulias, en el cine, para dar su dirección: "las muchachas cejonas", "las de las cejas", "las cejudas", "casa de las que tienen el bigote en la frente…" un horror, en fin.

La que logró casarse, la segunda, lo hizo con un muchacho histérico que fue cantor en el coro de Santa Rosalía, pero que en ciertas épocas pierde el juicio y se sale desnudo dando vivas a la Divina Providencia; ha perdido la voz y pasa los días haciendo jaulas que manda a vender al mercado. Una vida triste, pero humilde. Sin embargo, la familia de este infeliz aprobó su matrimonio con una salvedad:

—Sí, ella será muy buena y todo, pero ¡qué cejas!

Las otras tres, peludas y tristes, a la edad en que las mujeres más fatalistas no sueñan con doblar sin compañero el cabo de Buena Esperanza, ya han adquirido esa filosofía cínica de las solteronas que "no enganchan".

Nadie, o casi nadie, va a casa de ellas; en cambio ellas visitan mucho; andan a tiendas; cosen la "canastilla del Niño"; recogen para la "Liga contra el mocezuelo". Sus trajes siempre parecidos, adornados de lacitos coloridos, apestando a un perfume barato. Se les ve en toda suerte de obras pías, o admirando un incendio, o acompañando un duelo; donde haya fiesta o están dentro o están por la ventana, pero están, dan nombres propios, detalles, saludan, conocen a todo el mundo: "Esa es Laura Elena, la señora de Fokterre; el otro debe ser el musiú que se casa con una de las Palustre y vino esta mañana de La Guaira ¿Cuándo le bajarán la falda a la hija del doctor Perozo? ¡Ya es una indecencia ese mujerón con unas piernas de fuera!".

Pero no se casan. Y no es porque tengan mayores ambiciones; no, señor; pueden decir sentimentalmente al elegido: contigo pan y cebollas, contigo debajo de un cují.

Bueno, mentalmente añadirán, debajo de un cují pero con teléfono y luz eléctrica y cinco pesos diarios, más los *alfileres*... ¡Pobres!

El único hermano con quien cuentan, César Augusto, es escribiente en la Dirección de un Ministerio con setenta y cinco pesos de sueldo. De ellos se viste, tiene novia, parrandea, da el calzado a las tres hermanas y "ayuda" en la casa. La hermana casada, cuando va a tener niño, se traslada para el hogar común, y él, naturalmente, contribuye a recibir de un modo digno al nuevo cejudo. Ya ha recibido cinco: todos escrofulosos, pero con las cejas desarrolladísimas. La familia observó enternecida que el penúltimo —se aguarda un nuevo ejemplar de un momento a otro— las tenía rizadas. Al fin y al cabo es una mejora en la especie...

Bueno. Estas son las Linares. La casada se llama Andrea y las otras, como casi todos los seres desgraciados, poseen lindos nombres: Carmen Margarita, Luisa Helena, Berta Isabel...

II

El que refería, sin turbarse, esperó para decir al fin del chaparrón de bromas con que fue acogida su desairada historia:

—Como ustedes quieran; pero es así... la primera parte. La segunda voy a referirla.

Todos gritaron protestando:

—No, no, no.

—¡Se suspende la sesión!

—¡No hay derecho a la palabra!

—¡Es horrible!

—¡Piedad!

—¡Asesino!

—¡Troglodita!

—¡Hay alevosía, ensañamiento, *lata*!

Pestañeó tras los lentes, arrojó una bocanada de humo sobre nosotros y volvió a sonreír: —La segunda parte... — dijo.

—¡Que no!

—¡Oigan, oigan, es triste! Y además divertida.

—¡Es estúpida, seguramente!

Dominando la última frase, impuso el resto:

—Sí, es estúpida desde cierto punto de vista... Un día, Carmen Margarita tuvo novio.

—¡Despatarrante!

—¡El cuento se hace trágico!

—¡Hoffman!

—¡Edgar Allan Poe!

—... tuvo novio —repitió— tuvo por novio a un amigo nuestro que está aquí en este momento...

—¡El nombre de ese miserable, decidlo! —exclamó uno en estilo Pérez Escrich.

—El nombre —repuso— el nombre no es del caso... Mi amigo se asomó a aquellas vidas oscuras y maltratadas, espió detrás de aquellos ojos saltones, nostálgicos...

Bajo aquellas cejas siniestras —interrumpió otro,

—Sí, bajo aquellas cejas siniestras, en el fondo de los ojos, vio el alma... Se enamoró de pronto como un loco... Ustedes no saben esto porque ustedes no han amado: la vanidad, la crítica superficial de las cosas, la mirada que ve las formas recortadas y no los matices de la expresión... ustedes no saben esto, no pueden comprenderlo; ustedes, burlones, inteligentes, tontos *ven* pero no *miran*... Mi amigo, que vale tanto como el que más de ustedes, se enamoró como un loco; y lo que era cursi y triste y casi cómico, de una comicidad dolorosa, se fue engrandeciendo en su mente primero que a sus ojos: es el alma de las mujeres feas, el alma supremamente virgen que nadie ha turbado, el corazón de la mujer íntegra que, precioso e intacto, guarda sus ternuras para una hora única, cuando el amor llama a la puerta, cuando Él despierta, cuando asoma a los ojos de las feas, por ante las cuales pasamos siempre distraídos o burlones, esos ojos que no han reflejado otros amores; y arrebola la emoción que siente una cara nunca besada, y estremece el cuerpo nunca tocado... Entonces es que un hombre posee, realmente, lo que otro jamás deseó, lo que es de él no más, de él solo, sobre la tierra... ¡Y piensen ustedes con qué lealtad furiosa, con qué suprema angustia de amor no ama una mujer fea!

Yo por eso me caso dentro de quince o veinte días con Carmen Margarita, con la mayor de las "cejudas" como ustedes las llaman... Esta comida es mi despedida de soltero... ¡Ya lo saben ustedes...!

III

Y, verdaderamente, yo no sé si porque habíamos cenado fuerte y ese vino francés "alambrado" es proclive a ponerle a uno sentimental, o porque al salir a la calle fría y desierta, bajo lo inesperado de aquella confesión, estábamos turbados; pero todos sentimos una vaga nostalgia de ser así como él, tan valientes para echar sobre lo ridículo de la existencia un noble manto de sinceridad.

Mefistófeles

A Doña Carmen Montero de Baroni.

I

—Un señor...

—Sí; pero ¿es, realmente, un señor?

La sirviente balbuceaba, dudosa:

—Por el traje... parece.

—Bueno; que pase ese señor ¡qué broma!

Pasó en efecto un señor, un señor flaco, avejentado, encorvado. A pesar de esto tenía una estatura aventajadísima de grande hombre infeliz... Sentóse, con el sombrero en las rodillas. Lució una sonrisa triste:

—¿Usted extrañará esta visita, a esta hora?

—Sí, en efecto.

¡Las ocho y veinte! Y estaba de salida, para el teatro... "Mefistófeles", mi delirio, mi predilección, uno de esos fanatismos líricos cuya profanación no hubiera permitido jamás... Y una contrariedad aquella visita, aquel sujeto que tenía un aire confuso, suplicatorio, "vergonzante", esta es la expresión.

—¡Pero si usted supiera, señor, a lo que vengo!

—Como usted no diga... —repuse impaciente.

—Yo tengo una hija.

—Perfectamente. Yo tengo dos. Es muy corriente eso de tener hijos…

Sonrió con mayor tristeza. Púsose de pies, rápido, por el tono burlón mío que ya creí advertirle la punta al "sable" o quizás qué otra infamia… Y se puso rojo repentinamente, volviendo el rostro para enjugar con disimulo una lágrima. Al instante de trasponer la puerta tuve una corazonada; ¡qué sé yo!, una especie de revelación: aquellos hombros encorvados, aquel rubor, aquella americana arrugada, toda la honradez de una espalda que se ha encorvado en la fatiga y en el trabajo…

—Espere, señor, oiga —exclamé sujetándolo por un hombro.

Cuando volvió el rostro a mí se me puso la carne de gallina. ¡El anciano estaba llorando! Su cara era la angustia, la confusión, lo humillante de su salida.

—Espérese, señor, siéntese, ¿qué le pasa?, ¿qué desea usted de mí? Hable, estoy a sus órdenes con mucho gusto…

Ver llorar a un hombre o que maltraten a un caballo son cosas que difícilmente puedo desimular.

Casi le obligué a tomar asiento en el extremo del sofá que yo ocupaba; y de repente, acercándose hasta rozar mi pierna, golpeándome a ratos el muslo, a ratos indicando con un vago gesto abatido todo lo absurdo de su confidencia, me dijo esto, con estas palabras, con este vértigo de dolor, de estupidez, de torpeza admirable:

II

Mi hija se me muere… ¿sabe usted? Se muere sin remedio. Me lo afirmaron los médicos hace tiempo. Tísica. Ella estudiaba piano, en la Academia. Una velada que hubo… la aplaudieron muchísimo… el Ministro la felicitó… la "sacaron" en los periódicos, retratada,

¡muy bonita era mi pobre muchacha! Ahora… ni su sombra. Figúrese, una pulmonía "doble" esa misma noche. Comenzó a toser, a toser, a rompérsele la garganta tosiendo; y yo hice todo, todo, todo… ¡Para salvarla, para salvarme yo de esto tan horrible que me está pasando! Usted me dijo que tenía dos hijas, señor… Pero me lo dijo como burla; si es cierto que las tiene usted, ¡me comprende! Si no, si lo que usted ha querido es burlarse de mí, yo se lo perdono; hay que saber lo que es eso de sentir uno como que le desgarran un pedazo; le quitan así, de pronto, algo por dentro… Algo no, señor, ¡todo! Todo lo que tiene… Y ya yo soy viejo, y solo, y yo quiero que *ella* no me deje, pero que si me ha de dejar que me dure, que me dure un poco más, aunque sea a costa de otra angustia, de otra agonía, de esto espantoso que me está sucediendo… Y usted, ¡solo usted puede hacerlo!

—¿Yo? Pero señor, usted está equivocado, sin duda; yo no soy médico.

—Sí, pero escribe…

Me quedé mirando al hombre. ¿Se trataría de un pobre ser enloquecido por el dolor? Él continuó ante mi extrañeza:

—Usted escribe en los periódicos, ¿usted es el señor Fulano, no?

—Yo mismo.

—Pues usted puede hacerme un gran bien ya que me ha hecho un mal irremediable. La noche que mi muchachita tocó en el "concierto" de la Academia, usted escribió un artículo en un periódico, el día siguiente, criticándola, sin nombrarla, es verdad. Ustedes los que escriben tienen esa funesta habilidad: hieren donde les place sin que más nadie se entere. No podía decirse que usted aludía a *ella*. Pero *ella* lo leyó, lo comprendió, guardó el recorte, y cuando se calmaba de un acceso de tos, ya muy grave, volvía a releerlo, sonreía con tristeza, no había forma de que abandonara el pedazo de papel que yo le juro, señor, que me la iba matando, lentamente... Lo escondía allí, debajo de la almohada; tornaba a leerlo a cada instante, y a veces lloraba, y a veces sonreía con una tristeza... ¡*Ella* había soñado que la pensionaran, ir a un conservatorio, ser una Teresita Carreño... ¡Usted destruyó todo eso con una plumada!

La voz del anciano se hizo sorda, dura.

—Pero yo... —No hallaba qué decir ni qué rostro poner. Había una lógica temeraria, insensata en aquello, pero había una lógica. Recordaba perfectamente: una muchacheja larguirucha, pálida, desairada, que destornilló el taburete del piano para treparse a moler el "prólogo" de "Mefistófeles", entre una recitación pesadísima de un poeta local y unos alaridos que allí decían que era el "airoso" de "Pagliacci". Yo escribí esa noche, en la redacción, algo cruel, burlón, muy gracioso, que tuvo una excelente acogida y que mereció una sonrisa de la que era entonces mi novia, una muchacha que como no tocaba nada divertíase extraordinariamente en que se negase a las demás estas cualidades. Probablemente la idea de provocar aquella sonrisa maligna, inspiró el artículo. Y fue aquel mismo "suelto" de crónica, chascarrillesco, escrito distraídamente con el cigarro humeante en un ángulo del labio y el sombrero puesto, fue aquel "graciosísimo" chiste, aquella gracejada abyecta la que ahora se erguía ante mí, en la forma de aquel anciano, de aquel padre que señalaba hacia un ángulo de la habitación como si allí viese debatirse, convulsa, con el recorte en la mano, torcida de dolor, sacudida por las toses asesinas, por las brujas toses de la muerte, a su pobre muchachita.

III

Los papeles se trocaron. Era yo entonces el que tenía el aire vergonzante, humillado, suplicatorio y el que balbuceaba lleno de rubor, de color, de ira contra mí mismo:

—Pero yo… ¿qué hago, señor? ¿Cómo lograr que me disculpe, que me perdone…?

—Usted no es malo, señor —dijo el viejo sonriendo de un modo muy feo entre las lágrimas.

—No, no creo serlo: uno no es malo sino cuando puede… Créalo usted.

—Sí; *ella* lo decía; sonreía con tristeza. Le había admirado; y de su ídolo recibía aquel artículo en pago… Pero apenas salió de la gravedad se sentó al piano, estudiaba desesperadamente, brutalmente. No era posible hacerla desistir: ni el médico, ni la mujer que la crió, en casa, desde la muerte de mi esposa, ni las compañeras, ni yo mismo que me desesperaba, que me enojaba, que le suplicaba para apartarla del piano… Nada. Horas y horas estaba allí, tecleando, con el cuaderno de la música esa que usted le criticó, queriendo bebérsela, "interpretarla" —¿no es así como se dice?—. Y solo cuando se ahogaba, escupiendo sangre, pura sangre, casi asfixiada, cesaba de estudiar, de repasar, de clavar absorta los ojos en aquella porción de puntos negros que le parecían enterradores, según decía riéndose… A veces, sí señor, se ponía contenta, alegre, temblábanle las manos con la emoción: —Hoy sí, papaíto, hoy sí no podría él decir que "mejor ejecuta una pianola sin necesidad de estar pensionada por el Gobierno…". Las mismas frases que usted, señor, había escrito en su crónica. Y créalo, hubiera dado su vida, mejor dicho, la está dando porque usted vaya, la oiga "interpretar" eso, modifique su juicio… la haga vivir un poco más con una palabra... El médico dice que ya lo mejor es dejarla, lo que quiera hacer, lo que la haga feliz...

La voz del viejo temblaba en sollozos:

—Yo le he prometido que sí, que la complacería, costara lo que costara, que le llevaría a usted a casa, esta noche. He venido tres veces: usted había salido o no había llegado o estaba comiendo, ¡qué sé yo! Y mañana sería tarde... estaría peor... no podría tocarle esa maldita pieza que es su idea loca, fija, pertinaz... Venga usted conmigo, por Dios, venga...

—Ya, señor, ¡ahora mismo!

IV

Cogimos un tranvía. Bajamos en un barrio lejano, frente a una casita de una ventana... Olía a botica, a creosota. Una vieja, en el corredor, habló con mi acompañante. Pasamos a la sala, y allí, en un sofá, toda la garganta envuelta en un chal de estambre, lívida, con los ojos enormes, negrísimos, cavados en un rostro cuyos pómulos lucían dos mordiscos rojos, de fiebre, la muchacha del Concierto, la misma criatura larguirucha, desairada que apenas si era una silueta de larga línea blanca, me tendió una mano cadavérica, ardida.

Yo no sé qué le dije, cómo me presenté, qué excusas, cuáles perdones, en fin, cuántas cosas penosas y absurdas expuse. Solo recuerdo una sonrisa que se helaba en una boca descolorida y dos ojos que se abrían enormes, curiosos, sobre mi estupor.

Había un piano, un "Erard", el único lujo de aquella salita, y a un gesto de su padre, ella se sentó a tocar.

Tocó... Las notas que cantaban, evocadas del corazón de las otras notas, de las que estaban escritas, llenaron la sala, el alma, la vida toda que parecía sollozar en torno, como dentro de un vasto silencio, donde lo único vivo era aquella sombra que tocaba "Sonámbula", sonámbula ella misma de su largo sueño de armonía, con las manitas como garras crispadas sobre el teclado, arrancando sus dedos agilísimos al pobre instrumento, bajo el décuple castigo, clamores desgarradores, locos...

Se interrumpió, se volvió de pronto en el taburete y yo no vi sino la sonrisa helada, moribunda, llena de orgullo, de desdén, y los ojos maravillosos, radiantes, implacables en la última llamarada de un reto:

—Y ahora, esto es *especialmente* para usted.

Y el "prólogo" de "Mefistófeles", pleno de solemnidad, de diabolismo, de misterio, cruzado a relámpagos por luces celestiales, por la suave música de las esferas, dominó entonces todo el magnífico desquite, toda la admirable venganza de la tísica: fue desgranando escalas lentas, o vertiginosas o vibrantes o "perdurables" que es el calificativo que se me ocurre para esas notas permanentes, indefinidas, que son ideas en lugar de sonidos. De pronto ella oprimió violentamente un acorde, a un solo estrépito; se dobló sobre el teclado, como un lirio, salpicando de sangre los marfiles; hubiera rodado hasta el suelo si su padre, desesperado, cogiéndola en brazos, sosteniendo la triste cabeza de la desmayada, no la sostiene contra su corazón...

Se asfixiaba; su garganta parecía estallar en una tos ronca, profunda como la octava baja, y de los grandes ojos febriles, apenas entre los párpados una larga línea blanca de la esclerótica, sin pupila, horrible...

El viejo se volvió hacia mí que le ayudaba angustiado, gritándome con voz llena de odio, de rencor.

—¡Ah, señor! ¡Para esto escriben ustedes!

Un instante después que la dejamos en su lecho, ya calmada, me despedí. Eran más de las doce; encontré por las calles gentes en traje de etiqueta que salían del teatro.

V

A las dos, en el periódico, oí que un redactor hablaba por el teléfono con alguien, y me rogó, desde el aparato:

—Anota ahí, chico, hazme el favor, "una social": la señorita... discípula de la Academia de Bellas Artes que acaba de morirse. A ver si hay tiempo para que "salga" eso por la mañana...

El director entró, acatarrado, con el abrigo subido hasta la barba, fumando:

—¿Qué te parece el "Mefistófeles"? Aquel "prólogo". Qué admirable Polacco, ¿no? Escribe algo de eso.

—No, no escribo nada de ningún "Mefistófeles", ni de nadie, yo no sé nada de eso ni escribiré más nunca: yo no soy un periodista, ¡yo soy un asesino con las manos tintas en tinta!

Estalló una carcajada. Al salir, entendí que decían:

—A este como que se le pasó la mano en las copas del entreacto.

Redención

I

De lo que ella fue para mí, la vida no me había devuelto sino un despojo: el naufragio de su belleza y de sus sentimientos en aquellos ocho años pasados sobre el cojín de todos los carruajes, en los reservados de todas las cantinas, cayendo una, seis, cien veces entre esplendores de fuego fatuo y días tristísimos sin pan ni trajes ni domicilio fijo. Dormía aún. El cabello dorado que tantas veces alborotaran mis dedos, muerto, casi gris, mate, con leves reflejos de su brillo pasado; los ojos, entrecerrados por el sueño congojoso, se velaban bajo los párpados amoratados; y la boca antes risueña, que mostraba menudos dientes, tenía ahora esa expresión dura que al violentar la barbilla ahonda la comisura de los labios. Como si hubiese tomado algo amargo… Era ella aquel despojo de un naufragio que ahora, con las primeras luces de la mañana, se revelaba entre las ropas de mi cama de solitario, surgiendo de las sábanas como un fantasma sobre las espumas del mar agitado. Pálida, enflaquecida, marchita.

II

La primera locura de mi juventud. Una noche entre gentes alegres, en no recuerdo qué sitio de fama dudosa, conocí a aquella Lucía que se iniciaba en la vida de los desórdenes con esa resolución casi infantil de algunos políticos muy jóvenes y de las muchachas sorprendidas por el vicio. Pequeña historia de amor: la seducción de cualquiera, el fugaz capricho, luego el abandono y la dura necesidad de comer, de vivir, de surgir sonriendo y cantando por fuerza de la edad sobre todas las ilusiones destrozadas.

Cómo vivió tanto tiempo a mi lado, fue lo que después no pude comprender, pero conmigo estuvo en amor y juventud largos días de paz, alegre, retozona, con una inconsciencia de pájaro, absorbiendo lo mejor que todo hombre lleva en sí: la hora intensa de las pasiones. Cansancio primero, luego fastidio; lentamente dejó de ser mía. Fue ella recuperándose en su propia alma y de lo profundo de sus instintos una ascendencia de tuberculosis y de alcoholismo le tendió los brazos y la atrajo hacia la infamia común, hacia la infamia inevitable… Pude detenerla; un postrer esfuerzo de voluntad podía salvar aquel pájaro que iba a estrellarse contra los cristales engañosos. Un poco de la íntima generosidad que se llama renunciación, bastaba. El egoísmo remoto, el celo del macho de las cavernas y también un mucho de ese "sentido práctico" que mata en nosotros las flores más espontáneas triunfó de escrúpulos sentimentales…

Y Lucía se marchó una tarde, muy pálida, muy llorosa pero con un ardor febril de reconocer en su vida el interrumpido mandato de sus antepasados crapulosos y enfermos.

Recuperábase, volvía a sí misma de donde se la había arrancado, para hacerle el mal de que conociera el bien por poco tiempo.

III

Ocho años… Y anoche, mientras cenaba a la salida del cine, un llanto ronco, quebrado, en el cual reconocí un eco profundo y lejano, llegó hasta mí conmoviéndome de un modo súbito, casi estúpido.

—¿Qué es? ¿Quién llora allá dentro?

—Nada; es esa mujer que vive dando escándalos —me contestó—, ya la han llevado varias veces a la policía y todavía no está contenta. Debe catorce reales y si no los paga de aquí sale para "arriba".

En efecto, dentro de un reservado sórdido, pintado al temple, en un desorden de cena frustrada, sobre un sofá estaba una mujer, torcida, ebria, llorando… El traje vistoso, de mal gusto, el colorete; algo así como la faz desencajada de los cómicos en los ensayos de medio día; algo ridículo y doloroso, profundamente canallesco…, la escapatoria de los que estaban con ella…, su desesperación… Lloraba, ocultando el rostro, doblada contra un brazo del mueble en aquella gracia de líneas de la mujer que llora al pie de la cruz. El sirviente la sacudió por un brazo; quería arrastrarla fuera, a la calle, para entregarla a la policía. No lo permití; él se marchó mascullando un insulto.

Y entonces, con una piedad que no honra, pero que se parece al remordimiento, al remordimiento colectivo por todos los que damos el mal y lo recibimos, fui hasta aquella mujer que sin haberme visto el rostro siquiera, presintiendo un brazo misericordioso, acaso un fervor recóndito hacia antiguos ensueños, en la amargura suprema escondió la cabeza en mi hombro:

—¡No me dejes llevar! ¡Yo estoy borracha!

Y realmente cayó en un sopor profundo, con los ojos nublados de lágrimas. Era Lucia. Reconocí aquel rostro; al calor de aquellos brazos recordé todo el pasado muerto; era aquel mismo refugiarse en mis brazos, empequeñecida y miedosa, cuando le refería cuentos de aparecidos. El amor pasado, el que se sella con una sonrisa, como se pone una cruz para señalar los muertos que cayeron en el camino. Una cruz sobre un montón de piedras.

Ante el asombro momentáneo de los que allí estaban la llevé hasta el coche, en brazos, y pagué los catorce reales.

Al salir, alguien comentó, burlón, en alta voz: —Eso está en el Quijote.

IV

Despertó a mediodía, en la *garçonniere*. Se avergonzó al reconocerme, volvió la cara, hizo una mueca de disgusto, quiso llorar; me estrechó profundamente, con gratitud de perro recogido en la calle... Aquella emoción duró poco, ¡el animal surgió!; tenía sed, hambre, la risa convencional del oficio...

—¡"Enratonada", chico...! —La palabra completaba su ambiente indispensable. Una frase burda, soez, pero auténtica.

Y bebió soda con brandy, y comió mucho, vorazmente, hasta hartarse... Después quiso acariciarme y tuve que desprenderme fina y resueltamente de los brazos mercenarios, del animal agradecido... Todavía olía a embriaguez; el cabello enredado, los labios insolentes, la mirada viciosa y hundida.

En la tarde, ya al marcharse, con una expresión melancólica, me abrazó estrechamente como queriendo refugiar en el abrazo la futura intención, y sin haberme oído ni un reproche, ni una leve censura, quiso prometerme trémula, con los ojos llenos de lágrimas.

—Oye, ¡te juro que no me volverás a encontrar así!

V

La otra noche, al paso de un automóvil cerrado de donde salían voces de hombres y gritos y carcajadas de mujer, Lucia sacó la cabeza desmelenada, con labios sangrientos de carmín:

—¡Adiós, papá! ¡Cuando coja otra *mona* la voy a dormir allá!

Claustrofobia

I

—¿Regresamos…?

—Todavía no.

Por la larga línea del horizonte moría un último reflejo. Y el mar, oscuro y lejano, enviaba grandes olas sobre los arrecifes. Cangrejos azorados corrían por las rocas. Era una tarde flácida, con ese aire un poco melancólico que tienen las Antillas. Entre barrios sórdidos de angostos callejones, junto a una grande agua muerta, el hotel, el aire trivial de los comedores, el ingrato reflejo de la luz eléctrica cuando todavía es crepúsculo…

Me paseaba con aquel compañero de hotel, casi desconocido, anotado en el registro con un nombre cualquiera. El nombre no tenía nada de característico. En cambio, la fisonomía de aquel hombre era bastante extraña. Quizás el contraste de aquellos ojos verdosos, sin cejas, casi indefinibles, que a ratos eran grises o azules o amarillentos, con un cabello negro, abundante y ensortijado y una barba rala, rubia, de un rubio débil, desvaído.

Huesudo, alto, flaco. Vestido de negro siempre. Recordaba un poco al retrato de Felipe II de Sánchez Coello. Estaba en ese período de los 35 a los 40 años en que no se puede precisar la edad.

Era ciertamente un ser interesantísimo. Me parecía extravagante su repugnancia a pasar las últimas horas de la tarde en una habitación. ¿Qué era aquello…?

—Pues… yo mismo ¡no sé! Es una cosa angustiosa… En ciertos momentos, al oscurecer, la idea de paredes que encierran, la de puertas abiertas hacia la noche, hacia la oscuridad, me oprime, me causa un malestar físico, un inmenso desconsuelo moral

—Los nervios, ¡bah! Neurastenia.

—No, no ¡qué neurastenia! He resistido, más o menos tranquilo, fuertes impresiones… Antes es posible… Mis nervios de ahora no son sino impaciencias locas de no verme encerrado entre paredes, a esta hora.

De pronto, me ocurrió:

—¡Ah! Sí, eso lo llaman el "miedo de los recintos…". Se siente uno ahogado, estrechado, cercado, aun cuando esté en la plaza.

—La "claustrofobia", dice usted. Hay también la "agorafobia", la obsesión del abandono, de la soledad terrible en grandes espacios.

—Exacto.

—Pero no; lo mío es otra cosa… Verá usted que obedece a otras causas más profundas cuyos efectos no corrigen ni las agujas hipodérmicas ni los temperamentos…

E insensiblemente, por la orilla del mar que las olas a cada instante ceñían con nuevas orlas de una espuma gris y tibia, caminamos en silencio hacia las luces del puerto. El crepúsculo; el crepúsculo admirable de las Antillas.

Son coloraciones de una inaudita fuerza que tiene todos los tonos del hierro en la fragua, desde el violeta frío al rojo blanco… La belleza del Poniente, de tintes metálicos de acero, de hierro forjado, de pavones brillantes. Como láminas recién fundidas.

—La "claustrofobia", sí; eso me dijo el médico la primera vez… Pero el médico ignoraba lo que va a saber usted. Para entonces, yo no hubiera tenido valor; no hubiera tenido valor; no hubiera podido dominarme. Era una temeridad lastimarme yo mismo con ese relato…

Subimos lentamente la escalinata del hotel, y frente a la balaustrada de la azotea, aquel hombre me refirió lo que ahora trato de fijar. Hay tal vez algo distinto en la forma. De eso van ya sus años. Pero la esencia de esa historia es todavía penetrante e intensa.

II

—Llegué con ella, ya muy enferma… Los días del hotel, la molestia de su enfermedad, la misma dolencia que la ponía malhumorada, hasta agria de carácter —ella que era tan suave— para desfallecer luego en largos días de tristeza y de abatimiento, me resolvieron a buscar casa. Y conseguí una, bonita, recién construida, muy bien ventilada, cuyos balcones se abrían al canal viejo, de un lado; del otro, por sobre los tejados, se divisaba el puerto. La fachada principal daba a una calle ancha, polvorienta y solitaria…

Pasó algunos días ilusionada, contenta; quería permanecer por la noche, después de comida, mucho rato en el balcón, viendo las estrellas hundidas en el agua dormida, como monedas caídas en el fondo fangoso… El médico halló imprudente esto; tuvimos pequeñas disputas. Y en una de esas recaídas, para cortar de una vez aquel capricho contra su salud, mandé condenar las maderas del balcón que daba al canal.

Pero se agravaba. La fiebre le hacía en los pómulos como dos mordiscos rojizos. Y los ojos enormes le comían el rostro.

Alguna vez, llevándola de la butaca al lecho, dentro del largo peinador blanco, cálido por la temperatura permanente de su fiebre, sentí apenas un frágil cuerpo enflaquecido, destruido, ruina de una belleza de largas líneas ondulantes que era un solo ritmo de gracia desde los cabellos hasta los talones… ¡Pobrecita!

Más de una vez, con esa mirada lejana que tienen los enfermos graves, espiaba en mi rostro aquella angustia creciente de mi alma.

Los hombres no sabemos llorar sino de rabia o de embriaguez. Yo estaba ebrio, borracho de dolor, esa es la expresión. Y a la idea de que "se iba" sentía fluir de nuevo hasta mis ojos las fuentes del llanto, ya selladas en el cementerio, cuando dejé allí a mi madre.

¡Qué quiere usted! No se adora seis años a una mujer, no se abstrae uno en un solo sentimiento hondo, profundo, sin que dejen de borrarse las huellas de todo el pasado, de las locuras todas.

Es un segundo nacimiento.

III

Se agravó; de muerte. Ya no tosía… Las manos como hielo, la frente sudorosa; los cabellos castaños pegados a las sienes.

Era una tarde de septiembre; caía una lluvia pertinaz desde la mañana. Lloraba el agua de los tejados de pizarra, lavados los colores fuertes de las fachadas. El mar, una sola faja plomiza e impasible.

Como un llanto, veía correr el agua, por los vidrios de la ventana. Ella despertó, paseó la mirada vagamente por el cuarto; me sonrió.

—¡Qué frío!

Le subí las sábanas hasta la barbilla, donde aún mostraba el hoyuelo trémulo, último refugio de la antigua gracia del rostro.

—Quédate tranquila.

—¡Es un día bonito para morirse…!

—¡Tonta! ¡No digas tonterías! ¡Verás qué día tendremos mañana, después de esta lluvia!

—¡Mañana…!

Y quedóse absorta, viendo correr las largas gotas de agua en la vidriera del balcón.

Murió esa noche, a las diez.

Yo recuerdo vagamente un desfile de rostros, trajes negros; un olor a tomillo, a licor de Labarraque, flores, unas luces altas que el viento de la noche estremecía; rumor de oraciones; el canto de los gallos…

Y después… Bueno. Lo eterno, el mismo coche negro; la misma escena. El regreso a la casa solitaria, a la casa abandonada donde cada habitación, cada sitio, cada mueble nos oprime el alma…

Se fue, dícese uno: ya no está aquí…

Yo había besado una piel fría y tersa, inerte; como besar el cristal o el puño de un arma. Eso era ella.

IV

Permanecí muchos días en la casa, a pesar de mis amigos. Y siempre a la hora del crepúsculo, me encerré en aquella habitación.

Al principio lloré, solo, destrozado. Después vino el invierno, y una tarde de lluvia, idéntica a la otra, a la inolvidable en que ella tuvo frío, algo pasó por mi cerebro: una rebelión insensata contra todo y contra todos.

Me dicen que grité; que rompí una silla contra la pared; que quise matarme, y mordí las almohadas de su lecho, y rasgué sus ropas íntimas en el fondo de los armarios…

Yo recuerdo un largo viaje… Lausana… Montañas altas y nevadas; el nombre familiar de Jungfrau…

Regresé, curado. A eso de tener lagunas en la imaginación, llenas de amargura y de dolor, se le llama enajenación mental. Yo he sido siempre, según eso, un enajenado; mi imaginación es "ajena", es de ella no más, ¡se lo juro a usted….!

V

Me quedé mirando a mi individuo un rato.

Hablamos de cosas indistintas, como de mutuo acuerdo en borrar aquella impresión de su relato.

Al día siguiente, un amigo, compañero de hotel, me dijo bromeando:

—¡Hombre!, te felicito. ¡Cultivas muy buenas relaciones!

—¿Yo? ¿Qué quieres decir?

—Que el sujeto ese con quien paseabas la otra tarde, que estuvo aquí hospedado y ya se marchó, gracias a Dios, es hombre que tiene una historia…

—¡Ah!, sí —interrumpí—, una historia bastante sentimental.

Mi amigo se sorprendió. Luego observó, sonriendo, mientras le cortaba la punta al cigarro:

—Si envenenar uno a su mujer y decir luego que se murió tísica es tener una historia sentimental… Los crímenes no se justifican con literatura.

Rosa sabanera

I

—¿Falta mucho que andar?

—No, *ai mesmo*; al pasar ese banco, doblando a la izquierda, entre un cocomono y una palma mocha. *Ai* se abre la pica que lo lleva derecho a la casa.

II

La casa... Una choza, en pierna; dos misérrimas habitaciones techadas de palma, con troje arriba para guardar el maíz y para dormir en verano, cuando el zorro rabioso asalta las casas y muerde lo que encuentra. En un ala, cocina y el dormitorio; en la otra, el enfermo: un muchacho de dieciocho a veinte años, postrado en la mugre de un catre, enflaquecido, lamentable, con la pierna izquierda inflamada por la erisipela, y la piel, desde el muslo gigantescamente hinchado hasta el pie monstruoso, surcada por escamas de suciedad, por arrugas donde se detenía la supuración ayudada por el vendaje, "que tenía virtú", y según el curioso que le asistía, debía dejarse así el mayor tiempo posible "hasta que le madure el mal".

La madre del enfermo, una india cetrina y vieja, me refería detalles: la herida con un alambre de púas, el aguacero, "una poca de agua endulzada que se tomó después de pasar sol...". Tenía así dos meses; más... Los otros hermanos, Juan Agapito y Antonio, andaban por la sabana trabajándole unas reses a *musiú* Pantaleón. Ella estaba solita, con Rosa.

III

Lavatorios frecuentes de agua tibia, permanganato, chinosol, lo que hallaba aplicable en el botiquín de campaña. La inflamación cedía; las úlceras cuyas bocas supuraban desde el muslo, se iban cerrando. Al comienzo de aquel tratamiento rudimentario, cuando inyectaba la solución en la llaga superior, las otras vertían el chorrillo color de vino tinto, como un surtidor...

La vieja y Rosa hervían el agua para lavar al enfermo; mantenían el aseo que exigí. La sencillez de aquellas mujeres, su humilde gratitud siempre tenía caricias para mi caballo; me regalaban frutas, me obsequiaban con café —el café tinto de los llanos— que Rosa ofrecía, arrodillándose ante las topias del fogón para buscarme fuego con que encender el cigarro e inclinábase sobre un talle ágil, quebrado sobre las duras caderas, bajo la zaraza a grandes rosas encarnadas. La nuca, redonda, limpia de ricillos cuando recogía hacia lo sumo de la cabeza una melena corta y lisa. El pecho de todas las indias palenques, pequeño, agudo, separado, casi axilar. Y la risa picaresca y los ojos tristes de las razas cansadas...

IV

Yo no recuerdo bien... Ella se inclinó a atizar el fuego: estábamos solos. La madre lavaba ropas en la quebrada. Por la sabana, a ratos, el paso de las nubes entoldaba el sol y un viento de verano, intenso, fuerte, soplaba sobre la choza y hacia relinchar los hatajos lejanos. Tiré el cigarro, febrilmente, sin darme cuenta; y besé a la muchacha en la nuca, a la raíz del pelo corto y bravío que sacudió con un espasmo; sus cabellos tenían un olor salvaje... Fue mordisco. En los climas cálidos no se besa, se muerde... Ahogó un grito:

—¡No, no, suélteme— ¡suélteme!

Pero sin lograr soltarse de entre el aro de mis brazos fue girando, hasta que vueltos el cuerpo y la faz, ambos nos vimos cerca, muy cerca, a las caras pálidas, a los ojos que cuando se avecinan de amor parecen enormes. Y después... la frase grotesca, fea, espontánea que cae como una pedrada en un charco:

—¡Cristiano!, ¡que por poco *jace* botá el café!

V

Vinieron horas de amor y de indisciplina; por la noche me fugaba del campamento, y cerca de la choza, acostado en la cobija, esperaba... A veces llegaba ella primero. Nuestro amor ascendía, soñando hacia las constelaciones, hacia la inmensa paz estelar... Un ladrido lejano... sombras movedizas entre los árboles... ella. Sobre las pupilas de Rosa la luz de las estrellas quebraban lucecillas trémulas, como esos pequeños reflejos en el agua mansa cuando hay faroles en la orilla, distantes...

VI

La orden llegó a las tres de la tarde; a las seis y media, oscureciendo, marcharía a vanguardia la segunda Compañía. A lo largo del campamento comenzó la ondulación, gris, uniforme, silenciosa. Un ayudante pasó, galopando. A lo lejos traqueteaban las carretas del parque... la quinta compañía... la impedimenta, el batallón "3 de julio" rendido por las jornadas anteriores... Oscurecía. Sobre el cielo y sobre la llanura tendíanse lentos tapices borrosos. Las cornetas daban un alarido, y en las copas de los árboles volaban pájaros azorados.

Disponía de media hora... Corrí a la choza, me desmonté de un salto. Rosa vino, asustada, pálida. No me dijo nada; debía saberlo ya.

—Sí, nos vamos... pero para volver —balbuceé.

—¡Pa' *golver*...!

Lo dijo con una expresión indefinible, seca, amarga. Había visto buenas actrices, había oído estas despedidas, de veras en labios de otras mujeres, pero aquella frase ruda, burda, de una tristeza seca y agria como los pastos de verano... La vi a los ojos mansos, hondos, que tenían la expresión melancólica de las razas cansadas y reflejaban el alma de un pueblo abandonado, aislado en regiones solitarias; una humanidad de distancias triste y sufrida. Yo pasaba... Era la ciudad, la alegría, el amor, la juventud; el amor aborigen hacia las presillas doradas con tres estrellas y el tintineo de las dragonas en la empuñadura del sable... Era, en fin, la ilusión que no vuelve nunca...

Ya de noche, un solo filo color de sangre cortaba en el horizonte la oscuridad; desde una cuesta, a la derecha, alguien, al pasar yo, agitó un pañuelo. Y aquel pañuelo, más que una despedida era la señal de la juventud que se marcha.

Más tarde he comprendido que para saber llorar es necesario envejecer...

Noche de primavera

I

—¡Bien, ya se acabó el colegio!

Y una mañana, con mis libros, algunos diplomas, la medalla de oro de buena conducta y una insaciable sed de aire libre, salí a la calle… Ya no volvería al Colegio. Este solo sentimiento llenaba mi espíritu, en el coche, junto a mis maletas, al lado del sirviente que fue a buscarme. Ya no volvería a aquellos salones fríos, a aquel refectorio donde a las horas de comer resonaba la voz gangosa del P. Matías leyéndonos vidas de santos, ascetas cuyo olor de santidad no perfumaba ciertamente un caldo clarucho y frío, un pan oscuro y agrio, un café de color indefinible… La última lectura, la recuerdo, no era para abrir el apetito; se nos refería la historia de un santo varón que no se bañaba nunca… ¡Qué alegría! Se acabó todo eso, el patio, las duras lecciones, la declinación latina que me ponía cada vez más estúpido y me hacía odiosa la vida, la merienda y las lenguas muertas. ¡Ah! Aquella misa obligatoria, dando cabezadas de sueño, saltando el repique de la maldita campana, al cual iba siempre unida la idea del agua fría…

II

Cruzamos una carretera ocre de polvo, algunas calles de escasa circulación; luego un puente sobre barcas y un cuarto de hora después, frente a la rompiente de rocas salpicadas por espumas coléricas, una casa de dos pisos grande y fresca, toda blanca, de persianas verdes que se abrían sobre un barrio silencioso y sombrío.

—¡Aquí está Luis!

Y gozosa, con las mejillas encendidas, Isabel bajó corriendo hasta media escalera.

Dos cabezas de niño, dorada la una, la otra blonda, dos caritas sorprendidas y radiantes, los hermanitos que venían tras ella, surgieron a cada lado de la muchacha. Yo conservaba una estampa de las píldoras del doctor Ross con algo parecido; era un trabajo de Fra Angélico, una pintura tierna y fresca del arte místico del Renacimiento donde la Virgen surgía así entre dos querubines, sobre un fondo escarlata… Y en realidad, en lo alto de la escalera por la que ascendí con ellos que querían arrebatarme los paquetes de libros, el diploma, la medalla, en lo alto de la escalera… ¡Vea usted lo que son las cosas…! Un cielo como el de esta tarde, un crepúsculo igual caía sobre el poniente de la isla, de un escarlata vivo que iba fundiéndose hacia el cenit en morado episcopal, y luego violeta. Más lejos aún, era el tinte indefinible de un azul diáfano y profundo.

III

¿Cómo se enamora uno? Es un asunto de predisposición; el deslumbramiento de una hora… Hasta entonces no comprendí la frase de mi Moliére, de mi texto para análisis gramatical: "Ah, señora, cuando vos entrasteis, yo os creí más alta que las demás… Erais una cosa muy grande que llenó todo el salón. Yo no pude sino veros…". Y así, yo tampoco vi más en aquella casa afectuosa donde viejos amigos de mi familia me acogieron unos días.

Isabel era, a mis dieciséis años, no la pasión precoz, ni el entusiasmo de un muchacho que acaba de salir del colegio, no; era… ¿Usted quiere una definición fría y exacta de quien tiene los cabellos grises por la ceniza de los años? Era eso que se le rompe a uno en el alma la primera vez y en cuyos fragmentos, como en un espejo roto, de época en época, siguen reflejándose pedazos de ilusión a través de los días…

Dos semanas, dos breves semanas que son una sola noche, un solo día, una larga y tibia tarde de primavera, hablando de cosas gratas a la orilla del mar, mientras por un horizonte rayado de azul cetrino una vela se dora en las últimas luces. Pero a esa edad se ignoran los versos y las fábulas de Lafontaine no son muy propias para el caso.

IV

En la noche debía embarcarme. La comida fue silenciosa. A ratos reíamos una chanza de los comensales, queriendo hacer más leve la atmósfera de tristeza que baña los seres y los objetos que vamos a abandonar muy pronto…

Antes del café, con un pretexto cualquiera, dejé el comedor.

Momentos después, empujados por ese mandamiento sublime que una triste filosofía positivista define por leyes de cohesión, gravedad o atracción de los cuerpos, Isabel y yo nos hallábamos juntos en el mismo balcón.

Ni una palabra. Acaso no existe un diálogo de amor más admirable que el de esos silencios llenos de emoción.

Me debía embarcar dentro de una hora. De lejos oímos a los que todavía estaban en la mesa… Codo con codo, en la baranda, permanecíamos callados, mientras en la oscuridad, el mar azotaba furiosamente las rocas y un aire de los trópicos, tibio, sostenido, alborotaba en la frente de ella un mechón rebelde, que a ratos trataba de reducir con un gesto impaciente. Yo traducía: "¡No me hablas!, ¿por qué? Háblame, digámonos esto, lo que está pasando...". Pero yo, con la obstinada timidez de los muchachos, sentía vergüenza, rabia, despecho de mí mismo… Callaba siempre, con un silencio absurdo y estúpido.

Cuando sentimos pasos, cuando comprendimos que era irremediable separarnos, ocurrió algo muy natural y que entonces consideré inaudito. Isabel me sujetó por los hombros con una energía salvaje y se echó a llorar sobre mi cuello; su congoja era tan grande, sus sollozos tan fuertes, que sacudido por la misma emoción, también lloré ¿para qué negarlo? Lloré, junto a ella como lloran los niños cuando aman como hombres, como lloran los hombres cuando aman como niños…

V

Dos horas después, echado en la borda del buque, veía perderse en la sombra el perfil brusco de la isla. En el agua formaba la espuma vastos encajes; lucecillas trémulas huían temblorosas, sobre el oscuro fondo. Faros lejanos… Un viento de alta mar, pleno de yodo y de inmensidad. El océano; el misterioso nocturno del mar, lo sugestivo de la oscuridad, las campanas del "banco de cuarto" que evocan la visión de los grandes viajes, de los viajes extraordinarios que leímos en Julio Verne.

VI

Más tarde, días de tristeza sin objeto. La vida opaca, vacía, sin interés. El recuerdo cada vez más frecuente.

Después, nada… Ni siquiera pensé en la muchacha enamorada que estaba lejos, enferma, triste, sombra pálida de su primera noche de amor, de su última noche de primavera…

VII

Una tarde al entrar en casa, vi a mi madre llorosa con una carta en las manos. Sin decírmelo, comprendí. Comprendí y callé porque ya no sabía llorar.

Por una profunda afinidad espiritual, las madres leen, a través de nuestro disimulo o de nuestra cólera o de nuestro odio, el motivo verdadero de nuestras impresiones…

VIII

Y han pasado los años; y he sido más o menos dichoso… Ya se ve cuán lejos de la verdad está el dolor permanente y agudo.

Acaso es un sentimiento más delicado, más pudoroso, más hondo, sufrir intensamente e intensamente ocultar el dolor bajo un comentario trivial. La pena por lo que se debió amar y que ya no volverá más nunca.

Es por esto, por estos detalles del pasado, por lo que nuestras vidas tienen siempre algo de falso, de aparente, de ridículamente compensador...

Pérez Ospino & Co.

I

Cuando mataron a Sebastián Ospino, Sebastián Segundo Ospino, el de Portuguesa, su mujer Casilda María, viuda de Tomás Pérez, se arrojó desesperada sobre el cadáver.

—¡Ay, Dios mío, Señor, te llevas también al otro!

Aquello, pasada la impresión penosa por los desgarradores alaridos de la doble viuda, dio qué murmurar. También el difunto Tomás quedó como tal a manos desconocidas. Una madrugada en un corredor de la hacienda, le dieron una puñalada horrorosa por las espaldas.

"El finado Pérez dormía boca abajo", según se desprendió de las actas sumariales. Fue cuando se supo. Dio la voz de alarma Miguelito Frías, dependiente de la bodega que meses antes había abierto en la hacienda, con reales de su esposa, el segundo marido, Ospino. Un negocio que marchaba, según su propio decir, "con vaselina".

Y ahora, al año justo, Sebastián Ospino sucumbía misteriosamente, atravesado por las tetillas al regresar del pueblo.

—¡Te me llevas también al otro, Señor! —clamaba la pobre mujer.

II

El entierro fue en la nochecita; ya había, sobre un cielo terso, de un azul metálico, dos o tres estrellas, brillantes, casi risueñas en la proyección de su luz tempranera. Y el cementerio del pueblito —la "Ave María Gonzalera"— cercado con alambre de púas, abrumado de cundeamor, lucía, humilde y fresco, sus cruces de palo maltratadas por la humedad o recién pintadas con negro humo.

Había tres letreros alquitranados, sobre un ladrillo a modo de losa sepulcral, o sobre una simple tablita: "Aquí *llace* Juan Manuel García, su esposa inconsolable" — "*ha* la memoria de nuestro hermano Marianito, setiembre de 1899".

Junto a la piedra que señalaba el reposo eterno de Tomás Pérez echaron a reposar al "otro", a Sebastián Segundo Ospino, el de Portuguesa. El velatorio fue concurridísimo. Era persona tan apreciable el finado, que de la bodega, Casilda mandó traer galletas de soda, queso amarillo, dos cajas de cerveza y un barrilito de ron, de media carga, al que la viuda abrió la espita sollozando. Casi iba a sufrir un síncope cuando recordó, entre frases que la amargura desfiguraba, que aquel ron "lo tenía enviejando su Sebastián para el día del santo".

Quién le dijera a ella que aquel ron sería un consuelo en su pena.

¡Así eran los designios del Señor!

III

Trece meses más tarde se casó Casilda con Miguelito, le dio poder general y transformó la firma mercantil Tomás Pérez & Co. por Sucesores de Pérez, Ospino & Co. Miguelito le atizó varias palizas a la viuda; de la penúltima enfermó gravemente. Murió con una larga agonía de tres días. La última tarde, encerrada con el sacerdote, pasó más de cuatro horas. En la noche se le administraron los santos óleos y una "toma" de linaza, sagú y jobo hervido. A las once, después de retorcerse un poco y emitir un ronquido isócrono, la viuda dijo algunos disparates: "El que a hierro mata, ni que le corten la trompa, etc.". Como se ve, ya había perdido la correlación de las ideas.

Y en la habitación sentíase el solemne momento; esa grave pausa que precede a la muerte; esa como suspensión infinita de las reflexiones que es el lenitivo de las almas cristianas frente a los eternos designios. "Cúmplase en mí según tu palabra" había murmurado Él mismo en la dura agonía del Huerto…

Olía a aceite de coco, a trementina. Casilda ya era cadáver.

IV

Al mover un baúl de cuero que estaba en el rincón de la alcoba para trasladar el cuerpo de la infortunada Casilda al ataúd, apareció un largo cuchillo de picar pasto, mohoso de sangre y envuelto en una camisa también estigmatizada de manchas ferruginosas… Un año por lo menos tenían allí tirados aquellos objetos…

En la noche desapareció Miguelito Frías del pueblo, llevándose los reales del negocio y una sobrina del mayordomo.

Todavía lo andan buscando…

Aniversario

I

Había tomado, de entre el montón de periódicos, canjes, revistas ilustradas, un papelucho humilde, uno de esos periodiquitos de provincia, "hebdomadarios" o cosa así, impresos en caracteres desiguales, cargados de tinta, borrosos, con esa tristeza intelectual de las viejas tipografías... Pensaba en la fe, en la labor constante, paciente, jamás recompensada, de esos jornaleros de la prensa que sin dinero ni aptitudes ni talento, pero con una admirable vocación, se dedican al periodismo y en él se consumen como aquellas sacerdotisas antiguas que languidecían sin belleza y sin amor a la sombra del templo, en largos años resignados...

De pronto mis ojos cayeron sobre un sencillo "suelto", unas líneas de crónica breve: "Cúmplese un año de haber fallecido en esta ciudad la señorita...".

Y leí una, dos, tres veces, aquel par de líneas, feas y negras, que eran toda la juventud de mi corazón.

II

¡Qué madrugada más linda, surcada de cohetes! Hacía frío. Sobre la vieja plaza del barrio perfilábanse, en elipsis, los chaguaramos altos, pensativos, a ratos sacudidos por las primeras ráfagas del amanecer... E iban entrando a misa grupos animados, devotas, a paso rápido, buscando el calorcillo grato del templo, tropezando aquí y allá con los bancos, cambiando a media voz, con el acento peculiar de las gentes en ayunas, mientras tomaban el agua bendita, comentarios pueriles... En el fondo de la nave fulgía un altar pueblerino, un altar de madera, tan corriente, tan ingenuo, con su arte decorativo e infantil digno del cristianismo primitivo, en cuyos motivos de ornamentación, frescos, barrocos, las águilas rampantes se convierten en modestas lechuzas y los serafines en gordos chiquillos de repostería...

III

Y ella entró también en la iglesia. Casi la adiviné en la penumbra de la madrugada, por el traje blanco, por la pequeña silueta, por cierto aire altanero de la mantilla negra cogida a lo sumo de la cabeza con una horquilla... Seguí detrás, en la oscuridad. Se arrodilló junto a la criada, muy cerca de una columna, y tras persignarse, abrió un devocionario y pareció sumida en la oración... Nunca me agradó admirar a las mujeres que se preparan para ser miradas; y simulando que me marchaba, al sentir mis pisadas en la nave, alzó el rostro un instante... En la sombra, sus ojos de un azul que ya no volveré a ver jamás en otras pupilas, azul de cielo, azul de espacio limpio después de grandes lluvias, azul-azul, pues, adquirían un reflejo oscuro de agua pura y quieta bajo los árboles...

Pero en lugar de marcharme, cauteloso, me situé detrás de ella, a pocos pasos.

Por los lados del rostro salíanse mechones blondos que, destacados a la luz del altar en su rubio de oro, parecían encenderse sobre la mantilla negra. Entonces *comprendí* la figura, como dicen los dibujantes: la silueta esbelta, aniñada, diminuta, desde el piececito lindo, pulcramente calzado, hasta el rostro, de un triste rosa pálido, rosa en botón los labios, un poco mustios; rosa-rosa las mejillas; rosa desvaído las sienes y el cuello grácil que hacía pensar en todas las formas ágiles y armoniosas desde el cisne hasta la gacela. ¡Qué pequeña cabeza noble, más pura que el oro puro! Y sobre ella, una corona también de oro, muerto, de un oro pálido, del oro de las antiguas sortijas y de las joyas que estuvieron guardadas mucho tiempo.

Yo tenía dieciséis o dieciocho años: una juventud prematuramente agriada, que hacía gala de desdeñarlo todo: ese primer ímpetu de salida cuando los deseos y las ambiciones corren piafando por la vida como potros. La edad en que el amor es sólo el estallido de un anhelo que guardó la crisálida adolescente, y en la que alegrías y tristezas son espontáneas, violentas, como el síntoma de una enfermedad.

Sin embargo, amé de un modo místico, profundo, desde aquella madrugada inolvidable, la silueta de rosa y oro que tenía el nombre de la flor, como si hubiera nacido bajo el signo propicio de los rosales de mayo.

¿Sintió la mirada atenta, encantada, fija? No lo sé; volvióse de repente, vióme a los ojos un segundo, y luego, como asustada, humilló la frente mientras las campanillas alegres de la "elevación" evocaban trotas de recuas por caminos risueños, colgados de campánulas. Una paz profunda se extendía por cima de las cabezas, inclinadas en un rumor de colmena, sobre todas aquellas sombras temblorosas que el anciano cura parecía doblegar, suavemente, bajo el gesto sagrado, mientras el incienso, en lo alto de los vitrales, doraba sus lentas espirales a los primeros rayos del sol. Nunca como entonces sentí el sencillo encanto de aquella iglesia, tan humilde, tan rústica, tan de los siglos primeros de su religión.

IV

Desde aquella mirada fuimos novios. ¿Novios? Jamás cambiamos una frase. Yo esperaba, paciente, la salida del colegio, en la esquina. Y ella pasaba, llevando de la mano al hermanito; cruzaba frente a mí, seria, sin mirarme; y cuando ya iba lejos volvíase a cada instante y nos mirábamos, nunca a una distancia menor de seis u ocho metros... Así, hasta el otro día y el otro y el otro...

¿Podría darse algo más... tonto, de una deliciosa tontería...? Y, sin embargo, tú que me lees no podrás contener una sonrisa: del fondo de tus recuerdos habrá surgido algún rostro conocido, alguna amada figura de la adolescencia, algunas de esas tímidas memorias que persisten a través de la vida, acendrando hacia la muerte la eterna juventud del amor.

V

¡Dios mío y cómo sufrí otra vez, en cierta "velada" provinciana, repartición de premios o cosa así...! Yo no asistía. Ni siquiera el consuelo halagador de que ella me viese allí. De niño, era arisco, desagradable, colérico; y de aquel colegio me expulsaron meses antes por haberle dado de bofetadas a un tal Juan María, sobrino del señor Rector.

En la calle estuve; pegado a los barrotes de una reja, sufriendo las incomodidades, los codazos, en una posición violenta, con los ojos clavados hacia un extremo del salón donde ella estaba, y de donde, ¡oh furor!, un caballerete, el malhadado sobrino de las bofetadas, alumno premiado del plantel, "sobresaliente" en sus asignaturas y con medalla de "buena conducta", se inclinó ofreciéndole el brazo para conducirla al piano para que tocara su "número": *Hymne de l'enfant a son reveil*…, entre el discurso "de orden" por el Bachiller Pérez-Pérez y la melopea de una señora muy flaca y un violinista llamado Pantoja, que era, como rezaban los estatuos, el "Profesor Lírico" del Liceo.

Un odio brutal me nubló la vista; un odio brutal y además la cabeza rapada de aquel médico, golletudo, el perfil de garduña del señor Capellán del instituto, la gorra de una señora que instalaba sus diez arrobas entre el alzacuello del cura y las orejas del médico. Todos estos obstáculos no me permitían verla sino a precarios intervalos… En cambio, aquel rostro canalla del sobrino, del Juan María aquel, echándosela de "hombre" porque llevaba cuello duro y el reloj de su papá, estaba ante mis ojos, satisfecho, sonreído, insolente… En mi acaloramiento creí que me habría visto allí, estrujado, humillado, con los ojos como dos brasas, consumidos de rabia, de impotencia… Terminó al fin la tocata y él tornó a ofrecerle el brazo, cambiando ¡oh!, ¿para qué eran entonces las garras del moro veneciano?, cambiando, sí, señor, *cambiando* una sonrisa… La salva de aplausos me pareció una salva de bofetadas en mis mejillas que ardían. Con una rabia salvaje me arrojé de lo alto de los barrotes a la acera, corrí a casa; y solo la noche y mi almohada supieron cómo lloran los niños cuando son como hombres, cómo lloran los hombres cuando son como niños.

Lo que no supo Juan María, a pesar de ser siempre "sobresaliente" en todas sus asignaturas, y probablemente no lo sabrá nunca, fue por qué al día siguiente, a la vuelta de cierta esquina, sin mediar una palabra, le acometí como una fiera, y le di con los puños, con los dientes, con las rodillas, con los pies, con la cabeza, hasta que huyó, despavorido, dando gritos… Su tío, el Rector, quiso que me llevaran a la Policía. Estaba visto: yo la tenía "cogida" con su sobrino por envidia, porque era mejor estudiante y había ganado el premio de "buena conducta".

Así conocí desde niño el valor de los juicios humanos.

VI

Vino la lucha. La necesidad puso su cara de hereje: había que trabajar, sudar, ganar dinero, pagar esa deuda de infancia que todo niño pobre contrae con la vida… Y un día, con un nudo en la garganta, los ojos nublados de lágrimas y algunas vagas cartas de recomendación que mi madre puso llorando en la infeliz maleta, vi alejarse, al correr del tren, los techos, las vegas, las torres blancas, humildes, lejanas de la ciudad…

VII

No pertenecen a esta historia de color de rosa los años que de entonces a acá corrieron sobre mi vida…

Con un poco de corazón, algunos recuerdos y una tristeza de lo que fue, tan honda y tan dulce al propio tiempo, como la que dejan las cosas que no pudieron ocurrir, las mujeres que no supimos amar y las lágrimas que ya no se saben verter, he compuesto esta breve y pueril historia de amor. Color de rosa, color de ella y de su nombre, en el espacio que va entre un día de noviembre, cuando la enterraron —bajo un gran árbol, junto a un túmulo oscuro, cubriendo de rosas el montón rojizo de la tierra que la arropó— y este otro, a la luz de una lámpara, con un pedazo de papel borroso y mal impreso entre las manos y que tiene, como una lápida polvosa y deteriorada, todo el suave dolor de su Aniversario…

El perro

I

Sí; es una idea del vulgo: cuando uno quiere a un animal y este muere de pronto o desaparece, es porque él nos ha librado de un grave peligro: un lance, el matrimonio o la muerte. Está probado.

Conozco un "caso" de perro y hombre que parece comprobar esta vulgar conseja.

—¡Pamplinas! Sin embargo, cuente usted. Una extravagancia más o menos… no vale la pena.

II

Yo lo conocí. El perro no era de su propiedad, precisamente. En sus andanzas de ebrio profesional, calle arriba, calle abajo, adoptó al animal que iba por ahí, flaco, sarnoso, sin amo. Era su confidente. A las dos, a las tres de la madrugada, dando traspiés, metíase él en su casa seguido de la pequeña sombra trémula…

Ya su mujer no se molestaba en aguardarlo y reñirle. ¿Para qué? Se contentaba con volver el rostro a la pared y dejar que se acostase a su lado. Evitaba, a pretexto de sueño, cualquier caricia caprichosa del beodo y luego, en un ambiente de níspero, de reverbero, de taberna, oíale roncar, brutalmente, hasta las diez…

El perro echábase a los pies de la cama y allí se estaba…

III

Una madrugada ladró tan furiosamente que el borracho despertó, entorpecido, estrujándose los ojos. El animal se desgañitaba.

—¡Sultán, so, Sultán!

Y le atizó un puntapié horrible. El perro huyó dando aullidos. Y desde la puerta continuó ladrando y quejándose, alternativamente.

—¡Carmela, Carmelita!

Nadie contestó. Extrañado pero sediento, saltó de la cama, arrastróse hacia el corredor, tomó agua, uno, dos, tres, hasta cuatro vasos. Allí le vino a retazos una idea, y tras de la idea un poco de lógica: ¿por qué no estaba en casa su mujer? ¿A qué hora llegó él? ¿Sería muy tarde? ¿A quién le ladraba el perro?

Y este, como si entendiese las reflexiones del ebrio, corrió ladrando, hacia el zaguán.

Como su amo dormía las más de las veces vestido, salió tras él poniéndose de paso el sombrero que estaba tirado en una silla.

Él, como esposo, como jefe de hogar, debía averiguar, saber por qué había salido su esposa a la calle a esa hora. Y además, recordaba que su *vale* Sixto Pérez, dejaba entrejunta una de las puertas de "El Clavel Rojo" para algún "amigo" que tuviese sed a esa hora.

Aquella reflexión no carecía de lógica. Era unir el deber al esparcimiento.

—¡Voy a buscar a mi señora! —se dijo convencido.

Sultán, cojeando, guiaba adelante.

IV

En efecto, la consabida puerta dejaba filtrar un rayo de luz. Empujó y entró. Allí cenaba Carmelita con su compadre Sixto Pérez, otra mujer, una tal Sinforosa de muy mala fama y un sujeto de camarita y lentes... Juraría que su mujer había separado, rápidamente, las piernas del de la camarita. Pero no estaba seguro. Y antes de coordinar la idea de distancia, de lugar y de tiempo, Sixto Pérez, con un ron "doble" en la mano, exclamó:

—¡Hombre, más vale llegar a tiempo...! A su *salú*, don...

Sixto era barrigudo, tenía los ojos dulces, insinuantes.

—¡Beba, compañero, beba! "S. T." legítimo —insinuó, amablemente, el de las gafas.

Y él apuró de un trago la copita, sin darse cuenta.

V

A las dos horas, dando tumbos, entre el de la camarita y su mujer le llevaron a su casa.

—Bueno; ¿y qué es...?, ¿qué bolada es esa?

No le contestaban nada. El único que gruñía, feroz, era el perro, el pobre Sultán que mostraba los dientes al intruso, todo erizado...

—Pero... bueno... ¿qué es?, ¿qué pájaro es ese?

¡Nada! Ningún pájaro —oyó que le contestaban al acostarlo...

Y apagaron la luz. A poco se oyó un ladrido, rodó un mueble, aulló horriblemente Sultán, hubo un rumor de voces y quedó todo en silencio luego.

VI

—¡Carmelita! ¿Y el perro?

—Mira, niño, yo no sé nada de perro. Se iría, digo yo. Quien da pan a perro ajeno… O lo habrán envenenado pero desde anoche no sé de él.

—¡Qué broma! ¡Tan bueno mi perro!

La coartada

I

—Pero, ¿la conocía usted ya?

Mordí el cigarro, contrariado:

—No, nunca la he conocido. ¡Pasan delante de uno en este mundo tantas cosas…! Creí reconocer a alguien, a una persona que murió, de una de esas muertes en vida que llamamos de cualquier modo: traición, olvido, ausencia… En fin, muerte. Pero aquella no era así. Tenía los mismos ojos; más brillantes acaso; el mismo perfil dulce y abatido, realmente con un poco más de vivacidad en la fisonomía; las mismas lindas manos de reina, las manos de la Santa aquella que cometió la vulgaridad de casarse con el landgrave de Turingia; usted sabe, aquella que convirtió el pan en rosas. Y ¡cosa más rara!, las manos sí que son idénticas, con la breve uña recortada en melón, y el gesto tan de las facciones. ¿Usted se ha fijado en esas manos lindas y como caídas en el regazo, que poseen algunas mujeres? Si los labios denotan fuerza o disimulo, y la nariz sensualidad, y los ojos inteligencia, las manos, indudablemente, tienen toda la expresión, en algunos seres, de haber dejado deslizarse, sin retenerlos, los días mejores…, yo las llamo manos "cansadas", ¿le parece a usted bien…? Pues, como decía, esa persona es muy semejante a la otra.

—Sí —repuso sonriendo—, es la misma que usted conoció, con algunos años demás...

II

Algunos años demás... Muchos años más. Es el pasado con la fuerza de la evocación, con el sentimentalismo de los viejos recuerdos, que parece banal y es intensísimo; esa vaga tristeza de lo que se va quedando en el camino, atrás...

Esa persona me odiaba. Gratuitamente, casi diría, ferozmente... Ni mi semblante, ni mis acciones, ni los más triviales gestos pasaban disimulados para aquella profunda antipatía... Le repugnaba que yo fumara pipa. De allí deducía mi mal corazón; mis defectos físicos debían de ser consecuencia de mis defectos morales: "el cuello tan corto", "los hombros tan altos". Si el clima era cálido y me bañaba varias veces al día: "el pato ese de la cachimba"; si saludaba: "¡qué fresco!", si no, "¡qué malcriado!". Y si le daba una limosna a una anciana era "porque como tenía sobrinas, muchachitas pobres, pero honradas...".

Un día, como en las novelas cursis, el odio se convirtió en amor.

—Es porque no era odio— observó entonces mi amigo—. Eso del odio convertido en amor es literatura de usted, cosa del oficio... Lo que acostumbran llamar antipatía las mujeres no es sino una fuerte impresión, mal definida. El deseo, no satisfecho, de indagar, de curiosear a través de ciertos semblantes... Mi mujer, por ejemplo, siempre me estaba majadereando con su repugnancia, con su antipatía hacia Pepe Farías y... ya usted sabe lo demás...

Sonrió con amargura y luego con aquel acento metálico que tenía algunas veces su voz, como si las palabras fuesen de hierro y él las quebrantara, añadió:

—Tanto me decía Clarisa que Pepe "no le hacía sangre", que al fin tuve yo que hacérsela…

Era para estremecer a un poste de teléfonos aquel recuerdo.

III

Ustedes deben haber olvidado el suceso. Los periódicos no dijeron más que los hechos inmediatos, lo que pudo apreciarse del sumario… En fin, lo objetivo, el cuerpo del delito, lo policial… Y como las pruebas no hablaron, ahora él aludía, libre y estimable, en el velador de una cervecería, aquella tragedia.

Cuando supo que Clarisa lo engañaba, pretextó, cierta noche, deseos de ir al teatro… Desde ★… a Caracas asunto de media hora, bien a caballo…

Llegó momentos antes de comenzar la función. Estuvo reunido con varios amigos, López Pérez, el que era entonces juez de instrucción del circuito ★…, el secretario, Cardenillo y algunos otros conocidos…

Al levantarse el telón, salió del teatro, montó a caballo y devoró la distancia que le separaba de su casa… Amarró fuera la bestia, en el pesebre echó mano al machete del pasto, una lámina esbelta, afiladísima, flexible, y por la ventana, a la cual previamente dejara sin correr el pestillo, penetró en la sala.

Del cuarto, a un ruido, salió Clarisa, y antes de dar un grito, cayó con la frente abierta. ¡Las heridas de Pepe! Aquello no eran heridas, aquello era una ensalada humana de sangre, médula y manojos de nervios… Sin un grito. Se lavó cuidadosamente en la bomba del patio y sin perder un instante, echó pierna al caballo.

Terminaba la función casi, cuando volvió a entregar su *contraseña*.

Del teatro salió con unos amigos. A la hora iban también con él, en cierto coche, ciertas amigas. Y de una casa de mala fama, después de una velada verdaderamente pública, todo entorpecido, aguardentoso, con los ojos agrandados de la parranda y del estupor, lo sacaron para darle la horrible noticia: Habían asesinado a su mujer y a Pepe Farías, su amigo de la infancia... Sufrió un síncope; hubo que darle soda, hacerle oler álcali... Se llevaba las manos a la frente, desesperado: —¡Es horrible, lo que me pasa!

En verdad, algunas jaquecas son espantosas.

IV

Ya más dueño de sí, en un coche, con sus amigos y el tribunal, se dirigió "al lugar del suceso".

El espectáculo no podía ser más horripilante. Ya se imaginarán ustedes, una carnicería...

Clarisa fue llevada al lecho. Tenía en el cráneo una profunda herida, una abertura que negreaba entre los dos filamentos blancos del hueso hendido.

Respiraba aún... Abrió los ojos y al ver a su marido sufrió una sacudida tremenda, prorrumpió en gritos de angustia, enronquecida: —¡Socorro, la policía, él fue, él fue!

Hubo una perplejidad penosa, pero mi pobre amigo, con los ojos llenos de lágrimas, sacudido por la emoción, sujetó dulcemente la cabeza de su mujer acariciándole los cabellos espesos de sangre, ya desmayada en su hombro, murmuró con una tristeza desolada:

—Pobrecita, vida, pobrecita; está delirando... No grites, mijita, no grites, que te hace daño.

Una hora después había muerto.

V

Mi amigo estuvo como loco... La amaba, a pesar de todo.

Y con una melancolía dolorosa supo ser, sin extremos lamentables, un viudo desgraciado, dentro del concepto cristiano de que toda desgracia es respetable.

¿Parece esto un "cuento", verdad? Pues es una historia. Una historia donde lo grotesco y lo trágico entran por partes iguales. Como en la vida.

El vals antiguo

I

¿Por qué usted duda que yo sea capaz de escribir esa página que se lee con la garganta oprimida y con los ojos castigados de llanto?, ¿por qué? ¿Porque siempre fui hacia los humildes, hacia los tristes, hacia la fealdad moral de la existencia, hacia esas vidas que en la vida bella y acicalada de usted apenas están más allá del segundo corredor? Niña buena, inocente, pueril, ¿sabe usted que cerca hay también quienes tienen hambre y no comen, quienes sueñan como usted con grandes amores imposibles y no aman?

II

Así decían aquellas últimas páginas de su libro de "memorias", un cuadernillo de carátula oscura, maltratado y mal escrito.

"Si él supiera cómo le quiero", pensaba una muchachita triste, "si él supiera, cuánto más me amaría; no fuera ni tan indiferente ni tan superficial.".

"Cuando yo 'le hablo al alma', cuando nos hemos peleado y yo me siento al piano, qué adoración la que va cantando desde aquellas notas del vals viejo hasta mi corazón; y entonces todo es como el ir y venir de los que pasan por la ventana y ven la luz, el rincón de la velada, la silueta fiel en el piano. Pero él está distraído, este vals francés que él apenas sabe tararear no le dice, con el estremecimiento de los compases de la primera parte ni con el sollozo ahogado que estalla en la 'coda', que mi corazón salta en el pecho como un pájaro asustado, y que si viniese ahora por mi hombro a verme los ojos ciegos de lágrimas, sabría que sobre la tierra no hay sino una sola verdad feliz: amar… Porque la de que nos amen es tan accidentada, tan llena de complicaciones, tan asustadiza que es como solo un largo miedo de perder el amor para siempre".

III

"No había vuelto a escribir una letra. Ha sido todo como un delirio y el decirme que eso de escribir una 'sus memorias' era una tontería petulante, me hizo echar al olvido, en el fondo de un mueble, este viejo y leal cuaderno forrado en marroquín…

"Además… la proximidad de nuestra boda. ¡Sí! Cuaderno de los pesimismos y de las tristezas y de los anhelos inconfesados. Luis y yo nos casamos dentro de una semana, el 7, ya lo sabes. ¡No rompo tus locas páginas de desilusión escritas por un espíritu ridículo, sino para conservar como escarmiento todo cuanto escribí contra la fe, el afecto y el amor de mi Luis!"

IV

"Hace un año y parece que fue ayer…". ¡Año Nuevo!

"Él no vendrá sino hasta cerca de las doce, que cenaremos… Apenas la familia, la 'detraqué' esa de Luisa María, que me parece demasiado 'entusiasta' en quedarse cuando come en casa mi marido, mi suegra y mi tío; el buen tío Pascual que según afirma celebra todo diciembre y comienzos de enero como onomástico. Pero él, él ya no viene hasta las once o las once y media.

"¿Que toque? ¿Que no me haga de rogar...? Y allá va el viejo vals, el vals de cuando yo deseaba que él me besara, enloquecido de amor, el vals que es toda nuestra dicha y que despierta en la gran pausa de sus compases el eco olvidado de los primeros meses...

"Un timbre. El teléfono; Dios mío, ¿qué dice? Que no cena aquí esta noche, que unos amigos, que... ¡Nada! que vuelva yo a oprimir mis teclas blancas y negras. ¡El no vendrá...!".

V

"Y eso es el final... Yo ya soy ¡eso horrible que he dicho de Luisa María, de la esposa de Antonio, de tantas...! Sí, sí, sí lo soy. Lo fui ya; lo seré hasta la muerte.

Pero yo no tengo la culpa. Lo juro una y cien veces sobre lo que más amo, ¿sobre lo que más amo yo? ¿Mi marido? ¿Tengo yo marido? Lo tendré como una cosa de la que en fuerza de prescindir de ella se cuenta así, vagamente, como poseída y abandonada... Un sombrero, una ilusión... Lo juro sobre los labios de mi niño rubio de mi adorado Frank, que es hijo *mío* nada más.

Como entonces...

I

Salía de la sala de billar; alguno me llamó. Yo me volví de pronto y vine a quedar frente a una dama... Un peinado alto, cabello rubio, tostado, los ojos oscuros, breve la boca, encarminada, una *toilette* gris, y aquella expresión de estar oyendo siempre cosas sorprendentes.

—María Luisa...

Me reconoció; sonrió un poco admirada; dominando la primera impresión me tendió la mano enguantada, que yo sacudí cordialmente.

—¡Usted! ¡Pero si lo hacía tan lejos...!

Sus palabras denotaban una serenidad desconcertante al hallarse, de pronto, con un antiguo amigo.

Tomé asiento a su lado; cambiamos algunos cumplidos con la amiga que me presentó sonriendo:

—El señor..., la señora... —No me fijé bien en el apellido de aquel mujerón vestido de amarillo: algo así como Pérez González o González Pérez.

María Luisa estaba hermosísima. El modelo prerrafaelita que yo conocí de soltera, era ahora una magnífica mujer...

A poco me atreví:

—Y bien, María Luisa, ¿es que ya no nos tratamos con la confianza de antes?

Alzó los ojos, burlona:

—Ya lo creo, Roberto, ¿por qué no? La misma... de antes. Usted está un poco cambiado... Más viejo.

—¡Más triste! —exclamé en tono interesante.

Había comenzado, como ordenada por un ángel bueno, aquella magnífica "Invitación al vals" que meció en sus compases tantos recuerdos de nuestra juventud... La música iba dominándonos las palabras; llenaba ella sola el silencio... Callamos. Luego, lentamente, hablamos de entonces... Pero nuestra conversación revestía un carácter frío, abstracto; dábale ella a los recuerdos un aire de indiferencia cuya crueldad bien saben emplear las mujeres. Es el castigo de nuestras inconsecuencias... Un castigo sereno. Yo no podía tolerar aquella aparente tranquilidad... Me decía todo..., mi viaje, la despedida, el ramito de las violetas cogidas esa mañana... Y concluía, serenamente:

—Ya ve usted, Roberto, ¡tan tonta como es una a los veinte años! No sabe usted cómo transcurrió aquella primera semana... Me la pasaba bajo los árboles grandes de la orilla del río; sentía una impresión como cuando a una la dejan sola en una casa muy grande, sin muebles...

Yo me incliné, turbado. El vals me emocionaba; yo no contaba ni con aquella mujer ni con aquella música..., sin apercibirme la tutée..., como antes.

—Ah sí, sí, ¿te acuerdas?

Como quien despierta de un sueño, cortó de pronto:

—¿Quiere *usted* que bailemos?

Era un *usted* firme, impertinente, limitador...

Salimos a la terraza y nos confundimos, bailando con aquella multitud jubilosa.

II

Sí; debía acordarse.

Mi madre me había llevado a una visita; íbamos a corresponder al ofrecimiento de los vecinos. Me pusieron mi vestido de pana azul que tenía en el pecho dos áncoras blancas; la gorra que llevaba bordado en rojo "S. S. Clarendon"; las botas nuevas... Entonces éramos muy pobres. Mi mejor traje, regalo de la tía rica... Mientras mi madre hablaba con la otra señora en cuya casa estábamos —una casa sorprendente, de mosaico, con arañas de luz eléctrica, unos sirvientes muy serios, y un perro grande—, nos enviaron a jugar al patio. La niña —esta María Luisa de ahora— comenzó a preguntarme si tenía "Arca de Noé", cómo me llamaba y qué quería decir ese letrero colorado que llevaba en la cachucha... Después llegó otro niño, lo llamaba Yaco mi amiguita; nos pusimos a jugar los tres: ella guiaba el juego. Los ladrones entraban, Yaco se despertaba, salía detrás de un cajón y con un revólver de níquel hacía los disparos. Como los rateros éramos el perro Boby y yo, debíamos caer ambos muertos, mientras María Luisa corría pidiendo socorro. Claro, Yaco hacía el marido. ¡Mi modesto rol tan desairado...! Yo hubiera querido ser un ladrón tremendo y no me dejaban. Eso "no estaba en el juego", "no se valía...".

—¿Y quién es este cachucha de alfombra? ¿Qué hace aquí? —preguntó Yaco.

—Nada, dijo ella, que vino con su mamá y me mandaron que jugara con él... Pero es tonto.

—¡Y bruto!

Yo quería llorar; sentía la crueldad de aquellos niños como más tarde sentimos la crueldad de los hombres: asunto de forma y de estatura. Cesé de jugar con ellos; quisieron obligarme, y Yaco me tiró de la gorra rompiéndome la visera que me había hecho mi madre a la luz de la lámpara, el día antes, pinchándose los dedos... Le di una guantada; nos agarramos; vinieron las señoras y yo me fui con las orejas rojas y la visera desprendida; Yaco se quedó dando chillidos: —¡Que me dio en la sien! ¡Que me dio en la sien!

Cuando salía, María Luisa me vio de una manera distinta: se atrevió a gritarme desde el anteportón:

—¡Ya sabes, Roberto, cuando quieras vienes y verás que jugamos sin pleito! ¡Yaco es muy tremendo!

III

Once años... Mi madre murió; sobre la casa pasaron horas de angustia, de pobreza... De toda aquella época solo María es el recuerdo grato: nuestra amistad de juego continuó. Yo iba mucho a casa de ella. Una tarde, en un paseo, retirados de los demás, rompiendo el silencio, le dije que yo la quería, que yo la quería mucho y que iba a ser rico para casarme... La primera conversación de amor tiene algo de ridículo; las frases son incoherentes, las observaciones necias, la timidez da risa. Pero descubiertos nuestros amores, el padre de María Luisa me llamó aparte:

—Roberto, usted es un muchacho; déjese de eso. Yo sé que usted y María se entienden y no puedo convenir en el asunto. Usted tiene mucho tiempo por delante; sálgase al mundo, luche, y si eso le dura, entonces hablaremos....

Yo me marché al Brasil con un ramito de violetas que besaba a cada instante, con el alma henchida de esperanzas. Revivía el beso de la despedida y me hallaba con una reserva de fuerzas capaz de trocar el universo en elemento a mi servicio. ¡Ilusiones..., juventud..., amor de muchacho!

Pasó tiempo; corrí mundo. Acabóse mi correspondencia con ella por un pequeño pretexto. Y ahora que regresaba, asegurado el porvenir, con los cabellos grises y el alma enrojecida, ella estaba casada con Yaco. La segunda vez que aquel gordinflón me rompía la gorra.

IV

Media noche; después de la cena quedaban pocas parejas. Yaco juega ecarté. María Luisa ha cenado conmigo y estamos en un rincón de la terraza separados por la mesita, por las botellas, por los restos del pavo... Una tesis vaga que trajo el champaña y el anhelo de hablar de nosotros...

—¡El amor no es la juventud! No; nunca. Cuando uno regresa de todas las locuras, cuando ya vienen cerca las horas frías, las horas del cuarto de hotel, sin una emoción, sin una nota delicada. El detalle más simple; una prenda, una ropa íntima de la mujer, ocasionalmente, nada, que veamos sobre los muebles... Es entonces, María, cuando uno sabe cuánto vale el amor. Pero ya usted ve: no reservamos nada para el futuro; usted se casa, cumple sus deberes... Yo hago lo mismo o cosa parecida: nos encontrarnos, nos saludamos, estamos un rato junto, y... ¡el mundo es ancho! ¿No es esto sencillamente desolador y atroz?

—¡Ah, sí!

¿Lo dijo su boca? ¿Lo expresaron sus ojos? ¿Oí yo, realmente, aquel suspiro de breves palabras?

Fuimos a la baranda; la noche sobre la ciudad... Miramos el puerto, oscuro, apenas taraceado de luces trémulas que listaban de oro el agua muerta... Dormían las naves como en el fondo de nuestros corazones las esperanzas que tal vez mañana iríanse con el sol hacia los misterios del horizonte… ¿Volverán? No volverán tal vez. Quizás permanezcan por siempre, tendidas en el fondo del alma como esos barcos viejos que se abandonan en la orilla, ya inútiles para el mar.

Estaba tan cerca de ella que sentía en la frente una caricia de sus cabellos. Y al oído, muy paso, muy despacio, repetí:

—María, ¿te acuerdas…? Como entonces…

Dobló la cabeza sobre mi hombro; se encontraron nuestras bocas y con una voz que venía del fondo de los años y del olvido, repitió dulcemente:

—Como entonces….

La ciudad muerta

I

De sobremesa hablábamos de aparecidos. Cada quien refirió algo misterioso, horrible o sencillamente espantoso. Las mujeres a ratos se estremecían dirigiendo miradas medrosas hacia las puertas que se abrían sobre alcobas obscuras. Una campana distante doblaba las nueve. En la casa persistía esa atmósfera especial, ese no sé qué de misterioso que parece flotar en las moradas de donde recientemente ha salido un cadáver.

Y la hora, y los trajes negros de Beatriz y Olimpia y la impresión causada por las distintas narraciones preparaban nuestro ánimo para las leyendas macabras en parajes solitarios, en el cauce seco de quebradas o por llanuras llenas de luna o al golpe de media noche en el pavor de esos "muertos" urbanos, domésticos, que se mecen invisibles en las mecedoras, pasan como leves sombras envueltas en sábanas hacia las habitaciones interiores, vierten jofainas de un agua absurda en los patios o silban o echan a rodar la vajilla de los aparadores sin que un solo objeto se mueva de su sitio.

—¡Lo que es Beatriz no me dejará dormir esta noche! —comentó medrosamente Olimpia.

—¡Es pavoroso! —repuso la menor, siguiendo el recuerdo de la última anécdota, y aproximando el asiento a su hermana.

Yo había guardado silencio. Pero con ese placer morboso que tienen las mujeres de sentir el miedo, comunicarlo, gozarlo, saborearlo, mejor dicho, las dos muchachas a la vez exclamaron:

—¿Y a usted? ¿A usted?

—A mí...

Luis y José Antonio habían referido ya cosas espeluznantes y también insistieron, pero con el temor pueril, de que una narración extraordinaria anulara el efecto causado por las respectivas leyendas que ellos, como es costumbre en esta suerte de relaciones, atestiguaban citando nombres, datos exactos y bajo "su palabra de honor".

Respiraron cuando yo insinué tímidamente:

—A mí no me ha ocurrido nada en ese sentido. Nunca de noche ni a ninguna hora vi espectros o sufrí alucinaciones con personas conocidas, ni simples fenómenos telepáticos que ahora están de moda.

—Deficiencia de percepción; tus nervios no están afinados "para recibir", para *plasmar*, digamos, las ondas de eso que los ignorantes llaman inexplicable y de lo cual se burlan las gentes superficiales, añadió con alguna pedantería el otro.

—Porque eres materialista, dijo uno.

Las mujeres oían calladas.

—Como quieran ustedes —me limité a responder—, pero ni el aparecido sin cabeza que galopó abrazado del jinete; ni la coincidencia de los dos suicidas en la misma casa y en idénticas circunstancias, ni el fantasma que sujeta por los hombros y exhala una frialdad de hielo o espanta en los caminos o salva a saltos gigantescos las paredes del cementerio, ni ninguno de esos cuentos terroríficos es igual al espantoso, al tremendo pavor de las cosas en la soledad, a pleno día, a plena luz...

Los hombres sonrieron. Olimpia y Beatriz, dirigiendo a todos lados la mirada asustada, aproximaron a mí sus butacas. Dudaban, pero no obstante preveía algo terrible su sensibilidad de mujeres, en la cual, para decirlo con la frase enfática de ellos, "plasmaba" mejor la horrible simplicidad de mi relato.

—¿Al mediodía? —observó Beatriz mirando hacia la obscuridad— es imposible sentir temor a muertos... Sin embargo... —añadió pensativa.

—Sin embargo...— dije a mi vez— yo he creído morir de terror un día, a toda luz, en el corazón de una ciudad de más de treinta mil habitantes donde todo me era familiar y conocido.

Los hombres protestaron:

—¡Es inadmisible!

—¡Es absurdo!

Beatriz meneó la cabeza siempre pensativa, con un resto de duda. Olimpia rogó vivamente:

—¡Por Dios! ¡Cuente usted, cuéntenos!

Apoyado en un mueble, Luis fumaba indiferentemente. José Antonio sonreía incrédulo. Las muchachas se habían acercado más aún y los ojos grises de Olimpia y las azoradas pupilas de Beatriz se clavaban en mí, brillantes de impaciencia, con una curiosidad que iba en aumento.

II

—Hace algunos años, como ustedes saben, era yo empleado de Núñez, Sampayo y Compañía. Viajaba con mis muestrarios, recorriendo hasta tres veces al año los Estados del Centro, y en verano hacía mi jira comercial por Acarigua y Ospino, llano adentro. Durante aquella estación, poco después de la última campaña, habíame internado mucho más al sur que de costumbre; debía hacerme pagar, examinar algunas quiebras, restablecer relaciones, en fin, ese frecuente luchar del crédito y del trabajo contra el perpetuo desorden nuestro. La guerra había devastado los campos y arruinado el incipiente comercio. Las ventas eran malas, los cobros peores; persistían aún el malestar y el temor. Jornadas enteras de marcha monótona sin hallar, en los ranchos abandonados, ni comida para mí ni pasto para las bestias. Una desolación profunda acentuaba más la solitaria naturaleza de aquellas regiones donde el verano, con su sol como plomo derretido, aplasta el paisaje, cristaliza los guijarros, la tierra rojiza, o las lluvias torrenciales forman pantanos inmensos, pegajosos, fétidos, que inutilizan las bestias y atascan las carretas, y que más tarde, en la sequía, son terronales cribados de huellas profundas, barro endurecido y desigual que despega las cabalgaduras y les ensangrienta las patas.

Aquel verano era de los peores. El sol fustigaba como látigo desde un cielo claro, azul, metálico. Sólo la perspectiva de sabanas amarillentas donde culebrea el camino carretero, irregular, a trechos cruzado de veredas desconocidas, a ratos perdido en las montañuelas al paso de los cañadotes en cuya barranca se pierde la huella de la carretera. De jornada en jornada, un apeadero miserable, donde beber un agua fangosa, un rancho cuyos habitantes hábiles habían dejado a la anciana casi inválida junto a las topias del fogón, al niño palúdico, barrigudo y deforme, al cerdo escuálido que gruñía, hozando las gredas del bahareque y que no mereciera ni la codicia de las tropas. A veces, en el fondo del rancho, el semblante cadavérico de un enfermo envuelto en ropas astrosas, inmóvil entre el chinchorro deshilachado, o el indio mocetón, derrengado sobre el quicio, los pies hinchados y dos enormes úlceras en las piernas desnudas, llenas de grumos, de barro, de lentas supuraciones bajo el vuelo de las moscas…

Pero aquel día, ni eso hallé. Había dejado atrás al peón con mis cargas para que se me reuniera dos o tres días después, no queriendo perder la ocasión de efectuar un cobro de consideración personalmente, y marchaba desde la tarde anterior. Ya, por la sombra, que era apenas una pequeña mancha escondida entre las patas de la mula, debía ser mediodía. Ni una pestaña junto a un ribazo, bajo unos cujíes. Un descampado. Y resolví seguir adelante, por un camino agrietado, duro, que casi cegaba al reflejo del sol. Bajé luego, gradualmente y marché mucho rato por el lecho de un torrente, calcinado, como pavimentado por grandes losas triangulares.

A ratos, una nube ponía su tregua de toldana, pasaba una ráfaga cálida, y más allá detrás de la zona ensombrecida, el sol recrudecía su fuego a todo el hemiciclo del horizonte.

Ni un sorbo de agua, ni un trago de aguardiente, ni nada… O me habían engañado en el último albergue o estaba perdido. Indudablemente pasara de largo, dejando a un lado las poblaciones e iba a través de las inmensas sabanas por un antiguo camino de ganados.

Y así por largas horas de un mediodía que me parecía inacabable, torturado por el anhelo terrible de llegar; por la sed que resecaba la garganta. Como única visión de humedad, el sudor de la mula, despeada, con los ijares temblorosos, afirmándose trabajosamente sobre sus patas lastimadas, animada a latigazos que cada vez parecía sentir menos y que de un momento a otro caería, para no levantarse más, en aquella carretera infinita. Comencé entonces a sentir la desolación, el terrible abandono de los desiertos…

A ratos me enderezaba alegremente en la silla, estimulaba la bestia que parecía estimulada también por la ilusión de un techo, allá lejos, y trotaba y trotaba hasta que la sombra mentirosa de una palma o el engaño de una nubecilla defraudaban nuestra esperanza; y cuando aquella ilusión desvanecíase y otra sabana tan árida y tan amarillenta se extendía inacabablemente, mi desfallecimiento era mayor e ideas locas me asaltaban: echarme allí, al sol, a un lado del camino, para morir o para esperar la tarde, el fresco de la noche y continuar la marcha a riesgo de perderme en la obscuridad. ¡Pero la sed! La espantosa garra de la sed, esa obsesión del agua cristalina corriendo entre verdes cañaverales, esa ilusión tenaz de las múcuras, trasudando frescura, perladas de gotas brillantes o de jarros de cristal que empaña el hielo flotante, en grandes trozos que reflejan el iris…

Con un esfuerzo de voluntad, todavía, alcé las riendas para castigar el pobre animal que marchaba, cabeceando, tropezando, con el hocico casi pegado a la tierra.

De pronto dobló las rodillas y cayó. Bajo el azote colérico volvió a erguirse y continuó lentamente, resoplando, caídas las orejas. El sol arrojaba, despiadado, olas de fuego. Los estribos quemábanme las suelas: cada hebilla del correaje fulguraba como una brasa. El sudor del animal caía en gruesas gotas sobre el terreno que ahora era calizo, polvoriento. El pobre bruto marchaba con el cuello doblegado y las narices dilatadas, aspirando una atmósfera de horno. Mi cerebro congestionado hacíame pensar vertiginosamente incoherencias; ideas febriles e insensatas de una lucidez extraordinaria… Muchas veces tropezó la mula doblando los corvejones, para alzarse a mis gritos, bajo el castigo de las riendas, temblando de dolor y de cansancio.

Descendíamos de nuevo a un repliegue del terreno que iba ascendiendo luego hasta una meseta cuyos hierbajos, recortados sobre el cielo, parecían una salida de la sabana hacia la selva. Respiré: allí habría árboles, alguna vegetación, sombra, en fin; e imaginaba un fresco manantial de agua muy fría que bajaba alegremente de un matorral muy verde.

Pero de lo alto de esa meseta o *pretil* —como le llaman— sólo se extendió a mi vista, hasta el horizonte, una llanura amarillenta, por donde serpeaba, rojizo, el trazo de la carretera. Nubes cercanas diríase que colgaban del cielo, blancas y abullonadas como ropas tendidas a secar. Y el cielo, al fondo, curvábase sobre un horizonte implacable, azul, lleno de luz…

Una cólera alocada me entró en el alma, y con toda la fuerza que aún me restaba, queriendo cruzar como un relámpago por aquella sabana, hundí las espuelas en la mula desesperadamente, que en un último esfuerzo se fue de manos y cayó. Apenas tuve tiempo de sacar los pies del estribo y alzarme, lleno de polvo, de odio y de sudor. Desde mi estatura, pareció me estar todavía más lejos, más empequeñecido en la vasta llanura. La pobre bestia obstinadamente quedóse caída, con el vientre palpitante y las narices enrojecidas, tendida a lo largo. Sus ojos simples, diríase que imploraban al cielo, a la naturaleza terrible, una tregua final. Allí la dejé y resueltamente eché a andar. Y cada vez quedaba más lejos, empequeñecida, hasta que no fue sino un punto obscuro, semi oculto en la vuelta del sendero.

Comprendí entonces la verdadera desesperación. Y como loco increpaba al cielo y a la tierra, a los comisarios mayores, al idiota de Noé con su arca, a Dios y al Jefe Civil ¡qué caminos!, ¡qué disparate de creación!, ¡hacer un diluvio teatral de cuarenta días para comportarse luego ridículamente con algunos como cualquier hacendado temerario con la acequia de riego!, ¡valía la pena ser rey de una creación estúpida donde algunos hombres mueren de sed, como besugos saltando en la arena!… ¡en qué país vivía, un camino público y ni un caminante, ni una recua, ni siquiera un vagabundo con un trabuco! ¡Estaba perdido, perdido!, era inútil caminar más.

Y, sin embargo, una energía salvaje sosteníame, me empujaba, casi ahogado de fatiga, ardido por la sed, con las manos echadas hacia adelante, hundiéndome en la tierra caliente, en los cascajales, sin querer mirar atrás, con los ojos inflamados, enloquecidos, delirante...

¿Cuánto caminé así? No podría decirlo, no lo supe nunca; recuerdo vagamente que caí varias veces, de bruces, alzándome aporreado, con grandes costras de tierra pegadas a la cara por el sudor, que anduve a gatas y que con un esfuerzo final, rodé por una pendiente arenosa hasta caer, con el rostro casi hundido en el agua de una quebrada clarísima, fresca, que corría cantando por entre la greda oscura de los barrancos... Hundí el rostro, las manos, el pecho; bebía insaciable, dando bufidos de satisfacción como un animal en el abrevadero, jugando y chapoteando en el agua...

Después advertí, al otro lado, una cerca. Y lleno de vigor, de la profunda alegría humana que causa la presencia del hombre en el hombre, salté el vallado y caminé algunas cuadras por un terreno labrantío con plátanos, auyamas, frutos menores. En el centro se alzaba un rancho, pero estaba deshabitado; se advertían los pobres útiles del labriego. Llamé a gritos, nadie respondió.

Caminé por un camino ancho, trillado, que parecía llevar al pueblo. La luz meridiana caía sobre el sendero, a través de las hojas inmóviles, de un verde metálico, desde los árboles altísimos que recortaban sus copas sobre un cielo de verano, crudo y azul.

Nadie en el camino. Nadie en las primeras casas de la población. A la puerta de una pulpería llamé; no me contestaron; resolví entrar. Todo estaba en orden: los litros conteniendo el aguardiente de diversos colores, el rollo de tabaco de mascar con su cuchillo al lado, sucio y oscuro, las botellas de caratillo tapadas con unas hojas de limón, el frasco bocón del guarapo, la batea del adobo, todo como si se hubiese interrumpido de pronto el "despacho" pero ni un alma, y lo que es más extraño aún, ni una mosca.

Admirado, seguí adelante; llamé a algunas puertas… ¡Nada! Un gran silencio. Ni una persona, ni un animal; ni un ser vivo en las calles. Las puertas y las ventanas abiertas dejaban ver interiores habitados como si los moradores acabasen de salir. ¿Se trataba, pues, de una huida en masa, de un pánico que había hecho escapar al pueblo entero? No había rastro de tal cosa, ni aspecto de fuga y desorden…

Como bajo una alucinación recorrí la ciudad toda; entré a las iglesias, a los comercios, a las casas particulares yendo hasta los solares, resuelto a dar con alguien, a encontrar algún ser —hombre o bestia—, poseído de una extraña inquietud, de una congoja que ya empezaba a invadirme…

Pero en ninguna parte, ni en los templos, ni en las oficinas, ni en las alcobas, hallé un alma… Y todo, sin embargo, hacía constar la reciente presencia de las personas… El orden de las sillas en algunas casas, como de una tertulia de familia, las mesas listas para servirse en todos los comedores. Había casas pobres, casucos, con sus humildes enseres dispuestos, la olla sobre el fogón, el fuego, los taburetes en derredor del banco de la cocina; y había oficinas públicas con su aspecto ordinario y los papeles de trabajo sobre las carpetas, y casas de gente acomodada que desde la sala hasta el baño tenían el aspecto de haber salido de ellas sus habitadores minutos antes, con todos los muebles en su sitio y los lechos tendidos y cada objeto usual en el lugar que le correspondía desde los peines hasta las pantuflas. Era extravagante aquello, de una extravagancia que daba miedo.

Corrí entonces, como loco, hacia la salida del pueblo, con la esperanza de advertir la huella de los habitantes que habrían abandonado el lugar quizás bajo cuál peligro que yo mismo ignoraba y que me infundía, al pensarlo, una idea sorda de amenaza, de infinita desolación.

Pero otra vez la llanura árida se extendió a mi vista.

Desde el sitio alto en que estaba, veía el pueblo desierto entre dos desiertos...

Y ya horrorizado, alucinado, corrí otra vez al poblado, me detuve en el altozano de la iglesia y lancé un grito horrible, de socorro, de locura, de desesperación, en la plaza desierta.

Fue un gran grito de horror que repercutió por las calles, desiertas como bajo una maldición de peste, a la claridad meridiana, en la más terrible de las soledades.

Luego no sé lo que pasó... Creo que caminé a tontas y a locas por algunas calles, que entré a algunas casas, que al fin un miedo cerval, un espanto tremendo me hizo caer, de bruces, en el corredor de un caserón que parecía ser la posada y donde estaban los manteles puestos, las habitaciones preparadas en espera de alguno... y la soledad horrible de todo aquello que fue habitado... Hasta los pesebres estaban colmados de pasto; pero ni rastros de bestias. En los solares, las carretas con los timones al aire, parecían pedir misericordia en aquel espantable abandono de una población habitada donde no había habitantes.

Paseé una mirada de extravío a mi alrededor, y entonces, viendo todo bajo la inaudita claridad, "mirando" aquella soledad que no es la de la selva llena de vegetaciones vivas ni la de la montaña cercana a las estrellas, ni la de la oscuridad poblada de rumores o sombras o cosas espantosas pero que se agitan y parecen vivir, sino la soledad del ser entre los seres, entre la pavorosa inmovilidad de las cosas que revelan el movimiento, rodeado de los objetos que denuncian la existencia del hombre y donde no hallamos el hombre a plena luz meridiana, en el centro muerto de una ciudad que "estaba viviendo" enloquecí de miedo y perdí el sentido.

III

Inquietos, los dos hombres se habían acercado a mí. Olimpia y Beatriz con los ojos enormes de espanto, se apretaban una a la otra. La menor, con un tic nervioso, pasábase una mano temblorosa por los cabellos. Con una ansiedad irrefrenable quería saber el final de aquella horrible historia de miedo sobrenatural a plena luz…

—Nada —concluí—, lo más sencillo: habíanme recogido en el camino unos arrieros, desmayado de sed, junto al cauce seco de una quebrada, ardido por la fiebre de una insolación que a poco evita que les cuente esta modesta historia… Mi imaginación calenturienta soñó cuanto acabo de referirles. Decididamente. No creo en lo *sobrenatural* sino en lo natural *desnaturalizado* por enfermos o por supersticiosos.

Mohínas, defraudadas en su ilusión de una historia extraordinaria, ellas y sus amigos guardaron silencio. Pero Beatriz, sin poder contenerse, exclamó:

—Sí, tiene usted razón; eso es horrible, pero allí no intervienen los muertos.

—Se equivoca usted o no ha oído bien: todo ese delirio pavoroso es obra de una muerta…

—¡De una muerta!

Y todos interrogaron vivamente:

—¿Y quién es la muerta?

—La mula, señores míos.

Y nos echamos a reír porque toda cosa verdaderamente trágica termina con una estupidez desairada. La víctima de un asesinato bellísimo con mala ropa interior, una mujer que en un hermoso rapto de celos se le pone la nariz como un tomate y se destiñe… O lo más espantoso que vi ahora años: en una admirable escena de hospital, la pierna seccionada estaba bajo la mesa operatoria en una vasija de agua fenicada, con su media puesta, y la media era blanca, de algodón, con rayitas…

Oropéndola

I

Cuándo se casó la menor de las Oropéndolas, todo el mundo se quedó asombrado. ¿Es que algunos hombres no tienen ojos?

Y se recrudeció, como acontece, el afán nupcial de algunas cuya candidez se sorprende, a los cuarenta años, con el primer desencanto. Es entonces cuando se les ocurre pensar que ya no se casan. Esto lo llamaba Bossuet "pensamientos tardíos".

Las Oropéndolas mayores, Ana Rita y Eufrasia, a pesar de su hermoso apellido de pájaro que está en la geografía de Smith, eran feísimas.

El asombro pasó a estupor cuando al año siguiente, un viajero de Blohm, llamado Santiaguito Otuño P., casó con Ana Rita, se separó de la casa y junto con la esposa abrió una tienda de modas.

Unos decían que Santiaguito se había vuelto loco; otros comentaban que aquello, o era de esas cosas extravagantes que ocurren con la guerra europea o se trataba, simplemente, de una obra de la Divina Providencia para premiar las virtuosas muchachas ¡las pobres! tan feas y tan recatadas... Pero no todo fue de rosas, y a la menor, Eufrasia, le dio un tifus, quedó sin pelo, medio sorda y con una salud precaria para el resto de sus días...

Con cariño verdaderamente paternal la asistió el doctor, un viejo rico, solterón, terco, bien conservado, con más de doscientos sesenta mil bolívares en fincas y veinte años de reumatismo.

Un día, aplicándole el yodo de las inyecciones, el médico oprimió con más fuerza el brazo de la solterona. Hubo un rubor rápido. A ambos se les rociaron los ojos, y aquí tienen ustedes que meses después, muy íntimamente, "en familia" casi, se celebró el matrimonio de Eufrasia y de su médico.

La calle donde vivían las Oropéndolas se puso de moda; todas las muchachas casaderas quisieron vivir en la misma cuadra y hasta en la misma casa, cuyos alquileres subieron tan violentamente como el papel de "Lo increíble". No había casas; pero tampoco había novios…

II

No era feliz Clarita; debía de serlo. La dicha no llegaba para ella en la forma que suele entenderse la dicha a los treinta años: con o sin bigote, buena posición, regular figura, ni lindo como muñeco de loza ni tampoco que diera miedo… Así…

Varios se detuvieron en su ventana. Poco tiempo. Luego se marchaban por los mismos extremos de la calle, sonreídos, enamorados, muy enamorados. Pero ninguno se casaba. O, como decía su tía: "le cantaba claro". ¡Qué hombres! Lo mismo que los murciélagos con los nísperos: se llevan los "pasmados", los que son más livianos, más feos, y dejan en el árbol, picado, roto y desangrándose lentamente en almíbares de ternura, el fruto hermoso, pleno de sabor.

¿Para qué quería Clarita el dinero de su papá, su nombre, su reputación, todo el prestigio de una muchacha bien alimentada, bien vestida, bien educada? ¿Para qué? Y los ojos enormes, color de miel, se abrían a la alegría de la vida como una íntima desolación. Su tía Efigenia Cruz, la solterona, también fue una de las mujeres más bellas de su época. Allí estaba, grisáceo, apagado por la acción de treinta o cuarenta años de álbum de familia, el retrato de la tía, tocada de mantilla, con crinolina, con grande abanico de blonda; con ese aire de las antiguas criollas que tenían algo de linajudo y de campesino. Y allí estaba ella ahora, "secándose en vida".

Lo que Clarita era, bien lo sabían sus toaletas, el cuarto de baño, el largo espejo de su tocador... Y la vida que le encendía las orejas, que le agolpaba en las mejillas, bajo el carmín artificial, el carmín de las venas.

III

Pasó el coche de los novios. Dos o tres carruajes más. Era Eufrasia, la fea, la "pelona" Oropéndola, la sorda que al fin lograba oír los artículos del Código Civil y la Epístola de San Pablo a los efesios. ¡Qué importaba que los maleantes de la *barra* dijeran que aquello era la epístola de los "adefesios"! El asunto es que se casaba.

Y cuando fue a desnudarse esa noche Clarita, junto a la cama virginal, intocada, frente al espejo, cruel revelador de una belleza inútil, desliando una a una sus prendas íntimas, el corpiño opresor, los pantalones, el largo corset que oprimía vigorosamente las formas delicadas y fuertes, todo el encanto elástico de la pierna admirablemente torneada, ceñida en lo alto de las medias oscuras por la liga gris, un tropel de ideas angustiosas, algo como un nudo sofocador en el cuello, la idea loca de morir, de hundirse en la nada y desaparecer como un mal recuerdo de entre la vida estúpida, achatada, incomprensible, la sobrecogió. Y echada de cara en el lecho, con los cabellos rubios desbordando de las almohadas, sacudida por un sollozo quiso ser, por vez primera en su vida, fea, feísima, toda sorda, ridícula… Como esa otra mujer que tenía amor en aquellos momentos. Como esa desgraciada de Eufrasia, que era tan feliz…

Noche Buena

I

Cuando el ordenanza pasó la requisa de la tarde, todos los presos nos agrupamos para preguntarle la suerte que corría nuestro compañero Julián Freites, condenado por homicidio a "libra esterlina", que en el argot del presidio significaba seis con dos, o sea seis años dos meses.

En aquel foso estábamos los más distinguidos —no contando a Freitecito que lo pasaron con nosotros desde la noche antes sin saberse por qué—. Éramos cinco, todos por delitos comunes, pero no tan comunes que digamos: el compañero Montesdeoca, porque degolló al Cura de El Pao; los dos hermanos Rodríguez, Juancito y Pedro Manuel, que le dieron unas puñaladas a un sujeto a quien ellos no conocían personalmente para permitirse semejante confianza; un muchacho Carlés, aragüeño, ladrón de oficio y que apareció complicado en lo de la mujer descabezada que hallaron ahora años en Pagüita, y yo, que sólo tenía pendiente la causa de la Hacienda Rosa, porque en el asunto de los esposos Pérez, macheteados un año antes no se me pudo probar nada... Mi abogado fue un muchacho, uno de estos doctorcitos jóvenes de ahora que hacen absolver a Judas Iscariote por quince pesos.

Así que en este "foso" el ordenanza hilaba muy delgado y nos trataba con guante de seda.

—¿Freitecito? Yo sé, pues —repuso, rascándose la cabeza...

Pero sí sabía. Tan lo sabía, que cuando el compadre Montesdeoca se le acercó y le puso en el hombro aquella manaza velluda, metiéndole la mirada torcida de zorro, balbuceó:

—Por lo que me *paice*, hay algo contra él; está en el calabozo, solo. Como que le van a dar su *mere mere con pan caliente*.

Hubo una protesta. Todos exclamamos:

—Y, ¿por qué lo van a "pelar"?

—¡Hombre!, ¡no juegue!; si le pegan a ese hombre nos tendrán que matar a los demás.

El ordenanza era de la misma opinión:

—Eso es verdad. Ahora a mí me paice que la pela se la ganó por haberle metido qué comer a un compañero, a ese catire yaracuyano que tienen a dieta en el 11.

Venía el "recorrida", un oficial, el cabo de presos, y se calló.

II

Hace doce años de eso. Entonces el servicio penitenciario era duro. Los hábitos de presidio no se normalizaron hasta más tarde; en agosto del año 1908 que pasó una circular el Ministro. Y el castigo impuesto a Freitecito por falta de disciplina nos sublevó a todos verbalmente:

—¡Es monstruoso! —exclamé.

—¡Es un atropello! —comentó el vale Montesdeoca.

—¡Eso conmueve! —añadió Carlés, el forzador de Aragua.

Se convino que aquello de propinarle cien palos a Freitecito no estaba en orden.

III

En la tarde supimos que el delator fue el mismo yaracuyano, el catire Miguel Ponte que se moría de hambre en el 11 porque era tragón como él solo y la ración se la recortaron como penitencia por los alborotos que formaba y los golpes que trató de darle a otro compañero, un viejecito tullido, malo y débil.

Y a él fue a quien Freitecito, burlando la orden, le pasó por debajo de la puerta dos hallaquitas y un pedazo de papelón.

IV

Freitecito sufrió el castigo estoicamente. Le pusimos azufre, manteca de gallina y suero en las caderas.

Después de curado se echó en un rincón, sin quejarse. Pero le brillaban los ojos como dos brasas.

A las dos semanas comenzó a engordar. Está probado: los hombres que reciben una paliza, yo no sé por qué fenómeno, engordan, se les cura el estómago, les salen "chapas".

V

Ayer, día de Noche Buena, trajeron al calabozo nuestro a Miguel Ponte, el yaracuyano. Parece que ha habido muchas condenas y están agrupando a los "viejos" en las *cuadras* de arriba.

Cuando tocaron "silencio", Freitecito se preparaba a acostarse cerca de mí.

—Ahí está tu hombre —le soplé al oído.

—Sí. Ha venido por su aguinaldo.

Y los ojos rebrillaron como los de un gato en agosto. Tendió su cobija y se acostó. La una sería cuando oímos un ronquido grueso, después parecía un perro aullando y a poco una cosa así como un hervor de agua o como que estaban haciendo gárgaras.

Cuando amaneció, en el fondo del calabozo, yo me había despertado primero, advertí la cobija de Miguel Ponte toda revuelta, y de la mancha oscura, roja, del forro, salía un pie, un pie muy flaco, descalzo, amarillo, casi verde, pues, con los dedos recogidos, contraídos, como se ponen para gatear un palo.

Llamé a los otros y lo descubrimos entre la manta y el zócalo de la pared. Tenía los ojos saltados, la boca desquijarada de la cual surgía, junto con un pedazo de lengua, un hilo de baba. Frío como el hierro de un grillete.

VI

—¡Recorrida, un hombre muerto!

Vinieron en tropel. El oficial, el médico, soldados.

Estaba estrangulado, admirablemente estrangulado. Se abrieron averiguaciones. Todos fuimos escrupulosamente interrogados, requeridos, acechados por la angustia de la repregunta.

Nadie dijo nada. Nadie supo nada. Cosas de presidio.

Al retirarse el oficial, comentó entre dientes:

—¡Porción de vagabundos éstos! ¡Mire que y que ahorcar a un hombre en Noche Buena!

La cerbatana

I

Enfrente, el rumor del mar. Un vasto hemiciclo negro que rompía, de tres en tres, grandes olas a todo lo largo de la orilla, hacia la noche distante de las costas, hacia la cercana sombra del malecón oscuro en cierta zona, y en otras bajo el foco eléctrico un saltar de pequeños cristales, una especie de vapor luminoso de plata, de oro, de color de naranja.

Habíamos terminado de comer, y sin una palabra, desde el balcón de "La Alemania", por sobre los almendrones, fumando, mirábamos la noche y el mar.

En los comedores desiertos, casi nadie. Los camareros habían apagado algunas luces. No era tampoco amena la charla de mi compañero de mesa, un viejo español conocido de ocasión —el regalo de un puro, el dinero suelto para una propina inesperada, uno de esos triviales detalles de viaje que hacen la amistad cosmopolita— al reunirnos los pasajeros del americano con los del "Legazpi" procedente de la costa atlántica. Era uno de esos seres extravagantes, un poco fastidioso, que se dedican a la historia natural, al estudio científico del ajedrez según Capablanca, al esperanto, qué sé yo. Le había oído hablar de todo durante la comida, con su palabra monótona y su monótona sonrisa que lucía, entre los dientes buenos, otro de pasta, saliente, sujeto con una espiguita de oro; y el flux negro que de noche lucía azul, y los bigotes caídos, como los párpados, como las líneas todas del rostro, desde la frente hasta una barba mal afeitada, a trechos cana, a trechos gris, a trechos como teñida de azafrán…

De repente, di un manotazo tirando sobre el mantel algo que me andaba por el cuello. Un insecto verde, desairado, extravagante. Era un bicho verdísimo, ridículo, que traté de aplastar con un servilletazo.

—¡No, no lo mate usted! —suplicó el viejo, deteniéndome el brazo— ¡es un hermoso ejemplar!

¿Aquello un hermoso ejemplar? Hombre, por Dios, si es una vulgar "cerbatana"; cuando muchacho he jugado con muchísimas como esa, les poníamos riendas, les decíamos una cosa en verso de que ahora no me acuerdo.

Él la había tomado con dedos expertos, evitando las patas espinosas, colocándola sobre el dorso de su mano, haciéndole efectuar genuflexiones ridículas…

—Sí; en España la llamamos *rezadora*; ustedes le dicen "cerbatana", y no sé por qué; no encuentro nada de común entre la antigua culebrina o el cañuto indígena de arrojar objetos y este insecto ortóptero, del género de los mántides o mantis, orden del mantícora, coleóptero pentámero de la familia de los carábicos, originarios del África meridional y…

—¡Por Dios, basta!: recuerde usted que acabamos de comer; tire ese animalito, que se vaya lejos de la zoología, de los naturalistas, de los dedos implacables de la ciencia. ¡Pobrecita!

El naturalista expresó, vivamente, estirando el bicho a todo lo largo de sus patas.

—Pues este insecto, aquí donde usted lo ve, verde e inofensivo, es, en las especies animales, uno de los más crueles engendros, un sombrío, un terrible adversario, un bicho agresivo, el "guapo" de las alimañas que se atreve, no sólo con los otros insectos, sino con sabandijas tan peligrosas como el escorpión o el ciento-pies...

—Hombre, sí, bueno. ¡Suéltelo usted! al fin y al cabo es útil.

Sin oírme, concluyó:

—Y su crueldad sólo es comparable, en la vida reproductiva a la de ciertas mujeres...

—¿Se burla usted?

—No —repuso gravemente—, no me burlo: he conocido una mujer que sólo podría compararla, desechando metáforas cursis de felinos y de sierpes, con este insecto ridículo, flexible, de aire inofensivo, casi vegetal y de una crueldad inaudita, de una ferocidad única, de una salvaje voracidad de *mantis*.

Y ya no se detuvo hasta el fin.

II

Se casó muy joven: Una niña casi. Enamorado de ella su marido, como se enamoran algunos hombres después de los treinta años: no es la pasión violenta de la juventud; probablemente carece de impulsividad pasional, pero es más intensa, más enfermiza, más loca...

Aquella niña, aquella larva del alma femenina, comenzó a desplegarse, a desarrollarse con múltiples alas de fragilidad, de lujo, de inexperiencia. A los dos años de matrimonio no habían tenido hijos, ¡créame usted!, no hay nada más caro que algunas mujeres estériles. Es lo que leí el otro día en un periódico, donde alguien afirmaba que el sólo hecho de no tener hijos le había costado más dinero que el criar y educar veinticinco.

¡Ah! Felicia era un vértigo. No las modas y los trapos y los sombreros, ni el tren que quiso llevar, ni la precaria salud que eran aguas termales y consultas a especialistas de quinientas pesetas e inyecciones de nombres rarísimos que costaban un dineral: era esa serie de pequeños gastos, de gastos menudos, de cositas, lo que las mujeres llaman *periquitos*. —¡Pero hija, por Dios! —entonces se echaba a llorar inconsolable. ¡Cómo remediar aquello! Ella no sabía que "eso" costara tanto; además, eran tan ladrones los comerciantes, los joyeros; tan temerarias las modistas... —¡Uf! Créelo, ¡una cueva da ladrones! —Él lo creía y pagaba. Su oficio era pagar, pagaba primero y después... Después la adoraba, hasta la locura, es decir, hasta cerrar los ojos sobre las cifras fantásticas que tenía que cubrir. —Y ya tú ves, hijo, cómo vivimos. Más modestamente que ahora... ¡me parece! En efecto: una existencia modesta de casi dos mil duros mensuales. ¡Pero era linda! Iba en el fonda del auto tan llena de pieles, corno un gato friolero; fulgían los brillantes de un modo tan categórico y tan natural sobre la seda de sus hombros y en el lóbulo de sus orejas como dos gotas de fuego desprendidas del carbón del cabello, abatíanse con tal debilidad enfermiza las plumas *pleureuses* sobre la copa de su paja de Italia, que hubiera sido una crueldad inaudita restringir uno solo de aquellos detalles, una sola de aquellas galas: en el teatro, al dejar caer la piel del abrigo; en la calle, al imprimir a su paso victorioso con cada nuevo espléndido ejemplar de calzado un motivo rítmico... Y el lujo íntimo, las camisas, los pantalones, los largos *corsets*, rosa-pálido, blancos, naranjados, de una crema de hoja seca; las toaletas de noche como espumas lanzadas de rosa, de amarillo, de violeta, y de aquellas medias inolvidables que parecían adherirse a la pierna como la piel de una serpiente, sujetadas por ligas maravillosas… —Para quién es todo, sino para ti, para ti no más, vidita—. Era una complicidad de perfumes, de pieles, de joyas y de besos… Cuarenta mil duros, que se fueron, así, un buen día… Y un buen día, después de la angustia vergonzosa de muchos otros, un balance desfavorable, una caída más abajo… La caja del banco supo con cuánta vacilación al principio y con qué resuelta desvergüenza después, se metió la mano en ella; y se raspó cifras y se urdió artimañas y se falsificó, sí, ¡se falsificó! partidas, letras, finalmente, ¡lo horrible!, firmas… un primero, dos luego, y otra vez, y otra vez… Hasta que un día…

Ya usted comprenderá lo que hace un hombre que comete una acción semejante y… ¡no se mata!

La fuga… a Cádiz; el primer vapor para América…

Ella halló *otro*; un amante, un *flirt* que empezó a costa del primero, cuando sus días de princesa falsificada… Tiraron dos o trescientos mil francos, juntos. La dejó. Después llegó el tercero: crisis, escándalo, intervención judicial. Ahora poco —¡quién sabe cuántos en el intervalo fueron pasto de aquella insaciable voracidad envuelta en seda! — he sabido que él se pegó un tiro después de poner a una base en cierto casino los últimos luises….

Se arrojaba esta hembra admirable sobre el macho de su especie, y con la gracia flexible de su espíritu y de sus caderas, con la ferocidad terrible de los *mantis*, de la "cerbatana", destruía, consumía, aniquilaba, siempre fresca, graciosa, absurda, ocultando la potencia tremenda de su destrucción en un aspecto ligero, delicioso e inofensivo…

Corno este insecto, como este animalito verde que usted compadece tanto.

Y de un manotazo colérico aplastó la sabandija.

Luego se repuso:

—¡Lástima!, era un hermoso ejemplar...

III

La noche se aclaraba. Una gran luz de estrella sobre el agua. Alguna farola verde, roja, de los barcos que navegaban lejos, a sotavento...

¡Los *mantis*! La naturaleza está llena de estas pequeñas fuerzas imponderables, de estos triviales peligros que tienen, o largas patas verdosas y un vientre ridículo, o la maravilla ondulatoria y armoniosa de una conspiración de líneas puras alumbrada por dos ojos impuros negros, fatales. Negros y fatales como la noche en el mar.

Los come-muertos

I

No; no es una historia de chacales, de hienas o de cuervos; no es, siquiera, una leyenda de necrófagos. Es apenas una relación corta, un poco triste, un poco pueril, donde hay infancia, el cielo brumoso de un diciembre provinciano, la carita triste de una niña que se pone a llorar.

II

Los *Giuseppe* eran una, familia calabresa, hambrienta, desarrapada y sucia que vivían en un rincón de tierra, en una cabaña hecha de pedazos de palo, de duelas, de restos de urnas robados en el Cementerio de Morillo, una de cuyas tapias derruidas lindaba con la viviendo de los Giuseppe, si es que puede llamarse viviendo un cacho de tierra colorada, diez o doce matas de cambur, un mango, y bajo el mango los techos de la zahúrda de latas y piedras, y bajo la casa, la familia: dos muchachos como hechos a hachazos, con los brazos muy largos y las manos muy grandes y los pies enormes. Rojos, de pelambre erizada como los pelos de los gatos monteses y que ayudaban al viejo en trabajos de mozo de cuadra en la ciudad a veces, y a veces en el merodeo de los corrales. Además, una chica rubia, también pecosa y peli-roja, con nombre lindo de princesa: Mafalda. Cuatro cacharros, hambre, vagancia, fealdad del paisaje, de los habitadores, del concepto mismo que tenía la ciudad hacia aquel torpe rincón de cementerio donde vivían unos italianos que "comían muertos".

III

—¡Los *come-muertos*! ¡Los *come-muertos*!

Y todos los chiquillos, cuando pillábamos de paso a la pelirroja y a sus hermanos, los acosábamos a motes, a injurias, a pedradas... Sólo el viejo —torvo, mugriento, con una de esas barbas aborrascadas que no terminan de crecer nunca y la pipa de barro colgándole de la mandíbula—, se libraba de nuestra agresión. Inspiraba temor aquel calabrés de hombros cuadrados y aire vago de sepulturero…

IV

Un día, *Giuseppe* padre fue arrestado. Parece que se desaparecieron unas gallinas muy gordas del corral de las Hermanitas de los Pobres; qué sé yo...

Lo vimos desfilar, amarrado por las muñecas, feroz y sombrío, entre dos agentes que le empujaban, brutales, calle abajo. Tenía el traje más desgarrado que de costumbre y marchaba cabizbajo, tambaleante, avergonzado probablemente de su horrible delito, con las faldas de la camisa por fuera, al extremo de un eterno chaleco de casimir indefinible que usaba a manera de chaqueta.

Cobardes como seres débiles, como mujeres, como hombres mal sexuados, gritamos todos al paso del vagabundo: ¿tullo, Come-muerto!

—¡Juío!... ¡Juío, Come-muerto!

Y seguimos gritando, en procesión tras del cortejo, por muchas cuadras.

En seguida alguien tuvo una idea luminosa:

—Ahora que están solos los hijos de *Come-muerto*, vamos a tirarles piedras.

V

Caímos como una tromba sobre la barraca. Los dos Giuseppe contestaron al ataque vigorosamente, rechazándonos a pedrada limpia desde las bardas del corral. De los doce o trece que éramos, alguno se retiró cojeando, otro con la cabeza rota y un tercero al tratar de huir ante la furiosa carga que los dos muchachos, desesperados, intentaron más allá de la palizada, rodó barranco abajo, estropeándose la nariz.

Pero cercados por todas partes, lapidados por veinte manos, tuvieron que ampararse de nuevo tras las tapias de la vivienda.

No obstante, nos tenían a raya. Sus pedradas, certeras, furiosas, pasaban zumbando por nuestros oídos. Otras dos bajas: uno que gritó al lado mío poniéndose ambas manos sobre un ojo, otro que saltaba en una sola pierna, cogiéndose el pie aporreado en lo alto del muslo:

—¡Ay, *carrizo*, ayayay, *carrizo*!

El ala de la derrota batió un instante sobre nosotros. Hubo una vacilación, Pero alguno, estratégico, me gritó:

—¡Tú, que te metas por el cementerio y los cojas de atrás *pa alante*!

Comprendí. Y sin vacilar, los ojos inyectados de ira y los bolsillos repletos de piedras, trepé la tapia, y con un "guarataro" en cada mano, por entre las tumbas viejísimas, de ahora un siglo, y los montículos cubiertos de ásperos cujíes y las cruces de madera podrida, avancé, cauteloso, con todo el instinto malvado de la asechanza, en plena alevosía de pequeña alimaña feroz.

A pocas varas, entre dos sarcófagos, una sombra fugitiva, un harapo oscuro, un ser que huía, trató de ocultarse tras de una tumba, pero antes de conseguirlo, una certera pedrada lo tendió, pataleando, entre la hierba.

Corrí hacia mi presa lanzando un alarido de triunfo.

Sobre un montículo cubierto de yerbajos, una fosa sin duda, estaba Mafalda, la peli-roja. Tenía la frente abierta por un golpe horrible, y un hilillo de sangre iba desde la sien hasta la hierba, trazando un caminito rojo, muy delgado; era como la cinta encarnada del rabo de los "papagayos".

Entorpecido, alocado, corrí hacia la muchachita caída que abría los ojos llenos de estupor…

Luego se llevó la mano a la herida, sintióse la humedad de la sangre y rompió a llorar:

—¡Son ellos, son ellos! A mí no me hagan nada; yo no sé tirar piedras…

Y arrodillada, se arrastraba a mis pies, las mechas en desorden, semejante a una gran trágica, con todo el pelo rojo como una llamarada.

Ya no sé cómo ni cuándo la tuve sobre mi brazo; con mi pañuelo sequé en su rostro lágrimas y sangre, y luego le vendé la frente.

Lloraba a pequeños sollozos y explicaba que huyendo de la pedrea había saltado la tapia refugiándose en el cementerio.

Estaba avergonzado, lleno de dolor y de desesperación contra los demás, contra mí mismo.

Cuando, ya más tranquila, la guiaba para salir de aquel recinto lleno de frescuras vegetales, de vetustez de piedra, del misterioso encanto que tienen las tierras donde los hombres duermen para siempre, Mafalda me miraba a los ojos con sus pupilas amarillentas como las de una bestezuela asustada.

Había un gran silencio; una suave paz en la tarde. Los otros, o habían huido o reñían ya lejos …

VI

En la tapia, al saltar, apoyando sus manecitas en mis hombros, acercó a mí su carita pecosa, sucia, con la frente vendada y sangrienta.

Todavía recuerdo aquella expresión de sus ojos amarillentos que tenían la dulzura de la tarde amarilla sobre las tumbas.

—Ya tú ves que yo no tengo la culpa. Pero no vuelvas a venir con *ellos* que son malos y nos tiran piedras…

VII

Yo no supe cómo explicar en casa por qué tenía las manos y el traje manchados de sangre. No lo supe explicar entonces. Hoy tampoco podría hacerlo.

Tema para un cuento

En un viaje a Caracas, de paso, me encontré con Juancho García, antiguo condiscípulo en el Liceo "Santa Teresa". Estaba alojado en la misma casa que yo, acababa de graduarse y pasó a juez de primera instancia después de haber sido mucho tiempo secretario de un juzgado de parroquia. Le iba bien: Juancho sabía instalarse, hacerse cómoda la vida; poseía la facultad de adaptación. Por lo demás, un comprensivo. Inteligente, leído, algo pedante para los que él consideraba de la turba... Conocía más de la literatura que de la vida, pero a primera vista diríase lo contrario. Asumía, hasta con amigos íntimos como yo, que sabían su origen, una afectación muy frecuente entre algunos jóvenes del interior, de familia algo oscura, pero que han estado mucho tiempo en Caracas: la manera de sonreírle a uno como dispensándole, como protegiéndole. Por otra parte, un buen muchacho de no muy mal corazón.

Una tarde lluviosa, en el balcón de su cuarto que daba a la plaza cuyo pavimento reflejaba la luz de los focos en largas líneas amarillas, mientras los eléctricos destilaban con ruido sordo, ya al oscurecer, conversábamos vagamente de antiguos recuerdos. Se alzó de pronto, fue a un mueble, sacó de un sobre varios papeles, escogió uno y me dijo mientras encendía el cigarro para buscar efecto: —Oye, vas a conocer algo que vale la pena. Guardo esto hace mucho tiempo.

Y con la voz de los buenos tiempos en que leía, a marcadas pausas, las actuaciones de su tribunal: "compareció un sujeto que dijo llamarse como queda escrito, etc...", me leyó lo siguiente:

"17 de octubre. —¡Cuántas cartas marchitas e ignoradas merecerían exhumarse del arca de las reliquias de amor, para mostrar cómo del propio espíritu inmune de toda vanidad literaria y nada experto en artes de estilo, arranca la inspiración del amor tesoros de sencilla hermosura y de expresión vibrante y pintoresca, que emulan los aciertos de la aptitud genial!".

"Este párrafo, señalado con un rasgo de uña al margen del libro devuelto, me ha recordado hoy la figura de la inolvidable... Acaso nunca, como ahora, podría revivir en mí esa amada figura que tan pronto borró el destino y que tan tardíamente llegué a amar y a comprender. En otra página, una flor que estaba aquí marcando en amarillo mustio la lectura preferida, y en una foja la fecha de aquel regalo, otro 17 de octubre: el puesto de libros viejos bajo las acacias del Capitolio, donde cayeron mis ojos sobre aquel libro, incidental, caprichosamente llevado hasta sus manos por mí mismo. Todo aquel pasado de la juventud, de los errores y de las reminiscencias melancólicas que caen en la vida muy de tarde en tarde, como las gotas anchas y tibias de las lluvias de verano sobre arenales resecos."

"Fue en el antiguo 'temperamento', en aquel barrio callado, de pequeñas quintas embarandadas, de altos ceibos que a la hora del sol ponen manchas movedizas de luz sobre la hierba y sobre los estrechos senderos. Al fondo corre un río de escaso caudal; hace ribazos sombríos en las raíces de los bambúes; en ellos adquiere el agua una profundidad verdinegra que simula los grandes fondos submarinos, las vegetaciones acuáticas cubiertas de un terciopelo gris, el agua que estremece a menudo los menudos peces..."

"Juntos vimos todo esto; y el raudal que debajo de las ramazones sale al sol y ofusca la vista, y las copas de la arboleda sobre un cielo purísimo cruzado por vuelos lentos de zamuros o por azorado revolotear de golondrinas... Todo eso: lo que juntos hemos contemplado tantas veces..."

(Sin fecha).

"Aquel mediodía de fiesta, ¿qué era? ¿por qué? ¿fue un onomástico, el buen resultado de un negocio, o festejo improvisado...? Yo no recuerdo bien. En el campo las alegrías son así, inusitadas, como brotadas de la universal alegría de la primavera... Nuestra primavera de abril con sus 'marías' de flores moradas y rojas que alfombraban la avenida en las mañanas entoldadas. ¿Ves cómo no olvido estos detalles que se ligan a uno, fuertemente, con un lazo fresco, natural, risueño? También te dije alguna vez que esos aspectos de la vida, el paisaje o una inclinación mental a la tristeza, parece que nos ahogaran en esos días: se siente la presión de una cosa vaga, sin nombre... Tú decías muy bien: 'la opresión de nosotros mismos'. Y era menester explicarte que esa sensación indefinible es la del alma que sale a vagar y se colma de tantos ensueños y de tantas emociones que no encuentran espacio al regreso en nuestro corazón; quédase flotando, angustiada, en derredor.

"Pero esa vez yo reduje a la divina Huida... Bien quisiera no escribírtelo aquí, con la mano cansada de hoy, bien quisiera no engarzar en los gavilanes de una pluma forzada a vulgares trabajos el beso de aquel día, el beso como una perla, breve, rotundo, con un claro oriente de amor..."

—"¡Tú...!" —Así dijiste, temblorosa, pálida, con los ojos rayados hasta las sienes en un deliquio rápido que apenas marcó sobre el glóbulo la diminuta pupila: una gota brillante de tinta azul...

"¡Tú...!" Hay palabras de una inaudita estupidez, de una inexpresividad inaudita, ridículas como la forma de un violoncelo... Y, sin embargo, mira la chatura de mi vida, esta actualidad de menesteres miserables, de vulgaridad matrimonial. Me veo viejo, enfermizo, obeso, con seis hijos y con Eufemia —¿te acuerdas de ella, tu amiga de entonces, la morena que se reía siempre con una admirable dentadura? —. Pues bien: le ha salido bigote a mi mujer... ¡Un horror! En cierta ocasión —despecho o fastidio— ¿te acuerdas? Me observaste: ¡Esa muchacha que siempre está mostrando los dientes como si fuera un aviso de pasta dentífrica! Todo eso ha desaparecido. Se ha enfermado del hígado, usa plancha, tiene *paño*...

"Cuando veo a mi alrededor creo soñar, ¿yo fui o yo no soy? No lo sé; pero me envuelvo en tu recuerdo y me parece que aquel pasado está próximo... Sobre los sitios donde uno ha gozado o sufrido mucho, por una consoladora teoría, dicen que permanece flotando nuestro espíritu... La suprema compensación de la muerte, del aniquilamiento total, es no encontrar en el aire impalpable la forma ridícula que en vida tuvimos: nuestros vientres de cuarenta años, nuestras chatas cabezas, nuestras cortas piernas... El espectáculo, en fin, que representó la figura humana, fea y deforme en un mundo hermoso".

La firma, un asterisco. Ni otro dato, ni otro papel interesante. En la habitación solo hallamos documentos de crédito, dos libretas viejas, un guía-directorio Van Prag, ropas de corte anticuado, una maleta, dos baúles muy deteriorados... Ocupamos los papeles y algún dinero para entregarlo a sus deudos; levantamos el acta... las formalidades... Ya el dueño del hotel había telegrafiado a la familia, residente en una capital de provincia: "El señor López murió esta madrugada de repente…". En efecto, se había metido casi en la misma región del pecho dos balas de pistola browning: la muerte debió ser instantánea. No se oyó nada; fue en la mañana, cuando entró la camarera con el café que él acostumbraba tomar en la cama antes de salir a sus asuntos… Vino a Caracas a hacer unos pagos y otros negocios. Sus papeles revelaban un hombre metódico, trabajador, de ideas limitadas… A los pocos días el tribunal entregó a su viuda —un mujerón bigotudo, que tenía la nariz encarnada de llorar y que decía a cada paso "mi finado esposo"— el depósito… los documentos. Me reservé este que ahora te leo: era la clave…

—Sí, indudablemente.

Pero yo no podía, aun queriéndolo, poetizar la imagen de un sujeto gordiflón, en dormilona, muerto violentamente en la habitación de un hotel cualquiera…

Quizás esto pueda ser tema para un cuento que yo no sé contar.

Soledad

I

Y pasado el río, sobre el verde oscuro, más oscuro aún por la sombra del crepúsculo, tres puntos salientes, blancos, como tumbas de cementerio rural, las torrecillas de la iglesia; techos desiguales, unos de enea, otros de teja, pero ya mohosa; esa teja de las casas de pueblo que la llovizna pone verdinegra y los fuertes veranos resquebraja... Allí, por fin, rendía mi viaje de seis días, tantas ansiedades por llegar a aquel poblachón antiguo, donde se me destinaba como secretario de la jefatura civil, ¡en plena juventud!

¡Qué triste me pareció la orilla del río, ya oscuro corriendo hacia barrancas lejanas cubiertas de una vegetación profusa!; ¡qué desolada la calle de la entrada, la calle real, limitada por casuchas, algunas en pierna...! Y más triste todavía la plaza, el hemiciclo cuyos grandes árboles sombreaban la yerba alta, pelada a trechos; en el centro el escombro de algún monumento, un pedestal ruinoso en donde la piedad colocara una tosca cruz de madera atada con alambres.

Al pasar, dentro de una pulpería, voces ásperas; fuera, chiquillos, perros, mujerucas sentadas a la puerta. Y la calle era larga. Yo marchaba estimulando un caballo de alquiler, en silla de alquiler también, con aperos de cabestro. Todo sórdido, ruin, como contra el suelo. Había aleros que surgían a medio metro del terreno, otros ofrecían huecos al paso de las lluvias por los que cabría un hombre. Y a veces un puente, una alcantarilla de mampostería sin enjalbegar, con la desolada elocuencia de las obras públicas en los caseríos del interior; casi todas las callejas estaban perdidas por cauces de las aguas urbanas. Crucé algunas cuadras todavía más sórdidas… A la izquierda, siempre, seguí. Un samán sombrío; pastaban alrededor del tronco asnos cansinos. Otra iglesia churrigueresca; tres calles más; dos "pasos" malos sobre troncos vacilantes a manera de puente; y por el muro de un caserón español, ya en ruina, marcado en lo oscuro de un postigo abierto, una frente pálida, unos cabellos negros, unos ojos de mujer, negros también, que cayeron un instante sobre mí, se apartaron luego y por último desaparecieron… Unos ojos magníficos. Me enderecé en la silla, recogí las riendas, traté de sacarle al caballo un trotecillo largo para disimular su trocha lamentable. Al doblar la esquina, volví la cabeza hacia la ventana; ya ella no estaba…

II

La geografía dice que aquel pueblo tiene dos mil almas; ¿pero habrá allí realmente almas?

Hay un farol en el zaguán de la posada. Noche de lluvia. Las ranas entre las charcas de la calle ensayan como un deletreo de escuela pública. Muge un becerro en la esquina, largamente, hacia la oscuridad. Desde la ventana, miro la noche y el invierno; siento todo el peso, toda la angustia, toda la lejanía de aquella vida… y me propongo escribir al general Pernales, pedir que me pasen para otra jefatura, o… renunciar, simplemente.

III

Pero no renuncié.

Al mes fui amigo del Cura; conocí al vecindario. Discutí de política en la botica. Entablé relaciones con una muchacha gorda, dura, medio cocinera, de pelo ríspido y acastañado, apodada la Chinga.

Estaba aclimatado. Supe jugar dominó; me dieron un par de calenturas. —¡Ya cogió el patio! —me dijo bondadosamente el Cura, cuando salí de mi primera fiebre, amarillo, con los ojos hondos y un dulzor insoportable en la boca.

Las noches de luna, que era espléndida en la región, una luna grande, palidísima, de luz anaranjada, salía con otros amigos a tocar la guitarra y a cantar serenatas en las esquinas, chapoteando barro...

"asómate a la ventana
no dejes que mi alma pene"

Bueno; nadie se asomaba, y así estábamos hasta la madrugada. Pero yo tenía veinte años, algunos versos inéditos y una sed de amor insaciable...

Dejé a la Chinga; fui algo tenorio. Es necesario saber lo que esto significa en un pueblo; pararse en la puerta de la iglesia los domingos, a la salida de misa, dirigir requiebros de esta guisa:

—Si tú fueras el infierno, ¡quién no se condenará!

Tuve, pues, una fama terrible. Según el Jefe Civil, un general Contreras, oficial de Pío Rebollo, yo tenía "mucha retentiva"; el Cura se resfrió un poco por mis ideas religiosas. En cambio, Rodríguez Bermúdez, boticario, hombre de ciencia, libre-pensador, de ideas conservadoras, me compensaba con su afabilidad del desvío del P. González.

Las muchachas me temieron. Alguna, cuando yo elogiaba su boca, sus ojos y sus largos cabellos lisos y negros de india pura, me contestó:

—¡No, Pérez, déjese de eso; *usté* es muy "burlisto"!

Cierta vez en la tertulia de la botica, me vino un recuerdo:

—Hombre, general Contreras, usted que sabe aquí hasta cuando el pescado bebe agua, ¿quién vive en aquella casa vieja, grande, a mano derecha, viniendo del río por la calle del ganado?

El general Contreras, al completar los detalles, me contestó sonriendo:

—¿Quién vive? Allí vive la familia de mi compadre Sixto; ahora está en el campo: debe de venir pronto. Por cierto que tiene una sobrina mi compadre Sixto, una tal María Soledad, que es lo mejor del pueblo.

¡María Soledad! Yo no dije nada más... Eran de ella los ojos negros, la frente pálida y los negros cabellos... Esa noche, mientras buscaba el sueño debajo de mi mosquitero fumando un mal tabaco, soñé... locuras... Yo huía; ella a ancas de mi caballo; y cruzábamos una gran sabana húmeda, enlazados, galopando, con las bocas unidas...

IV

¡Soledad! ¿No era un símbolo de mi vida aislada, en aquel pueblo, lejos de todo, a más de sesenta leguas de Caracas? ¿No era ella la encarnación viva de mi alejamiento intelectual? Los versos que publiqué en "El Heraldo Industrial" los leía al mes y medio, cuando la mula del correo no tenía a bien ahogarse o caerse por un talud con la correspondencia: alguna circular del gobierno del Estado, "El Heraldo Industrial" y cartas de mi familia...

Así amé en silencio, sin decirlo a nadie; amé infinitamente aquellos ojos, aquellos cabellos, aquella frente vistos la tarde de mi entrada.

Hice algunas estrofas; me vestí acicaladamente por si pudiera hallarla. Yo imaginaba cómo sería nuestro encuentro: a ella se la caería el pañuelo, yo me inclinaría, ágil, se lo entregaría..., la voz suya sería dulce, recatada, triste; una voz solitaria: —¡Gracias, joven! O mejor: ¡Gracias, poeta!

Ella, seguramente, me habría leído...

—¿Quién es el *salitroso*? —preguntaba, moviendo las fichas del dominó el general Contreras.

—¡Sale *usté*, compañero, decíame el boticario, sale *usté*, que como que está pensando mucho para meter su doble seis!

Salía violentamente de mi divagación, de mi *soledad* moral. Había olvidado que jugaba la partida de costumbre.

A Pancho Mejías le escribí mis amores; pero como luego correspondió con burlas, diciéndome que si se trataba de una pasión "unilateral", me puse a mentir como un bellaco: mentí que la conocía, mentí que correspondía a mis amores, mentí...

¡Hay que tener una gran benevolencia para las pequeñas infamias de la imaginación juvenil!

V

Fui amigo de la casa; me regalaban con frecuencia: dulce, frutas, refrescos de tamarindo para el hígado; el día de mi santo, San Luis Gonzaga, misia Soledad, la tía, me envió en nombre de Sixto, en el de su sobrina y en el de ella misma, un paño de mota con mis iniciales L. P. bordadas en tricolor, atención al cargo oficial que desempeñaba. Una fineza.

No sé quién me atendía más, si la señora, todavía lozana —uno de esos tipos de criolla blanca, bien plantada en cuarenta años, el pecho alto y fuerte de las Ceres decorativas, la cara de rasgos no muy finos, pero ancha y resuelta, sombreada por pestañas larguísimas—. Don Sixto tan generoso que se empeñó en regalarme un mondadientes de su uso, labrado en cuerno por los presos, o la sobrina... La sobrina que siempre estaba triste

"como la flor al borde de los estanques quietos"
decía yo en mis "Emociones de Biscuit"

Hablábamos ella y yo mucho, ya vencida su reserva primera; yo le copié canciones que luego tarareábamos juntos en la guitarra. Con una delicadeza de alma hermana, pegó en un catálogo de ferretería los versos míos que iba recortando de "La Lira" y de "El Heraldo Industrial".

Me amó. Yo pensé largos días y noches sin sueño en la dulce muchacha hacendosa, pulcra y como defendida de aquella vida estrecha y vulgar por una gracia encantadora. Los pollitos venían a su falda; cuidaba flores en las barbacoas del patio; a uno de los cerdos que engordaba para matar por Pascua lo llamaba Julián.

Yo estaba enamorado. Cundieron versos de mi colaboración; y ese amor contenido, fogoso, pleno de toda suerte de ansias, se fue por nuestros labios hasta el alma, nos caldeó, nos ruborizó, y luego devolvióse por las manos hacia la triste realidad de las cosas... ¡Soledad mía! ¿Por qué no dieron tregua mis años a la pureza de tu corazón para que hoy no fuera tu nombre un episodio borroso y grotesco? Un amor de juventud, un amor a lo Musset, un amor que floreció en un pueblo lejano, flor de azahar en la charca de un patio. Yo la quería; un poco menos ahora que podía ser mía. Pero verdaderamente no soñaba tanto, ni con el símbolo de su nombre, ni con la luminosa resignación de sus ojos.

VI

¡Qué cuidados maternales los de la tía Soledad! Enfermo de nuevo, estuvo en la posada, me asistió personalmente, me hizo remedios, veló al lado mío en las horas de delirios, cuando la llamaba "mamaíta querida" y besaba la mano que acariciaba mi frente dolorida. Ella y Soledad me vieron otra vez vivir, en un gran cuarto enladrillado, de paredes muy blancas, y que la debilidad me hacía creerlo grande… El mismo cuarto sórdido de la posada.

Convaleciente, mi novia estuvo siempre a mi lado, tras largos días encerrado, entre olores desagradables y perspectivas de insomnios, el sol del pueblo, sus calles fangosas, sus casas chatas me parecían un mundo pequeño y alegre. Ella cerca, me preguntaba dulcemente, conqueridora: ¿te sientes ya bueno?

—¡Ah, sí! Me sentía bueno, sano, feliz. Y nos veíamos. Y desde el otro extremo del corredor, misia Soledad contemplaba aquel cuadro sencillo, encantador, humano. Yo pensaba en las benévolas abadesas de Valle Inclán que vivieron en amor y bondad largos años claustrales. Recuerdo haber escrito algo sobre esta idea. La atmósfera de paz de la casa, la tranquila existencia… Nosotros pasamos horas enteras con los ojos clavados, en un diálogo interminable que nos sacudía los nervios, con las manos estrechamente cogidas…

VII

Una noche le propuse una de esas citas que yo había leído en las novelas.

Se asombró ingenuamente; lloró luego mucho. Yo no la quería de verdad, no debía proponerle eso. ¡Infame! Se enojó un día, dos… A la semana, su resistencia tenía algo de aquella dulce resignación que temblaba en sus ojos, largos, húmedos, cruzados a ratos por luces extrañas.

Y un día… Pero defendíase de sí misma más que de mis abrazos y de mis besos. Con una energía llena de gracia… Si las mujeres que se niegan, lograran con eso afearse, la virtud tendría más consistencia, estaría mejor protegida por Dios.

VIII

Pues bien, le escribiría, le diría "de cómo la pena de su negativa laceraba mi corazón con una melancolía honda como el mar y alta como las estrellas, émulas de sus ojos, etc.". Literatura… Hice poesía desesperada, versos de suicida, estrofas de un desencanto colmado de "sepulcro frío" y de "mujer de hielo". Yo era propiamente el hombre-sorbete.

Ya Soledad se contentaba con mover negativamente la linda cabeza agobiada de cabellos negros.

Dos meses… El correo me trajo una carta de Pancho Mejías: en ella me decía a vuelta de algunas indirectas "¿y qué hubo, poeta, de aquella pasión ardorosa? ¿Es que ya el niño ciego quebró sus flechas en la mesa de la jefatura civil? Bebe, bebe poeta, en el cádiz del amor hasta las heces como un monje ancestral y maldito". Como se ve la prosa de Mejías, lapidaria, cruel, incisiva, la filosofía punzante de mi hermano en arte, me hizo comprender toda la infantil tontería de mis timideces… ¡Era admirable Pancho Mejías! En nuestras tenidas psicológicas, este genial apólonida nos enseñaba: "Convénzanse: una mujer agradece más una falta de respeto que una timidez". Yo lo he visto *flirtear* con una muchacha algunos minutos, dar la espalda, e irse diciéndome: "Y ahora… ¡que sufra!". ¿Verdad que un hombre así es inquietante?

Resuelto, le escribí a ella una carta rápida, premiosa: "Soledad de mi vida: deja abierta la puerta. Yo entro por el corral. Es inútil que cierres y te niegues, porque voy a dar un escándalo. Tú conoces mi temperamento. No me contestes, porque no haré caso. Quiero que hablemos sin testigos enojosos".

Así, *audaces fortuna juvat*. ¿No procedió así Don Juan? ¿No era digno de Boccacio, poeta y libertino?

¡Cuando yo refiriera aquel rasgo a los muchachos…!

No fui esa tarde a casa de ella. Esperé, con los nervios alterados, la hora terrible y feliz…

IX

Y tal cual me lo propuse, salté la palizada, busqué a tientas por el pasadizo de la cocina cierto pilar que coincidía con la puerta de la habitación donde ella, mi Soledad hermosa y estremecida, me aguardaba.

Una sombra avanzó hacia mí, me estrechó la mano con fuerza… Ella… Yo contenía la respiración, los latidos del corazón me ahogaban; las coyunturas me crujían; sentía un frío medular peor cien veces que el del acceso palúdico… Y por mi imaginación pasaba una flama de locura…

Rodeé su cintura y me dejé guiar. En la oscuridad yo busqué sus labios, sus cabellos destrenzados, sus hombros... Me detuve, sorprendido...

—¡Soy yo, cállate!

Y la tía de Soledad me estrechó contra sí... Yo estaba desconcertado. Más bajo añadió: —¡Por un *tris* ve Sixto el papel, mi vida, loquísimo, perinola de mi alma!

Y la señora me cubrió de besos con una energía salvaje.

Me había quedado frío, inmóvil, atontado. Ella advirtió mi decaimiento: —No, no nos oye nadie, no tengas miedo, ¡mi vidita!

—¡Miedo yo! ¡No, qué miedo! ¡Un demonio!

Y me abracé de la señora con todas mis fuerzas.

Yo tenía veinte años.

El retrato

I

Seguramente tuvo vidrio, y uno de los chicos le dio el consabido golpe; el marco de cañuela dorada, ahora oscuro, broncíneo, matizado por las moscas, sufrió también los rigores del tiempo.

Pasó a la antesala, sin cristal ya. El prócer comandante José Bautista Pérez, Ayudante de Estado Mayor en Pichincha, palidecía en el amarillo de charreteras y entorchados, se le ponía casi negro el azul del dormán, y solo los ojos bravíos y los bigotes feroces saltaban de la cuadriculación con que la pintura resquebrajada hacía fondo al benemérito tío abuelo de las Pérez Chepía.

Su última protección fue misia Francisquita, la anciana que vio "colear" toros a Páez cuando perdió el brillante de la sortija en el coso de la Candelaria.

Muerta ella que disfrutó del "montepío", la casa se vino abajo moralmente. Quedó, no obstante, en su forma material, pintada de almagre, con dos ventanucas, con patiezuelo, el desastre higiénico de las habitaciones donde no se distinguía cuánto había de trapos o de tapiz desgarrado; y el insoportable olor a guayaba, el agudo y áspero aroma que exhalaba la casa hacia la vieja calle del barrio. Retrovendida, ya finalizada la propiedad en manos de las tres Pérez Chepía, locas todas tres: la que se fue con el capitán Morales, la que casó con un muchacho tendero, se divorció y andaba quizás donde, y la última, Rosita, que permaneció habitando el inmueble con nuevo señor cada día…

II

Cuando alguno echábase en elásticas y mangas de camisa en el lecho, gemía bostezando:

—Oye, chica, ¿quién es el militar patilludo ese?

Vivamente, soltándose las ligas, informaba con su orgullo fiero:

—¿Ese? Mi abuelo, el de la Independencia… Nosotros somos de muy buena familia, ¿tú comprendes?

Y te voy a contar lo que hizo cuando el baile de Boves al cual asistió con una hermanita, tía abuela de nosotras, ¿tú comprendes?

Sí, sí comprendía.

—Pero yo tengo mucho sueño, mijita: mañana, mañana me cuentas eso del soldado desconocido…

Y si era uno de esos hombres gordos y reilones, que usan botín recortado, saludaba al retrato.

III

El último vástago de los Pérez Chepía fue literato.

Se ocupaba de las "reconstrucciones" históricas de la familia y había adquirido datos importantísimos.

Se consideraba como una injusticia el no haberle hecho Académico de la Historia.

En tiempo de sus tías hubiese sido electo también para la de la Lengua.

IV

Envejeció. Encaneció. La veneración de setenta años cayó sobre él encorvándole las espaldas, y le celebraron sus Bodas de Oro porque había logrado vivir hasta allí.

Cuando murió, la prensa toda al deplorar su fallecimiento informaba melancólicamente: "Fue uno de los últimos representantes de nuestro viejo patriciado".

V

El retrato subsiste aún. Es de mucho mérito. Lo adquirí en un "bric-a-brac" criollo por cinco reales, inclusive el marco.

Representa el antiguo heroísmo, y ha sido mudo testigo de un proceso de evolución muy curioso, muy venezolano.

Año Nuevo

I

"...Y un día, cuando ya no seamos el uno para el otro, sino una fecha más en la larga lista de los recuerdos con nombres propios, este mismo pedazo de papel sobre el cual abro mi corazón como esa flor prensada que lo acompaña, será un poco de ceniza, nada, en fin, potasa para la lejía de las pasiones como tú misma decías de las cenizas del amor. ¡Ya ves qué pronto! Ni siquiera se descoloró el papel y mis bucles guardados en los pliegos que llené con mi amor y mis celos y mis locuras; todavía quizás no han adquirido ese espantoso color mate de los cabellos muertos. Pero no debo afligirte con mi aflicción; si algún egoísmo tenemos las mujeres es el egoísmo del sufrimiento; amamos sufriendo y por eso sufrimos solas. No debo, pues, entristecerte con mi tristeza, ya que vas a ser feliz. Héctor mío (lo escribo por última vez), cásate; haces bien. Sé muy feliz, más de lo que ha sido y lo será: *tu Beatriz*".

Bullicio de las calles y silencio del alma teníanle allí, clavado en la silla, defendiendo con la mano la vista de la luz cruda de la bombilla, recorriendo, letra a letra, los renglones que devoraron mis ojos, las frases siempre iguales desde años atrás ¡tantos años atrás! Releyó hasta esta última, la irreparable, todas las cartas, las citas breves al margen de cualquier cartulina, las carillas de vitela cubiertas de una escritura menuda, copiosa, en todas direcciones; y a veces ocho o diez pliegos de quejas, de decepciones y de amarguras quedaban anulados por el renglón transversal tortuoso de dicha y de optimismo; y a veces también la larga carta llena de besos felices hundíase en la breve y desolada frase de desencanto, postdata que era un sollozo; "te he esperado en vano. No viniste…". Y tal arruga del papel fue por esto, y cuando puso la tilde a tal letra pensó en aquello, y este borrón al finalizar evocaba la entrada del que interrumpió entonces la carta que iba a ser muy larga, muy decisiva, muy convincente. Duraba el papel más que los hombres y mucho más que sus pasiones.

—¡Bah! ¡Año nuevo!

Vio arder melancólicamente la última esquela de aquellos amores de seis años; pensó que aunque tarde, no seguiría burlando la confianza de su amigo, el marido de Beatriz…

Se regeneraba con el matrimonio, era la hora de pensar de una manera pacata y jesuita en el viejo precepto evangélico "no hagas a otro, etc."…

Su atrición tuvo la última rebeldía de una sonrisa cuando de las cartas que ardían y entre cuyos plieguecillos cayó al fuego, sin duda, un mechón de los rubios cabellos de Beatriz, exhalóse por la habitación un olor penetrante a cuerno quemado.

II

Maquinalmente se fue al Club. Casi nadie. En un velador una partida de dominó, aburrida, larga, con discusiones de "yo le metí el cuatro y usted se acostó con el seis pudiendo dar el pase por los blancos y hacerles vomitar un doble…". Más allá un agente viajero bebía soda y luchaba con un encendedor automático que era sacacorchos, portamonedas y mondadientes.

En un rincón, sobre la nuca, sobre los riñones, confortablemente incrustrado en el fondo de la mecedora y los pies airosamente plantados en otra silla, el cuerpo de Pinillos tendíase muelle, voluptuosamente, que apenas vio entrar a Héctor lo saludó sin alterar ni las sílabas ni las piernas:

—¡Ave, Héctor, *morituri te salutant*! ¿Cómo te va entrando el año?

—Figúrate, metido en casa registrando papeles.

—Y… quemandito, ¿no?

—Poniendo en orden mis asuntos... Uno no debe llevar al matrimonio saldos pendientes.

Pinillos sonrió, adoptó otra posición de descanso sobre el muslo izquierdo y repuso, sacando con inaudita pereza los cigarros y los fósforos:

—¡Qué va! Eso es perder el tiempo. Me río de los novios que se ponen a quemar el pasado en forma de cartas, pelos y cintajos… Lo mismo que esas personas desarregladas que un buen día resuelven pagar todas sus deudas, contraen un compromiso gordo, se quedan luego sin un céntimo y… vuelta a empezar con más brío porque el crédito está fresco. ¿Hoy quemas cartas porque te vas a casar? De aquí a un año o antes, estás rompiendo papelitos antes de entrar en tu casa… en el zaguán o en la cocina.

—No seas bestia, Pinillos… ¡Tú qué sabes de eso! Tú naciste para libertino, para perdido, y serás toda tu vida lo mismo… ¡Cuando me case seré otro hombre!

—Sí, otro hombre, como dicen en los toros: "¡otro caballo!", cuando el de la pica se está pisando las tripas.

—Oye, Pinillos, tú serás muy chistoso y todo lo que tú quieras, pero tú y como tú, todos los que están en tu caso, quieren llenar el vacío de su existencia haciendo frases y poniendo en ridículo a las personas formales que se acuestan temprano y no juegan, ni beben, ni...

—Sí, ni... kel, nitrato, nicuña, ¡todos los *nis*! ¿No es verdad? Pues oye ahora, sin frases, sin ningún deseo de hacer efecto: yo soy más viejo que tú; trece años de diferencia ya es algo.

Nosotros éramos entonces cinco o seis amigos, todos herméticamente solteros, absoluta y rigurosamente célibes. Yo tendría tu edad...

Fue el primero y se enamoró de una señoritinga cursi; le cayó encima toda la familia; los hermanitos menores de la niña lo vigilaban, lo acusaban, le traían las cartas del correo, le regalaron una paraulata que silbaba "la perica" y otras preciosidades, le bordaron unos paños de mano y, finalmente, a la cabeza de un cortejo de señoras bamboleantes con botines de gomita, tíos políticos satisfechos por eso y los consabidos parientes pobres, "personajes que no hablan" en el reparto, mi pobre amigo entró al alcázar del amor por la puerta cochera del matrimonio. Lo vi por última vez, antes de aquel día fatal, y emocionado, le estreché la mano mientras le deseaba la mayor suerte posible con esa pena profunda y reservada con que uno acompaña a un amigo en un lance personal. Y uno a uno, Héctor, uno a uno se los fue llevando el cruel destino. Dios me los dio, Dios me los quitó... ¡y sus mujeres se los llevaron!

El último, Ramoncito, una criatura de veinte años, partía el alma; le atrapó una solterona que ya navegaba a la vuelta del cabo de Buena Esperanza, una anciana fragata que marchaba escorada a babor, con el velamen flácido y las bodegas llenas de aceites y ratas. ¡Todavía me resisto a creerlo! Le dieron algún bebedizo. Aquel niño no estaba en su juicio, Héctor, yo te lo aseguro. Era el último de nosotros...

—El penúltimo, contándote a ti.

—No —repuso orgullosamente Pinillos—, yo siempre estuve ¡hors concours! Ramoncito fue el último. Ya no tenía yo a quién volver los ojos desolados como cuando uno de los otros abandonaba el campo del honor, y aquí en este mismo puesto del Club, los que quedábamos decíamos suspirando: ¡Perdimos otro!

Quedé solo. Al despedir a Ramoncito, por poco se me salen las lágrimas. ¡Era demasiado! Así no se sacrifica a un inocente. ¡Hasta el whiskey me sabía a petróleo con aquella contrariedad!

Héctor, nerviosamente, había encendido el cigarro y le interrumpió:

—¡Pero qué tonterías están diciendo! ¿Eso que demuestra? Que tú serás un viejo cotorrón maldiciente, aislado, hasta que te pudran los años, como un parásito pegado en el fondo de cualquier butacón a la mesa de cualquier botiquín... Los demás han hecho perfectamente; tú has sido una ostra, un rinoceronte, un bicho egoísta... ¿Qué apostamos a que de los cuatro que se casaron no hay ni uno que no sea más dichoso, más feliz que tú?

Pinillos se desesperezó unciosamente.

—Todos se casaron con mujeres más o menos buenas; es cierto.

—¿Y entonces?

—Verás —y cambiando de posición sobre el muslo derecho, añadió—: Entonces fueron buenas. Después vino la cosa. La de aquel está cundida de hijos de ambos sexos, y cada vez que viene uno —no importa el sexo— hay "junta" de médicos, gritería de la suegra, carreras a pie, burras traídas por el ronzal desde media legua y con noche oscura. Ese infeliz, con los siete partos de su mujer, ha batido el "récord" como pioneer y como... burro. En cambio, al pobre Ramoncito, la señora se le declaró infecunda ¡menos mal!, si no, viviera ella haciéndole cargos públicos y administrándole drogas en privado. Y el día que San Ramón les haga el milagro va la gente a reírse de Ramoncito, y lo menos malo que puede ocurrirle es que le comparen con San Joaquín y no con el yerno...

—Bueno, basta ya... ¿y los otros dos?

—Pepe enviudó al año sin cría; la mujer murió tuberculosa, él contrajo el mal y anda por allí escupiendo sangre y hablando como si estuviera en un sótano... Para que veas que no exagero: en justicia, el único afortunado como marido ha sido Domingo.

—¿Qué Domingo?

—Domingo Ramos, el marido de Beatricita, que llamábamos Domingo de Ramos. Y merece la palma. Beatricita, tú creo que la conoces, ha resultado una joya, aunque cuando era soltera suspiraba mucho y decía que no la comprendían... Pues mira, resultó hacendosa, agradable, y resultó de luto por una tía que le dejó treinta o cuarenta mil pesos. ¡Para colmo, le resultó hasta honrada!

Héctor se puso de pie vivamente.

—Bueno, Pinillos, que pases un feliz... ¡Eh! Me voy...

Y lo abrazó. Pinillos pareció sorprenderse.

—¿Pero no cenas en el club, con nosotros?

—No; ceno en casa de mi novia.

—Feliz año, pues.

—Feliz año.

Y Pinillos, encendiendo otro cigarro, tornó a repantigarse sosegadamente sobre el muslo izquierdo.

Una mujer de mucho mérito

Usted llegó a injuriarme porque en un momento de ingenuidad, del cual, señora, estoy realmente arrepentido por haberme ocurrido entre mujeres, confesé que me eran insoportables las damas científicas; si mal no recuerdo, dijo usted que eso era tener "un concepto brutal de las cosas", que en mí, a pesar de tantos siglos —yo no recuerdo cuántos echó usted en la cuenta—, en mí hablaba el hombre peludo de las cavernas… En fin, amiga mía, me puso usted de oro y azul, si es que con semejante ropaje, tan colorido, pudiera verse mal alguien. Pero yo se lo agradezco: le debo este cuento y se lo dedico. Perdone usted que no nombre personas; el infeliz protagonista es, hace tiempo, huésped del cementerio, y no quiero turbar en la muerte la paz que tanto se encargó de turbarle en la vida su ilustrada esposa.

I

—¿Que le hable a usted de ella?

Sí, señor, ella no era mala, no, señor. Hasta aseguro que me quería: cuando me dio el tifus, una noche que tuve delirio y fiebre muy alta, lloró, inconsolablemente, contra el copete de la cama. En mis primeros tiempos de matrimonio, yo, enamorado, no me cuidé mucho ni de sus libros ni de sus frases, ni de su manera especial de pronunciar ciertas palabras extranjeras, como *beafsteak, riviére, season*... Luego, moderadamente, se empeñó en hacerme pronunciar correctamente "psicología, numismático, balaustre". Al fin, en público, me enmendó: No, hijo mío, no se dice un porción, sino una porción. Quise excusarme, pero en ese instante las señoras discutían de La Rochefoucauld y de las afecciones mórbidas postparto... Tuve que guardar silencio. ¡Ah!, señor, se lo juro a usted; si yo no hubiera estado ciego, si yo de novio hubiera carecido de esa fácil desvergüenza de los enamorados para tolerar delante de todo el mundo que ella humillara a cada paso mi ignorancia de tenedor de libros, ¡ah!, señor, se lo juro, no estaría en el Manicomio. ¡Qué de cosas me decía en el lenguaje científico! "Tú eres un sanguíneo, "un habitual", una bestia bípeda, perfectamente armónica en tu espina dorsal, desde el cerebelo hasta el coxis...".

En casa teníamos figuras antropométricas, una ficha del que mató a Carnot, versos de Marinetti, cuadros cubistas. Todo aquello, se lo confieso a usted, todo aquello me iba alejando del hogar.

Yo llegaba de tarde, cansado, con los dedos agarrotados por la pluma y en el cerebro una danza de cifras, el embrutecimiento de diez horas de escritorio. Yo quería hablar cosas sencillas: la temperatura, la dentición de los muchachos, los chismes de los compañeros de oficina; yo quería charlas de algo humano, agradable, fácil... Ella no me hacía caso: leía, leía, leía con una atención desesperante economía política, novelas, jurisprudencia, diccionarios enciclopédicos, prospectos de jarabes, medicina, agronomía, libros de ciencias ocultas... ¡un horror!

Hasta en el sagrado lecho conyugal me perseguían sus lecturas, y al caer sobre el colchón era rara la noche que no me aporreaba con algún tomo de medicina legal, de espiritismo o de higiene privada; ella leía todo esto junto a mí, con el foco eléctrico sobre los ojos, hasta que yo lograba dormirme entre un triste y casi burlón zumbido de zancudos...

Y en el amor, ¡ay, señor!, usted no se imagina... En el amor, en eso que todo el mundo practica con un desorden admirable, debíamos esperar el cuarto menguante, señor, "para seguir así la fecunda y perfecta armonía del Universo", respondía a mis justísimas quejas... En una palabra, debíamos de estar de acuerdo con la marea, con el movimiento de rotación, con los signos del Zodíaco, ¡qué sé yo!

Me dediqué al licor: ¿qué quería usted que yo hiciese, infeliz átomo, con aquel monstruo de sabiduría? Pues eso fue lo que hice, dedicarme al aguardiente...

Yo hubiera dado cualquier cosa, hasta el mismo vicio, porque mi mujer se humanizara, llorara, se volviera una furia ante mis malas costumbres. ¡Nada, señor, nada!

Se limitó a leerme en alta voz varios tratados antialcohólicos; emprendió correspondencia con el doctor Razetti acerca del "caso" de su marido, firmando sus cartas con este seudónimo: "Una esposa ilustrada"; le enseñó a Benito, nuestro hijo mayor, que me recitara al entrar, en vez de "la bendición, papaíto", un dístico del doctor X:

"El que bebe demasiado
siempre estará "enratonado..."

y por último, clavó con alfileres en el testero de la cama un "cuadro sinóptico del estómago de un borracho". Yo no pude más: tiré el "cuadro sinóptico" en el tobo del aguamanil, le pegué dos guantadas a Benito y me encerré en mi cuarto. Fue eso lo que ella más tarde hizo calificar en nuestro divorcio como "sevicia", "maltrato a los hijos", "retraimiento al deber conyugal".

Para resarcirme de aquella sabiduría espantosa me refugié en el aguardiente, que me ponía deliciosamente torpe, como los otros animales... Tuve pesadillas horribles: soñaba que mi mujer, con la misma cara de un retrato de don Marcelino Menéndez Pelayo, que había visto en un periódico, se abrazaba a mí en una escena de celos, o que Pancho Villa, montando un revólver sobre mi nariz, asesorado por ella, me obligaba a devorar hasta el apéndice un Tratado de las Sociedades Civiles y Mercantiles. Como usted ve, ya empezaba a perder el juicio, cierta falta de correlación en las ideas... Mi mujer, sin preocuparse lo más mínimo por mis berridos, me explicaba que el proceso digestivo, al alterar la circulación cerebral, produce imágenes que, etc...", y me consolaba con las reflexiones de que la catalepsia, la lepra y la tisis intestinal presentan esos síntomas..., cuando no el *delirium tremens*.

—¡Sigue bebiendo, pues, con semejantes prolegómenos!

Y yo, se lo juro a usted, con el corazón oprimido, con la angustia esa que martiriza a los bebedores, sufría alucinaciones extrañas; en el lecho nupcial me parecía estar acostado con un académico.

Un día me halló abrazando a la sirvienta, una muchacha del Tuy, buena moza, pero bruta como un adoquín. No se alteró mi mujer: se redujo todo a despachar la sirvienta; a mí me miró de arriba abajo con una mirada fría, por detrás de sus lentes de oro; y, en lugar de gritarme cuatro naturales barbaridades, traidor, infame, asqueroso..., cosas estas que me hubieran encantado, se lo juro a usted, bajo palabra de honor, ¿sabe usted lo que me dijo? ¡Ah!, me parece estarla oyendo: "No es culpa tuya, tú eres un buen *descendiente*... en ti grita el ancestro, el abuelo cuadrumano, simiesco, eres un verdadero pitencántropo".

Ella no era mala, no, señor, pero tenía demasiado mérito.

■ ■ ■

Cuando salía del edificio, le dije a la Hermana que me acompañaba:

—Pero bien, ese pobre hombre no parece estar tan mal para que lo tengan encerrado; razona, no se altera… Su relación es un poco ridícula, pero no carece de lógica.

—¡Ay, señor! —contestó con su sonrisa modesta y triste—. Usted lo observa así ahora… Pues, bien, en cuanto ve un libro, un periódico, algo impreso, su desesperación es horrible: hay que sujetarlo, ponerle chaqueta de fuerza, aplicarle cloral…

Familia prócer

I

No quedaba para ellos sino la casa, como el último lazo de unión con el pasado.

Eran aquellas habitaciones vastas, de techos enmaderados, la sala enorme que recogía el eco del paso sobre el entarimado, la sonora frescura de los corredores, el patio, empedrado a grandes losas cuadradas; empotradas en los pilares las argollas de hierro donde se ataban las cabalgaduras todavía en los últimos tiempos felices, cuando los peones llegaban el sábado, desde Santa Damiana, por la "plata" del apunte, o don Ramón María regresaba a descansar de la molienda, a leer los periódicos que traía el paquete de San Thomas, a pasear su macferland a cuadros escoceses en la Plaza de San Jacinto y a discutir con el licenciado Parra, o con el farmacéutico Cortina, si por fin "el ogro de Córcega" abdicaba en la Malmaison o qué suerte correría el Bayardo de la época, aquel rey de Napóles que moría, fusilado, teatral, con una conmovedora leyenda de poderío y de traición.

II

Isabelita casi no se acordaba del abuelo. Ella nació solo meses antes de que el viejo Errazúriz cayera, fulminado de congestión, siguiendo apenas su muerte unos días al asesinato de Ramoncito, el hijo, en la hacienda. Y, con grandes lagunas, recordaba gritos indignados, un llanto silencioso y ahogado de su madre que la estrechaba contra su corazón, el patio lleno de gente y una camilla de la cual surgía, entre lienzos blancos manchados de sangre, el rostro verdoso, de barbas crecidas, en el que ella quería reconocer a su papá.

Aquí su memoria tenía otra laguna.

Después revivía un pedazo de habitación, sobre un ángulo del gran lecho, junto a la pequeña "mariposa" de aceite encendida a N. S. de las Mercedes, dos mujeres vestidas de negro, una pálida, tocada de hábito, su tía Ana Francisca que murió monja, y la otra, la anciana ña Pascualita, toda la infancia, toda la cartilla, todo el amor de la crianza y de las golosinas comidas a escondidas, tras el fogón.

—Don Ramón María no ha derramado una lágrima —gemía una de aquellas mujeres.

Y la otra, como un eco:

—Ni una lágrima…

Ambas, también, tenían los ojos secos y brillantes. Así debía ser; así era. ¿Acaso no fue la frase favorita de su abuelo áspero, de su grande abuelo cariñoso, cuando pálido, con voz llena de una cólera dolorosa la recogió una mañana en los pesebres donde jugaba, caída y maltratada entre las patas de las bestias?

—No es nada, Belita, no es nada. No llores: ¡los Errazúriz no lloran nunca!

III

Y ella no lloró tampoco, veinte años después, cuando el hombre con quien se casó, el español Mejías, se marchó para siempre, dejándole un hijo de tres años y sobre los pechos una niña sin padre y bajo los pechos un corazón sin amor. Ni lloró entonces, ni lloró más tarde, ni lloraba hoy que aquella niña, rubia, alta y pálida, como una sombra del lejano sol de los tiempos en que los Errazúriz eran altos, rubios y fuertes, paseaba su tristeza solterona por la casa, hasta que a las once o las doce, con la horrible y exacta puntualidad de treinta años de alcoholismo, Ramoncito, hijo, entraba, trastumbándose, profiriendo palabras obscenas, frases innobles, apoyado en el brazo de la hermana, dejando un vaho de ron, de desastre y de vómito por los largos corredores mientras la virgen pálida lo llevaba hasta el lecho, lo desnudaba, le daba el agua de vomitar o resignada asistía a sus crisis tremendas, con el frasco de álcali entre las manos, siguiendo anhelosa el ronquido del ebrio, isócrono, continuado por el eco bajo la obra-limpia de las arcadas hasta los limoneros del patio, hasta las humildes bruscas que se tenían en la gris ceniza del plenilunio entre las hierbas del patio.

E Isabelita, la madre, escuchaba desde su cuarto todo, en silencio, los ojos secos y brillantes clavados en las vigas del techo...

Qué breve la historia de ella y cuán parecida a la de todas sus contemporáneas, aquellas chiquillas felices del Colegio de "Las Carmelitas": las Fontana, las Valdivia, las Jiménez de Quesada, ¡todas! Procesiones de nombres que eran la colonia, la Independencia, el Patriciado de los primeros días, y que remataban en el padre jugador que dejaba tras de sí la miseria de cuatro muchachas para el abastecimiento de mujeres malas, en el hermano tramposo, petardista asalariado, en el rufián, en la rodrigona, en el tipo de guarda-cantón a las doce, acechando transeúntes e invocando los viejos decoros del 19 de abril y del 24 de enero, o susurrando, buscona, a la sombra de la rejilla, en las oficinas de los nuevos ricos, las excelencias de una niña loca que aguardaba por allí, en cierta casa y que era "de las primeras familias". ¡Qué maldición germinaba en pálidas flores de decadencia sobre las últimas generaciones!

Y respondía a aquella amarga invectiva, el ronquido del hijo ebrio, el hipo cortado por una desvergüenza:

—¡No seas animal, carrizo! No me hales así el pantalón, que me...

Y otra voz dulce y conocida, ¡ah, tan dulce y tan conocida, que era la de ella, de su hija!, la de todas las madres y las esposas y las hermanitas venezolanas que desnudan, pacientes, al borracho de la casa, a altas horas, cuando la faz colérica del cerro se esconde en las nieblas de la montaña. Otra voz, casi velada en risa, en una angustia tremenda, en una risa triste, en una risa que es todo el cinismo de la desesperación:

—Espérate, Ramoncito, niño, espérate...

Y a veces aquel diálogo degeneraba en conversación alegre, incoherente, la puerilidad infantil de la solterona, el chascarillo absurdo del ebrio que ya comenzaba a ver, en la sombra de los rincones, esas divertidas fantasmagorías que son ratas aperadas y pantuflas que bailan y vastas decoraciones de botellas rotuladas, con piernas y manos entre una niebla de humo y un estallar de carcajadas.

—Espérate, Ramoncito, espérate.

Era la mano acariciadora que le secaba la frente, que extendía sobre el copete de un mueble la camisa sudorosa, con las mangas abiertas, como implorando una absurda misericordia; y luego el calor amoroso de aquel cuerpo de mujer, joven todavía, sobre cuyo hombro, sobre cuyo pecho maduro, armonioso, la frente febril y alocada creía sentir de nuevo la caricia de la mujerzuela, momentos antes, en la sórdida mesa del bodegón...

—... dame un besito, pues, un besito para su papacho.

Y buscaba la boca de la mujer en el rostro de su hermana, que, sorprendida, inconsciente, se reía:

—¡Pero Ramoncito, niño; estás de lo más loco! Duérmete, pues, duérmete...

Y el borracho, al fin, se dormía, con las manos de ella cogidas, arrojando al cuello de la virgen un aliento de alcohol, de lujuria infeliz, de alimentos fermentados, ingeridos copiosa y torpemente entre tufaradas de cerveza negra...

IV

Cuando comenzó aquel vicio hubo la lucha encarnizada de las dos mujeres, los escándalos, el coger los objetos para empeñarlos y beber, el arrojarlo de la casa... Después, la enfermedad de muerte, la primera esperanza de arrepentimiento, el regreso al hogar, y luego el hábito, la costumbre, la ley terrible de lo usual, grado a grado, concesión a concesión. ¡El médico! Ya se sabía: "si le quitan la bebida se muere". ¿El remedio? Una crisis horrible, sin otro éxito que golpear a su hermana y romper los muebles y pasarse tres días, enloquecido, desnudo, gritando en el cuarto donde le encerraron, las cosas más feas que puedan existir, mientras a los pies de Nuestra Señora de las Mercedes aquellas dos mujeres aterradas rogaban por sus vidas y se tapaban los oídos...

Y luego, otra vez el calvario de la hermana para llevarlo, dando traspiés hasta su cuarto, desnudarlo y sufrir el contacto impuro de aquellas manos temblorosas que cada día trataban de acariciarla.

V

Pero una noche, mientras la anciana, con los ojos fijos, ardientes como dos brasas, escuchaba el lejano diálogo, los muebles trastumbados, el proceso de aquella triste misión que su hija se había impuesto, resonó en la vasta casa de los Errazúriz, por todo lo ancho de los corredores, por todo lo alto de las viejas arcadas, un grito, un grito de mujer, un grito de su hija, entre furioso debatir de objetos:

—¡Mamá! ¡Mamá! ¡Qué horror! ¡Quítamelo, mamaíta, quítamelo!

VI

Al día siguiente salió la tarjeta en el periódico invitando al entierro de doña Isabel Errazúriz de Mejías, "dama esta —decía la nota— extensamente vinculada en nuestro alto mundo social y de un claro abolengo patricio". Parece ser que sufrió una caída que le ocasionó la muerte. En primer término suscribía su hijo Ramoncito, a quien se señalaba, particularmente, la expresión de condolencia.

Presidió el duelo, con un paltó-levita verdoso, la nariz y los ojos enrojecidos, abrazando a todos con la misma frase, un poco estúpida: "¡Qué diantre!, no se pueden decir cosas elocuentes —suspiraba en el velorio—, cuando a uno se le muere su madre".

—Pasa para acá, chico; cuánto te *estimo* que hayas venido a acompañarme en estos dolorosos momentos. ¿Tú lo tomas solo o con un poquito de soda? Con franqueza, estás en tu casa. Ahora, si prefieres el roncito viejo aquel, de Carúpano...

Y guiñaba el ojo menos lacrimoso con una expresión desolada y crónica.

—¡Pobre Ramoncito! Le da duro al vidrio, pero… no es mal tercio.

VII

Ahora días, en el Casino, entre una zalagarda de "El Bojote" y otro que intentaba cantar *O Paradiso*, me llamó la atención una mujer rubia, desteñida, muy blanca, vestida de negro, que bailaba con otra, pero con tal desaire, con tal desgarbo, con tan poco hábito, que alguno preguntó:

—Hombre, ¿y esta… *vejuca* bajaría hoy de Caraballeda?

—¿No sabes quién es? ¿Cómo vas a conocerla? Una Errazúriz…

Pasó cerca. Desgreñada, con las sienes sudorosas y el traje abierto, el aire de disfraz, una risa que daba calofrío… Tenía los ojos secos y brillantes.

VIII

Ramoncito lo proclamaba siempre:

—¿Que aquí no hay energías? Mire, no diga eso: yo soy de una gente que, no es por alabarme, pero en mi familia, mire vale, ninguno puede decir que ha visto llorando a un Errazúriz. No crea tonterías: el porvenir es de nosotros, los venezolanos que somos "gente".

El ideal de Flor

I

Es en un pueblo pequeño, un villorrio casi, pero que tiene cura, jefe civil y paludismo. Además, tiene una familia rica: la eterna gente pudiente que existe en toda aldea y en derredor de la cual se condensan los chismes y las alabanzas todas.

En la casa hay piano, dos señoritas, una tía y el señor, que es el padre de la familia y que casi siempre está en potreros y haciendas inmediatas, trabajando como si no tuviese tres o cuatrocientos mil bolívares. Así son, por suerte, algunos hombres de mi país.

La tía Inés reza y administra: Inesita, la niña mayor, reza y cose; Flor, la otra, ni reza casi, nunca cose, y lo demás... Para lo demás no está ella hecha: ella lee, muchísimo, toca el piano y suspira en la ventana que da a una callejuela desierta, cuando el plenilunio es un pavón de plata sobre el panorama oxidado y triste del poblacho.

II

Cada semana en verano y cada diez o doce días en invierno —si no se atraca en un barrizal la vieja mula del correo— Flor recibe los periódicos de la capital, y ya tiene para sumirse en la lectura de sus cuentos, de sus prosas y de sus versos favoritos.

Conoce todas las firmas que abarrotan diarios y revistas, siente odios y simpatías profundas, y se sabe de memoria y ha copiado en un hermoso álbum que le encargó a su papá cuando estuvo en Caracas, los más lindos versos y los párrafos más bonitos de sus escritores predilectos... En la crónica social, en las alusiones galantes que se hacen los unos a los otros "lapidario de la forma", "cruel artista emotivo", "orífice taumaturgo" o en las notas literarias que en el tráfago de las redacciones arranca cada quisque a la benevolencia de los directores, ella se ha forjado un mundo, un alto mundo, suerte de cenáculo selectísimo, rodeado de cosas pulquérrimas, una especie de "El dorado intelectual", capilla de pórfido y oro, alzada en mitad de la balumba de la capital y del mundo de burócratas, menestrales y plebe, donde no comulgan sino unos pocos escogidos —¡casualmente sus predilectos!— trajeados con exquisita elegancia, sonriendo exquisitamente, en una atmósfera de exquisiteces. "Nuestro glorioso pensador Z", "el altísimo poeta B", "Ñ, ese minero infatigable en las profundas vetas auríferas de nuestra patria historia", "X, el artista maravilloso de Trípodes Tribadas, de quien ha dicho nuestro gran crítico M que es "sensual, impecable y dieciochesco", o las incursiones que de tarde en tarde un bardo olvidado en el interior con un puesto público, hace en un periodiquito, deplorando "la triste marquesita ausente" en su vivir "humilde y provinciano" —una hamaca, un botijo de pichero y una porción de proyectos literarios...

De esos escasos entes y de esos muchos defectos, de ese amasijo de lodo y lágrimas, ella ha formado un universo, un alto coro de potestades que —cada semana en verano y cada diez días en invierno, si la vieja mula del correo no sucumbe con su carga lírica en un lodazal— viene a cantar a su alma un milagro de belleza, de felicidades delicadísimas y de lejanas pompas gloriosas en una enorme ciudad, donde hay cines a toda hora, espectáculos a toda orquesta, miles de automóviles y altos círculos literarios...

Y al alzar los ojos fatigados de leer y la cabeza como vacía, miraba al pueblo con sus callejas más torcidas, y sus casas más chatas y su luz cruda y antipática.

III

¡Pero cuál devoción de mujer no se individualiza!

Un nombre, un nombre nuevo, prestigiado —según el crítico Churruca— por todos los dones de la juventud, del talento y de la euritmia, J. P. Soto-Longo, se impone a la mente de Flor de modo único, definitivo... Muy al principio apareció la nueva firma, tímidamente, entre dos "sociales" al pie de un precioso sonetín elogiando una señorita del vecindario que poníase al piano a deshojar "el lirio armonioso de sus manos" cuando él pasaba "en la melancolía del tramonto"; luego se deslizó en la segunda página una prosa de "euritmias paganas", un poquito tremenda —como observara ella sonriendo— donde hablaba de las "errátiles carnes ancestrales" de una señora.

Buscó Flor en el viejo y anticuado diccionario que tenía su papá por ahí tirado encima de un escaparate; por suerte llegaba hasta LI y aun cuando leyó y releyó las dos voces en todas sus acepciones, y quedó tan a oscuras como al principio, el *sandwich* de los dos adjetivos de pan con las carnes en medio, le pareció delicioso.

Días después, en una revistilla de tercer orden, leyó un soneto bellísimo de J. P. Soto-Longo donde aludía desdeñoso y "de lo alto del zócalo cenital de mi verso" a un envidioso que le disparaba "malvada insania", asegurándole, de paso, que apuntase para otro sitio porque él estaba absolutamente "cubierto de rosas blancas".

De allí en adelante, Soto-Longo "se había impuesto". Efectivamente, se impuso todos los días de Dios algo de Soto-Longo en cuanta forma tipográfica paraban las imprentas: llovieron versos, discursos, prosas cinceladas, páginas líricas y hasta cosas íntimas de Soto-Longo con sus novias...

Y cuando un día, al abrir una revista, con la ansiedad de siempre, Flor hallóse con el retrato de Soto-Longo sobre el inevitable soneto, a poco da un grito: sí, era él: no precisamente como se lo imaginara, porque este no parecía rubio; la melena crespa, ¡eso sí!, un poquitín crespa; demasiado crespa, pues... defectos del fotógrafo o de la densidad de las tintas litográficas habían dado al rostro amplio y a la gran cabeza de frente despejada un aire pesado; pero los ojos soñadores tenían algo de meditabundo y ascético que en vano desmentía aquella flor en el ojal del flamante chaqué.

—¡Su retrato! —díjose pensativa.

Y después, al leer otros y otros versos, lo suponía en aquel ambiente de amoríos y conquistas ante el coqueteo de sus admiradoras, aquellas "novias" de sus "pastorelas emocionales", que unas veces eran "legendarias princesitas del Rhin" y a veces "blondas y pálidas" y a veces "alabastrinas y ardientes" —¡pero todas rabiosamente rubias!— por las que sentía la pobre Flor, tan morena, tan tropical y tan apasionada, una secreta antipatía...

Se oxigenó el pelo, aunque su papá se puso furioso. Pasaba días enteros, en la casa provinciana, leyendo novelas exóticas, suspirando como una "desencantada" de Loti, o la Griselda triste encerrada en la torre, o las heroínas del lejano país que amaba junto con Judith Gautier, aquella China de las lacas, los grandes ibis y las mandarinas de pies "imposibles". Aislóse del trato vulgar, y en menos de un mes fue dogaresa, musmée, pescadora bretona, gran dama turca o esposa infeliz...

—¡Necia es lo que eres! —observábale su hermana Inés, que tenía buen sentido. Tan bueno, que se casó con un joven agricultor de los alrededores, rico, educado, de excelente familia, a quien ella, desdeñosamente no aceptara, considerándole un "simpático siembra-papas".

En el fondo, Flor era una muchacha sencilla, buena, solo que estaba enferma. Y se agravó tanto, se puso tan delgada y tan pálida, suspiró de tal suerte por ir a Caracas, que en un viaje de negocios su padre la llevó consigo.

Al fin iba a la Babel moderna, al fin realizaba su ideal: en el fondo luminoso de la ciudad de maravillas, asomaba un rostro amplio, lampiño, la gran frente inteligentísima, la melena crespa, rebelde de los poetas soñadores...

Y el estrépito de las sonajas de hierro y el jadeo de la locomotora que la arrastraba como un monstruo dócil hacia la ciudad radiante, parecía decirle a su corazoncito: *sotolongo, sotolongo, sotolongo...*

IV

Llegó una tarde de septiembre, lluviosa, al oscurecer. Cayó en brazos y labios de unas primas pobres, pero bien relacionadas. Fue a los cines; paseaba en automóvil; visitó el Salón Elíptico, el Panteón, el Museo Bolivariano, y se cansó trepando las escalinatas del Calvario; leyó sus periódicos favoritos todavía con la tinta fresca... Y adoró a la Bertini.

Todo era risueño, feliz, dorado, como mecido en una ola elegante y fácil que iba de los mostradores de las tiendas a los cojines del auto, a los lujos del hotel, a la butaca de los teatros o al espléndido reservado de damas en la confitería de moda, entre gentes afables, pulidas, bien educadas; zarabanda de tranvías, carruajes; tardes espléndidas en el largo Paseo de Diciembre; los trenes, el ruido, la gran vida de la gran ciudad... Sin embargo, le molestaba un qué sé yo en las miradas.

Había preguntado a sus primas por los literatos; hicieron un mohín —¡almas prosaicas!, pensó ella—. No sabían; no conocían sino unos tres o cuatro. Los jóvenes que las frecuentaban le mostraron algunos más: el pensador Z, ¡rarísima ocasión!, entre una rueda de amigos en la Plaza Bolívar; por allá en un palco, junto a unas damas, miró ondular las grises melenas del poeta B; Ñ, el historiador, al paso de un coche, la faz lívida, quebrantada, sujetándose los lentes como si se fuese a sacar los ojos con los dedos; al glorioso X, ya a última hora se lo enseñaron a la salida del Capitolio, pulcro, menudo, nervioso, seguido de un mocetón desgonzado, de faz idiota que parecía no poder con la cabeza... Y otra tarde, a las puertas de una tipografía, con un rollo de papeles bajo el brazo, el crítico M echó a andar con los brazos inmóviles, caminando como si danzara... A todos o casi todos los conoció por primera vez. ¡Cómo engañaban los retratos! Pero cuando preguntaba, tímidamente: ¿Y Soto-Longo, J. P. Soto-Longo, el poeta?, respondíanle con un mismo gesto vago... no sabían, no le conocían, ¿está usted segura de que es de aquí?

—Cómo no; segurísima: lo he leído en los principales periódicos, ¿no lo conoce usted; señor Pérez?

—Ah, sí —repuso el señor Pérez-Gudiño, sietemesino oriental y donjuanesco, injerto de poeta y estudiante, como arrancando aquel recuerdo de un rincón excusado de la memoria.

—Sí, Soto-Lon... Soto-Longo P. Sotolon; ¡eso es! un "orfebre" que escribe versos; muy malos por cierto. ¿Usted lo quería conocer? ¡No vale la pena, señorita...! ¡Yo le voy a traer algo mío, que publiqué en "La Revista..."!

Guardó silencio. Su reserva de mujer le decía que aquel era uno de esos "envidiosos" que él desdeñaba tan noblemente. Comenzaba ya a observar la justa proporción de las cosas, lo falso de algunas actitudes, el mezquino barniz de ciertas apariencias, el yeso frío y muerto de los lujos y la alfombra raída y las cortinas empolvadas. El decorado empezaba a desteñirse a sus ojos fatalmente, y en los breves ratos de descanso, al regresar de una reunión o de un paseo, embargábala un malestar, una nostalgia de insignificancia, un dolor sordo en el amor propio al verse inadvertida, tan poco bella y tan sin brillo entre una multitud que no le hacía caso; ella que allá en el pueblo siempre salió de misa los domingos en medio de un rumor y de una ola de comentarios.

Consolábase pensando que sin duda el grupo social en que le había tocado llegar no estaba a la altura de "su ideal", y que aquel joven poeta de talento, apellido y fortuna, volaba más alto, en las esferas mundanas y literarias de la capital cuya existencia presentía fuera del círculo de sus primas y de la aristocracia domiciliaria del hotel.

Allí, en aquella atmósfera de refinamiento, su eterna flor en la solapa del impecable traje, recitando suavemente las suaves rimas gloriosas, debía de estar sumergido y ajeno a la estrepitosa vulgaridad ambiente. Ahora no lo veía como desde el pueblo, figurando doquiera por calles y teatros, no; el rostro amplio, la frente enorme, las melenas crespas, eran las de un esteta solitario, aislado, orgulloso. ¡Cuán difícil para la provincianita forastera conocerle de cerca y tratarlo! Aquella idea le hizo odiosas las gentes a su alrededor; y hubiera querido marcharse —no obstante el empeño de sus primas— si no la retuviera el ideal de verlo, siquiera de lejos en el antepalco de un teatro, entre sus damas rubias, elegantísimas o por la Avenida del Paraíso, hundido en los cojines de un gran automóvil gris...

¡Ah, cómo adivina un corazón enamorado! Los versos de aquella semana hablaban de un *spleen* soberano y del cansancio de amores imposibles... ¡Claro! ¡estas mujeres locas de aquí! "Imposibles...". ¡Tontísimo poeta! ¡Si supiera de la reserva de amor, de admiración y de ternura que la hacía alterarse y palidecer a la sola idea de hallarlo y de sentirse tan pequeña e insignificante con todos sus esmeros de enamorada!

Y veía entonces angustiada que se acercaba la hora de partir...

V

La última tarde en el hotel fue de una tristeza monótona e insoportable. Había llovido, y reunidas en la sala, primas y amigas —el grupito que iba a todas partes con ellos y que mantenía en perpetuo movimiento el inagotable portamonedas de su papá— se puso a tocar un vals tan viejo como el piano.

—¿Qué recuerdo te llevas de Caracas, chica? —preguntó una de ellas...

—¿Especial...? ¡Ninguno! —repuso con una sonrisa amarga—. Y dejó en suspenso el acorde.

Hubo comida, en familia, y por la noche al teatro, a pesar del mal tiempo. Cuatro gatos; la película fastidiosa; el vals de la orquesta desesperaba de aburrimiento.

Terminaba el hastío de aquella noche en el salón de familias de un café —bostezaba disimuladamente tras del abanico— cuando de repente, a través de la mampara, oyó voces y un nombre la hizo estremecer; él, ¡al fin!

—¡Y tenga entendido que yo soy el poeta Juan Pedro Soto-Longo, y que no pago esto porque no me da la gana!

Era una voz agria, aguardentosa, a la que otra, la del mesonero, llena de desprecio, respondía colérica:

—Un pícaro borrachín es lo que usted es, que vive fiando lo que se bebe para dar escándalos... ¡Esta tercera no se la perdono!

Hubo un altercado soez, que las obligó discretamente a ponerse de pie, preparándose a marchar, mientras pagaba su papá.

Y al salir, en toda la zona iluminada de la confitería, a empellones del policía, diciendo excusas vergonzantes, gritando su título de altísimo poeta, sin flor ninguna en el ojal del flux ajado y mugriento, sucio el cuello, chafado el sombrero sobre una melena cerdosa, todo ebrio, todo abyecto, todo ruin, pasó el ideal de Flor, bajo el puño de los gendarmes, dando tumbos como si en realidad pisase la pendiente moral de su vida.

Cerró los ojos, pálida como una muerta.

—¿Te has asustado, hija?

—Sí, mucho —repuso ahogándose de emoción.

Y esa noche, en la soledad de su cuarto, de cara a las almohadas, aquella pena agria se deshizo en silencio, lentamente, así como las nieves inmaculadas que vienen desde el polo a las aguas cálidas del sur, se hunden y desaparecen deshechas para siempre...

VI

Abrazos, besos, pañolitos sacudidos, dos agudos silbatos y la noche de un túnel. Otra vez el sol, el aire y la noción de partir. Bajo las brumas, a la falda de un cerro que apenas se ve, va quedando, como una última visión de cañamelares y de aguas que cantan por lo áspero de las vertientes, la ciudad de los muertos ideales, la Caracas de ensueño…

Flor tiene los ojos llenos de lágrimas.

—¿Cómo que estás llorando, tonta?

—No, papá; es el humo y; que me ha caído carbón en los ojos…!

El aerolito

I

—¡Ya está; ya estás lindísima…!

Todavía quiso darse una última ojeada en el espejo. Bajo el peinado alto, en la nuca redonda, se agitaban los ricillos rebeldes y vista así, como la contemplaba Alfonso, tendido en la *chaise-longue*, fumando, aquel cuerpo de líneas largas y ondulantes, cuerpo de canéfora, con los brazos en alto y ese gesto delicioso de las mujeres cuando se arreglan el cabello, estaba íntegro de gracia.

Sobre el mármol del tocador una confusión de estuches abiertos, polveras, perfumadores, todos los pequeños objetos del *necessaire* dispersos; y por los muebles, el abrigo, un par de guantes, alguna prenda íntima desechada a última hora.

—Ya estás bien; admirable, encantadora…

Y cuando ella se volvió, Alfonso, sujetándola por la cintura, la atrajo a sí. Con una delectación muy lenta, besó el cuello ceñido por un hilo de perlas, el cuello tibio y perfumado oloroso a violetas, y su beso ascendió hasta los labios, ligeramente encarminados, breves y fuertes como botón de granado… ¿Era aquella la cigarrerita de la Unión Fabril que él conoció ahora tres años, con el traje de muselina y los botines de veintiocho reales? Un sueño la transformación de María, verdaderamente un sueño. Ella pensaba en las heroínas de películas, sin querer recordar la segunda parte. Alfonso estaba orgulloso de su querida, con esa admiración vanidosa que es la mejor falsificación del amor. La contemplaba, entusiasmado: los ojos radiantes y negros que le comían la cara, la naricilla voluntariosa, palpitante, el gesto desdeñoso y al propio tiempo dulce. Una de esas mujeres que traen en la portada los periódicos ilustrados y que están, o junto a un perro enorme de mirada tierna, o guiando, envueltas en copiosas pieles, el volante de un automóvil.

—¡Tontísimo...!

Y luego, alisándole el cabello alborotado, enderezándole el lazo de la corbata, cogiéndole una guía del bigote.

—Tontísimo... ¿te gusto mucho esta noche?

Alfonso la oprimió más aún:

—Hoy más que ayer y menos que mañana...

Entonces se desasió, casi enfadada:

—¡Ay, por Dios, me vuelves un desastre, loco!

Todavía luchó, sonriente, por desasirse sin mucho esfuerzo.

Un niño lloró dentro, y apresurada, corriendo hacia la habitación, sin cuidarse de su *toilette*, entre una tempestad de besos, se puso a arrullar al hijo que hallara en la cuna, colorado, rabioso, con las piernecitas para el techo.

—¡Pero, Engracia —reñía a la criada—, qué ocurrencia la de usted! ¿No ve que los zancudos no lo dejan dormir?

Y después de cantarle pasito versos donde figuraban el diablo cojuelo, su papaíto y Perico Sarmiento, lo dejó dormido, corriéndole a la cuna la gasa blanca cogida por un lazo azul.

De prisa se dio un último vistazo al espejo.

—Vámonos...

II

Estaban seis a la mesa.

Ya vencidas las reservas de la etiqueta en la presentación de aquella cena, que a pesar de todo tenía algo de familiar y de galante, se hizo ruidosa.

Pepe Fontaura brindó en verso; alguien disertó con amabilidad y champagne, por la feliz ocurrencia de Nuestro Señor Jesucristo: —¡Figuráos, señores, venir al mundo en diciembre, el 24 precisamente, que es aniversario de la muerte de mi señora suegra! Las mujeres tenían los ojos brillantes. Cuando Ramón Ignacio refirió, como de cosecha propia, un cuento espeluznante muy conocido en el que una Nochebuena volvía a sentarse a la mesa de familia la mujer muerta y olvidada. Elisita, la de Pepe Fontaura, quiso sufrir un síncope. Y si don Estanislao Cuéllar no pide la palabra para brindar por Nabucodonosor, la cena galante degenera en sesión espiritista...

Era una hermosa juventud la de aquella noche... En un balde de níquel se helaba el champagne que Bautista servía ceremoniosamente. María, Elisita la de Fontaura, la querida de don Estanislao, pescada en una compañía de circo, donde hacía "la mujer más caucho del mundo", y esta Enriqueta imposible, que unas veces era de Guanare y otras de Puerto Rico, todos se consideraban felices porque la noche era hermosa como aquellas mujeres, el vino burbujeaba en las copas y por los rosales del patio, que se advertía desde la puerta del "reservado", una luna de pascua, clara y redonda, ponía el detalle sentimental de su plata muerta...

A las dos, se alzaron de la mesa.

Alguno quiso música, baile...

Pero como las parejas estaban completas nadie quiso prolongar la velada. —Apenas en el saloncito japonés, el éxito del restaurante en aquellos días de la guerra de Manchuria—. Fontaura se empeñó en hacer oír, por vigésima quinta vez, el conocido soneto de Manuel Reina:

"Como el rey Jorge IV, que vivía, etc.".

III

Por la avenida, subiendo la calle blanca de luna, entre dos negras filas de cipreses, cortando el rostro por un aire frío cuyas ráfagas traían músicas lejanas, la ciudad pendía en el Ávila como un collar de luces trémulas...

Adormecía el rítmico trotar de los caballos y el muelle abandono del carruaje.

El río, bajo el puente sonoro, corría rumoreando sobre las piedras en volutas luminosas, suaves, como la ondulación de una cabellera... Repicaban los templos alegremente... Santa Rosalía... San Juan... Y música de aguinaldos distantes y cohetes que surcaban el cielo claro, deshaciéndose, calladamente, en lágrimas de luz verde, roja, amarilla.

María, aletargada, soñolienta de felicidad y de "chartreusses", se refugiaba en el hombro de Alfonso.

De pronto, como una chiquilla, gritó:

—¡Mira, mira eso!

Una "exhalación" cruzaba el cielo, hacia Petare, hacia el horizonte de los valles del Tuy: —¡Mira!

—¿Qué le pides, di ligero, María, qué le pides?

—Yo le pido esto solo con toda mi alma: ¡que me quieras siempre, que no me dejes nunca!

IV

—¿Y tú me lo ofreces de verdad, mamaíta?

—Sí, pero usted se va a portar bien, y va a ir hoy a la escuela, y se viene derechito para acá, que aquí le tengo yo una cosa guardada.

Alfonsito le saltó al cuello.

—¡Dime qué, mamaíta, dime qué!

—No señor, cuando venga esta tarde le digo.

Lo besó, feliz, terciándole el bulto de los libros, lo llevó hasta la puerta.

Allí se volvió con la cara radiante:

—¡Si me estás engañando, no te quiero más!

María tomó su costura…

Terminado aquello, los catorce reales estaban comprometidos ya: seis y medio de pan, dos del lechero, el medio real de los dulces que tomó Alfonsito para obsequiar a sus amiguitos, los Heflich, hijos del alemán del lado, ¿podía disponer de tres bolívares, siquiera, para regalarle al niño la caja de soldados de plomo que lo desvelaba hacía un mes?

Nochebuena… ¿Cómo se las arreglaría a fin de gastar el dinero que necesitaba para lo más indispensable, la diaria necesidad insustituible? Quiso pedir fiado el juguete en la quincalla. Envió por él para pagarlo "dentro de tres días", y le contestaron que sentían mucho, pero que las ventas de "la casa" eran de contado "rabioso…".

—¡Vulgares! ¡Canallas! ¿Es que no tienen hijos? ¿Es que no saben lo que es ser pobre y tener corazón?

Sí, lo sabían, pero eso no estaba en "las condiciones del establecimiento". Y él, el ingrato, estaría con la otra; dando sus órdenes para la cena de esta noche, como con ella ahora cinco años, iría del brazo a una cena alegre… con amigos, con amigas, con otras mujeres a quienes más tarde aguardaría esta misma hora descorazonada y cruel... Si es que ella nomás, en la alegría universal, era la única que lloraba sobre su labor de catorce horas, con los ojos cansados, con el alma plena de amargura, con aquel hijo que era el último refugio de su corazón, la última ilusión de su vida rota y fecunda. Por él no sucumbió más y mordió las almohadas en noches de deseos y de ansias febriles, pero por él también, amarrada a una existencia de miseria vergonzante, de miseria vestida de limpio, ocultada cuidadosamente en la tristeza del pedazo de pan y de la ropa interior escasa y remendada; por él se debatía aún contra lo imposible, sola, desamparada, llenos los labios que fueron risueños, de amargura y los ojos que languidecieron en éxtasis de amor, bañados en lágrimas de humillación...

Y sin embargo, él, ingrato, duro, despiadado, si volviera...

Si volviera alguna vez hallaría los brazos entre los cuales durmió muchos días de amor, mientras muy cerca, en la habitación de al lado, un chiquillo gordo y risueño, para quien ella soñara dorados destinos, dormía plácidamente.

V

—¡Si no quieres dormir, no tendrás nada; óyelo: ni dulce, ni caja de soldados, ni nada!

—¡Pero si tú no me dejar ir tampoco a casa de los Heflich!

Sonrió con tristeza:

—Ellos te invitaron, entiendes; pero en su casa, no. No debes ir.

Y besándolo mucho, con una vehemencia salvaje:

—¡Pero tú tienes a tu mamaíta que te quiere más que a todo en la vida, más que al mundo entero!

—Entonces, tú me despiertas a las doce, ¿sí? cuando estén en el "arbolito...".

—Sí, pero duérmete, duérmete como un niño fundamentoso, como un Alfonsito a quien su mamaíta quiere mucho, muchísimo, muchísimo... ¿Sí?

VI

Y a las doce, cuando María vio de nuevo aquellos cohetes en el cielo de pascua, vertiendo su llanto azul y rojo y de color naranja; cuando recordó aquella noche feliz de la cena... y las otras... las de las íntimas veladas... El repique de las campanas distantes, la luz dulce de una luna espléndida, el Ávila que cortaba en ondulaciones grises un cielo de serenidad inalterable, desde el cenit, hacia Sabana Grande, hacia Petare, hacia los valles del Tuy distante, que se están allá lejos entre un frescor de pastos verdes, ella vio cruzar en la atmósfera una "exhalación", una fugaz estela de oro...

—Mamá, mamaíta..., llamó Alfonso.

De las calles venían alegres villancicos de Pascua: restallaban fuegos artificiales; la chiquillería de al lado prorrumpió en ruidosas exclamaciones, sin duda al descubrir el "Arbolito"

—¡Mamá, mamaíta...; la noche buena!

María corrió hacia su hijo y cubriéndolo de besos, bañándolo en el llanto cálido que surgía del fondo de su alma, más allá de su misma existencia, destrozada, amarga, más lejos que nunca de sí misma y de las dulces ilusiones de un día, con la piedad suprema que sólo las mujeres saben verter sobre la vida dolorosa de los que aman, le dijo, pasito, al oído, toda trémula:

—Cállate, duerme, duerme calladito, que ya la Nochebuena pasó...

—¡No, mamaíta, no, si están repicando!

—Sí, están repicando para otras madres y para otros niños...
La Nochebuena de nosotros pasó ya...

El arte de fabricar toneles

A los sutiles hermanos de la Buena Ironía dedicó este Apólogo un fraile albigense, que arrepentido de sus errores, ya anciano, lo escribiera en un convento del mediodía de España, lugar de su tránsito en olor de santidad. Varios comentaristas dicen, que su autor llamábase Fray Juan de Henares, otros afirman que Pedro de Letrán, y alguno expone en un curioso infolio, a vuelta de sesudas razones y de eruditas apostillas, que su nombre era Antero, a secas, negándole, además, su Orden religiosa y su respetable rol de Santo. Nos parece algo temerario este último opinante, por cuanto la santidad de tan sutil varón no hace al caso en la historia comentada con semejante acritud. Esta es la historia:

Una familia eslava, los Sandorf de Trieste en Iliria, tras las guerras madgiares del sur de Hungría, fue a establecerse al oeste del país, en un municipio lejano, donde les fueran más seguras la vida y la industria. Esta, desde tiempo inmemorial, había hecho célebres a los Sandorf; los violines que ellos fabricaban competían con los mejores stradivarius; sus talleres, transmitidos de padres a hijos, exhibían una colección de herramientas, aun cuando muy viejas, perfectamente aptas para corresponder al hábil trabajo de los manufactores.

Y en fuerza de aquella tradición, la delicadeza fabril de los Sandorf era extraordinaria.

Nadie, pues, fabricaba violines a riesgo de perder dinero y tiempo compitiendo con estos artífices maravillosos, a quienes el atavismo había preparado mano prodigiosamente diestra para ajustar la madera, para curvar delicadamente las tabletas de las cajas armónicas, y para recoger en la cavidad del instrumento toda la armonía dispersa en los aires de la montaña, en el rumor de la selva y en el eco leve del agua que cae dentro de las grutas profundas; de ahí que los motivos húngaros, las rapsodias, la sensiblería risueña de los acentos madgiares, resonaban sus tonadas graciosas por el país en los días de fiesta aldeana o en los besamanos de la Corte, merced a estos industriales celebérrimos aislados en un pueblecito, modestamente asentado sobre las estribaciones de los Cárpatos. Allí trabajaban en silencio: mientras los varones desbastaban la madera, cortaban tabletas y torneaban las clavijas de cuerno, las Sandorf, rubias y sonrosadas como modelos de la escuela pre-rafaelita, arrancadas a algún lienzo de Dante Gabriel Rosetti, pulían los charoles y retorcían las cuerdas delicadísimas... Por todo el reino, apagando la fama de Stradivarius, los dulces violines de la casa Sandorf elogiaban la inteligencia de aquellos hombres y la suave caricia de las manos de sus mujeres.

Ocurrió ese año que una fabulosa vendimia agotó los toneles para depositar el mosto; la uva se perdía en opimos racimos que cimbraban las trojes de la vid.

El preboste, el ayuntamiento, comisiones patrióticas de viticultores, ordenaron la fabricación de barricas para no dejar perder la riqueza de una cosecha verdaderamente fantástica. Toda la madera de los bosques, la de las viviendas, los muebles mismos, fueron aprovechados para construir pipotes y barriles. A sesenta leguas a la redonda no quedó carpintero, aprendiz o herramienta que no se pusiera al servicio de tan patriótica obra. Y mientras los hombres acepillaban, los chicos iban trayendo tablas; las mujeres servían grandes vasos de sidra a los obreros fatigados.

El pastor Eustaquio Samov bendecía la labor con los viejos salmos del latín rústico. Como un himno a la vendimia fabulosa se escuchaba por doquiera, entre el ruido de los mazos que ajustaban las duelas y las grandes carretas cargadas de pipotes que iban a llenarse en las vides.

Los Sandorf negáronse resueltamente a colaborar en la obra con sus manos y con sus herramientas: ellos darían dinero, todo el dinero que se les exigiese, pero no podían auxiliar al trabajo manual. Cuando los requirió el preboste, Alexis o Alejo, el mayor de ellos, expuso los inconvenientes: aserrando madera ordinaria no solo perdían la finura de sus herramientas, sino la delicada habilidad de las manos; los violines que fabricaran en lo sucesivo se resentirían de lo burdo del trabajo anterior. Dinero sobra, repuso el preboste, debéis saber que lo que hace falta son brazos; es para vosotros un deber que os excito a cumplir en nombre del Rey, nuestro señor.

Se negaron. Comisiones de la localidad, invocando la patria, solicitaron el mismo concurso inútilmente. El sabio y prudente pastor Eustaquio Samov fue a su vez y habló en nombre de Dios, que parecía haberse domiciliado en el municipio, derramando sus bendiciones en forma de vino sobre su pueblo; era Él, otorgador de todo bien, el del desierto y el de Canaam que henchía los racimos a cuyo peso se doblegaban dos guerreros como se lee en los sagrados libros.

Pero más que aquella solicitación divina, humana, policial, pudo el amor de los Sandorfs a su arte, a su arte supremo, afinado en más de tres siglos por veinte generaciones de artífices que había llegado hasta ellos de perfección en perfección.

Y Alexis o Alejo declaró a nombre de sus hermanos, y en el suyo propio, que jamás ejecutarían aquel vulgar trabajo, aunque lloviese vino del cielo.

El regionalismo municipal puso a los Sandorfs en entredicho. El entredicho popular en aquellos pueblos eslavos, por su vecindad a la montaña, debía de ser terrible.

Los violines, perfectos, con su único ojo negro abierto al ensueño y la armonía, con su cuello de garza, con sus nervios delicados y distendidos esperaron en vano compradores.

El taller se arruinó. Los Sandorfs, viejos y decepcionados, emigraron al Norte, a tierras más piadosas.

En cambio, desde el día aquel, todos los toneleros del pueblo pusieron sobre las puertas de sus tonelerías este rótulo:

"Aquí se fabrican violines".

Patria, la mestiza

> *"Es tiempo de que vuelvas,*
> *es tiempo de que tornes".*
> (Lazo-Martí— "Silva Criolla")

I

El año '15 don Aniceto Zaldívar se estableció en Barrera, a un cuarto de jornada de "Las Manzanas de Carabobo", después de realizar los potreros de Chirgua y vender, a como le pagaron, unas dos leguas de sabana, desde la orilla del Pao hacia los llanos. Una tierra de pastos siempre verdes, con muy buena agua. Trescientas reses que allí le quedaban, cuando el tiroteo de Taguanes, habían sido arreadas por las caballerías de Morales que se replegaron sobre Guardatinajas, después de la rota de Aragua, a levantar nuevos escuadrones. El hermano de don Aniceto, José Miguel, fue asesinado al regreso de un viaje a las posesiones comuneras, y aquel, realizando lo poco que tenía en animales y víveres, recogió a la hija de su hermano, Ana María, compró predio y abrió su bodega "La Primavera" sobre las peladas barrancas de Barrera, en todo el camino real de Valencia… A espaldas de la casa, un potrerito, algunas reses, la yegua de silla y el "arreo" de burros a la carga que saliera para la Laguna y los valles de Aragua.

José Miguelito, el hijo, estaba encargado de la pulpería: *Anama* de la casa y de la posada; el viejo desde el alba, con el mandador de gruesos nudos bajo el brazo, la "mascada" en perpetuo rictus bajo el carrillo, la blanca testa al aire, las cejas peludas y negras, vigilábalo todo, incansable, un poco hastiado de la vida sedentaria, con la nostalgia del antiguo brío en los recios trabajos de la "cosecha" de ganados.

El hijo único, que costó la vida a su madre, era un mozo levantisco, trabajador, medio tarambana, pero buen muchacho. De su rudo pastoreo, de las cabalgatas interminables por los llanos del Guárico para venir a parar al fondo de aquella bodega, vendiendo "reales" de manteca y "señas" de papelón... ¡qué mal se sentía! Pero aceptó la ruina con el mismo estoicismo paterno, y miraba, pensativo, echado de codos en la ventana-mostrador que se abría al camino, junto al ópalo de un gran frasco de guarapo, bajo el oro oxidado de los racimos de cambures, cómo, de tarde en tarde, desfilaban tropas, caballerías, lentos batallones que luego borrábanse a lo alto de la cuesta entre una polvoreda, bajo el sol... Los dieciocho años hervíanle con una angustia sorda, con una desesperanza de sí mismo, cuando su padre parecía querer convencerle de lo vano e inútil de todo eso; y exclamaba, áspero, definitivo:

—¡Pobre gente! Mire qué vida llevan... ¡No hay como el trabajo, el trabajo que dignifica a los hombres!

Pero un nombre que venía del sur, un nombre breve y heroico que saltaba siempre de los labios de los desertores, de los heridos, de los mismos oficiales realistas que desmontaban en el corredor de "La Primavera" a echar un trago, hacía brillar chispas de entusiasmo en los ojos del joven Zaldívar y dejábale siempre pensativo, la cabeza llena de ensueños, la botella que servía, casi exhausta, en la mano...

—¡Muchacho!, ¡que si vas a servir así los "cuartos" de ron, es cerrar el "negocio"! —Y al recuerdo del hermano asesinado, de la ruina, de todas las miserias de la guerra, concluía con su eterno estribillo: —¡Malhaya el fulano Páez y el Bolívar y todos esos diablos que Dios confunda y que nos han dejado así…! El trabajo, no hay como el trabajo que dignifica al hombre.

Cuando los presentes eran "patriotas", entonces a los nombres de Bolívar y Páez los reemplazaban Monteverde y Boves. Pero la energía para condenar la guerra, la guerra ruinosa e insensata, era la misma…

Por las rendijas de aquel estrecho concepto íbase filtrando, como un soplo, el breve nombre heroico del que asaltaba con la lanza en la boca, a nado, una escuadrilla, o caía como un rayo sobre la *mata* alanceando, o incendiaba las pampas y en la noche oscura largaba potros volantones con un cuero seco a la cola sabana abajo, hacia los asombrados campamentos… Y en labios rudos de soldados, en labios tristes de heridos, en labios trémulos de ira de adversarios, florecía aquel breve y heroico nombre como un botón de granada. La Patria era él… Un hombre hercúleo que dominaba una mula por las orejas, pasaba un caño crecido a nado y traspasaba tres españoles de un lanzazo…

II

Una tarde, al oscurecer, llegó a "La Primavera" un caminante, cojo, lleno de polvo, de cansancio, de sudor. Venía de lejos. Lentamente, con voz fatigada, tendido en la manta que extendiera a un lado del corredor, relató cosas sorprendentes de "el viejo"… Él había sido dado de baja, después de aquel tiro en la pierna. En el campamento estaban unos hombres rubios que hablaban una lengua desconocida, tiesos, muy altos. Venían de lejanas tierras a formar en el ejército, a luchar por la libertad. Les llamaban los *gringos*; hubo serios motines; pero respetaban mucho al "viejo"; él no recordaba de dónde eran, pero algunos oficiales sí lo sabían. Cada día se alistaban nuevos soldados; gente que venía de los lados de Nueva Granada, con equipajes, con espalderos o voluntarios sin otra cosa que lo puesto... Ahora estaban aguardando al que "mientan" más jefe que los otros —concluyó el cojo— al general "celestísimo" Bolívar que dicen que es un hombrecito chiquito, que quiere mucho al "viejo" y se lo va a llevar para Caracas a guerrear juntos. Pero es mucha la gente que llega de *ay*, de esa parte abajo de Casanare.

—¡Claro!, interrumpió don Aniceto desde su taburete— siempre sobran voluntarios para salteadores. —Y otra vez exclamó: —¡El trabajo, mi amigo, el trabajo es lo único que dignifica a los hombres!

La imaginación de José Miguel estaba lejos de allí, en alas de aquellas torpes palabras del cojo... Veía una sabana, un escuadrón, la luz amarilla del amanecer, pabellones que flamean al toque de diana... Una resonante clarinada hace relinchar los caballos con las narices al viento y las crines tendidas... Cruza un jinete la sabana, seguido de un tropel de ayudantes rubios vestidos de rojo... Él, el del nombre breve y heroico, él, que salió de un hato, de peón, que estuvo como estaba ahora José Miguel, partiendo cazabe cuando muchacho en la bodega de Bernardo Fernández, y ya perfilábase en el sur, muy alto, sobre un manojo de lanzas apureñas... Ah, ¡si él se atreviera..!

Clavaba sus ojos en el camino ya oscurecido, mientras el narrador callaba, durmiéndose... En el cielo crepuscular sobre el gajo de una palma, el primer lucero brillaba alto, claro, con siete rayos, como aquella estrella de los Capitanes en el dormán azul… Ah, si él se atreviera…!

Nunca como entonces sintiera la pesadumbre de aquel vivir, del oficio aquel, de todas las pequeñas tristezas y los míseros menesteres que según su padre eran "el trabajo", "lo único" que dignificaba los hombres… Pero ¿por qué? Y la soledad se entraba en él con la noche. Fulgecían, intermitentes, los cocuyos en los escobales, frente a la casa, a todo lo largo de la cinta gris del camino… Un ruido de carretas lejanas, algún piar de pájaros en los guamos del patio, el mugido profundo de los bueyes, y el golpe sordo, espaciado, del pilón. Veía hacia el interior, sobre la luz cruda del candil que estaba en la cocina, la silueta de Ana María, con las mangas arrolladas hasta el hombro, los cabellos alborotados pegados a las sienes por el sudor; plantada firme, alzaba y bajaba los desnudos brazos, morenos, musculados; y el movimiento imprimía a sus fuertes pechos de virgen, agudos, axilares, bajo la delgada tela de la camisa, un poderoso afán… Para ella sí: la casa, el maíz de las gallinas, la hornada de pan… Para ella el budare, el cuidar de los pollos, el medir la manteca y el pesar la sal… ¡Pero él, él…! Él no era mujer, ¡caray!, él se iba… Se iba con los hombres, a guerrear, a correr mundo, a jinetear un potro, a pararse el regatón de una lanza en el estribo derecho… Él se iba con los *hombres*, para donde estaba la Patria, para donde estaba aquel que sujetaba una mula cerril por las orejas…

III

Toda la noche, con imaginación calenturienta, no pensó sino en aquello… En la madrugada, ya no pudo dormir. Se fue al jagüey, antes del último canto de los gallos. Echado de bruces, hundió el rostro febril, resopló en la frescura del manantial y se estuvo, como un animal joven, en el claro deleite de aquella agua que corría humilde de la greda, por entre las cañas...

—¡Qué madrugador! —exclamó a sus espaldas una voz fresca, tan fresca como aquella agua sobre el rostro.

Era Ana María; bajaba con la tinaja sobre la cadera y el pecho libre bajo la camisa... ¡Y él había revuelto el agua! ¡si sería "ocioso"!

—Déjala que corra; corriendo se pone clara.

Y echóse a su lado, en la hierba. Olía a campo, a frescura, a ingenua juventud.

Una luz pálida llegaba hasta ellos desde atrás de la sombra profunda, el tono verde-claro de los platanitos, el más oscuro de los guamos; hilos de luz pálida, también, reflejos purpúreos de una flor de apamate, hojitas secas, hierbajos que se doblan al paso de la corriente.

—¡Ya va a amanecer! —dijo al fin ella, suspirando.

Entonces algo rudo; algo más poderoso en él que su silencio, rebelión de su sangre, de la servidumbre, de la monótona cadena de sus deberes, le estalló a flor de labios:

¡Sí, ya va a amanecer! y yo a comenzar lo mismo; "José Miguelito, que me *vendas* un cuarto de manteca, dos de cazabe, uno de dulce y la ñapa de conserva *e* toronja". Y otra vez yo a agachar el lomo, a medir manteca, a partir tortas de cazabe... Pues no, no quiero ser más burro de carga, no, no y no...

Fue el tono tan rápido, tan resuelta su burda energía que revelaba la facilidad de expresión de las ideas que se han cavilado mucho, que ella alzó los ojos sorprendida:

—¡María Purísima! ¿Te enjuagaste la boca con vinagre?

¡Con demonio *fue que* me la enjuagué...!

Y alzándose quiso echar a andar hacia la casa, exclamando, lleno de rabia:

¡Tú también, ña pazgüata!

La muchacha saltó hacia él. Acaso viera en su rostro el dolor de su vida, acaso su corazón le avisara de aquel dolor que hasta entonces no conociera:

—Oye, negrito, oye, ¡no te pongas tan bravo! Que pareces un váquiro, hombre, que das miedo...

Él se debatía, cogido por los hombros, eludiendo el rostro franco, de hermana a hermano, el pecho joven, robusto, suelto, libre, tembloroso bajo la camiseta, respirando esa maternidad, instintiva de las hembras fuertes.

Como no respondiera, fosco aún, pero forzándose a no sonreírle, ella le agarró la barba, y de pronto gritó angustiada:

—¡Pero qué te pasa! ¡qué te pasa, hombre! ¡que estás llorando... que estás llorando, José Miguelito, por Dios!

En efecto, en los ojos fieros y negros se le quebraban lentas lágrimas, rabiosas, gruesas, como gotas de lluvia veraniega.

—¡Déjame, suéltame! —y avergonzado de que le viese llorar, volvió a dejarse caer sobre el ribazo.

La muchacha entonces se sintió turbada, llena de angustia; y sin pudor, como de hermana a hermano —que así vivieran hasta allí— echóse sobre él, le oprimió entre sus brazos, contra el hermoso pecho, pegándole el rostro como a un niño, e interrogándole, pasito, con una gran ternura que iba creciendo en la caricia de los brazos y de la voz:

—Dime, dime ¿qué te ha hecho mi padrino? ¿Qué te ha hecho? ¡Es por cosas de él que tú estás llorando!

—¡No, no; suéltame, déjame! Por él no es ...

—¡No te dejo, no te dejo! Tú estás llorando, y para que tú llores algo muy grande te está pasando.

Los ojos cariñosos, llenos de luz, se abrieron cerca de los suyos. Había tal angustia en el semblante de la niña, que José Miguel tomó las sienes entre sus manos, le acarició las mejillas...

—Tú, qué sabes... tú...

—¿Yo qué? ¿Yo qué?

Más fríamente añadió:

—¡Tú eres mujer!

Al principio, no entendió bien... Sí, ella era mujer, pero ¿qué quería decir eso? ¿No podía tener un "sentimiento" de él si estaba triste, si lloraba? ¡Aunque ella fuese mujer...!

Entonces, si no la hizo entender aquella nostalgia de destinos más altos, más arriba de la pulpería, de la vida modesta, del humilde existir, logró que sintiera toda la tristeza de su tristeza, el desencanto juvenil, la amargura, la exacerbación de esas primeras ambiciones que se frustran y cuyo ímpetu inicial ya no volverá nunca... En un arranque, desbordó en sus palabras, a retazos, con súbitas conmociones de voz, en un entusiasmo que iba creciendo hasta el fin, su grande ilusión, el ensueño que la atormentaba, la idea que le obsedía, la ambición suprema de ir, bajo los cielos libérrimos en un gran potro, con el regatón de la lanza clavado al estribe, entre el tropel de las caballerías, al lado de él, el del nombre breve y heroico, tras aquel otro hombre chiquitín, patilludo, nervioso, de voz atiplada, que era más jefe que los otros jefes...

Y ella, asombrada un momento, ahora llorosa, sobre su hombro, gemía:

—Que te quieres ir, José Miguelito, con ellos, con esos hombres malos que como dice padrino hacen la guerra por gusto... que nos quieres dejar... solos, dejarme a mí solita y a padrino...

—Pero mira, no; si no es que me vaya para siempre; mi papá es como si fuera el tuyo… Con él te quedas, esperándome ustedes dos… cuando yo regrese seré algo, valdré algo: ¡vendré de Comandante! Tú verás, tú veras…

Y ponía los ojos en el ensueño mientras las lágrimas de la muchacha le caían, tibias, sobre los rudos puños contraídos….

—Si eso te gusta, si estás alegre, si te pones contento… ¡qué vamos a hacer!... Pero yo quiero que tu seas muy bueno, que nos quieras mucho y que cuando seas todo eso que estás diciendo, no te vayas a olvidar ni de tu papá ni de tu hermana… de la pobre Anama que se queda solita, esperándote…

La cogió por los hombres, resuelto:

—¡Júrame una cosa, Anama!

—Sí; lo que quieras; por lo que quieras…

—Júrame que no se lo dirás al viejo hasta que yo no me vaya.

Dudó un instante; luego, resuelta también:

—Te lo juro. Por esta —y besó los dedos en cruz.

Con una súbita alegría se puso de pies.

—Anama, tú eres lo único que yo quiero aquí…

—¿Y a padrino? ¿Y a padrino?

—Si, a él también, pero es otra cosa.

Regresaban pensativos, después que ella llenó la tinaja, trepando la cuesta de la casa. Detúvose ella de pronto:

—¡Júrame tú ahora otra cosa, Miguelito!

—Tú dirás…

Confusa, añadió de súbito:

—¡Que no te casarás por allá!

Echóse a reír. ¿Pero ella se figuraba que él iba a la guerra a buscar mujer? ¿Estaba loca? Cuando guerreara bastante regresaría a vivir allí, con ellos, a trabajar unidos, a envejecer juntos…

Tenía, oyéndole, el pecho anhelante; los ojos con una mirada dulce, resignada, llena de futuro.

—¿Por qué me lo juras tú?

La estrechó entre sus brazos sin la menor resistencia, la beso en los ojos, uno, dos, tres ruidosos besos:

—¡Por estos te lo juro, Anama, por estos!

Bruscamente separóse de ella, pálido. Lágrimas lentas corrían ahora a la muchacha por las mejillas.

—¿Qué tienes, qué te pasa?

Se llevó la mano a la frente, a los alborotados cabellos, roja como las flores del apamate:

—¡No, nada, nada!

Y echó a correr hacia la casa en cuyos aleros las palomas blancas y los palomos tornasolados aleteaban, arrullándose, al sol del amanecer. De los árboles del caño, de las ciénagas, del copo de los ceibos, una algarabía de pájaros saludaba el día...

Esa noche, ensillando la yegua de la casa, José Miguel partió para los llanos de Apure a buscar "la guerra".

Media noche debía ser. Las "Cabrillas" estaban todavía muy altas... Volvió el rostro por última vez, desde lo sumo de la cuesta, y vio el humilde techo, una mancha más negra sobre el cielo negro.

IV

El teniente José Miguel Zaldívar hizo toda la campaña del Bajo Apure... Muchos días le vieron amanecer, como antes no soñara, en cuclillas, sobre el "pretil" de las sabanas inundadas, con la cobija chorreando agua, bajo la lluvia de esos chaparrones del sur que duran tres y cuatro días; con el corazón entumecido por la pena, por añoranza, casi desesperanzado... O en el largo desaliento de las jornadas interminables que anonadan la voluntad, a través de sabanas que no se acaban nunca, bajo un sol implacable... Era el merodeo, el asalto a robar ganados, las peligrosas "descubiertas", los audaces reconocimientos de "la mosca" en vanguardia, reptando como una macaurel, barranco abajo, con las riendas del corcel sujetas al tobillo, o huyendo a una de caballo entre un silbido de proyectiles... A campo abierto, los tiros estallan secos, como foetazos...

Hubiera desertado ante tanta amargura y tanto ensueño de gloria roto por aquel "guerrilleo" miserable, sin honor, ni bandera, asaltando, pillando en los pueblos, robando por las sabanas, si una llamarada de odio, salvaje, profundo, no entrara en su alma a arderla toda la tarde aquella que en un ribazo del Arauca supo la tragedia de su casa, el saqueo de la bodega, su padre muriendo, Anama...

—¿Anama qué? —preguntó en una última angustia al que le dio la noticia— el mismo cojo, antiguo soldado licenciado que él conociera una tarde en el corredor de "La Primavera", el mismo Manuel Casimiro que iba ahora en eterna correría desde Aragua hasta Achaguas, vendiendo reliquias de la Santísima Trinidad para las balas, novenas del Carmen y manojos de yerbas que junto con la novena curaban "las calenturas".

—La niña Anama —dijo pesaroso— que la atropellaron los canarios y está entre la vida y la muerte... ¡Lo mismo que al "taita" suyo!

Despertó del estupor, del golpetazo brutal, con una bárbara energía: ya su vida tenía un objeto, un camino directo... Menos abstracto que eso de la Patria y de la Libertad, en las cuales ya iba creyendo poco, más hondo y perenne que el prestigio de aquel breve nombre heroico, surgió en su alma un sentido de heroísmo en el cual se amalgamaban la sangre y la patria, la ruina y la vergüenza; así sentía la libertad como el recuerdo permanente de un largo ultraje.

Y desde aquel día, el teniente Zaldívar, antes "remolón" y dejado, caía a la cabeza de los otros, a lanza limpia, contra toda hacienda, sobre todo rancho, atropellando sabana adentro con esa impulsiva fatalidad de los hombres que ya lo perdieron todo.

¡La guerra! Cuánto duró aquel género de "guerra" que él soñara tan distinto, de uniforme, en fila regular, con la marcial disciplina de los regimientos reales que él viera desfilar desde la triste ventana de su pulpería... ¿Era aquella la guerra? ¿Aquel ir y venir; aquellas marchas y contramarchas, sin ración, sin maíz para la bestia, roto, descosido, con un fuste cualquiera por montura y un bozal de soga por rienda? El uniforme azul de brandeburgos de oro y pantalón de grana, ¿era aquel garrasí mugriento, destrozado en los fondillos? De jinete y caballo, solo como un alto brillo, como la única llama de una marcialidad heroica, la lanza en alto, ancha de a cuarta, pulida como un espejo, era flama en el mediodía de los caminos asoleados, y clara estrella en la noche cuando la sombra de los "bajíos" es pavorosa y el grito ahogado que parece salir de los palmares lejanos evoca cosas de otro mundo, alaridos de la Sayona que mató a sus hijos y anda en pena por las sabanas, llorando...

V

Una tarde al campamento de la guerrilla, llegó un ayudante que llamó aparte al jefe y habló largamente con él... Admirados los guerreros en harapos contemplaron aquel oficial "catire", bien montado, vestido de rojo, como un diablo, que luego, brevemente, saludó con el sable, se metió el cachimbo en la boca y jineteó su alazán por donde había venido... Aquel debía ser uno de los *gringos* del viejo… Los cuarenta centauros rodearon al comandante. ¿Qué era aquello?, ¿por qué "esos otros" estaban "acomodados" y a ellos los tenían como pordioseros? Ya se veía: para las caballerías apureñas nunca había nada, ellos serían siempre los "menos" en el ejército. Las quejas subieron de punto, casi a clamor… Hasta que el comandante, seco, enjuto, avellanado, cortó pálido de ira, con un grito:

—¡Y qué carrizo tienen ustedes que preguntarme a mí, hijos de su madre!

Los ojillos llenos de furor, le relampagueaban; la ancha cicatriz que le cruzaba el rostro se listó profunda, plomiza:

—Nosotros no venimos desde la Portuguesa para echárnosla de "mariquitas", sino para lancear godos… Al que vuelva a mentar eso del uniforme le bajo el pelo… —y llevaba la mano, curva como una garra, a la trama del machete.

Mohínos, cabizbajos bajo la cólera del jefe, dispersáronse de nuevo por la sabana, unos a asar el pedazo de carne, ración de dos días, otros a componer los aperos destrozados, remendar la cobija o curarse un rasguño de bala con hilas mugrientas y "aceite e' palo".

Los miró alejarse el viejo centauro y su cólera desaparecía como por encanto. Púsose triste: el aspecto le decía más elocuentemente, qué heroica resignación, cual fe valerosa significaba bajo la luz pálida del atardecer aquel grupo de jinetes hambrientos, desnudos, heridos, rodeados de potros "solteados" que pastaban, la cerviz humillada, con la recia huella del fuste sobre los lomos sangrientos…

Y en la noche, junto a la fogata que sólo podían encender cuando la marcha del grueso del ejército les dejaba a retaguardia, los convocó a todos. La voz grave, conmovida, le temblaba:

—Mis hijitos, mañana o pasado jugamos la gran "parada"… El "viejo" nos manda a incorporar en Tinaquillo a la otra caballería que dejó el compañero Aramendi más acá del Naipe... Los "españoles" salieron de Valencia ayer o antier...

La luz de la llama le daba en el rostro recortando el duro perfil como a un solo golpe de troquel sobre metal fundido.

—Mis hijitos tienen razón: no tenemos ni ropa ni comida, las bestias casi todas están "espiadas"... —Soltó un terno, rotundo, hermoso, lleno de ira:

—A caballo todo el mundo, esta noche, a coger un pasitrote sobre Taguanes, con "la fresca" de las doce, que si los de mi compadre José Antonio están bien comidos y bien aperados, nosotros tenemos este uniforme...

Y junto a la hoguera, en lo alto del asta, plantó la lanza como una estrella...

VI

Con la bestia "al diestro", enredándose en los bejucos de la *pica* las grandes rodajas de las espuelas, el primer escuadrón cayó a la sabana...

—¡Virgen de Coromoto! ¡Los *gringos*, allí están los *gringos*! —gritó alegremente el tropel de centauros.

Un trueno sordo, una humarada densa entre la cual los fusilazos son como puntos encarnados... Y apoyado en el reborde de la sabana que a su extremo alzábase a manera de una grada de anfiteatro, bajo hilera de chaparrales de un gris verdoso, una línea de diablos rojos, rodilla en tierra, vomitaba, regular, isócrona, como medida a golpe de batuta, en la armonía de un solo estampido, trescientos tiros, certeros, fijos, implacables...

Había como un estupor en el cielo... Batallones enteros replegábanse en desorden; de lo alto de las sillas caían jinetes, fulminados.

Y caballos enloquecidos, batiendo los estribos sobre los trémulos ijares, huían a campo traviesa, aplastando heridos, pisoteando muertos, encabritándose, soberbios, en una rabia de mordiscos...

—¡Los *gringos*! ¡Los *gringos*! ¡Vivan los *gringos*, carajo! ¡Así se pelea...! —Era un vasto grito, un grito rudo y glorioso surgido de entre el tropel de las caballerías llaneras que se organizaban para entrar en batalla.

De tiempo en tiempo, caían de bruces los diablos rojos, y otros, de retaguardia, impasibles, ocupaban el sitio sin alterar el estampido unánime de la descarga...

—¡Vamos, mis hijitos! ¡Con ellos! —gritó al lado de José Miguel su rudo Comandante empinado en los estribos, transfigurado...
—Allí está el "viejo", el "viejo" nos está mirando... ¡Con ellos! Muchachos, ¡a la salud del "viejo"!

Y en la carga tremenda, cruzaron frente a su general, con la lanza en ristre, tendidos sobre el cuello de los caballos.

—¡Con ellos! ¡Con ellos! —gritaban entre la humareda de la primera descarga, todavía a treinta varas de la fila española.

Por fin José Miguel entraba en batalla, en una batalla formal. El estampido profundo, el trueno lejano y sostenido le revelaban que no era aquel un "troteo" sin importancia, que aquello se estaba poniendo más feo que en Mata de la Miel... El humo le sofocaba; no veía, casi no respiraba; apenas oía, entre voces airadas, relinchos, detonaciones, un grito conocido que parecía alejarse: "¡Con ellos! ¡con ellos!".

A su oreja silbó una bala; un caballo del escuadrón se fue de "manos" y sacó el jinete por la cabeza, muerto... Era joven José Miguel, era robusto: le bulló la sangre, el instinto, la ceguera roja de la embestida... Y cogió el potro con las espuelas, lanzándose —¡por fin le estaban al alcance! Contra una guerrilla que esperaba la acometida, a pie firme, erizada de bayonetas... El choque fue terrible: en el confuso montón de hombres y caballos se localizó como un silencio... Apenas un fragor suave, un chasquido de carnes que se desgarran, chapotear de un agua roja, densa, espesa, que saltaba de los cubos de las lanzas hasta los rostros, hasta los labios, y tenía un sabor dulce, tibio, de leche recién ordeñada... A ratos un golpe seco, metálico, contra la guarda de un sable o los hierros de un freno... Y José Miguel, al tirarle encima el caballo a uno de los que le acosaban para librarse del pistoletazo, sintió en el costado derecho como un gran frío... Los ojos se le nublaron. Se hizo un silencio profundo: veía un cielo, claro, un agua que se deslizaba; reflejábanse en las sombras el tono verde-claro de los platanitos, la esmeralda de los guamos; hilos de luz pálida, también, reflejos purpúreos de una flor de apamate, hojitas secas, hierbas que se doblan al paso de la corriente, en cuyo fondo Anama sonreía: "¡José Miguelito, que ya va a amanecer!".

Después, la noche en él. Y luego la otra, la verdadera, sobre el campo. Cuánto tiempo estuvo así, no podría decirlo... había sombra, gritos; un vaivén le agitaba, y entonces dolíale horriblemente la cintura, la frente, por donde a ratos pasaba una mano lenta con un pañuelo, con una caricia...

VII

Veía, al despertarse, el techo muy arriba, las paredes muy blancas y muy altas, y él, en la cama, como aislado, perdido en el centro de una habitación que en su debilidad creía grandísima. Por la ventana el verde de los camburales, el sol, la luz, un pedazo de cielo como un vidrio todo azul...

Y a su lado, sonriente, una mujer que le cogía las manos y se inclinaba:

—¡José Miguelito!, ¿cómo te sientes?

Era una voz dulce, suave, que de repente le hizo reconocer el sitio, la alcoba, la ventana, los ojos mestizos de Anama, abiertos sobre él clara y dulcemente...

—¡Bien; me siento ahora muy bien!

Entonces ella se encaminó hacia la puerta y trajo de la mano a un niño, rubio, de ojos asombrados, muy azules, todo azorado, que marchaba cogido al brazo moreno de la madre...

—Bésale la mano a su tío... Vamos, ¡vaya...!

Y él, sin expresión, poniendo la ancha mano sobre los cabellos rubios del niño.

—¿Cómo se llama?

Bajó la cabeza; una ola de púrpura le bañó el semblante, y dijo volviendo la cara hacia la ventana, mientras en las dos grandes lágrimas de sus ojos se quebraban las luces verdes del patio:

—José Miguel, como mi papá... como tú.

Él se inclinó un poco y besó aquella cabecita dorada:

—¡Que Dios me lo bendiga!

Llevóselo la madre, sorprendido aún... Y a poco regresó solo, con un pliego que le puso al herido en el pecho... Tenía arriba un sello, borroso, algunas líneas "méritos y servicios", "la más alta recompensa", "en nombre de la Patria agradecida"... Un ascenso a Capitán, "vivo y efectivo". Al pie de aquellas líneas que apenas leyó bien en el primer momento y que significaban el triunfo, la gloria, el porvenir ¡todo el ensueño lejano! había el solo heroico y breve nombre, y otra rúbrica que era un hilo largo del cual pendía un ovillo, un jeroglífico, el trazo firme de quien era más jefe que los otros. Apenas lo conoció de lejos, la mañana de la batalla, chiquitín y nervioso entre un grupo de ayudantes...

—Mamacita —dijo el niño— que esto lo dejaron aquí cuando estaba enfermo.

En la dulzura de la casa, sin querer saber nada, sin preguntar nada, convaleció de aquel terrible bayonetazo... Después supo que ella fuera con unos peones hasta "Las Manzanas" a buscarlo entre los heridos; que su padre, al morir, le había bendecido... Que la bodega, la posada y el conuco sí iban regular, pero como a ella le faltaba un hombre de confianza, no podía decir lo mismo con respecto al ganado... De la tragedia, apenas cruzó palabras con Anama. Siempre le refería: "ellos" vinieron, "ellos" hicieron, "ellos" esto o lo otro. Pero "él", el padre de aquel niño, el español brutal que asaltó el hogar, que causó la muerte del padre, la deshonra de ella ¡todo lo que supo, temblando de ira y de fiebre en un ribazo del Arauca!, se borraba en ese "ellos" piadoso, altanero, mientras, instintivamente, las miradas de ambos iban a encontrarse sobre la cabeza del niño.

Y José Miguel, desde el corredor, como antes, veía ahora desfilar las tropas heroicas, sudorosas por la polvareda del camino; soldados animosos, contentos, flor de la vieja picaresca venezolana que se reía de las mujeres, de los curas y de las balas con el desenfado jocundo de dieciséis años de guerra...

—¡Mi Capitán, póngase bueno que todavía los "godos" no se han acabado y es mucha la lanza que hay que jugarles!

—¡Adiós, cámara Zaldívar, que la Virgen me lo cure para que volvamos a comer carne cruda juntos!

—¡José Miguelito, memorias te mandó la muchacha de Guardatinajas!

Eran voces recias, bromas ásperas, cordiales; recuerdos cariñosos de las correrías, de las hambres y de los amores...

Algunos oficiales superiores que llegaban a echar un trago, referían, entre grandes frases que habían aprendido a la entrada solemne del ejército en las ciudades, o en los discursos de los maestros de escuela de los pueblos, o en las proclamas con el estilo pomposo de la época, que el Libertador iría hasta el Perú, a acabar con el último "godo" en el último rincón del Cuzco; que los contingentes venezolanos se estaban organizando; que la expedición se embarcaría en Puerto Cabello cuando el general Santander mandara una plata de Bogotá que le había pedido Su Excelencia; que él, José Miguelito, iba en muy buen camino para echarse las otras "vueltas" en la manga; que por allá había virreyes, oro, mujeres buenas, batallas que ganar, laureles, gobiernos pingües, ¡la misma gloria de Dios Padre!

Y en la imaginación calenturienta del oficial, el Cuzco, Lima, las presillas doradas, los altos destinos, fulguraban como relámpagos, mientras que a su lado, callada, pensativa, los grandes ojos de Anama, indios y mansos, clavados en el suelo, se ponían más tristes...

Al sanar había resuelto partir de nuevo. ¡Por fin iba a ser lo que soñara casi imposible: a guerrear lejos, como jefe, en fabulosos países, contra virreyes que tenían de oro puro el pico de la silla vaquera...!

VIII

Ya estaba bien del todo, casi. Y una mañana bajó al jagüey, a lavarse, como antes... Echado en la hierba, pensó cómo había sido su ensueño allí, su anhelo, su desesperación, el despertar de sus ambiciones hacía seis años. Y ahora... Ahora que ya tenía en las manos lo que soñara, ahora que todo era una realidad, algo como una tristeza remota, como una recóndita desolación, le ponía melancólico, le hacía sentirse aislado, extraño, solo con una soledad de alma que se parecía al desencanto.

—¡José Miguel, por la Virgen Santísima, cómo se te ocurre sentarte aquí, con este relente…!

Él la tranquilizó. Ya no había peligro: su herida estaba cerrada.

¡Qué igualdad en la vida!, pensó: la misma mañana Anama misma, que bajaba al manantial a buscar agua…

—¿Te acuerdas? —le dijo él, de pronto.

Y ella cerrando los ojos con fuerza un instante:

—Sí, siempre me he acordado.

La voz era triste, resignada. Y como queriendo echar de sí aquellos recuerdos que traíanle otros, más penosos, más crueles, preguntóle de nuevo:

—¿De modo que ya se te cerró la herida?

Inclinóse a llenar la tinaja, recogiendo entre las piernas la falda, sujetándose el corpiño sobre el hermoso pecho con una mano mientras con la otra sostenía la vasija. No era la muchacha frescota e ingenua de antaño, era una Anama grave, hermosa siempre, con la hermosura un poco adusta de las mujeres que florecieron solas…

—¡Ahora la herida soy yo! —suspiró.

—¿Por qué? ¿qué tienes?

—Porque tú te vas… te vuelves a ir… Y yo quedo solita. Pero ahora… ahora…

—¿Ahora qué? —interrogó viéndola a los ojos.

—¡Ahora yo no tengo derecho a exigirte nada!

E irguiéndose de pronto, dejó caer la tinaja y se echó a llorar…

Y como entonces ella sintiera el dolor de él sin comprenderlo, él vio claro, hasta el fondo de aquella vida destrozada, su herida profunda, hondísima en lo más hondo del corazón.

—¡Anama! ¡Anama! —gritó, ahogado de emoción, con una voz que se oyó él mismo rara como un eco lejano del pasado, como una gran revelación interior— ¡Anama, te quiero siempre, como siempre!

—¡No, no! ¡No, después de esto...!

Y era ella esta vez la que eludía sus brazos y su rostro:

¡No, no; no puede suceder eso! No debes quedarte por mí... Yo, ¿qué soy *ya*?

Había tal amargura en su acento que él sintió saltársele las lágrimas:

—¡Tú eres mi Anama, mi vida, mi gloria, lo que tú quieras ser de mí!

Hubo un silencio. Chillaron luego, al callarse las voces, algunos orihuelos en el copo de los ceibos, y de pronto, sin una palabra, sin un pensamiento, con las miradas absortas, clavadas una en otra, se unieron en uno de esos abrazos locos, inmensos, profundos, que parecen rodeados de oscuridad...

Cogidos de la mano, cuesta arriba, con el corazón que no les cabía en el pecho, regresaron a la casa en cuyos aleros palomas blancas y palomos tornasolados aleteaban, arrullándose, mientras de los ceibos, de las ciénagas, del copo de los árboles todos, una algarabía de pájaros saludaban el sol.

IX

Desde el corredor de "La Primavera" veía desfilar el último batallón, la impedimenta, las lemas recuas del "parque"... Anama, apoyada en su hombro seguía con la mirada también el desfile, marcial, bullanguero, alegre de destino, de vida. Y cogido a su mano, el niño rubio preguntaba curioso, el nombre de los oficiales, de los cuerpos, de los cañones, de las cargas…

—Papá ¿y ese?

—Papacito ¿y ese otro, cómo se llama?

Cuando la última guerrilla de retaguardia se perdió en lo alto de la cuesta, entre una polvareda, él, con una frase donde se iba toda su ambición, el ideal primitivo de su existencia toda, suspiró:

—¡Al Perú, a lo grande, a hacer patria!

Y el niño, el hijo del español, abrazándose a las rodillas del oficial, en un ímpetu de sangre briosa que le empurpuró la carita resuelta bajo los bucles rubios, gritó:

—¡Cuando yo sea grande, papacito, me iré también con ellos, a hacer eso que tú dices!

Lo tomó en brazos: lo besó, estremecido en el profundo orgullo de una sola sangre, de una misma raza, con la caricia furiosa del tigre al cachorro:

—¡Si, tú irás también!

Mientras ella, pálida, pero con los ojos indios y mansos más fulgurantes que nunca:

—Cuando él sea grande, también se irá… ¡como todos! Pero ahora, José Miguel, tu deber está aquí conmigo…

Y él, conmovido entonces, lanzando una última mirada a la nubecilla de polvo de la postrer guerrilla que se disipaba en el viento y era el pasado, la gloria, toda la ambición de la estirpe, la atrajo a sí, y besándola recio, mucho, entre el tropel de sus cabellos indios, sobre los dos pechos fuertes y morenos, pletóricos de la nueva sangre, de la nueva savia, henchidos de futuro, exclamó con la energía de una nueva alma, ya reintegrado en la fecundidad de la tierra y en la fecundidad de la mujer:

—¡Sí!, tienes razón, ¿para qué ir tan lejos…? Vivamos, levantemos nuestros hijos, nuestra hacienda; hagamos la vida nuestra con nosotros mismos, con lo que tengamos… con lo que nos haya dejado la maldad de los hombres… Sí, Anama, tienes razón: ¡la Patria eres tú!

Su señoría, el visitador

(Esta historieta no es, ni con mucho, una pretendida reconstrucción de época, ni aún mera composición de lugar: se han cambiado el nombre de la congregación y algunos detalles locales. Razones obvias. Todo lo demás —en gran parte auténtica historia— reposa en tradición oral. Esa que las viejas criadas dejaran informe, anacrónica y encantadora en la imaginación de los niños cuando van a dormir… Enmudecieron hace ya muchos años los humildes labios que podrían contar a otros chiquillos extasiados este largo cuento de monjas, de curas y de bandidos).

I

Todavía, hasta la primera mitad del siglo pasado, se alzaba, a treinta pasos del célebre convento Beaterio de Educandas de San Francisco, el primitivo edificio. Más tarde, un decreto hacia finales del '74 que causó rudas tempestades religiosas, hubo de convertirlo en palacio gubernativo.

Para entonces se extendía en una larga fachada de rejas equidistantes; a la parte oriental elevábase la media-naranja de la Capilla —una de las más ricamente dotadas de la Orden—, amplia, silenciosa y profunda. Los claustros encerraban tres patios: el del centro, pequeño, especie de clásico patio de luz, de las construcciones de fines del siglo XVIII. Los otros dos, rodeados de un macizo orden de columnas muy bajas. En el primero cantaba el agua del caño en su cuenca de calicanto. Y hacía el muro occidental exterior, una fuente pública borbotaba la linfa algo salobre, desde los ijares de Guacamaya.

Había limosneros y nísperos, una higuera; rosales eternamente florecidos; violetas bajo el césped; y en un ángulo trepando por el pilar hasta las tejas mohosas del alero, una parra que hacía más húmeda la penumbra del claustro.

El locutorio se abría hacia la capilla, a la izquierda de la entrada principal, franca solo en ocasiones solemnes, en el sitio que luego ocupan la biblioteca pública y las tesorerías. Por la parte que fue después la antigua oficina de correos, se extendían las habitaciones destinadas al Capellán, la hospedería y la residencia del sacristán, aquel excelente don Tomás que murió, casi centenario, a fines de los ochocientos veintiocho o veintinueve.

El refectorio, las celdas de las reverendas Madres y la sala de labores, corrían por toda el ala derecha. De seguidas al pasadizo central, de altísimas columnas otra vez se achataba la construcción cerrando, idéntica al primer cuerpo del edificio, un segundo claustro con su jardín: allí estaban los departamentos del noviciado; y al fondo, la panadería, cocinas, despensas y el lavadero.

La Regla era severa; jamás, sino en solemnes ocasiones de profesión o reprimenda, pasaban las novicias o gentes del servicio al austero departamento de las Madres; estas sí, venían a dar sus clases —religión, bordado y lectura, algo de cocina y cánticos piadosos— a una centena de niñas huérfanas recogidas que llenaban de una pálida alegría y de rumores de colmena el severo patio del noviciado.

Pero cuando don Tomás tocaba Ánimas y la Reverenda Madre Rectora pasaba su última visita, seguidas de dos religiosas, el silencio se extendía ante sus pasos a todo lo largo de los corredores, parpadeaban las lamparillas de las celdas y de tiempo en tiempo, bajo las baldosas o desde los céspedes del jardín, medían los grillos un doble compás en sus chirimías.

En esta visita de inspección cerciorábase la Priora del cierre de los dos grandes portones: el principal, que daba acceso a la fachada de oriente, y el otro, a la calle opuesta, para el servicio diario, y por donde salían con la última luz de la tarde las cestas enormes de aquellos bizcochos —"besitos de monja"— nunca bien ponderados, que se mojaron en las jícaras de nuestros abuelos; otra puertecilla comunicaba directamente las habitaciones del Capellán, sacristanes y hospedería con la calle, y estaba al celoso cuidado de don Tomás. Cerradas herméticamente las entradas, aquel vasto cajón de piedra guardaba, inexpugnable, el piadoso sueño de las monjitas; y ya podían "los Siete Niños" hacer de las suyas en la ciudad, que este sagrado asilo permanecería inviolable, al amparo de sus muros de mampostería y de sus recias maderas chapadas de hierro.

Así que, cuando una nueva y sonada fechoría de aquellos siete desalmados llegaba hasta los oídos de la Reverenda Madre Lorenza de la Santa Parrilla, sonreía con cierto desdén de infanzona lanzando una mirada segura a través de los claustros. Mucha sería la audacia y la insolencia de ellos, pero mayor era la prudente guarda de las esposas del Señor.

En vano Teniente-Gobernadores, jefes políticos, regidores, alcaldes mayores y alguaciles no menos mayores, agotaban sus recursos policiales en aquella persecución; inútilmente el propio Capitán General, desde Santiago de León de los Caracas, ordenaba "aprehenderlos y remitirlos a la Capitanía para ser juzgados y executados en razón a sus nefandos delitos". Su Señoría el Teniente-Gobernador contestaba respetuosamente: "Se proveerá cuanto ordena Vuecencia", y ya Vuecencia podía esperar sentado que le echasen el guante a la cuadrilla. Eran casas de comercio desvalijadas, viajeros asaltados en los caminos de Aragua y de la Sierra; pacíficos canarios que tenían que depositar, llenos de pavor, las clásicas cien onzas en el sitio indicado; y si alguno se arriesgaba a poner el denuncio, tres días más tarde había en cualquier encrucijada un isleño atado, amordazado y molido a palos.

Rara vez mataban. Solo cuando la persecución se hacía activa y encarnizada e iba a dar con sus huesos en la cárcel alguno de quien se sospechara complicidad —y al que nada podía probársele, como si la ciudad entera le amparase con su disimulo y su silencio—, aparecía un alguacil, apuñalado; o una justicia que informaba "estar en la pista" recibía un trabucazo, certero y anónimo, en la vuelta de cualquier camino.

En más de una ocasión, al anochecer, mientras las Hermanitas rezaban a Vísperas en el Coro, oíanse gritos, carreras, escopetazos; sonaban los portones con estrépito, ladraban perros y una voz de angustia clamaba desde la calle:

—¡Favor a la justicia! ¡Socorro a la autoridad! ¡Los Siete Niños!

Santiguábanse la monjitas y encomendaban a Dios el alma del infeliz edil sorprendido, y seguramente, asesinado por aquellos malvados.

La extraña banda de los Siete permanecía impune: corrían numerosas versiones: una informaba que el jefe era un negro esclavo, de nombre Benito, fugado de presidio; otra, que eran emigrados de la Península, carnaza de Ceuta o de las carracas gaditanas; quienes, que se trataba de siete jóvenes de las más distinguidas familias de la villa. Alguien que escapó de sus garras y que sorprendiera la fisonomía del que capitaneaba la cuadrilla, describió un vejete de barbas aborrascadas y voz bronca, con un acento catalán, y esta versión no parecía apoyar la idea de que se trataba de jóvenes distinguidos de la ciudad…

Había almas timoratas que pensaban en aparición colectiva de espíritus infernales, y la imaginación popular había rodeado aquellas siete extrañas figuras con un halo caballeresco de terror y superstición. Se llegaba a considerarles como la comenzada Torre y como las cuevas de Guacamaya, raro timbre de orgullo local.

Sea de ello lo que fuese, nada tenían que hacer aquellos siete pecados capitales con las castas esposas del Señor, con las cándidas palomas del sagrado palomar, que se entregaban más ahincadamente que nunca a la oración y al trabajo.

II

Hubo un consejo general. La Reverenda Madre anunció que dentro de algunos días saldría de España, vía Méjico, a recorrer los Conventos de la América, el Reverendo Padre Ordóñez, Visitador de la Orden, y que era preciso más que nunca el régimen espiritual y todo lo que fuese menester en lo temporal para hacerle a aquel eminente religioso una recepción digna de su alto carácter y de sus virtudes.

A través de los claustros paseábanse, grave y pausadamente, de dos en dos, con las manos cruzadas en las anchas bocamangas, las Reverendas Madres; y se oía un rumor de colmena que se prepara al trabajo en los comentarios y en las disposiciones que se proyectaban.

Bordaron, en efecto, las novicias, ornamentos sagrados especiales; se renovó todo el ajuar del Divino Jesús; llamóse a don Blas de Agreda para que retocase algunas imágenes y dorase el yeso carcomido de los viejos retablos. La Hermana Ecónoma erogó cantidades extraordinarias que la Despensera dispuso en proveer la cueva y los grandes armarios de roble, que olían profundamente a vainilla. En las cocinas brillaban las baterías, y las baldosas fulguraban al reflejo de los grandes fogones.

En lo alto de la chimenea gigantesca, vasta campana de mampostería ennegrecida por el hollín secular de los hogares crepitantes, chorizos azafranados, rojos; embutidos extremeños, sahumábanse en cuádruple hilera al vaho de las enormes marmitas cuyo cobre brillaba como el oro.

Bullía el Convento. Un ir y venir de seres que parecían volar sobre el silencioso calzado. A veces, en un ángulo de la sala de labores, un atrevido rayo de sol besaba desde lo alto de la reja el perfil de una novicia, que seguía con ojos tristes y absortos la urdimbre dorada de los hilos, engarzando maravillas de lentejuelas, pedrería y cuentas sobre el raso de las casullas, alegorías profusas de un dibujo fresco e ingenuo: los instrumentos de la Divina Pasión enmarcados por la Corona de Espinas; el pelícano que simboliza la Sagrada Eucaristía; o motivos de ornamentación inspirados, como el Cristianismo primitivo, en un arte pagano y sensual: vides evocadoras de pámpanos, racimos de uvas a cuyo peso se doblarían dos guerreros, tal cual se lee en los antiguos textos; hojas de parra eternamente púdicas, como si debajo de ellas se ocultase el funesto pecado…

La capilla brillaba. En los prismas de los briserillos descomponiéndose reflejos inverosímiles; la luz de los vitrales penetraba alegremente en olas multicolores; se habían tejido guirnaldas, obra maravillosa de la Madre Ignacia, maestra de novicias. Fue necesario seguir el consejo de don Tomás, quien exigió un adjunto y que ayudase también como acólito. Al efecto presentó a un joven de humilde aspecto, sobrino huérfano, según informó, del Ilustrísimo Obispo don Diego Antonio Madroñero. Desde luego, fue aceptado. Aquel mozo, aunque muy ajeno al servicio de las cosas sagradas, era muy aplicado y su voluntad suplía la torpeza. En pocos días aprendió los latines y el ritual necesario para ayudar al Santo Sacrificio. Cruzaba piadosamente las manos entre las anchas mangas del roquete con una devoción que a leguas delataba su eminente parentesco episcopal. Solo el capellán, el viejecito de agudo perfil, sentíase mal con aquellas reformas; sacado de súbito de sus costumbres, de su idéntica forma de servir hacía treinta pacíficos años la muy digna Capellanía del Beaterio. Y paseándose, inquieto, por el traspatio de la Sacristía, meditaba el sermón que debía pronunciar ante el ilustre Visitante, todo él en honor de María, Rosa Mística, Señora de las aflicciones y Reina del Amor Hermoso. Medía las pausas de su ardiente oración, y en la misma excitabilidad de ver cerca de sí transformarse su antigua capilla, tan callada y tan melancólica, en templo ruidoso y adornado hallaba el suave viejecito una primaveral renovación de su cansada oratoria; y un misticismo lírico, el de sus floridos años en el Real Seminario de Santiago, inspirábale trozos sorprendentes, epítasis delicadísimas, metonimias inesperadas que florecían el vetusto tronco de su retórica con tardías fecundidades de otoño.

El diablejo del orgullo no dejaba de meter su rabo en aquella delectación de recitarse los párrafos más brillantes, acariciándose las manos como si acariciase con ellas la pulida hermosura de los períodos.

Ya iría Su Paternidad, el señor Visitante, haciéndose lenguas de la elocuencia de un humilde capellán de las Américas, un tal don Eustaquio de Utrera, licenciado en ambos derechos y Director Espiritual de las Reverendas Madres del Beaterio de Educandas de Valencia del Rey.

—Joven Talavera —decíale al nuevo acólito con acento entusiasta— ¿ya usted ha dejado esas vinajeras como dos soles, eh?

Y el sacristanucho, bajando los ojos, respondía, siempre humilde y respetuoso:

—Todo a la mayor fama de esta Santa Casa, mi Reverendo.

III

Así que esa tarde, a las cinco, cuando a la puerta principal, con un estrépito sobre las piedras, tirada por tres caballos cubiertos de polvo y de sudor, se detuvo la diligencia que hacía el servicio hebdomadario entre la ciudad y el puerto, don Tomás no tuvo más que asomarse al postigo y hacer la señal convenida; dio un largo toque de campanilla la Hermana Tornera, y momentos después se abría de par en par el gran portón de ceremonias.

Encabezado por la Reverenda Madre Lorenza, que tenía a su derecha al señor Capellán y a su izquierda a la Madre Secretaria, y a la Hermana Ecónoma, el personal de la Casa se abría en dos alas a ambos lados de la entrada; y mientras desfilaba hacia el locutorio, Su Señoría el Visitador, el Padre Secretario y los familiares, las huérfanas de la escuela entonaron una salutación, letra y música de la Madre Ignacia, compuesta para aquella solemne oportunidad:

> *Cantemos alegres*
> *cantemos loor,*
> *que al fin ha venido*
> *el Visitador...*

Contra lo que suponíase, no era un anciano religioso cargado de espaldas y de años, sino un soberbio ejemplar de la Iglesia, joven, alto, fuerte, con una mano blanca y cuidada, que saliendo de la amplia manga del hábito trazó una lenta bendición sobre las tocas inclinadas.

Le seguía el Secretario, hombrecito de ademanes prolijos, y dos jóvenes novicios, dos mocetones tímidos que llevaban sus ropajes con ese aire desenvuelto y audaz de la Iglesia militante.

Penetró Su Señoría al locutorio y allí la Priora diole, en breves palabras, la bienvenida, a la cual él repuso:

—Pasemos ante todo a la capilla, Reverenda Madre, y en unión del Reverendo Capellán oremos al Señor y a nuestra celestial Patrona por los mejores frutos de esta visita.

—Y démosle gracias —expresó al aludido— por el viaje feliz de Su Señoría.

—Amén —repuso la Madre, seguida del vasto eco de la Congregación.

Sin sacudir el polvo del camino, el Visitador pasó a la Sacristía con su séquito y mientras endosaba el alba de encajes como espuma, la estola, cuya cruz besó con un arrobamiento poco frecuente para la ordinaria rúbrica, y la pesada capa pluvial guarnecida en oros, don Tomás lo examinaba a su gusto:

—¡Si es un niño —observaba al Capellán—, un niño con la leche en los labios!

Y este, siempre lógico, respondía:

—Figúrese, pues, don Tomás, cuánta será su virtud y de qué quilates su mérito para estar investido de tan alto carácter.

Parecía que todo fuera nuevo y flamante. Los macizos candelabros de plata, el yeso dorado de los retablos, los briserillos que pendían del rosetón de cobre como una lluvia de estalactitas; y el níveo paño de los altares, y la luz crepuscular que penetraba desde los ventanales en fajas donde danzaba un polvillo traslúcido de fuego, de azul, de color naranja…

Sobre el altar, en un cuadro que ocupaba todo lo ancho del muro, ornado de flores y de luces, le eterna Virgen, pechona y campesina, pero inmaculada, que obsede el arte místico del siglo XVI.

Sumergida en una ola de gracia idealizaba el terceto divino en que alguien la sorprendió para siempre.

Era trabajo de uno de esos copistas de la Colonia, cuyo arte anónimo puebla el fondo de nuestras iglesias con reproducciones de los viejos maestros; obras a las que la mano humilde e ignorada puso a vivir una vez más el minuto de genio que las concibiera, con ingenuas deformaciones.

Voces frescas, de niñas, cándidos acentos de novicias, a las que respondían en un vasto motivo de escalas profundas las cien flautas del órgano, resonaron en el coro:

Tantum ergo Sacramentum
Comparsit laudado…

Y entre nubes de incienso y el tintineo de las campanillas de plata, tañidas enérgicamente por don Tomás, Su Reverencia, vuelto hacia las frentes inclinadas de toda la Congregación, trazó en el espacio una cruz solemne con la enorme Custodia de los grandes días, cuyas piedras lanzaban un destello insostenible. Transfigurado por la augusta ceremonia, parecía más alto, más erguido, más rubio…

IV

Sin darse punto de reposo, esa misma tarde, antes de oscurecer, Su Paternidad recorrió los claustros, dio un vistazo a despensas y cocinas. El día siguiente era de gran solemnidad, vendrían visitas y obligaciones. Por lo tanto, había suplicado no se dijese nada de su llegada, para poder entregarse al reposo y a la oración.

—Dejemos a cada día su carga, señor Capellán, no la aumentemos con las penas del venidero —añadió, citando en latín la piadosa frase.

Por eso prefería conocer de una vez aquella Santa Casa. Para todo tuvo una frase amable; elogió el orden, el método, la disposición de cuanto le iban mostrando. "¡Perfectísimamente…! ¡Pulchre, bene, recte!".

En pocos minutos, la Hermana Ecónoma expuso la situación financiera…, holgada…

—¡Oh! —interrumpió con espiritual ligereza— de eso que tome razón el señor Secretario.

Y, en efecto, el hombrecillo de ademanes prolijos se hizo explicar, con la minucia de las mujeres, lo pertinente a la hacienda: había un cuantioso donativo, a más de las rentas naturales; la Madre Superiora esperaba precisamente instrucciones para la libranza anual… dos mil y seiscientos pesos que estaban a la orden…

—¡Casualidad! —observó entonces el Visitador distraídamente mientras examinaba con tacto de bibliómano un curioso infolio que estaba sobre la mesa del locutorio— mañana despacho a mi familiar Pantoja con pliegos para su Ilustrísima y algún dinero de Méjico… ¿Si a las Reverendas Madres les parece buena ocasión?…

—¡Excelente! —declaró la Priora— ¿no lo cree así, Hermana Ecónoma?…

Esta inclinóse, grave.

—Señor Capellán —decía entonces el Visitador—, este ejemplar de las Sagradas Escrituras es una joya, ¡una joya!… Es de las ediciones flamencas de los Hermanos Van der Teuffel, de 1507; el original se guarda en la Biblioteca Vaticana ¡curiosísimo…! lo he hojeado…, y… —pero se interrumpió de súbito, como si le viniese la idea, al ver cerca de sí al Padre Secretario y a la Hermana Ecónoma—. A propósito, si han resuelto algo, despáchense esta misma noche; mañana es día atareado y Pantoja saldrá con el alba…

Por toda respuesta, la Hermana se retiró, volviendo a los pocos momentos con una ayudante que traía dos saquitos, que recibió el señor Secretario. Más tarde se le daría el pliego de remesa.

Iba a retirarse Pantoja con el oro, cuando Su Reverencia hizo un gesto brusco y le detuvo:

—Nunca reciban ustedes dineros sin contarlos, señores.

Con tono sumiso, el familiar se atrevió a exponer, ruborizándose como una doncella:

—Pero es que, tratándose de las Madres…

—Sabe usted, acaso, so imprudente, si por un error, perdonable en estas piadosas mujeres… Recuerde lo que nos ocurrió en Veracruz con las cien onzas de más. ¡Perdimos barco para la Española por hacer la debida restitución…! ¡Madre, tres meses perdidos!… ¡tres meses!

Y así que, humildemente, contó las viejas piezas de un oro triste, apagado, insonoro. Cuando Pantoja se retiraba a guardar el dinero, con la cabeza gacha y las orejas encendidas, le dio una palmadita en el hombro y, tras la más suave sonrisa eclesiástica, murmuró:

—Nunca olvides cómo comienza aquella epístola de mi maestro Horacio: "Virtus post nummos", esto es, la virtud, sí, pero antes los escudos…

¡Qué hombre… qué hombre! —comentaba a media voz en la oreja del Capellán el señor Secretario.

—¡Estoy transportado! —declaró el viejecito, haciéndose con las manos una suave caricia entusiasta.

La Madre Priora, que gustaba del lenguaje bíblico, exclamó, al retirarse entre un grupo de Madres, llenas de tierna admiración:

—¡Alabemos a Dios!, él es joven y fuerte como un cedro del Líbano.

V

Se sirvió una pequeña colación a las ocho. Su Reverencia, después de insistir inútilmente, porque don Eustaquio negábase a ocupar la cabecera de la mesa y de citarle el pasaje de Don Quijote y los cabreros —con la propia expresión del escudero: "Siéntense vuesas mercedes, que doquiera que mi señor lo haga es cabecera"—, echándose a reír como un muchacho, mojado en la jícara espumosa, con apetito excelente, uno tras otro, los imponderables bizcochos.

—¡Oh, ni en la Península, Padre, ni en la propia España los hacen mejores! —elogiaba, secándose la espuma densa del chocolate.

Su Reverencia cambió luego de tono al encenderse los cigarros; habló extensamente de la Orden; citó algunas reformas indispensables a la Regla; dijo cosas enaltecedoras del porvenir a que estaba llamada la milicia mística, y tuvo frases desdeñosas y agrias —en las cuales latía el viejo patriotismo del clero español— para esos aires fétidos a azufre e impiedad que siempre soplan del lado de Francia.

Incidentemente habló del orden interior de la Casa, descendió a preguntas, a mínimos detalles, que acusaban una larga experiencia. Se le había informado que en cuanto a joyas y dotación del Servicio Divino, la Congregación de Valencia, en América, nada tenía que envidiar a las mejores de la Metrópoli.

—Hay algo, hay algo… —explicó don Eustaquio, acariciándose las manos, con una sonrisa de orgullo—. Solo que yo uso lo más modesto a diario; reservamos esas galas para honrar, como ahora, a quien nos honra. Todo eso está bajo la guarda del excelente don Tomás, que ya presentaré a usted, y del joven Talavera, su ayudante... Son las personas que nos sirven...

Su paternidad encendía en aquel instante un segundo habano:

—¡Cómo, preséntemelos, Padre, preséntemelos!

Y, a cual más humilde de los dos sacristanes, comparecieron.

El fiel don Tomás, el joven Talavera —Su Señoría saludó amabilísimo, entre bocanadas de humo.

Al primero la faz le rebosaba de orgullo y de alegría, al retirarse. Le había tuteado, le había llamado "el fiel don Tomás"...

La digestión, aquel Jerez fragante como las rosas, había adormecido en una ensoñación de paz al señor Capellán, que veía a su interlocutor entre una niebla de grandeza, de simpatía y de humo de tabaco... A cada instante remojaba los labios en su copita, fumaba y emprendía un nuevo, delicioso tema de conversación.

—Si no es indiscreto, Padre Eustaquio, creo que es usted un insigne cultivador de las bellas letras...

Protestó débilmente, ruborizándose:

—¡Oh, no, un humilde aficionado nada más, un humildísimo aficionado!...

—En la mesa de mi habitación hallé un libro con su nombre, libro que me revela su devoción hacia los clásicos latinos. Al dueño de ese volumen no parece serle extraño todo el tesoro de la antigüedad, y los escolios y apostillas manuscritas al margen están redactadas en un latín no menos correcto y elegante que el de Tácito...

¡Oh, Reverendo Padre!... —protestaba aún don Eustaquio avergonzado, pero con la mirada radiante e infantil—, pobres ocios que distraigo, créalo Su Paternidad, ratos perdidos, o robados a mejor empleo —añadió humildemente.

Y de seguidas, mientras el joven Talavera se apresuraba a renovar en las copas el vinillo color de oro, confesó su inclinación literaria, habló de sus predilecciones y de sus simpatías hacia autores diversos... El Visitador discurría fácilmente, como hombre habituado al viejo amor de las bibliotecas; y ambos entablaron una polémica erudita y espiritual en derredor de cierto pasaje de Ovidio:

Dum fallax servus, durus pater improba lena
Vivent dum meretrix blanda Menandros erit

Por el pequeño refectorio de la hospedería hubo un vuelo de cantáridas que muy luego cayeron asfixiadas bajo el humo de los cigarros, en la somnolencia de la hora y de la paz digestiva...

Había sonado ya el toque de Ánimas cuando Su Reverencia se retiró, y desde el señor Capellán hasta la última novicia al salir del coro, donde se cantaron solemnes Vísperas, estaban convencidos que un varón eminente, uno de esos siervos gloriosos que perfuman de santidad, de sabiduría y de juventud en las páginas de la Leyenda Dorada, dormía bajo los techos del feliz Convento-Beaterio de Valencia del Rey.

VI

Antes del alba, ya don Eustaquio, paseábase repasando el sermón de la festividad por el pequeño jardín que separaba sus habitaciones de la Hospedería donde Su Reverencia y el séquito, fatigado sin duda por la jornada de la víspera, reposaban aún. Extrañó que él hubiese dormido tan profundamente que no llegara a oír el Ave María como de costumbre, y parecíale muy claro para las cinco.

Era esa hora húmeda, fresca como una hoja de rosa, en el cielo de los trópicos sobre el vasto rumor de una naturaleza que despierta, poderosamente llena de vida, de ruido y de color.

De repente, el Sacristán, pálido, desencajado, sin acabar de ponerse el roquete, con los ojos agrandados por el terror, clamó en la puertecilla de la Sacristía:

—¡Padre Eustaquio! ¡venga, corra y vea esto!: ¡han robado la iglesia! ¡La Custodia, los cálices, todo, todo!

Momentos después, la Superiora y las Madres, llamadas aprisa por el Capellán, contemplaban, mudas de espanto, el Sagrario vacío, los cajones y cofres de guardar las cosas santas abiertos, sin violencia, suave y escandalosamente pillados...

Muchas Madres lloraban; las jóvenes novicias, más pálidas aún por el asombro, arrodilladas en mitad del claustro, rezaban con labio tembloroso; y por toda la Santa Casa, que iba bañando su frescura nocturna en un tibio amanecer de verano, el eco del escándalo vibraba, imponente, como un vasto rumor...

VII

—Padre Eustaquio —exclamó desolada la Reverenda Madre al pasar la primera, terrible impresión—, ¿qué hacemos ahora?

Y el Capellán, como tocado de una idea súbita, repuso:

—¡Corramos a despertar al Padre Visitador!

Y seguido de todos, pero a la cabeza del grupo Sor Lorenza de la Parrilla y algunas Madres resueltas, a pesar del pánico que una sospecha horrible les inspiraba —lo que hubiera podido ocurrirle a aquel protomártir de la Iglesia y que sus imaginaciones encendidas veían ya como a Santo Tomás de Canterbury, apuñalado y ensangrentado—; pero este mártir, víctima en la flor de su edad, cuando los frutos más óptimos prometía su maravillosa juventud… Sor Lorenza, intrépida, penetró en la Hospedería llamando con mano temblorosa a las grandes puertas. Ni un rumor respondía… Y solo cuando don Tomás, enérgicamente, les dio un empellón, abriéronse dulcemente. Las habitaciones estaban vacías, las camas intactas y sobre cada una de ellas el respectivo hábito de su huésped…

—¡Les han secuestrado y desnudos! —gritó el bueno de don Tomás, mientras las Madres se santiguaban horrorizadas.

—¡Joven Talavera! ¡Joven Talavera! —clamaba inútilmente el señor Capellán a través de las salas.

Tampoco respondía nadie… Y entonces, sobrecogido por una idea terrible, volvió a la habitación del Visitador. Sobre la mesilla estaba un libro, un precioso ejemplar del siglo XVI, de cantos dorados, empastado en pergamino y en mayólicas miniadas: "LOS SIETE NIÑOS DE ECIJA", y manuscrito debajo: "Al ilustre Capellán de las Reverendas Madres, un cariñoso recuerdo de "Los Siete Niños de Valencia del Rey".

VIII

Esa madrugada, cuando el Cabo adjunto hacía en mula su recorrido semanal entre Piedra Azul y las Vueltas de Bárbula, oyó unos ronquidos vagos:

—*Páice* tigre —observó el negro Cleofé, ajustándose el tapaojo y requiriendo el garrote; pero como iba a pie, se apretó contra la mula del Cabo que había parado las orejas como dos lanzas.

Cautelosamente, con el animal al diestro y el chuzo armado, bajaron hasta el fondo de un pajonal.

Allí estaban, hacía dos o tres días, el Muy Reverendo Padre Candelario Serafín de Ordóñez, partido de España vía Méjico a recorrer los conventos de la Orden en las Indias, y dos frailes, sin duda sus familiares, atados los tres muy esmeradamente a sendos jabillos. Uno de ellos, debatiéndose, había logrado librarse de la mordaza, y vociferó desde las tenebrosas barbas aborrascadas, al ver allegarse al negrito con un garrote y al otro con un chuzo a manera de puya:

—¡Deteneos, sacrílegos. Estáis malditos. Habéis maltratado y desvalijado a un siervo de Dios!

El negrito soltó la estaca y echó a correr cerro arriba. El Cabo, tras santiguarse, los fue desatando y consolando. Al Reverendo Visitador, exánime, hubo que atravesarlo en la mula, sacándolo al camino. Los dos frailes que cerraban la marcha cojitrancos, iban penosamente arracándose los cadillos y las pajuelas de las chivas; pero cantaban, roncos:

"y como el brazo del fuerte
nos libra en todo quebranto.
Ángeles y serafines dicen: ¡Santo, Santo, Santo!".

La casa de la bruja

I

Cuando pasaba el alegre grupo de muchachos a remontar cometas —a los que dicen pintorescamente "papagayos" en mi país— por las colinas de Agua Blanca, veíamos con horror aquella casucha de adobes rojos techada de palmas y de pedazos de latón, con el único agujero de su ventana mirando como un ojo siniestro hacia lo más sombrío del callejón... Rodeábala una palizada de cardos, y alzábase en el aislado arrabal, más aislada que todas, solamente protegida por la falda escarpada y áspera del cerro.

Era "la Casa de la Bruja".

II

Recorriendo la ciudad, de puerta en puerta, desde el amanecer, recogíase con el día cuando comenzaban a encenderse las farolas urbanas que parecían arrojarla del poblado. ¡Cuántas veces vi la luz fantástica de los crepúsculos, más horrible en su extraña demacración, la nariz más curva y el manto más raído, perderse su silueta al doblar una esquina, al extremo de las calles rectas y tristes de mi tierra natal!

—¡La bruja! ¡La bruja!

Y eran gritos y pedradas; voces de todos los granujas. Si la acosaban y un guijarro iba a golpear su pobre armadijo de huesos, sacaba del manto un dedo muy largo, señalaba el cielo y rezongaba una especie de protesta monótona como una oración.

—¿Por que no busca trabajo? Póngase a servir en una casa; usted está ¡buena y sana!

Sin responder, echaba ella a andar calle abajo ondulando su verdoso manto, como una bandera de miseria.

III

Pasaba por la vida fastidiosa de la provincia envuelta en una atmósfera de terror y de supersticiones; evocaba cosas macabras, vuelos a horcajadas en palos de escoba para asistir al sabat demoníaco, la misa negra en una cueva pavorosa cocinando en marmitas de caldo de azufre tiernos niños que morían después de chuparles la sangre.

Creíamos verla volar por sobre los techos en Semana Santa, después de beberse el aceite en las lámparas de las iglesias, cantando el pavoroso estribillo que nos enseñaron las criadas:

> *"¡Lunes y martes*
> *miércoles, tres!*
> *jueves y viernes…".*

Y una voz, la voz misma de Satanás, añadía:

> *"Sábado seis"*

Noches de no poder dormir viendo su rostro en los pliegues de las ropas colgadas, en las sombras que hacían danzar sobre las paredes la lámpara encendida a la virgen, cuya mecha chirriaba de un modo muy particular... Y arropándonos hasta la cabeza, parecíanos oír el horrible estribillo:

"Domingo siete"

IV

Para acrecer aquella superstición del lugar, observábanse en ella detalles que la acusaban, pruebas que en la edad media hubieran bastado a dar con sus huesos en la hoguera; ¿para qué eran aquellos misteriosos hacecillos de hierba que ocultaba bajo el manto? ¿Qué menjurjes contenía aquel frasco colgado de una cuerda con el cual mendigaba, en las boticas, aceites o ácido fénico, o bálsamo sagrado, drogas todas para preparar ungüentos malignos contra la dicha, la fortuna o la salud de los demás?

Cerca del matadero público, alguien la sorprendió envolviendo en su pañuelo un cuervo muerto, y la mañana de un domingo los muchachos del arrabal la hicieron descender del caballete de la casucha a pedradas. Gritó, furiosa, que estaba componiendo el techo, porque llovía sobre su cama; pero ¿a quién iba a meterle tamaño embuste? ¡La había sorprendido al amanecer sobre la casa, al regreso de la misa del sábado y no pudo bajar —según explicaba una vieja comadre— porque al canto de los gallos se le había acabado "el encanto"!

—¡Ave María Purísima! —gritaban desaforadas las mujeres en los corrales. Los perros ladraban furiosos y aquel día la bruja no pudo salir, porque llovieron, como nunca, piedras y abrenuncios sobre la casa maldita.

V

Una semana después el niño de la vecina que fue la primera en avisar la aparición de la bruja en los techos, murió de una calentura. Se le fue poniendo amarillo, amarillo como si le chuparan la sangre.

El doctor dijo lo de siempre: que era paludismo, y el señor Cura, que sin duda no quiso desmentir al médico, les reprendió ásperamente:

—¡Qué brujería, ni hechicería, hatajo de estúpidos! Vivan mejor con Dios y tengan más caridad para esa infeliz mujer...

Mucho era el respeto que les merecía aquel rudo pastor lugareño y francote que llevaba a pie a la hora que fuese, bajo el sol o bajo la lluvia, amparado en su paraguas, los auxilios divinos a dos y tres leguas a la redonda. Pero nada pudo contra el rencor del vecindario hacia aquella malvada mujer que vivía matando niños y echando daños: patios enteros de gallinas que se perdían víctimas del moquillo; hombres que siempre fueron excelentes maridos se "pegaban" a otra; el pan de maíz casi nunca levantaba en el budare; hubo viruelas...

—¡Nada! ¡Nada! Digan lo que digan, esa mujer va a acabar con el vecindario.

Y resolvieron llevar la queja a la autoridad.

VI

El consabido andino y Jefe Civil oyó gravemente la denuncia. Depusieron los testigos, se acumularon pruebas fehacientes, y el más caracterizado, el padre de la criatura muerta formuló:

—Nosotros no queremos el mal de *naiden*, contrimás el de una probe sola; pero es el caso que no nos deja vida; y ya no es con las cosas de la mujer *diuno*; de la *salú* y de los animales, sino que *asina mesmo* quiere *urtimarle* a uno las *creaturas*... Y eso no, señor Jefe-civil, eso sí que no —protestó con la voz sofocada de lágrimas al recuerdo de su hijito muerto.

El funcionario apoyó la demanda. ¿Acaso él no sabía a qué atenerse con las gentes ociosas y mal entretenidas?

—¿Cómo le parece a *busté*? —añadió—. Siempre paran en brujerías. En Capacho se dio el caso de una bruja, pero *noje* pasaron ocho días cuando ya el Bachiller Primitivo le buscó la contra, ¿no?

Luego los despidió solemne:

—Bueno, pues, ya la *autoridaz* está en cuenta para proceder. Váyanse tranquilos, los amigos.

Y como era hombre activo y eficaz, organizó la patrulla para caerle encima esa misma noche y sorprenderla en plena "brujería".

—¡La vamos a coger infraganti! —dijo gozoso al secretario terciándose la peinilla—. *Busté* se me queda en el teléfono por si acaso...

La ronda aumentada con los vecinos que esa noche se incorporaron voluntarios, rodeó la casa misteriosa. Y con el Jefe Civil a la cabeza se deslizaron ocho hombres por debajo de la palizada. Trataba este de darles ánimos y le salían el miedo y los refranes con igual violencia.

—Procuren no hacer bulla, porque "brujo no duerme".

En el silencio nocturno, negra y muda, se alzaba la casa. Parecíales más lóbrega, más siniestra, más grande.

De repente uno señaló un bulto hacia el centro del patio.

—¡Véanla, allí está!

—¡Ave María Purísima! —masculló otro.

Y un tercero prudente aconsejó con voz temblorosa:

—¡No le diga *asina*, compadre, que se nos vuela!

—¡Sí le liga! —exclamó valerosamente el Jefe-civil santiguándose en la oscuridad.

Y heroicamente hizo irrupción seguido de sus ocho valientes.

—¡Vamos a ver, pues, qué tiene la amiga por aquí!

Sorprendida la pobre mujer, nada respondió, arrojando la colilla del tabaco que fumaba, con el fuego hacia dentro, en un reguero de chispas; ese triste hábito de lavanderas y de ancianas hambrientas, que así logran conservar algún calor dentro de la boca. Pero aquellos hombres jurarían que ella escupía candela. Y uno tímido, con las piernas y la voz debilísimas, saludó aterrado:

—¡Buenas noches, mi señora!

—Vamos—, ordenó reponiéndose el Jefe, al constatar que era un cabo de tabaco: —¡Basta de necedades! Prenda una luz, señora.

—Yo no tengo vela… —balbuceó todavía llena de terror.

Y él, heroico, la increpó en tono burlón:

—No venga con eso. ¿Brujo sin vela?… ¡Basirruque!

—Venimos a registrarle la casa —advirtió el segundo ya en carácter.

—Pues yo no tengo luz, y aunque tuviera no la encendería para que otro venga a registrarme la casa —repuso resuelta, poniéndose de pie, comprendiendo de súbito lo que aquellos hombres pretendían.

—Mire, señora —aconsejó el que temía que echase a volar—, no se oponga a la autoridad: el señor es el Jefe-civil de la parroquia, el general Circuncisión Uribe. Y designó al cabecilla, quien, a su vez, desnudando la peinilla, intimó:

—¡Uno que encienda algo, vamos!

Y mientras corría alguno al vecindario en busca de un candil, la infeliz protestaba enérgicamente de aquel atropello. Ella era una pobre mujer, sola, que no hacía daño a ninguna persona; que no se metía con nadie, ¿por qué, pues, la acosaban hasta en su casa como a un perro rabioso?

—Esto lo vamos a ver... —observó el Jefe. Por el momento, si no tiene nada malo que esconder, ¿por qué se opone a la *autoridaz*?

—¡Porque estoy en mi casa!

—Esa no es razón, mi señora —concilió el vecino, que esperaba verla salir volando de un momento a otro.

—Ultimadamente, con la *autoridaz* no se discute... ¡Aquí está ya la luz!

Mientras uno, delante, empuñaba en alto el candil, el grupo de héroes avanzó hacia la puerta de la única habitación que había a lo largo del cobertizo, y en cuyo umbral como una leona, con la cabeza desmelenada y los brazos abiertos, la mujer se irguió:

—¡Aquí me matan ustedes, pero no pasan, no pasan!

Era tan soberbia la actitud de la desgraciada, que retrocedieron intimidados... Pero alguno gritó, con el grito gozoso y salvaje de los cazadores en la montaña:

—¡No les decía yo que aquí había algo!

—Apártese, señora.

Y manos villanas, que nunca faltan, la apartaron de un empujón formidable, brutal, para aquella armadura de huesos.

Cayó encorvada, golpeando la pared con la frente, ronca de rabia y de impotencia.

—¡Sinvergüenzas! ¡Cobardes!

La luz del mechón alumbró un aposento estrecho; en los muros había colgadas ropas, telas de araña, manojos de plantas, una tabla mugrienta, aparador y altar del Santo borroso que en ella se apoyaba... Y al bajar la luz dieron un grito que el horror ahogó en las gargantas.

Sobre un camastro cubierto de hojas de plátano, tostadas por la fiebre, estaba una cosa hinchada, deforme que debía ser algo humano, pero tan monstruoso y lleno de escamas y de oscuras pústulas, que más se asemejaba a esos troncos muertos bajo la roña vegetal.

Aquello trató de incorporarse. Y vieron, entonces, en un rostro tumefacto, encuadrado por dos orejas enormes, como dos lonjas de carne fresca, los ojos reventados, que lloraban un pus sanguinolento, el agujero negro, que era boca y nariz donde bailaba la lengua horriblemente, ululando un lamento, una especie de aullido, como el rumor del agua puesta a hervir.

—¡Un lázaro! ¡Un lázaro!

Y dejando caer el candil que se apagó en un silbido de tragedia, huyeron enloquecidos por el espanto.

Sí; un lázaro; un desgraciado a quien la enfermedad antigua y tremenda iba devorando lentamente a pedazos sobre la yacija de su miseria; un atacado del viejo mal de la Escritura, que martirizó a los profetas y a los santos; otra víctima del remoto contagio asiático, que los cruzados llevaron a Europa, y los barcos negreros trajeron a la América desde el litoral africano.

Toda la brujería de la bruja era aquel pobre leproso, aquel hijo infeliz que ocultaba en el fondo del casucho, riñendo con el más sagrado de los heroísmos, una diaria batalla contra el hambre, las enfermedades y los hombres... A esa bruja fea, a esa bruja horrenda que llenaba de odio y de pavor a los niños de la ciudad, su enfermo, su hijo, en las cóleras inmensas de la desesperación en el negro humor de su desgracia, la tiraba de los cabellos, la golpeaba brutalmente, la estrechaba contra sus carnes hinchadas para contagiarle el horrible mal.

VII

El enfermo fue recluido en la leprosería de Cabo Blanco; su madre estuvo detenida unos días y luego no se supo más de ella… La autoridad dispuso quemar la casa y que se aislara el sitio.

Por eso cuando regresaba el alegre grupo de muchachos a remontar "papagayos" en las colinas de Agua Blanca y nos sorprendía el anochecer cerca de la casa maldita —de la cual no quedaba sino un pedazo del techo, la pared de adobes rojos y el negro agujero de la ventana— pasábamos corriendo.

Nos parecía que la bruja iba a asomar por aquel hueco la cabeza desmelenada para maldecirnos…

VIII

Cuando encuentres, al paso, en las calles desiertas de tu ciudad natal, una de esas ancianas que parecen huir, encorvadas y tímidas, amparándose a la sombra irrisoria de los aleros o refugiadas de la lluvia en el quicio de algún portón, no les quites la acera ni vuelvas el rostro con disgusto. Tú no sabes, ¡oh transeúnte!, qué prodigio de heroísmo, de abnegación y de amor ocultan a veces esos mantos raídos de las pobres viejecitas brujas.

Las frutas muy altas

I

José la O era hijo de María la O, vieja sirviente de los Falcón de Ribas. Esto es muy frecuente en los campos de mi país; muy frecuente y muy pintoresco. Solo que el chico quedóse huérfano cuando aún se le permitía bañarse, desnudo y broncíneo, como un dios infantil de las selvas, en los estanques de la quinta donde nació y donde había muerto su madre.

Aquella estancia de "Montelimar" que traza sus panzadas de limoneros hacia el río, hacia las vegas inmediatas, y colinda en un frente de muchas cuadras con la línea férrea, sobre la cual deja caer su arboleda, a fines de marzo, las primeras flores de la estación.

Así el niño formaba, junto con los tritones de piedra de las pilas, airón de los surtidores y el orgullo decorativo de los pavorreales, parte esencial de la residencia —capricho de una mano pródiga, tan señoril, tan de otros días— llena de exótico encanto en mitad del arrabal provinciano, que hablaba del pasado. Años hacía que los propietarios no venían a pasarse allí el par de meses que solían... La mansión se abría sólo una vez a la semana para la limpieza de las habitaciones, sacudir el polvo de los muebles enfundados y perseguir las telas de araña en los cortinajes rojos del gran salón, donde José la O quedábase, respetuoso, a la puerta, para no ensuciar las alfombras con sus pies de trotasenderos manchados por el lodo de las barrancas y la resina de los árboles a cuyos copos trepaba.

La madre, moribunda, entregóselo a "musiú" Nicanor su padrino, viejo isleño de lengua enrevesada, guardabosque, jardinero y conserje de "Montelimar", que se había instalado definitivamente en una choceja cercana a manera de conserjería, con su escopeta, su haz de redes y sus dos morrales, improvisando en la misma pieza con tablas, cuerdas y un pedazo de alfombra un excelente camastro para el ahijado.

Cuando salía de excursión a tirar "montañeras" o a pescar con "atarraya" en los pozales, José la O marchaba detrás gravemente, llevando las redes o el morral y un silbido estridente en los carrillos siempre manchados de fruta. Quedábase la criada de los vecinos, Carmelita, al cuidado de la heredad, hasta que ellos casi de noche regresaban hambrientos, mojados, con la sarta de "guabinas" sin descamar y destripar para la fritanga, o bien con los morrales repletos de palomas.

Días enteros, mientras "musiú" Nicanor limpiaba las arboledas o escarbaba o poníase a fundar un nuevo jardinillo, el granuja metíase montañuela adentro a alcanzar pomarrosas, a cazar lagartos a pedradas o a zambullirse en los pozos con la salvaje alegría de una pequeña divinidad fluvial.

Aquel vivir entre los árboles, las hierbas y el lodo y las aguas, comiendo de ellos, aspirando su vaho, integrado a la enorme vida vegetal, habíale dado a su niñez una especie de naturaleza silvestre, el alma espontánea del río y la bravura montaraz de los bosques. Como los animales del monte, permanecía echado entre los matorrales de cara al sol que le enriquecía de monedas de oro a través de las ramas, o espiaba horas enteras, con esa potencia de aumento que la imaginación presta a los ojos de los niños, las evoluciones de una hormiguita sobre la hojarasca.

II

—¡Ya lo sabes, pues, no *me te* salgas, conque no te lo dije! Cuando venga "la familia" no puedes pasar de la baranda, ni bañarte en las pilas allá dentro... En el río *me te* tienes de sobra donde zambullirte... "La familia" viene en estos días. Ya hablé con la comadre Carmelita para que *me te* haga una ropita con un saco viejo que le di; y mañana me dejas esos calzones para coserte los fondillos que *me te* la pasas por esos mundos... A ver si te los quitas cuando vas a monear los palos!

En efecto, al siguiente día, se estuvo sin pantalones, todo cargado de obras, trepando a las cornisas, sacudiendo lo alto de las ventanas, trayendo baldes de agua para los pisos, en un ajetreo que duró hasta el anochecer, cuando el viejo cerró la verja, y su ayudante, con las manos rugosas y frías, como de rana, agobiado de escobas y de estropajos echó a andar hacia la casucha.

—*Güeno*... Ya la familia no tiene sino venir.

Y como él le preguntara, mientras servíale su cazuela de frijoles, cómo era "la familia":

—¡Pues cómo *a ser, creatura!* —repuso encendiendo la pipa— "la familia" es la familia... El señor Falcón, la señora María y la niña...

Suspiró luego de cansancio, arrojando al techo una bocanada de humo y añadió con otro bostezo:

—Gente de allá arriba... gente rica... No mendigos como nosotros.

III

Antes de amanecer ya él con sus calzones nuevos que tenían hebillas detrás y la marca de un bolsillo absurdo en la rodillera derecha, aguardaba lleno de ansiedad ver llegar esa cosa extraña e imponente que su padrino llamaba "la familia", invocándola como una divinidad propicia al podar un arbusto, aporcar un arriate… Pero hasta las ocho no llegó de repente, un coche; una porción de bultos y de cestos; otro coche más, de hierro, sin caballos, dando bufidos como un toro hediondo a petróleo; tres sirvientas, un negro, dos hombres cargando maletas; y por fin "musiú" Nicanor con la gorra en la mano ayudó a bajar desde el fondo del carruaje de hierro un señor gordísimo, una señora muy flaca que miraba con ojos redondos y curiosos a todas partes, como si acabaran de darle un susto, y una señorita vestida de blanco. Parecía muy triste, apoyada en el largo mango de la sombrilla, sin ocuparse no más que de un canario cuya jaula llevaba una de las criadas: —¡Cuidado, Evarista, cuidado!

Pasó todo aquello hacia adentro, entre una baraúnda de líos y de baúles. El mismo José la O, cargado con una cesta de duraznos, cerraba la procesión, pero teniendo buen cuidado de entregar su carga en la frontera prohibida, lado acá de la reja.

Más tarde, llegaron carros con otros objetos, nuevas cajas, nuevos bultos; y todavía la siguiente mañana, jaulas, alfombras arrolladas; un gato maullando horriblemente dentro de una mochila, un perrillo en su cesta y otro grande, grandísimo, con las orejas enormes y la mirada triste, marchando pesadamente tras de las carretas.

A los pocos días, por las criadas y por el propio "musiú" Nicanor, que cuando regresaba a la chocejá poníase a ensartar monólogos que el niño escuchaba respetuosamente sin llegar a los honores de interlocutor, supo cosas extraordinarias: que el gato era gata y se llamaba "Belquis", y el perro grande "Portó", y el chiquito "Biyú" y el canario "Romero" y que la señorita tenía un nombre muy largo y por eso le decían "Cecé". Todo aquello era de un mundo fantástico que apenas vislumbraba, lejos, más allá de la verja que no podía trasponer, no obstante el estado satisfactorio de sus pantalones, a pesar de aquel maldito bolsillo en la rodilla, y el anhelo de conocer de cerca cuanto entreveía por las mañanas, mientras ella canturreaba a gritos, jugando con sus animales, entre las risotadas de las criadas o sentada con los señores en la terraza por las tardes, charlando y riendo o entonando al piano durante las veladas lindas canciones cuyas palabras él no entendía, pero que le daban ganas de llorar.

Las músicas de los "cuplés" de moda surgían de las ventanas iluminadas del salón, parecían sacudir los árboles, pasar calladamente sobre las corolas, besando el agua muerta de los estanques, cuya superficie se estremecía de frío, e irse muy lejos, en la noche, a través de los campos...

Dormíase José la O en su camastro pensando que había un mundo al cual él nunca podría llegar, donde se reía siempre, se cantaban hermosas canciones, los animales tenían nombre de gente y la gente nombre de animales... Soñaba, entonces, que trasponía audazmente la reja y que poníase a saltar y a jugar con ella y sus favoritos:

¡Ah "Portó"... "Belquis"... toma "Biyú"!

Y en plena dicha, la voz de "musiú" Nicanor le despertaba áspera, indignada:

—¡Muchacho del demonio, condenado! ¡Acuéstate derecho que *me te* estás allí gritando una porción de disparates!

IV

Hasta que un día el niño soñó despierto.

Estaba echado de cara al barranco, pescando en una de sus pozas favoritas: ya una "guabina" y dos bagres saltaban, agónicos, cerca de él, junto al cacharro de las lombrices de tierra que constituían un excelente cebo, y acechaba con ojos tenaces la oscilación de la cuerda, cimbreando su caña afortunada, cuando sintió que le tocaban un hombro... Volvióse, y a poco estuvo de írsele al agua el aparejo... La señorita "Cecé", ¡ella misma!, le había dado un golpecito con la sombrilla... En el primer momento no supo más que rascarse la pelambre rojiza tras de la oreja, mirándola de hito en hito; después se acordó que debía quitarse el sombrero tal cual hacía "musiú" Nicanor, pero como no tenía sombrero, volvió a rascarse con más furia la cabeza.

—¿Están pescando?

La voz de la niña Cecé parecíale como cuando cantan todos los "cristofué" por la mañanita; y balbuceó:

Sí... —corrigiendo al instante...— señor; —y luego lo dijo de corrido, anheloso—: sí, señorita...

Sonrióse ella:

—¿Cómo te llamas?

—José la O.

—¿La O?

—Sí... señor... ita.

—¿Y tu apellido?

—José la O.

Echóse a reír, encantada:

—¡No, hombre! ¡El apellido, tuyo!

La miraba, asombrado. Muerta de risa, al fin le aclaraba la idea:

—¿Cómo se llamaba tu mamá?

—María la O… —bajando la carita sucia añadió—: Ella se murió, aquí.

—¿Y tu papá?

—Mi papá era ella *mesma*.

Sorprendida, parecía dudar:

—¿No sabes, entonces …?

Y él exclamó de súbito en un triunfo de su perspicacia:

—Pero "musiú" Nicanor, mi padrino, que me tiene aquí, sí sabe. Yo voy a preguntarle a él para decírselo, ¿sabe?

Dejó ella de reír; lo miraba con tristeza, inclinado sobre el río, con los ojazos velados por esa melancolía instintiva de los niños a quienes nadie besó, nunca. Punzó la misérrima pesca con la contera de su sombrilla:

—¿Y esto… lo pescaste tú?

—Sí… señor.

—¡Caramba! ¿Entonces tú sabes pescar?

—Sí, señor; y he cazado también, tirando con la escopeta.

Abrió Cecé los ojos muy azules, muy grandes, muy cariñosos.

—¿También?

—Sí, señor; cuando mi padrino me lleva al monte me la *empresta*.

—¡Entonces eres un héroe! —exclamó llena de una simpatía repentina hacia el muchacho.

Y este contestó, convencido, sin saber lo que quería decirle con eso de "héroe", su respetuoso estribillo:

—Sí, señor.

Resonó una carcajada en el ribazo; fresca y clara como el agua que se iba riendo por entre las piedras.

—¿Me quieres enseñar a pescar?

Resuelta, apoyándose en el largo puño de la sombrilla, sentóse en un vuelo de linón y de encajes blanquísimos, mientras José la O, cohibido, hacíale sitio, apartando el tiesto de las carnadas. Parecíale que a sus espaldas hubieran abatido el vuelo todas las palomas blancas del palomar que tenía el inglés vecino de "Montelimar"… Olía a azahar; la tela delgada, sedosa, velaba el lejano tinte rosado de la piel; y si era ella toda como la del rostro y la de los brazos… Sí: José la O había visto algo semejante… Asimismo son algunas rosas por dentro… El brazo desnudo se tendió por encima de su cabeza, empuñando la verada:

—A ver… vamos; dime… ¿cómo… así?

Cada vez más aturdido, afirmábase no obstante en su lección, dominado por ese personaje docente que tan a menudo se revela en los niños, y recordando, con la grave actitud, los términos favoritos de "musiú" Nicanor: El bagre anda en cordón; la sardina por cardumen; donde hay "sapito-rabúo" y "corroncho", hay sardina… Ahora la "guabina" es bicha de cueva y nada suelta; *onde hay raí de bucare ái ta ella*, calladita, durmiendo…

Minucioso, importante, explicaba el arte de la pesca, la distancia de las "plomadas", su peso específico, cuál es la mejor caña, de qué modo se arroja el cordel al agua y qué largo requiere.

—*Contrimás* grande sea el peje, más cabulla se le afloja… *asina*… *asina*… suavecito.

Notando que la cuerda se estremecía, dominado por la pasión de la pesca, puso su puño lleno de lodo negro y de lombrices destripadas sobre la manita blanca, cuidada, que sostenía el anzuelo temblorosamente:

—¡Chits…! —susurró a su oreja— ¡chits!, ¡no se mueva! *tan* picando…

Con las pupilas negrísimas clavadas en la superficie donde oscilaba el cordón trazando lentos círculos concéntricos, casi unidas la cabecita rubia tocada con un gran sombrero de paja sin lazos ni cintas y la testa ríspida del rapaz, este iba indicando sigiloso:

—Ya mordió, ¿no ve?... poquito a poco... poquito a poco...

Hizo un movimiento brusco, y al par del foetazo de la cuerda y del pequeño grito que lanzó Cecé, cayó sobre la hierba un pedazo de plata viva, una "guabina" enorme, de dorso gris cuyo vientre se estremecía en ondulaciones de azogue.

Emocionada, perdió Cecé el equilibrio y apoyóse en los hombros del chico que, sin perder instante, poseído del extraño ardor de su oficio, arrancábale el anzuelo de las agallas y la arrojaba con las otras presas... Después partió a golpe de uña una lombriz más gorda, mientras su compañera hacía ascos; la enseñó minuciosamente el modo de disimular la púa en el cebo y poniéndole la caña en la mano, arrodillóse, doctoral, a su lado.

Pasaron así mucho rato. Picaban los pececillos y se marchaban con la carnada que él, pacientemente, volvía a colocar, indicándole que todo consistía en dar un tirón de súbito... Pero estaba visto que ella no podía... que ella no sabía...

Y como se mostrará apesadumbrada, la consoló lleno de sapiencia con una rotunda afirmación que le había aprendido a "musiú" Nicanor:

—Es que hay *endeviduo* que no tiene "sangre" para el pescado.

V

Y desde aquel día, sin que le despertase la voz agriada de su padrino, pudo saltar, dar carreras por el parque con los perros acompañado de la niña Cecé en sus excursiones, trepando a la copa de mangos y pomarrosas para cogerle la fruta más sazonada; pescar; echar de cabeza a Porthos en el pozo a que nadase, cazar lagartos a pedradas, y llevarle al canario las lechugas más frescas, pilladas en la hortaliza de su padrino.

La verja, el lindero terrible, el pavoroso Rubicón había sido traspuesto. Hubo quejas del conserje.

—Usted ve, niña, como *me se* la pasa el muchacho de sucio y percudo.

—No, no, déjelo; yo le haré comprar ropa, déjelo ¡pobrecito! es muy simpático...

Ante la benévola tolerancia de sus padres, Cecé fue el hada madrina del granuja, que comenzó a vivir días espléndidos. Tuvo ropas expresamente hechas para él ¡alpargatas! Y de sorpresa en sorpresa, un día que regresó ella de la ciudad, le plantó sobre la cabeza enmarañada una gorra azul que tenía botones dorados y visera donde el sol quebraba sus reflejos.

—¡*Me te* van a echar a perder! —protestaba el viejo por las noches, a cada nuevo regalo o concesión de los amos.

—¡Pero, padrino, si es que ella se empeña!

Y él monologaba cariñosas sentencias, sintiendo en su alma secular de siervo una frescura de bondad que le hacía áspero por de fuera, pero lleno de recónditas dulzuras como las piñas de tiempo.

—¡*Me te* van a echar a perder!

Al otro día ¡nada! era una expedición a buscar naranjas del lado allá del río o a cebar ciertos pozales con maíz... Así le enseñó cómo se cogen pichones en los nidos de arrendajo que cuelgan de las ramas altísimas de los jabillos; la manera de castrar colmenas con un hachón humeante. Y una tarde entera, arregazado hasta el muslo, mientras ella leía al amparo de la sombrilla bajo la sombra de los bucares, él hizo un arduo trabajo de castores, formando diques de arena, desvió la corriente y en el remanso agitó las aguas con yerbajos de barbasco. Los peces saltaban enloquecidos por el veneno e iban a morir en la playa, en tanto que él con aire cazurro y satisfecho los recogía en una cesta. Pero ya no cabían más y entonces Cecé puso su sombrero, encantada.

Entró con él en triunfo, a la quinta, después de enseñar la pesca a todos y referir el extraño modo de pescarla.

José la O contó, orgulloso a su padrino que en "la casa" habían preparado un plato y que la propia señorita "Cecé" comió de él e hizo comer a los señores.

Las criadas y sobre todo Evarista, la cocinera, le querían; frecuentemente asomábase a la puerta de la cocina con alguna golosina:

—¡Ah... José la Oooo!

Y la niña Cecé le dio a comer dulces negros que tenían dentro una pasta blanca y sabrosa y venían envueltos en plata: bocados exquisitos que él no soñó jamás y que le hacían odiar la sapidez acre de las mejores frutas...

Creyó morir de gozo cuando una mañana el negro Francisco fue a decirle que se vistiese la ropa nueva porque iba a llevarle a la ciudad.

—¿En el automóvil?

—Sí, muchacho, que te mandan a comprar unos zapatos.

"Musiú" Nicanor soltó la pipa:

—¿Zapatos a este zarrapastroso? ¿Pero es que la gente se está volviendo loca?

El negro mostraba, blanquísima, una dentadura admirable, mientras José la O echaba todo a rodar dándose prisa con calzones en una mano y gorra en la otra.

—¡Muchacho, condenado!, ¡que *me te* vas a tumbar la escopeta cargada!

Salió a poco, al lado del chofer, pálido de emoción en el auto, que daba bufidos como un novillo y que al partir describió una elegante curva frente a la verja.

Asomóse ella a la ventana del cuarto y agitó la mano lindísima, con el pelo suelto en una ola de oro sobre la espalda, en tanto la peinaba su doncella:

—Adiós, José la O, que goces mucho.

El chico batió la gorra entusiasmado.

En una carrera fantástica, con el corazón enorme y un calofrío en el estómago, tuvo la visión de muchas casas, de muchas calles, de mucha gente que no parecía sino que le vieran a él, feliz como debía serlo el hijo del rey según los cuentos que le refería Evarista, muy serio, al lado de aquel negro que admiraba tal a un dios dominador de la velocidad y del espacio en la maravilla del volante, de los manubrios complicados, de las palancas que gemían dócilmente bajo sus puños.

Estuvo luego en unas casas llenas de espejos donde había telas, juguetes, extraños objetos de los cuales iban llenándose los asientos del carruaje y que el negro traía de allá dentro, mientras él, revestido con la gravedad de su misión, cuidaba en el interior del vehículo, rodeado de granujas que le admiraban y a quienes prohibía pasar el dedo por el barnizado brillante de los parafangos.

En una de aquellas casas le midieron, uno tras otro, muchos calzados ¡todos decía que le quedaban bien! Y fue una epopeya ponerle el calcetín para medirse.

El negro reía; los dependientes también, con esa curiosidad quirúrgica que tiene el rostro de los zapateros. Marchóse y a poco volvió con un paquetito de medias.

—¿Para mí todas?

—Sí, hombre.

Le ayudó a ponerse un par oloroso a merino guardado, a almacén, a riqueza.

—Ponte, pues, los zapatos.

—¿Estos, los amarillos?

—Sí, hombre, sí…

—¿Me los pongo todos dos?

Entre las carcajadas de todos volvió al automóvil caminando rarísimo, creyendo caerse de un momento a otro ¡preferible gatear un gajo de jabillo! patinando, con los pies magullados, adoloridos, y el alma loca de orgullo.

Al siguiente domingo tuvo el honor de acompañar a misa a la niña Cecé, llevándole el pequeño reclinatorio, de zapatos nuevos, cuyas puntas lustraba a cada instante con la mano.

Cecé, a la salida, se reunió con otras señoritas muy lindas, pero nunca como ella.

—Cecé, chica, ¿y este chicuelo es tu falderillo ahora?

Rio, feliz, pasando una mano traviesa por los pelos rojizos, rizados, rebeldes al grueso peine de "musiú" Nicanor:

—¿Falderillo? ¡No, señor! Este es don José la O, paje, escudero y secretario mío, ¡todo eso junto y además mi compañerito de excursiones!

—Nada más… por ahora, ¿verdad? —preguntó la que tenía un pícaro lunar, más negro que los ojos, cerca de la boca plena de malicias.

A lo que ella protestó, vivamente:

—¡Niña!, pobre criatura, un inocente de Dios… pero de lo más simpático —agregó dirigiéndole al niño, todo confuso, una mirada cariñosa.

Charlando, entre risotadas, él escoltaba el alegre grupo de muchachas, como un paje de los buenos tiempos a quien le apretasen un poco los borceguíes.

Y cuando refirió a su padrino lo que había pasado, muy sorprendido le vio arrancarse la pipa de los labios, lanzar un escupitajo a seis varas y mascullar sordamente:

—¡Lo dicho! ¡*Me te* van a echar a perder! Hijo mío, tú, en comparanza y *me te* cogía los botines y los tiraba al río con gorra y todo... Si Dios sabe lo que hace y puso a unos de un lado y a otro lado... *man zurda, man derecha*. ¡A *güeltas* de la gente que cambea de aquí para allá lo que dispone Dios *mesmo*!

Decididamente, a su padrino no le agradaba sino verle todo arrastrado, con las pezuñas llenas de barro y los fondillos rotos. Y por eso se la pasaba conversando solo con la pipa, con la olla, con el techo, ¡sabía Dios qué!

—¡Quién ha visto por esos mundos *probe* diablo hijo de *probes* diablos andando en coche de esos aparatos para caminar y comiendo en los platos de allá adentro!

—¡Pero, padrino, si es que ella se empeña! —protestaba él, anonadado.

—¡*Manque* se empeñe! ¡Veréislo, *me te* van a echar a perder!

Y mordían sus dientes de lobo la pipa humeante que chisporroteaba, entre escupitajos y protestas.

VI

Otro domingo hubo francachela en la quinta; sus amigas pasábanse el día con Cecé; la del lunar que se llamaba Elena; otra pequeña, vivaz, menuda, de un rubio muerto y los ojos verdes, que pronunciaba las eres de un modo peculiar; llamábanle "Lisette".

Hubo almuerzo ruidoso, tocatas a cuatro manos, rasgueo de bandolinas y guitarras, revolver de novelas y siesta bajo los mangos del parque, adonde José la O tuvo que llevar dos mecedoras y la "chaise-longue" de Cecé.

Estaban encantadoras, charlando risueñas, con las mejillas encendidas por el copioso almuerzo, la temperatura canicular que enrojece las frutas y ese aroma penetrante a montaña virgen que llega en calladas ráfagas hasta el propio corazón de la ciudad.

Con las batas ligeras, desceñidas, a manera de alas para echar a volar, sujetas apenas bajo los brazos en grandes lazadas azules, verdes o de color naranja, parecíanle al niño el grupo de las diosas que bañaban su bronce durísimo y púdico en los surtidores del estanque grande, y sobre cuyas divinas testas, agobiadas de sol por entre las ramas, colgaba irreverente, sus ropas cuando se echaba a bañar.

Sentado cerca, en el brocal, experimentaba un malestar indefinible. Aquel calor... aquella siesta... La conversación de ellas... que le mareaba, que le fatigaba hasta rabiar como si él no existiera en el mundo. Muchas palabras que él no entendía; risotadas locas; pasaban llenas de misterio.

Pero de repente la escuchó, seria, con su voz expresiva y rápida, hablando de una historia que acababa de leer:

—¡Una belleza, chica! Figúrate que ella se enamora del pastor y se va con él... Se van ¿tú ves? Y entonces a él lo persiguen por la montaña unos soldados del papá de ella... ¿tú ves?, están escondidos en una cueva, ¿tú ves?, y allí los encuentran, y lo matan a él y ella entonces se tira por un barranco... ¡Figúrate!

Y en efecto se figuraron en derredor de la versión novelesca todo lo amanerado de las aventuras entre señoritas y campesinos que forjó la sensualidad enfermiza de Jorge Sand.

—Se parece un poco a una cosa que leí yo de Lamartine... —expuso, pensativamente la pequeña.

Y la del lunar prorrumpió vivamente:

—¡No, niña!, ¡qué comparación!

—¿A ti no te gusta "Graziella"?

—¡Qué va, chica, es un fastidio! ¡Todos los personajes de Lamartine beben leche de cabra!

Y rompieron a reír. Pero enserióse otra vez el tema y de pronto se habló de lo del novio de Cecé.

El chico, instintivamente, bebíase las palabras:

—¡...figúrate! ¡Ya era insoportable! La mujer esa del teatro... Bueno, pase... una corista vieja, flaca como una gata... y fea hasta dar lástima, ¡qué aberraciones tienen los hombres! ¡Fui al teatro expresamente a verla, y figúrate! Más que rabia me dio compasión... Después me hizo lo otro que ustedes saben con esa loca de Leonor... Y ahora unos amoríos, ¿a que ustedes no se imaginan con quién?

Las dos cabecitas se irguieron, atentas; Cecé dijo un nombre que él no pudo oír.

—¡Imposible, niña!

—Pero, ¿estás segura?

—Como las estoy viendo a ustedes... ¡La misma viuda en persona!

—¡No, mujer —sentenció la chiquitina gravemente— ¡razón de más para que rompieras!

Ella frunció el entrecejo; relataba lo demás: la cólera de él al verse descubierto; luego se arrepintió y comenzó a perseguirla, pero ella entonces le exigió a su papá traérsela a pasar una temporada en "Montelimar" para evitar así encontrarlo como una sombra en todas partes

—¿Comprendes? Es un fastidio... ¡Yo le aborrezco! ¡No sé cómo pude enamorarme de un ser tan lleno de defectos!

—¿Un gran odio, chica? —interrogó Elena movilizando el pícaro lunar en la más pícara de las comisuras.

A lo que Cecé cerrando los ojos con fuerza, cual si quisiera confirmar así sus palabras, echando atrás la cabeza en un vuelo de rizos dorados, murmuró:

—¡Un gran odio, sí!

¿Qué significaba para el granuja aquella frase? La había escuchado y se le esculpía en el cerebro... Pensó un instante... Aquel calor de junio... De repente la alegría salvaje de echar a correr... Metióse por entre los árboles, se deslizó sendero abajo y en la raíz del bucare que se mecía sobre el remanso púsose a silbar como las torcaces, sin darse cuenta de que era él mismo quien silbaba. Después se agazapó en la rama y comenzó a arrojar pedazos de corteza, basuritas que caían al agua, giraban en los pequeños remolinos, hundíanse bajo las raíces y surgían flotando más allá, rápidamente, hasta desaparecer en la corriente lejana como pequeñas ideas absurdas, inquietantes, que se iban, río abajo, por entre la cristalina tristeza de los raudales.

VII

Cuando los colores de mayo comienzan a resecar las hojarascas sobre el agua estancada y de las vegas emerge el vaho tibio, poderoso y fecundo de la estación, en lo alto de los mangos, que durante el año se visten de un verdor acérrimo, maduran los primeros frutos entre el racimo copioso, como un lampo de oro, o aislados, rojos, escondidos en la oquedad del ramaje, rotos por el festín de los "azulejos", destilando lentas mieles amarillas... En todo junio los árboles no parecen tener hojas con qué ocultar la cosecha que les agobia desde los copos hasta las gruesas bifurcaciones del tronco; y se desprenden tres, cuatro, seis a un tiempo. Son cientos, son miles apachurrados en el suelo bajo una nube golosa de mosquitos... Los hay verdosos, enormes, que allá llaman "mangas"; pero tan en sazón que por todas las grietas se les va el jugo; duros, "de bocado", de un amarillo claro o picados de lunares o tocados por el carmín de la madurez; pequeños, brevísimos, de un violado episcopal.

No vale nada entonces el fruto, aun la recolección se hace imposible, y para evitar la podredumbre se bota por espuertas, por sacos, por carretadas al río que arrastra, como en una fantástica tierra de promisión, el oro y la púrpura de las cosechas.

Es la época de todos los pájaros de la montaña y de los granujas todos de la ciudad que caen en parvadas sobre las vegas o atajan, río arriba, la fruta entre una algazara, embadurnándose de mangos hasta las orejas.

Cecé ya no apetecía sino los colores y las formas en las ramas altísimas; y el chico, con grave menosprecio de sus calzones gateaba el árbol, hasta los mismos copos, arriesgándose para coger el fruto deseado en medio de los gritos de ella, que siempre se asustaba y siempre enamorábase de los inalcanzables. Él, gozoso, ágil como un mono, trepaba a alturas inverosímiles, columpiándose, triunfador, sobre el crujido de los gajos, con el don primaveral sujeto entre los dientes.

—Ese, Joseíto, ese... —suplicaba llena de terror y de miedo.

Saltaba el audaz de un ramo a otro, atrapando al vuelo uno más hermoso, más empurpurado, señor de una eminencia absurda.

—Este, ¿no? —exclamaba con un suspiro heroico, en un orgullo salvaje de sus puños y de su corazón.

Después ellos partían el botín de la ardua conquista entre un loco charlotear de pájaros.

—Le tocan dos grandes, tres chiquitos y la manga...

—No, la manga es tuya.

—Pero yo se la regalo —decíale tirándola encima del plato.

Habíale prohibido que la tratase de "usted" cuando estuvieran solos; así que le dijo enojada:

—La manga es "tuya" es como me debes decir. ¡Si no me lo dices así, no la cojo!

Echóse a reír y obedeció, ingenuo:

—Bueno... La manga es tuya... de usted.

Rascábase la pelambre rojiza todo confundido:

—Es que... Mire... *me se* olvidó; ya ve, *me se* olvidaba.

Sacóle Cecé la lengua con un mohín:

—Eh... "me se olvida", "me se olvidó". ¡Dios mío, qué novio tan olvidadizo! ¡Vaya! Toma, don Me se Olvida; come aquí y con el tenedorcillo de postre le escogía de su plato bocaditos, mordiéndolos antes con sus dientecillos de ratón.

Al granuja aquella fruta le sabía a gloria; así que pasaba días enteros eximido "por orden de la niña Cecé" de toda otra ocupación que no fuese vagar por las vegas con ella, bañar los perros en una de chillidos; rascarle la barriga a la gata para que se volviese una pelota de cosquillas, o silbarle al canario como los gonzalitos, haciéndolo romper a cantar, desesperado.

Ese mediodía, el chico echaba llamas por las mejillas. Con el arriesgado ejercicio tenía gotitas de sudor sobre el labio y los ojos brillantes de audacia. Era la suya una adolescencia áspera que ella respiraba con igual deleite que a la trementina de los mangos verdes, echada sobre la butaca con el plato donde había comido abandonado en la falda; mirábalo, los ojos entrecerrados, guapo, sumiso como un perrillo, fijando en ella las pupilas que se le antojaban de una tristeza bravía...

—Oye: ¡Ven acá!

Se aproximó a él; entonces lo cogió de una oreja como solía hacerlo con el perro Porthos cuando iba a acariciarle:

—Vamos, quédate quieto… Así…

Y comenzó a secarse las manos pringadas de fruta en los cabellos del chico, corriendo sus dedos en una caricia brusca hasta las sienes, hasta el cuello desnudo y vigoroso… Creíase bajo un encanto extraño, fascinado, ausente de sí mismo; y no supo si fue ella que le obligó dulcemente o él que se desvanecía en un vértigo que ni el de los copos del samán grande, pero su cabeza se abatió sobre el brazo de la butaca; y allí aspiró algo de ese aroma íntimo de flor que tienen las mujeres en la flor de la piel; un soplo brusco en la mejilla; las cosquillas de un cabello que pasó por sus ojos en un relámpago de oro; una cosa suavísima que parecía el lomo de la gata; y de súbito se estampó en su mejilla una humedad ardiente e inesperada:

Resonó, nerviosa, una risa; cayeron al suelo el cubierto y el plato. Hubo un vuelo de faldas que huían.

De lejos gritóle palmeteando, la voz temblorosa, extraña; el rostro encendido:

—Cuando vengas te traes todo.

Y se perdió tras la verja encantada.

El muchacho habíase quedado suspenso, viéndola desaparecer a lo lejos. Después se palpó la mejilla; luego paseó una mirada en derredor y recogiendo lo que le indicaba, a cuesta la mecedora, echó a andar hacia la casa.

Esa noche no pudo dormir, removíase en el camastro, metiendo un ruido de mil diablos.

—¡Pero, condenado! —gritábale "musiú" Nicanor— ¿es que tú tienes hormiguillo?

—Que no puedo dormirme, padrino.

—¡Ya lo creo! Dios amanece y sin oficio *nenguno… ¡Me te van a golver un jorgazán…!*

VIII

La señorita Cecé, sin duda, leía las novelas de Jorge Sand y quiso vivir su idilio campesino; solo que el pobre José La O no sabía leer y jugó un papel en el pasatiempo de la señorita Cecé con toda la fuerza que despiertan en la precocidad tropical esas agrias pasiones de la adolescencia.

Tardes doradas en el ribazo del río, bajo los jabillos, con un libro caído en el regazo, y él echado a sus pies, sin hablar, mirándola a los ojos… A ratos le hacía ella una caricia rápida, y él besaba la mano linda, cuidada, como si besara los pies del Niño Dios que estaba en la Iglesia. Mañanas de regocijo en que corrían, locos, por entre la arboleda; mediodías que pasaban, cogidos de la mano, lentamente, a la sombra de los grandes árboles, diciéndose sin hablarlas, una porción de cosas tristes o lejanas o llenas de toda la fantasía que forjan los amores imposibles y las fiebres que no se curan nunca… Ella no se iría; y si la obligaban, se lo llevaría allá, a la Casa de Caracas, que le describía como un palacio encantado, entre maravillas donde él estaría muy bien vestido y de zapatos a toda hora.

Escuchábale con la boca abierta, mientras ella le tiraba de las orejas:

—¡Qué vas a parecer tú, Joseíto, quién te conocerá entonces!

—¿Y mi padrino se quedaría?

—Ya lo creo.

Entristecíale, sin embargo, dejar al viejo rezongando solo, en la covacha.

Mas de repente interrumpíase el coloquio... Un silbido estridente, un sacudir de eslabones, el jadeo poderoso del tren que pasaba, allá abajo, envolviendo en humo los matorrales... Veía huir aquel monstruo sobre dos paralelas de hierro, hacia una gran ciudad radiante que alguna vez vería, al lado de ella, trajeado y de gorra como los hijos del inglés que habitaba en la casa de enfrente.

Había llovido; sobre las hojas temblaban gotas. Cerca, corría por la torrentera el agua de los barriales. El sol estiraba largas franjas de luz en la tierra olorosa a humedad. Pasó una banda de pericos, alborotando la tranquila paz de la tarde; y en lo más alto del ceibo, seco, carbonizado por la zona del otro año, a ratos cantaba, respondiendo al reclamo, la queja de un "cristofué".

IX

Un día la señorita Cecé no fue. Al siguiente, tampoco. ¿Estaría enferma?

Evarista le dijo que no, que estaba más contenta que nunca, que había recibido unas cartas... ¿Qué ocurriría entonces?

Lleno de ansiedad se deslizó hasta la cocina donde los sirvientes comían y murmuraban... Había una tertulia animada; el mismo negro Francisco, el chofer, siempre tan silencioso, decía en ese instante:

—¡*Graciasadiós*! ¡Que es bien fastidioso este campo!

—¿Y cuándo se van, Francisco?

—Debe ser pronto; el señor me dijo que tuviera listo el carro... ustedes se irán por tren.

—Sí —observó Evarista—, allá dentro están ya arreglando baúles.

—Parece que junto con llegar, fijan el día del matrimonio —informó otra.

—¿Y no y que había *rompido* ella y él, pues?

—Güa, mujer, ¿tú no sabes cómo son las gentes ricas? Se contentaron otra *güerta* y ahora se casan, y san se acabó…

—O *güelven* a pelear —añadió la primera.

—Pa' los ricos casarse y descasarse es lo mismo que mudar de camisa —observó la lavandera.

José la O no necesita oír más. Desconcertado, con una especie de cosa agria en la garganta, como si hubiese chupado mereyes en agraz, echó a andar hacia la choza. No quiso comer. No pudo dormir. Su padrino estaba furioso:

—¡Me te vas a enfermar con las calenturas, condenado!

Pero, muy sorprendido, esa mañana vio que seguía tras él a cazar "montañeras" con los dos morrales a cuestas como en los buenos tiempos.

Regresaron al anochecer. Desde allí advirtió en los corredores de la quinta un gran movimiento. Al otro día, desde que amaneció Dios, entrar de carpinteros, golpear de cajas; claveteo; fardos que salían; y los dichosos favoritos: la gata maullando en su mochila, el falderillo "Bijou" en una cesta acolchada y "Cariñas", pesado, moviendo melancólicamente las orejas, dirigiendo al pasar esa mirada de tristeza casi humana que tienen algunos animales.

—Se va "la familia" —suspiró "musiú" Nicanor, aliviado.

Como quien despierta de un sueño encantado, horas después vio pasar ante él el automóvil con las cortinas corridas; apenas distinguió la dentadura blanquísima de Francisco que manejaba feliz; a su lado Evarista con el canario, y por la portezuela tuvo una visión rápida del señor gordo, la señora flaca y la señorita Cecé que agitó el extremo de su velo de viaje a guisa de pañuelo y gritóle al pasar:

—¡Adiós, Joseíto, que cuando te vuelva a ver seas todo un hombre!

Y el auto se perdió bufando como un novillo en la misma vuelta del sendero por donde surgió, hacía ya tres meses.

Más tarde partieron los criados; y a las cinco, la última carreta salió crepitante, con los huacales de loza, la vajilla y tres sacos de mangos.

Obscurecía cuando él y su padrino dieron el último vistazo a la casa: en el salón, más grande que nunca, más lóbrego, los muebles enfundados, las alfombras arrolladas; la enorme lámpara velada; todo ya arrinconado; el dormitorio de la niña Cecé en igual desorden; apenas dejó en el alféizar de la ventana un pedazo de cinta azul que él apropióse... Por donde quiera, clavos torcidos, astillas, papeles estrujados, basura de embalaje.

Cerraron la verja y echaron a andar hacia la caseta. Allí partieron su comida en silencio. "Musiú" Nicanor, después de hacer un lío con las ropas nuevas, los zapatos y la gorra, colgólo de un clavo:

—Ahora, hasta otra vez que *güerva* "la familia".

Encendió la pipa, lanzó un suspiro de satisfacción y masculló:

—¡*Quiojalá no güerva* más nunca!

Las ranas croaban a lo lejos bajo las piedras del río, un grillo cercano regía la enorme orquesta nocturna a través de las hojas. Y en largos espacios silenciosos solo la brisa cantaba su eterna canción de primaveras muertas.

X

Vino otra vez el tiempo seco. Amarillearon las naranjas. Se hicieron reparaciones en los techos de la quinta. El soplo alegre, pascual, de los diciembres floridos puso a vivir todas las campánulas de la cerca. Las noches eran largas, muy frías, muy tristes. Y hasta la aislada caseta de ellos, en alas de la brisa, llegaban fragmentos de "aguinaldos"; el ronco son de los furrucos, estallaban lejos, apagados, cohetes que lloraban luz en la sombra.

Vivió el niño como sonámbulo; otra vez roto, otra vez descalzo, cargado con las redes y los morrales de su padrino. Su existencia anterior antojábasele la de otra persona, cada día más borrosa.

Y una tarde que el sol perforaba la oquedad de las vegas púsose a fatigar la tristeza trepando el mango grande, cuyo tronco le vio reír dichoso al lado de ella y a cuyas ramas arrancó para sus menudos dientes, desafiando peligros, la ofrenda de sus oros y de sus púrpuras.

Maquinalmente, subióse al ápice. De allí veía la cúpula de una iglesia, una reja verde que iba señalando de soslayo el curso del río, los cerros, el cielo. Y en la otra ribera, entre unos plantíos, un hombre que escardaba, el rostro oculto bajo el sombrero de cogollo, las espaldas sudorosas, descubiertas.

A lo lejos, oyó un rumor; luego un rugido, una pausa, otro estertor más fuerte, que hizo volar algunos pájaros... y el tren pasó, arrastrando sus coches, empenachado de humo; cruzó el viaducto y se perdió en la selva con el mismo largo alarido con que junto a ella le vio un día. Desapareció... Iba allá... a la ciudad, lejos, donde ella estaba, adonde él no podía ir jamás... ¿Qué le quedaba? Su padrino, los fondillos rotos, los pies desnudos, a hollar todas las trochas del monte... ¡Su vida! Llegar a hombre y jorobarse con una azada ajena sobre unas tierras ajenas como aquel desgraciado que estaba por ahí cerca: ¡la existencia miserable de los campesinos de mi país que viven y mueren sin otro afecto que el remoto amparo de Dios!

También quedábale al adolescente como una mordedura en la mejilla, aquel beso; se azotó el carrillo con la mano queriendo borrar de allí un recuerdo que le hacía anudar la garganta y surcarle el rostro de un agua salobre de jagüey malo...

—¡Caracho!

Un humito lejano flotaba, señalando el paso del ferrocarril, allá, en las últimas vueltas del río... Miró a sus pies el suelo, la hojarasca, los barrizales, tras una niebla de lágrimas... Cerró los ojos y se dejó caer de cabeza...

Resonó un golpe sordo. Corrió desde el otro lado el hombre que escardaba, gritando. A poco llegó su padrino; de seguidas, Carmelita.

—¡María Purísima!

—¡*Me se* mató el muchacho! ¡*Me se* mató el muchacho!

Había caído hecho un ovillo; las piernas bajo el busto, la cabeza desgonzada, abatida. Cuando le alzaron el rostro tenía los ojos vidriosos, un hilo de sangre manábale de una oreja, y por momentos los labios se le iban quedando descoloridos.

—¡Jesús Sacramentado! —exclamó la mujer cuando los dos hombres le llevaban en brazos—, ¡si es un saco de huesos!

En el camastro le extendieron; crujíale la pobre osamenta. Emitía un silbido, un ronquido isócrono. Abrió un instante mucho los ojos, viendo a todas partes; hizo un brusco movimiento para buscar algo entre las almohadas; encogió una pierna y quedóse inmóvil.

—¡*Me se* murió, comadre, *me se* murió! —gritaba el viejo con la voz enronquecida de llanto.

Y cuando fueron a cruzarle las manos sobre el pecho, hubo que arrancarle a la fuerza de entre los dedos contraídos un pedazo de cinta azul...

XI

Pasaron años; la casa se alquiló y los terrenos fueron vendidos por lotes. De aquellas gentes ya no queda por allí nadie. Solo el mango altísimo se yergue eternamente verde, eternamente triste, como recordando esta breve tragedia de amor…

¡Travesuras de muchachos por querer alcanzar las frutas más altas!

"La *mista*"

Al "maestro desconocido"

I

Don Epaminondas Heredia nació en uno de los Tiznados —San José o San Francisco—. Todavía hacia el ochenta y tantos se podía nacer allí. A esta fecha la gente ha emigrado, o está muerta. De los poblados ribereños, el sitio: casas caídas; plazoletas enyerbadas con el zócalo de algún busto de héroe que se decretó y no llegó a fundirse; las barrancas rojizas, el ancho río con sus rebalses patinados por los mosquitos que de día danzan y de noche inyectan malaria.

Don Epaminondas, sobreviviente —a través de escuelas federales que desde San Juan Bautista del Pao hasta Valencia fueron marcando su vía-crucis pedagógico—, casi a pie, con mujer y ocho hijos, vivía a principios del siglo en un barrio lejano, "Pele el Ojo", entre las peladeras del camino real y algo como quebrada torrentosa que ya, tras la casuca, con los aguaceros de setiembre, le había llevado media tapia de adobes y una cuarta parte del fogón.

—¡Para lo que hay que cocinar! —dijo, viendo el agua metérsele por el corral.

Guerras civiles, viruelas y el presupuesto de instrucción pública le fueron esquilmando al maestro de escuela sin escuela que conservaba "empeñados" sus libros de textos y el reloj. Una heroica vocación docente le hizo perder el crédito casa de Pancho, el de la esquina: dos puertas, un mostrador, algunos víveres, sardinas, el rollo de tabaco en rama, el pote del guarapo y, a lo ancho del alero bajo: "Francisco de P. Bermejo y Compañía. Mayor y Detal".

Allí le ayudaba en las cuentas hasta el día de la disputa:

—Pues, aunque te disgustes y no me fíes más, Boulton se escribe: b, o, u, l, y no "burton", como tú dices.

El gordo, con su vil franela listada, los brazos en pringue:

—¿Y qué hace usted con todo lo que sabe? ¡Pa' morirse de hambre no es menester saber eso!

Su mujer, la buena Ana Tomasa Romero, de "los Romero" del Paso Sanchero, fecundísima y demostrándolo aún bajo el fustán, clamaba esa tarde con las manos en la cabeza:

—¡Pero, *Paminondas*!, ¿y para qué fuiste a pelear con el único pulpero que todavía nos fiaba, qué van a comer tus hijos?

Ayuno, austero:

—Prefiero todo, Tomasita, todo, a escuchar disparates y que se abuse del buen decir.

—¿El buen decir? ¿Vamos a pagar la casa con el buen decir, y a comprarle alpargatas a Antenor Segundo y a ver cómo míster Blau nos da otro frasco de "lamedor" para Cristina Augusta, que con esa tos se nos está quedando en los puros huesos?

Don Epaminondas sonreía amargamente:

—Es que ese ignaro, porque yo le llevo la contabilidad del establecimiento y él es capitalista, se imagina que nosotros los intelectuales proletarios... ¡Pues no, señor! Otro me fiará.

II

La casuca —seis pesos de alquiler— tenía sala cuarto de dormir, un socavón que debió ser baño —falto de pago hacía tres meses, el servicio de agua fue cortado e iban a buscarla los chicos a la quebrada vecina por cubos…—. En la salita quedaba un pizarrón roto, un viejo mapa de Venezuela con el autógrafo de Guzmán Blanco "ilustre americano", dos sillas y la media de otra, el "chinchorro" conyugal, vasto nido de cuerdas con almohadas e hilachas colgando, algún incierto comodín al que faltaba una gaveta. Con un cancel dividíase la pieza en dos para que tres niñas, de cuatro a nueve años durmieran en camastro y medio. Otras tres, en lo que fue baño; y los dos varones, Antenor Segundo y *Paminonditas,* se acomodaban por ahí, en el tinglado. Único lujo, aquel viejísimo retrato del comandante Antenor Heredia, muerto en la rota de Coplé, con sable y patillas, vago creyón entre inciertos trazos de humedad que le daban al fondo un ambiente de torbellino de batalla o de culo de escudilla mal lavada.

Era todo lo que rodeaba a aquel hombre cincuentón, menudo, con antiparras montadas en cobre, camisa muy limpia de cuello duro, botas coloraduzcas, ropilla tenue en un paño amarillento que iba adquiriendo tonos de esmalte antiguo.

Ya cuando la causa de los alquileres vencidos, sacaron de la casa la vieja cama de caoba, mueble gigantesco y absurdo con dos copetes, donde Ana Tomasa, toda encendida en los rubores de sus dieciocho años, abandonó una lejana noche de boda pueblerina su corona de azahares no pudo contenerse al ver, con los ojos preñados de lágrimas, cómo forcejeaban los cargadores sacando los largueros por la estrecha puertecita:

—¡Y yo que soy la que cocino, la que lavo, la que aplancho, la que paro!

Conmovido, cortó bruscamente:

—No te aflijas, que ya vendrán días como cuando "la mixta".

En aquella existencia, "la mixta" era una frase mágica. Las chiquillas mayores, que la habían entrevisto en forma de zapaticos nuevos, muñecas de verdad, ¡hasta golosinas!, decíanle a los más chicos:

—¡No llores, que cuando papá tenga "la *mista*" tú vas a ver...!

Y a los nenes, que se retorcían con la dentición y con los cólicos de hambre, que son peores que los de hartura; o a los grandes, cuando carecían de alpargatas, se les solía consolar:

—Ya volveremos a tenerlo todo y se le pondrá leche al guarapo... Dejen que llegue "la mixta".

Él pronunciaba con x, pero los niños decían la *mista*.

Esta vez, a la sacada de la cama, su mujer no pudo más:

—¡Y este otro, este, pobrecito que viene antes de que llegue la fulana *mista*, nacerá en hamaca!

III

Pero no nació. El pobrecillo creyó que aumentaba la ya numerosa hueste del pobre Heredia. Le lloraron como si con el muertecito no les librara la suerte de un pedazo de miseria sobrante. Dolor de verse arrancar la escara de una úlcera que así y todo ya es cosa propia...

Ante esta "desgracia terrible" de que se perdiera una boca donde nueve iban ayunando, don Epaminondas protestó:

—¡Carrizo! ¡Lo que es el otro hijo que venga no se me muere por falta de recursos!

Entró bruscamente una tarde llevando un pliego de papel florete y un sobre de oficio:

—¡Tomasita! —gritaba en el zaguán—, ya me reconcilié con Pancho, el de la esquina, y hasta me fió esto... ¡Nos salvamos!

Ella lo miraba, alejada, desde el fondo de la hamaca, con la ojeras hasta las orejas.

Y él, triunfante:

—¡Conseguimos "la mixta"!

La recién parida se incorporó de un golpe:

—¿La *mista*?

—¡Sí: le voy a escribir al general Castro!

—¿Al Presidente?

—¡Al Restaurador en persona! Hay que olvidar las pasiones políticas... Los venezolanos debemos ser unidos... Bolívar mismo nos lo ordenó... Yo fui consecuente con el otro gobierno y... ¡ya ves!, por renunciar "la mixta".

IV

"La mixta" fue una escuela que un vago pariente de Heredia le había obtenido, años atrás, durante la Administración Andrade. "El plantel" —que así ordenara a los chicos llamarle— estaba en una casa grande, del Gobierno, con agua pagada. Podía vivir, al fondo, la familia. ¡Llegó a inscribir hasta setenta alumnos! ¡Y sesenta "venezolanos" de sueldo, sesenta y pico de pesos macuquinos que se le pagaban con relativa puntualidad! Una tablilla a la puerta, que él sacudía al entrar o salir con su pañuelo, rezaba: "Escuela Federal Mixta núm. 29". Hubo exámenes lucidísimos. Él hablaba en sus notas a los superintendentes oficiales en el tono digno y pediátrico de su magisterio: "...aunque algunas goteras que afean el salón del recibo de este plantel no han sido reparadas, los cursos ordinarios y los extraordinarios —geografía universal y elementos de higiene— fueron altamente satisfactorios, etc...".

—¡Ay, si mi angelito intercediera con la Santísima Virgen del Socorro! —clamaba desde su yacija puerperal la madre—. La Virgen es madre y, por más Virgen que sea, ella sabe...

Releyendo el primer párrafo de su carta oficio "al Benemérito Restaurador General Presidente de la República", trazado en excelente cursiva inglesa, recitaba, sin oír a su mujer, con la pluma en alto sobre una tilde:

"...ya que al conjuro de vuestra espada, vencedora en Tononó y en las Pilas...".

V

Temblando echó aquella carta al correo. Pasaron días. Pasaron semanas. Pasaron hambre.

Pancho amenazó con el crédito y a las atribuladas explicaciones del otro:

—Compadre, usted se imagina que una carta que llega a Miraflores... Eso tiene sus trámites; y además, el General Castro me conoce y me está probando a ver si yo me violento como cuando le renuncié "la mixta".

—Le contestaba fríamente con un escepticismo feroz:

—¡Qué va; esa la echaron al canasto sin verle ni la firma...! ¡En este país, pa' pedir *argo* y que le atiendan a uno, tiene que ser General!

Compungido, protestaba:

—No, Pancho, no; el poder civil tiene sus fueros... El apostolado de la instrucción sus derechos...

Iba a la oficina de Correos mañana y tarde. Asaltaba en la calle a los repartidores. Y ya le gritaban a media cuadra de distancia, aunque el pobre fuera por ahí, a otra cosa:

—¡No le ha venido nada!

Abandonábase, en un mutismo sombrío a forjar intrigas maquiavélicas urdidas en su contra por los secretarios o los políticos locales…

—Ese viejo vagabundo del Registrador, que se la pasa escribiendo para Caracas…

—¿Pero por qué ha de ser él, *Paminondas*?

—¿Por qué? Porque es liberal amarillo y como no lo invité a los exámenes cuando "la mixta"…

Y un día, transfigurada, entró su mujer gritando:

—*Paminondas* de mi alma, contestó el Presidente.

Un sobre de vitela, con un pequeño escudo tricolor. Dentro, una tarjeta: "General Cipriano Castro, Benemérito Restaurador y Presidente de los Estados Unidos de Venezuela, saluda a su estimado amigo y compatriota, señor Epaminondas Heredia Q."

—¿Cu, qué? —interrúmpele su mujer.

—Cu… nada…, tonta. Es que como yo hago la rúbrica como una Q allá creyeron… "Y al acusarle recibo de su apreciable carta le es grato informarle que toma nota de sus justas aspiraciones. Miraflores, etc.".

—Yo sí decía. Al fin el Restaurador va encarrilando el país….

Pero su mujer, releyendo la cartulina, con los ojos empañados por la emoción, se plantó de repente, resuelta.

—Mira, *Paminondas*, nosotros en tantos años no hemos tenido ni un sí ni un no. Pero si vuelves a renunciar "la mixta"… te dejo tus muchachos grandes y yo me voy con Cristina Augusta y los chiquitos para la casa de Beneficencia.

VI

La tarjeta fue releída y comentada hasta en el vecindario. El pulpero renovó sus precarios créditos. Y como si una hada compasiva se hubiera detenido un instante en el caballete de la casita de "Pele el Ojo", otra tarde entró el maestrescuela como una tromba:

—El jueves llega el General Castro. Viene a pasarse unos días en Valencia. Lo dice la prensa.

Los niños, de días antes, soñaban con aquello. En las noches calurosas, entre dos accesos de aquella tos asesina, Cristina Augusta apuntaba el dedito al espacio:

—¡"La mista", "la mista"!

En la turquesa velada del cielo, todo el Carro de repartir estrellas las había dejado caer sobre la ciudad muerta. Y el bólido, como chorro de polvo de su compuerta, iba trazando un caminito de hormigas luminosas que se perdía y se borraba luego allá, donde los cerros sacan la cabeza por sobre los jabillales del río:

—¡Pide, Antenorcito, pide "la mista" para mi papá! Y el rapazuelo aplaudía hacia las estrellas impasibles.

VII

Con mil sacrificios, acepillando el viejísimo paltolevita de su boda, la chistera abollada, a fuerza de mentiras y de exageraciones, mostrando la tarjeta, haciéndole notar al zapatero lo de "su estimado amigo" y el significativo "le es grato informarle", extrajo al fin, fiados, un par de botines de esos que en los saldos que se quedan les llaman "maulas" los del oficio. Hasta la noche antes, a las doce, Tomasita aplanchábale la mejor camisa de las dos que aún tenía.

Desde días antes los chicos soñaban despiertos y dormidos con aquello. Comerían golosinas sin tener que pegarle de paso la lengua a las vidrieras de las confiterías. Irían a pasear en tranvía y, como les pondrían el agua, se evitarían el viaje a la quebrada con tanto barro y la lata que pesa tanto... Hasta los traviesos sabían ya el poder moderador que en los pueblos y en los niños tienen las ilusiones:

—Mamá, que si no se está tranquilo y se saca esos dedos de la nariz, cuando venga "la mista" no va a comer conserva de batata.

"La mixta" tardaba. Pero Castro llegó. De repente, en un tren expreso, entre un tropel de gendarmes y de señores enlevitados que daban carreras y voces; y circulando, huidizo, por entre el humo de los cohetes y las corcheas de los estrombones, don Epaminondas, en un grupo que los de la policía aculaba a empellones, sacudió triunfalmente un pañuelo gritando sin que le oyesen:

—¡Vivaaa!

Llegó a su casa, sudado, estrujado, con los zapatos empolvados, entusiasmadísimo.

VIII

Tres largos días estuvo allí de paso el Presidente, alojado en casa amiga. Gran casa-quinta al fondo de un jardín lleno de palmas tropicales y de diosas de cemento romano... Entre el vasto grupo de curiosos que se apretujaban frente a la verja, la cabeza despeinada de don Epaminondas surgía a ratos, como un coco flotando en una "creciente", haciendo visajes desesperados para llamar la atención a algunos conocidos que entraban o salían y defendiendo enérgicamente su sombrero de copa de nuevas abolladuras:

—Oiga, jefe; oiga, jefe —suplicaba al polizonte de la puerta exterior—: Es que yo estoy citado con el Presidente: mire, vea la tarjeta, vea la fecha...

El otro, invariablemente, blandía un sable ancho y corto:

—¡Pa' arriba o pa' abajo!

Y como, desesperado, tratase de abalanzarse a la entrada blandiendo su cartulina, uno de los oficiales se le encaró:

—Mire, viejito, el del pumpá abollado: *usté* tiene tres días perdiendo su tiempo... "El general" no recibe a más nadie ahora... Y se regresa para Caracas en el tren de las once. Tarjetas como la suya tiene todo el mundo. Esas se las mandan a la gente para quitárselos de encima. Puede estar un año allí parado haciendo morisquetas y... nada. Mejor es que despeje.

El otro, furibundo, arremetió peinilla en mano:

—¡Vamos, vamos, vamos! ¡Pa' arriba o pa' abajo, o le echo plan para que no moleste tanto!

En una última ojeada de desesperado, como quien cae de un barco al mar y ve las luces de posición borrarse en la noche, don Epaminondas creyó distinguir un hombrecito calvo, cabezón, hacia el interior de la casa, seguido de unos hombres muy altos y muy gordos que reían sujetándose el chaleco de fantasía.

■ ■ ■

¿Los Heredia de don Epaminondas? Cualquiera sabe el rumbo de esas nuevas existencias. Veinte años atrás, en la esquina de esos suburbios donde es mala la vida y peor el aguardiente, se le veía desastrado, dando traspiés. Era difícil identificar al pulcro y sufrido pedagogo con aquel borracho consuetudinario, a no ser por su discurso monótono e incoherente que terminaba siempre así:

—¡… lo único que puede salvar a este país es "la mixta"!
Y los chicos arrojándole piedras y cuchufletas, le corrían detrás:
—"¡La mista!" "¡La mista!".

Pascua de Resurrección

I

Un mes apenas que el diácono Nicolás había cantado su primera misa en la Capilla del humilde Seminario provincial; un misacantorio modestísimo, con refacción ofrecida por el señor Rector, obsequios de los compañeros de aula y de roquete, regalillos de algunas señoras piadosas; todo lo pobre y afable que podía merecer aquel ordenado endeble, paliducho, de asustado mirar de cervato cuyas virtudes deshacíanse como copos de espuma sobre un agua inerte, en la propia mansedumbre de su índole.

A los otros seminaristas una vez ordenados, se les destinó para tenientes-curas o capellanías o curatos más o menos pingües e importantes; él, por muchas gestiones del señor Rector, a quien dolíale, entre los alegres destinos de los demás, la mansa tristeza del nuevo Presbítero, obtuvo ¡un curato!

Si ustedes no lo recuerdan, voy a evocar aquella noble figura de aguileño perfil, aquel Sacerdote eminentemente sabio y justo, padre y maestro de tres generaciones sacerdotales, que pasó pulcro, caritativo, callado, como un soplo de remotas santidades, cuando la ciencia, el trabajo, la oración abrían su triple eucaristía en el jardín de los viejos conventos…

Por el silencio nocturno de su capilla alzada de sí mismo, de su esfuerzo, de su dinero, las medias noches hallábanle de rodillas en la sombra como otra sombra ferviente a los pies de la Divina Pastora, cuyo rebaño trisca entre las estrellas del cielo; y la mano que hojeaba el volumen de ciencias naturales, momentos antes, en el arrabal lejano puso óleos sobre la faz angustiada del moribundo; absolvió un arrepentimiento o escondió bajo las almohadas de miseria y de enfermedad el puñado de plata que era la receta extendida hacía un instante. Curaba y bendecía como los antiguos monjes; y esculpía y pintaba y fabricaba, infatigable e inagotable, tal un agua clara espontánea y bondadosa que corriese hacia los valles de la existencia desde las fuentes de la caridad. A la hora fantástica del crepúsculo, en la soledad de la nave oíase de pronto un ruido, el crujir de una escalera... Y por lo alto de las cornisas pasaba una silueta delgadísima un espectro de marfil vestido de negro. Era "el doctor" que retocaba sus pinturas o ponía en las sienes de su imagen adorada una nueva corona de rosas...

Así, pues, con la más pura emoción recogió Nicolás el último consejo de su maestro:

—Nadie conoce jamás los caminos de la Providencia; para ti, hijo, ya no había nada cuando Dios llamó a su seno al Sacerdote que hacía treinta años desempeñaba el Curato de Pisagua; y su Señoría Ilustrísima me pidió candidato...

Hizo una pausa y añadió solemne y dulcemente:

—Vas, pues, al mundo, a luchar con el Mal, cuerpo a cuerpo; que mi bendición te ampare; que la Virgen Santísima sea tu mejor aliada; y sobre todo no olvides lo que aprendiste dentro de estos humildes muros. Recuerda siempre mi eterna lección: Así como un gran capitán, pero hombre impío, decía que para la guerra:

dinero, dinero, dinero; para las batallas contra el Pecado: caridad, caridad, caridad...

Con aquel tesoro de consejos, pero sin nada de lo que exigió Bonaparte, el Padre Nicolás, una semana después, acompañado del peón que vino a buscarle y que iba arreando delante el asno con el baúl, camino de Pisagua, cabalgaba muy impresionado, como si domase un potro salvaje, la vieja mula honestísima y mansa de su antecesor.

Abrigaba, no obstante, una especie de heroísmo religioso que hizo los Estébanes y los Tarsicios: iba a luchar con el Mal, cuerpo a cuerpo; a presentar campal batalla al Vicio en sus atrincheramientos; a una cosa horrible y amenazadora donde se alzan capitales de la Soberbia y de la Abominación, las Sodomas y las Babilonias... ¡el Mundo, en fin!

Y recordaba con amargura, entre una niebla de lágrimas, aquel pasado, aquella infancia; el recuerdo triste, abyecto, doloroso, que conservaba del mundo.

No podía figurárselo sino como había sido para él; siempre, aun en mitad de la oración, con los detalles miserables que Satanás pone, precisos, en sus obras, veíase en la casa llena de lujos, de flores, de cosas doradas, donde cada día, cada noche había un nuevo amo. Hombres muy bien trajeados que bebían, fumaban, decían palabrotas y por en medio de los cuales ella paseaba familiarmente con los hombros desnudos, y los lindos ojos y la boca linda llenos de risa.

Una noche soñó que ella había muerto: veíala hermosa, envuelta en su mejor traje de seda, con todas las joyas puestas; y que unos bichos largos que eran collares y pulseras, unas larvas abyectas que parecían surgir del agua de las piedras preciosas, unos gusanos verdosos que desenrollábanse del metal de las sortijas, iban cubriéndola... Despertó, aterrado, llorando, con una gran desesperación en el alma...

De la alcoba vecina donde ella dormía, la oyó reprender a la criada:

¡Qué le he dicho, Juana, que cuando haya gente ponga a dormir al niño en el alto!

Tosió un hombre, dijo algunas palabras soñolientas, malhumoradas; y a esa hora, sin abrigarlo, la sirvienta, furiosa, le llevó a la habitación del segundo piso donde hacía mucho frío, haciéndole acallar el llanto a pellizcos y a mojicones...

Venían días tristes en que se la pasaba arriba, jugando con un caballo de palo pintado de gris, al que le faltaban una pata y la cola y por el cual sentía una infinita ternura.

Otras veces ella parecía acordarse de que en una fría habitación del alto estaba un niño; y entonces, de súbito entraba —siempre linda y pintada y llena de sortijas—, lo alzaba hasta su pecho, lo acariciaba, le daba los más tiernos motes cubriéndole de besos. Entonces, durante dos o tres días, tenía juguetes nuevos y vestidos bonitos y Juana lo llevaba al cinematógrafo.

De algún tiempo a aquella parte recordaba una existencia más tranquila. En la casa no estaba sino un solo señor, calvo, grave, que le hacía a veces caricias, le daba dulces y se lo sentaba en las piernas, como frecuentemente lo hacía también con ella. Se llamaba "don Pepito", aunque en ocasiones ella secreteaba su orejilla para hacerlo reír:

—"Don Idiota, dile don Idiota".

A veces, tras un disgusto en que ella se encolerizaba, le echaba y gritábale las mismas palabras feas de los hombres de antes, terminaba exigiéndole una porción de cosas: "Porque el niño ya no tiene zapatos", "el niño necesita vestirse" y "porque el niño sea un desgraciado que no conoce padre no va a quedarse así, sin educación". ¿Quién era "el niño" ese? ¿No sería él?

No obstante, le preguntó a Juana:

—¿El niño? ¡Quién va a ser, muchacho zoquete, el Niño Dios!

Un mediodía que don Pepito le había estado acariciando más que nunca, ella le reprendió aparte, pálida, con los labios temblorosos de ira:

—Otra vez que el don Pepito, el don asqueroso ése venga a hacerle cariños y usted se los deje hacer, lo voy a matar a látigo ¡ya sabe!

Y desde entonces estuvo más solo en el alto, jugando con el caballo de palo, al que comenzó a llamar "don Pepito".

Ella entró otra tarde envuelta en una ola de ternura. Le traía dulces, una caja de soldados de plomo, una lluvia de besos y un sinnúmero de epítetos graciosos y absurdos que solo entienden los amantes, las madres y los niños… ¡casi un mes sin verle! ¡Cómo había crecido! Pero estaba más flaco… Le había dado Juana el "Yodotánico", ¿no? Echaría a Juana; desde el día aquel, ella, ella misma iba a darle el jarabe a la hora de comida, ¡no podía fiarse de las sirvientas!

—Mi pobre chiquitín, que está tan solitín en este cuartín…

Y reían ambos locamente, con una alegría sagrada y animal. De pronto él gritó, señalándole el brazo desnudo:

—¡Mira, tienes allí un pellizco! —y antes que reparase le había descubierto el antebrazo hasta el hombro, maculado de cardenales—: …mira, y otro y otro… ¡Yo los conozco; así me los da Juana!

Una ola de púrpura le bañó el rostro; bajo vivamente la manga de su bata y le dijo:

Son lunares.

Estuvo un largo rato con él, pero menos alegre ya, quedándose pensativa a cada instante.

Días después, viéndolo observarla muy atentamente, mientras se pasaba el pomo de carmín por los labios lo reprendió:

—¡Eres muy fijón, los niños curiosos son muy feos!

Tuvo otra temporada de alejamiento, pero relegó el caballo, y pasóla íntegra colocando en líneas regulares sus soldados, ordenándoles, en un mudo idioma especial, que arrojasen de allí con sus fusiles a todos aquellos extraños por quienes ella lo olvidaba...

No, no lo echaba en olvido; tanto así que una mañana, a medio vestir, trascendiendo a un perfume fuerte, los ojos hinchones, ojerosa, pero con una gran alegría, le gritó palmoteando:

—Ven aquí, monísimo, feísimo; ven acá que te voy a dar un millón de besos. ¡Se acabó el don Pepito! ¡Salimos del dichoso don Pepito!

Y fue una loca semana de felicidad ella y él. ¡Los dos solos y Juana en toda la casa! Le hizo rezar al acostarse, levantábase a arroparlo, y le fabricó con una bata vieja de ella un cuello de encajes, precioso.

Solo que después llegó "el señor Antonio", un hombre joven, gordo, colérico, que tiraba las puertas.

Le pusieron entonces en un colegio rico de esos de siete ventanas. Pasó días tristes, rodeado de una extraña hostilidad, llorando y estudiando. Juana lo fue a buscar una mañanita, de carrera, llevándolo por calles extraviadas.

—¿No vamos a casa?

—¿Y dónde está, pues?

—Aquí, aquí mismo.

Caminaron más, mucho más. Subieron a un tranvía. Iban dos viejas de mantos verdosos; una negra con una enorme cesta colmada de compras vegetales, sobre las cuales aleteaba desesperado un pollo. Olía a mugre, a ropa húmeda que amanece, a rábanos. De rato en rato, por sobre los cristales del asiento delantero, venía una ráfaga de yodoformo. Sin duda, del señor pálido que iba con la cabeza amarrada.

Se detuvo el carro. Bajaron. Penetraron en un edificio blanco, donde una monja leyó la papeleta que le alargaba Juana.

—¿Y este niño? —preguntó dulcemente.

—Es su hijo.

—Pasen, pues.

Atravesaron salones, llenos de camas con gentes arropadas, y en una de ellas, más blanca que las sábanas y que el pañuelo que le sostenía la mandíbula, estaba ella.

—¿Qué tiene? —preguntó asustado.

Y la monja, cogiéndole abrazado, le hizo juntar las manecitas:

—Rece, hijito, rece, que está muerta.

Comenzó a balbucear el Padrenuestro guiado por la monja y por Juana, que se había arrodillado... De repente sintió que se ahogaba, los ojos se le llenaron de lágrimas, la garganta de sollozos; y gritó por primera vez en su vida, sin que nadie se lo enseñara, sin haberla llamado más que "ella" en sus fugaces alegrías y en sus largas tristezas:

—¡Mamá, mamá! ¡Mi mamá querida!

En la vasta sala encalada flotó un ambiente de dolor, de silencio y de ácido fénico...

—¿No tiene a nadie en el mundo? —preguntó la monja, más pálida que la muerta.

—No, hermana, a nadie... Lo traigo del Colegio; se deben ya más de seis meses. Aunque yo soy muy pobre, ¡qué voy a hacer!, me lo echaré encima. Es lo que nos queda a las que servimos... —repuso Juana con la bondad áspera de las almas inferiores.

—Espérese usted: voy a consultar...

Salió la monja. Al rato, regresaba con la mirada brillante, atrayendo al pequeño que permanecía mudo, en el estupor de los niños cuando están frente a la muerte por primera vez.

—Déjelo aquí a él. Nosotras lo adoptamos. Tráigale su ropita o lo que tenga... Puede venir a verlo los domingos primeros de cada mes.

Vio alejarse sin pesar a Juana, que se despedía con mil protestas cariñosas que sonaban a hueco, a casa vacía, a sepulcro; como si fuera su breve pasado de doble orfandad, ido para siempre...

De huérfano pasó a acólito, de acólito a seminarista, de seminarista iba ahora cabalgando como Cura de Pisagua en la mansa y honestísima mula de su antecesor.

—¡El mundo!, ¡el mundo!

Y se santiguó al divisar las primeras casitas del poblado...

II

¡Pero qué mundo! Una plaza desierta, más bien un descampado cubierto de musgo verdísimo donde cerdos y gallinas y patos solazábanse al sol o chapoteaban en las charcas que una lluvia casi diaria mantenía. Dos o tres casucas de tejas, una más grande que era almacén de víveres, tienda, botica y posada.

A todo lo largo de la única calle, no más de treinta viviendas. La feligresía, en su mayor parte, habitaba las pequeñas haciendas y labrantíos de los alrededores. Una tierra rojiza, gredosa, empapada por las aguas del cielo y por las que corrían espontáneas, abundantes, el año entero, desde las vertientes inferiores de la Sierra. Cada seis meses cosechábanse leguminosas y frutos; pero tan reducidos los cultivos y tan indolentes los hombres, que nada abundaba en una tierra de abundancia. Hasta allí extendíase ese gran paludismo de la voluntad.

Altares pobrísimos. Santos casi en paños menores, un Sepulcro de caoba con los cristales rotos; y un Niño Jesús desamparado en su cajón, a los pies el cepillo vacío. La Patrona del pueblo, Santa Lucía, mostraba en un plato los ojos que le arrancara el bárbaro, pero tan infeliz en su talante y con tal miseria cerca de sí, que más parecía haber salido a cambiar por pan aquellas divinas pupilas que durante la noche fulguraban como dos estrellitas en el cielo nubarroso de Pisagua.

Humedad y frío exhalaba también la Casa Cural, adosada a la torre cuadrangular, negruzca, del templo, que tenía una campana rota, un palomar, un pedazo de cornisa para las golondrinas y que al anochecer erguíase más triste y abandonada entre los árboles grandes de la plaza bajo un azorado volar de murciélagos. También la casa, como la iglesia, de las repisas de su única ventana dejaba colgar eternas yedras. Gastadas las baldosas, ruinosos los techos; una vasta sala, a un extremo estaba el dormitorio, en otro el butacón de cuero, desfondado; algunas sillas y un viejo Altar con su Cristo, dos candelabros y flores de papel arrugadas, descoloridas. Había también un estante con libros litúrgicos, una Santa Biblia descabalada, el segundo tomo de "Los esplendores de la Fe", del abate Moigno, papeles y un almanaque del año anterior sujeto al muro con tachuelas a las que estaban prendidas oleografías sagradas de una propaganda de píldoras.

En el corredor una mesa para escribanía y manteles, cuya lamentable cojera remediaban tres tejos, una repisa con un tintero polvoriento, reseco y las plumas mohosas. Tras de la casa la huerta, el pequeño naranjal, el cercadito cañizo de las gallinas; y luego el bosque, perspectiva de cerro, de cielo brumoso, de lluvia sobre las montañas...

Esto fue lo que de una ojeada recibió el nuevo Cura de Pisagua, con detalles que le iba dando la negra Atanasia, única criada y ama de los Curas de la Parroquia, de faldas almidonadas y una pera enorme sofrenada con un pañuelo.

—Pues, sí señor, mi padre, con este ya son tres los Curas de aquí que yo he enterrado —decíale en un estribillo la pobre mujer.

En la Sacristía —un desastre de muebles apolillados, de cabezas de santos en su armatoste y de ornamentos mancillados por larvas y cucarachas— recibió de un piadoso vecino que los guardara, los libros parroquiales.

—¡Apenas tuvo tiempo de entregármelos el bendito cuando cayó con el segundo ataque y perdió el habla; que si Valencia no está tan lejos o tuviéramos siquiera boticario, no se muere el Padre!

Luego agregó a modo de piadoso consuelo:

—Usted por fortuna, mi padre, es joven y de aguante; porque al que lo coge el beriberi en Pisagua, si no es por un milagro de Santa Lucía, no se salva.

Decía esto con el realismo brutal y valeroso de las gentes del campo, apoyado en el marco de la puerta, sobre un fondo formado por el campo-santo de la iglesia, veinte treinta cruces, pedazos de mampostería entre la yerba fresca y los ñaragatos.

Había oscurecido y tuvieron que atravesar el patio corriendo, bajo un chaparrón de aguas que azotaba los techos, encorvado, entre un huir de pájaros, la copa de los árboles.

Vino la noche a poco del humilde yantar.

Atanasia sirvió huevos, queso, una tortilla y como extra, sopa de gallina que exhalaba un tufillo consolador en la humedad miserable del albergue, el pan de maíz, tostado, con el blanco corazón humeante y una taza de leche recién ordeñada que obsequió una vecina.

Encendió la negra un candil de aceite y trajo, en una punta de pañuelo, tres cigarrillos de torcer, ajados. Nicolás dio las gracias con una sonrisa.

—¿No chupa cigarros, mi padre? Al otro, que en paz descanse, sí le gustaba echar humo.

Y dando las buenas noches se retiró a su cocina un poco decepcionada.

Las ocho serían cuando el Padre Nicolás rezó sus oraciones y se acostó pensativo.

Afuera seguía lloviendo… Un murciélago revolaba por los techos; gritó la lechuza y comenzó a escampar, mientras todas las ranas croaban en el patio…

Estaba ya en el mundo, en el corazón de las Babilonias y de las Nínives modernas para presentar batalla al Vicio en sus atrincheramientos… Y en la oscuridad, alzó otra vez la señal de la Cruz:

¡In nomine Patris, Fili, et Spiritui Sanoti!

III

Un mes más tarde el mundo no había tenido a bien agredir a Nicolás que le aguardaba armado de todas sus piadosas armas. Fuera de un concubinato que convirtió en sagrado vínculo a instancias de los propios delincuentes, de dos o tres chismes del vecindario y de no haber podido, por la creciente del río, confesar a un gañán que murió de las calenturas, el horrendo monstruo sin duda estaba corrido y acorralado. Pero otro monstruo gris y silencioso, el enemigo más encarnizado, según San Francisco de

Sales, el Tedio, el horrible tedio de los Abades del Desierto, iba penetrando en el alma de Nicolás...

Púsose a organizar lo desorganizado; obtuvo manos piadosas y dádivas para reparar lo más urgente en el Templo; fundó el Catecismo de los niños, reconstituyó la Cofradía del Carmen, presidida por la esposa del Jefe Civil. No se dio rato de descanso otro mes más; y al cabo de sus trabajos, durante las largas veladas lluviosas veía venir sobre él, lenta y silenciosamente, el fastidio tremendo...

—Pero cómo no —recriminábase desolado—, ¡si no me gusta conversar ni juego dominó!

Y poníase a rezar, rezos inacabables que fatigaban su imaginación dejándole la cabeza como vacía en un espacio incoloro.

IV

Una tarde Tiburcio —que era monacillo, sacristán, mandadero y pesadilla del Párroco— se apareció con una cabrita blanca que le enviaba de regalo al Señor Cura una hija de confesión.

Un animal fino, de patas delgadas, de esbelta cabeza, de ojos dulces e inteligentes y dos cuernecillos como dos botones en el testuz rizado. Por una gentil coquetería habíanla adornado con una cinta roja al cuello; y cuando el Padre Nicolás, todo emocionado, fue a acariciarla, baló alegremente, dándole cariñosas embestidas a la sotana.

—Que la tenga con cuidado porque aunque es mansita le gusta a veces *juyirse* —advirtió el muchacho.

¡Con cuidado! Con algo más la tuvo el Padre Nicolás: la ternura de su alma, como si al fin hallase en aquel animal un vaso de afecto donde derramarse, rodeó a la cabra de tales mimos y desvelos que hasta la misma Atanasia se incomodaba.

—¡No parece sino que el amo de la casa es esta maldita chiva que da más que hacer que diez muchachos!

En efecto, andaba suelta por la casa, parándose en dos patas al borde de la mesa, metiendo donde quiera el hociquillo, subiéndose en las sillas, dando carreras de aquí para allá y echándose a su placer sobre las ropas planchadas y sobre el lecho del señor Cura, estrujándolo y ensuciándolo todo con aquellas pezuñas hendidas y traviesas que tamborileaban la locura de sus saltos en las graves baldosas de la Casa.

Atrevíase en sus correrías hasta la Iglesia, y cierto día, durante la Misa, aparecióse al altar en busca de su amo, resistida a marcharse, y observando extrañadísima con una pata alzada, la multitud de rostros escandalizados…

El tal Tiburcio lo refirió a Atanasia:

—¡Las cosas del Padre con esa chiva! ¿Sabe usted lo que hizo en la sacristía? Pues la llamó como si fuera una gente, una de las niñas del Catecismo, y se puso a explicarle que eso no debía hacerse… ¡Y le hacía cariños, comadre!

Esta se puso las manos en la cabeza.

—¡Y a mí que me digan lo que me digan, no me cae bien esa bicha!

Sentía una aversión instintiva hacia aquel animalito que parecía absorber los amores del Cura. Más de una vez pensó dejar abierto el cañizo del lado del campo, para que huyera la intrusa; pero arrepentíase del mal pensamiento.

Esa mañana mientras servíale el desayuno se lo dijo:

—¡Mire, Padre, va a ser necesario amarrarla!…

—¿Amarrar la cabrita, dice usted?

Y muy sorprendida oyó que el manso presbítero, por vez primera, con un tono enérgico que jamás sospechara en él, respondíale:

—¿Amarrarla? Eso nunca, Atanasia; ¡eso ni siquiera vuelva a repetirlo delante de mí!

La negra, respetuosa, no se lo repitió a él pero sí a todo el vecindario: "Que por vez primera en su vida ¡la había regañado el Párroco!", añadiendo, las lágrimas en los ojos, que iba a decirle al señor Cura que ya podía ir pensando en otra...

—¡O la cabra o yo!

Pasó la tormenta, quedáronse ella y la cabra, a la que humildemente continuó ofreciéndole las aguas de maíz, picándole la hierba bien menuda. Guardábale legumbres, bocados especiales, o la echaba alegremente, cántaros de agua para refrescarla en los mediodías calurosos mientras el señor Cura, mojándose los pies y la sotana, se la tenía sujeta por los cuernos.

Durante los crepúsculos de invierno, con la cabeza caprina sobre las rodillas, rezaba su breviario el Padre Nicolás, puesto a la ventana de la casa cural.

Caía la tarde a los cerros lejanos, bañando en su luz amarillenta la copa de los árboles, o se arrebujaba el poniente entre nubes grises, lluviosas, desflecadas por los vientos serranos sobre el incendio crepuscular.

De tiempo en tiempo, contagiada por la tristeza de la tarde y de lluvia, lanzaba la cabra un balido melancólico; suspendía el cura su rezo e inclinábase a acariciarla, como si presintiese en el alma simple de la bestezuela una remota nostalgia que llegaba hasta él...

V

Amarillearon de fruto los naranjos; la yerba se cubrió de florecitas azules y doradas; el aroma de los limoneros invadía el ambiente; madrugaba el sol en los cerros, no había lluvias; había sí esa ligera bruma, ese vapor tibio que parece envolver los árboles, y por las tardes sobre la torre era más arrullador el arrullo de las palomas, más chillón el chillido de las golondrinas.

Era la primavera que llegaba y con ella la travesura y la inquietud del animal, más agitado que nunca.

—¡Pero Dios mío! ¡Qué tiene esta bichita! ¡Ella y las niñas del catecismo no me dejan en paz! —gemía el Padre ante las nuevas travesuras de la cabra.

Y Atanasia acomodándose la papera que la estación hacíale más enojosa, informábale con la rudeza de los campos:

—¡Qué va a ser, que a lo que apunte la menguante de marzo toda bicha hembra se pone *asina* como que tuviera el diablo en el cuerpo!

VI

Una mañana estalló la tragedia: ¡se fue la cabra! No hubo diligencias que el Párroco no hiciera, ni vecino que no consultara, ni gañán al que no comprometiera a buscarle el animalito. ¡Si era un dechado de mansedumbre!

Estaba tan turbado que ese día en la Misa leyó dos veces el Evangelio y cuando se volvió para decir el *Orate Fratres* por poco añade su estribillo: "Es blanquita, con una manchita negra…".

Sintió entonces, más que el día de su llegada, la soledad por todas partes. Le pareció la casa más grande, más vacía, el pueblo más desierto, más negras las noches; y no aumentarían ya los días brumosos la bruma misma de su alma, a través de la cual la alegría de la primavera era una nueva tristeza.

¡Se había ido, también, la ingrata! A él nada le quedaba sobre la tierra, y como los nubarrones que miraba invadir el flanco de las serranías a entradas de invierno, oscuros recuerdos resucitaban en la sombra del pasado y comenzaban a caer sobre su corazón, como afuera la lluvia en gruesas gotas, todas las lágrimas de la infancia lejana.

Oró por el alma de ella, la muerta inolvidable, por esta ingrata de ahora que le dejaba solo… Las tristezas tornaban a amontonarse en su vida junto con las nubes de invierno, otra vez, sobre el pueblo.

De tarde en tarde pensaba en la infiel: ¿dónde estaría abrigada? ¿En garras de qué fiera habría caído? Robada o muerta o perdida en el monte.

Ya habíase resignado a no verla más, cuando una tardecita oyó las voces de Atanasia en el patio:

—¡Venga, Padre, venga que aquí está la cabra!

Corrió allá y vio, sucia de lodo, enflaquecida, fea, con el vientre enorme, exhalando el olor cabrío, acre, penetrante.

La muy granuja comía muy humildemente en una cazuela que sostenía Atanasia sin atreverse a mirar al señor Cura que la identificaba dolorosamente sorprendido:

—¡Pero véala como viene, Atanasia, si está en los huesos y toda hinchada!

—Es que está "llena", Padre —observó la negra.

—¿Llena de qué? —gimió él.

—¡Pues de qué va a ser, bendito de Dios, que está embarazada!

Nada dijo el Padre Nicolás. Guardó silencio otro instante. Sintió que algo se extinguía en sí. Solo el corazón de una doncella podría interpretar esa aguda sensación de castidad adolorida hacia el ser que amó puro e inmaculado.

—Déjala aquí en el corral, yo no quiero verla más.

La negra lo miró sorprendida:

—¿Pero es que ya no quiere a su cabrita?

—No —repuso alejándose triste y grave— ¡esa no es mi cabra!

VII

Arrodillado frente al viejo Cristo de la alcoba, esa noche rogó conmovido, al Padre que está en los Cielos por qué permitía que las agresiones del Maligno fuesen a herir fuera del mismo mundo abominable de los hombres, en los senos sagrados de la naturaleza, donde viven los irracionales su vida salvaje e inocente.

Y no volvió a mirar nunca hacia el sitio del corral tras de la cocina donde estaba la cabra.

VIII

Entró la cuaresma y el Padre Nicolás sumióse en una ola de piedad, de ayuno y de renunciaciones que ofreció todas por el alma de ella, la muerta lejana e inolvidable…

El sábado de la Semana Mayor, a las seis, comenzó el Santo Sacrificio en la pobre iglesieta que su celo había transformado y embellecido. Todas sus feligresas llenaban los bancos con el ruido de sus camisones almidonados.

Los hombres que tenían las quijadas azules y sangrientas del rapado, estrenaban blusas, y, algunos, gruesos borceguíes de becerro. Ocupando la nave reconstruida, permanecían de rodillas, con los rudos cogotes humillados.

Olía a tela, a baúl de madera, al cedro que impregnó aquellas ropas domingueras.

—Cuando Nicolás alzaba las manos para cantar en solemne gozo el "¡Gloria excelsis Deo!" su alma se nubló con la súplica que tornaba a surgir ahora del fondo de sus entrañas: "¿Por qué permites ¡oh Señor! que el pecado vaya a manchar, fuera de la abominación del mundo, los senos mismos de la Naturaleza donde las bestias viven su vida de salvaje inocencia?".

Y entre el rumor de las salvas, el estallido de los cohetes y el repique de las campanas, mientras del Coro bajaban las frescas voces de las niñas proclamando en la clara mañana de abril de gloria de la Resurrección, la cabrita del Padre Nicolás salió por la puerta de la Sacristía, no ya flaca, el vientre hinchado y llena de lodo, sino blanca, ágil, con la mirada dulce e inteligente de otros días, seguida de un cabritillo que brincaba tras ella, como un copo de algodón, lanzando tiernos balidos... Entre los cuernecillos, como si regresase de las ninfalias del viejo paganismo, llevaba enredada una guirnalda silvestre. Se detuvo tímida, asustada, al lado de su amo.

Trató de echarla el sacristán, pero la mano consagrada hizo un gesto. Y en mitad de la plegaria cayó, llena de suavidad, de tolerancia y de perdón sobre la testa bicorne del animal que baló tiernamente, en tanto que el cabrito ungía el alba del ropaje sagrado, inmaculado y blanco, con la leche blanquísima que chorreaban sus belfos.

El llanto cegó los ojos de Nicolás: ante él se alzaba desde el pasado sonriendo dulcemente con la alegría de sus ojos de niña, la imagen de ella, la otra madre, infeliz adorada, a la que nadie perdonó nunca sobre la tierra.

Que así respondió a la triste demanda del Padre Nicolás, una mañana de Resurrección, el eterno Padre que está en los cielos.

Los pequeños monstruos. *Él.*

I

—Sí; no me contraríe usted ¡le digo a usted que es él…!

Y se agarró a mi brazo con una fuerza inaudita. Me daba miedo. Además, se estrujaba la manga. Así que deshíceme, cortés pero resueltamente:

—Basta ya de tonterías, hombre, ¡qué estupidez de nervios! Estoy harto de ver a ese pobre animal en la calle, en el hotel, en el puente, frente a las botillerías, en la misma escalera del club… Un infeliz perro vagabundo, pegajoso, afectuoso. Pero un perro absolutamente inofensivo.

—¿Entonces… le conocía?

—Sí, hombre, mucho. Suele andar tras de mí.

—¿Él?

—Claro, él.

—¿Lo conoce?

—Personalmente, no —repuse al fin sin poder contener la risa ante su rostro desolado.

—¡Ah!, no se ría… es él, yo le juro que es él.

—¡Y yo le juro que se está volviendo loquísimo…!

Bajó el rostro, abatido. Golpeó los adoquines con su gran bastón y murmuró;

—Se burla... porque... no sabe...

II

Exacto. No sabía. O mejor, no podía comprender aquella angustia insensata que le causaba la mirada del perro. Decía, siempre, con voz anhelante, estropeándome la manga:

—Es una historia... una historia... una historia pavorosa.

Imperturbable, cortábale aquella majadería confidencial:

—Entendido: "Historia de un hombre contada por su propio perro".

Pero era la historia de un crimen a través de un perro.

III

Un día harto de él, de su perro y de sus nervios, me resigné a escucharle. A escucharle aquella historia pavorosa con que vivía amenazándome.

Habíamos pasado una noche de excesos... Carrera vertiginosa de automóvil a lo largo de la Isla, con dos coristas de la compañía de zarzuela que iba para La Guaira. Una amarillenta, tagala, de ojos en forma de almendra que brillaban con la lascivia dormida de los gatos caseros; la otra morenucha, oxigenada, Pepa de nombre, con catarro y con un lunar en la mejilla.

Por toda la ribera de "La Cuarentena", cruzando a ratos al borde de la plata muerta de las salinas, orillando el vaho penetrante de los manglares oscurecidos, la voz de la del lunar, desgarrada y catarrosa, alternaba con el trueno sonoro del mar, lejano, solemne, martilleando ola tras ola, en un fracaso de espumas, los acantilados de la isla en el extremo libre, hacia todas las ráfagas del océano...

"Mi solo afán,
mi ilusión,
mi triunfador
¡es Mi Hombre!"

Pero el hombre de ella, el majadero del perro, se había quedado estupidizado, con ese aire de tonto o de místico que algunas personas asumen frente al misterio del mar. Como los niños o como algunos animales taciturnos de tierras adentro: las vacas, las lechuzas.

De repente, y sin que pudiera evitarlo, bajo la violencia súbita y absurda de los degenerados, volvióse a la mujer que cantaba:

—No sigas cantando; cantas muy mal; ¡si así bailas, esa compañía tuya va a quebrar!

La otra disimuló una sonrisa tras de mi hombro. Yo lo miré sorprendido:

—¡Déjala que grite!

Volvíamos hacia la ciudad, bajando por un camino onduloso entre largas palizadas de cardón... A trechos un molino; una casa blanca de luna; un patio silencioso. Y el olor de azahar, el vaho de naranja en una isla donde no hay naranjos.

Y al cruzar un descampado, uno de esos terrenos monótonos, con un poste, algunos hilos telegráficos y un no sé qué de siniestro y desamparado que recuerda esas fotografías donde cierta crucecita señala el sitio en que se cometió el crimen, la muchacha, con la infantilidad de las mujeres que cantan cuando sufren o cuando tienen miedo, tornó a su estribillo:

"¡Qué le he de hacer
si soy mujer
y sé querer…!"

Y la guantada feroz y definitiva la dejó muda. Era demasiado, tres canecas de ginebra vacías; dos litros de whiskey; fuera de todo lo que se bebió en la cena y además ¡pegarle a una mujer…! Imposible. ¿Y D. Quijote? ¿Y la hidalguía?

Una gritó. La abofeteada se echó a llorar. El loco volvió a alzar la mano armada con una botella sobre su cabeza. Intervine. Me dio un empellón… Y después que nos separó el chofer entre una explicación tormentosa, con la corbata debajo de una oreja y ese temblor en la voz y en las manos que es tan desagradable y tan característico en las gentes que padecen crisis nerviosas, entre el chofer y yo le arrojamos al fondo del coche.

El regreso fue silencioso. Las muchachas se bajaron una cuadra más acá de su hotel. Nosotros seguimos al nuestro. Cuando descendimos, mi hombre tenía los ojos enrojecidos. ¿Había llorado? No lo supe, ni me importaba.

Sentía un odio insensato contra mí mismo, ¡qué paseo aquél! ¡Qué nochecita! ¡Con un neurasténico y dos "artistas" del género lamentable!…

La ginebra… Sí… La embriaguez de cada licor posee un alma propia. La del vino tinto es el almuerzo burgués, el amigo de confianza, la señora que se desvanece, y el adulterio aburguesado en la "chaise-longue", con su epílogo de llanto y su invocación a la fatalidad que une a los seres "a pesar de los obstáculos, de la religión y del mundo". El champaña… "cabaret", los guantes estrujados, la flor que detona por sobre el abrigo desde la solapa del frac; un golpe de portezuela… un beso… Mediodía del día siguiente… "Fruit salt"… Lectura de Proust; pijama… bostezo en el balcón. Hay los aguardientes que dan machetazos y las manzanillas de navaja; y los "chartreuses", de intrigas de negocios, y la cerveza indecente, indigesta, confianzuda… embriaguez de pantuflas y sin chaqueta… Algunos filtros, algunos "cherry-brandys"; algunos kummels, son diabólicos, complicados, enfermizos; licor de invertidos, de súcubos, de mujeres que se ponen de pronto rígidas y hay que hacerles una larga caricia para que sus músculos se distiendan. Y luego lloran dulcemente. El ajenjo usa blusa azul, gorra y pañuelo al cuello, va bien calzado, pero lleva en el bolsillo un pañuelo impregnado de cloroformo y merodea de madrugada por las orillas del bulevar Clichy… Cada espíritu, cada esencia tiene su carácter especial; y cuando se mezclan, los resultados son absurdos y los delitos de su embriaguez, monstruosos …

El whiskey, la ginebra… Un odio luterano, puritano a la alegría del canto y a la hembra pecadora y feliz; una manotada de marinero celoso o de calafate brutal…

Cada licor posee un alma propia.

IV

Y no supe cómo ni por qué vine a estar en el cuarto "suyo", solos, a la luz cruda de una bombilla eléctrica, hablando a la vez en un diálogo vertiginoso, entre explicaciones especiosas y recuerdos familiares. Una borrachera sentimental, donde se refieren cosas de la madre, de las hermanitas, de la tierra natal, lejana de reminiscencias y de candores destrozados…

De aquel vórtice surgió la relación, incoherente, pero trepadora y organizada de adherencias sospechosas como una larva en el fondo de un desván oscuro.

V

—Yo no soy casado, pero pude haberme casado en Curazao hará cosa de dos años... —Un golpe de tos le cortó la palabra; se alzó trabajosamente, apoyándose en los ángulos de los muebles, y fue a cerrar el balcón; bajó la pantalla a la luz y colocando cerca de sí un vaso de agua alquitranada de la que iba tomando pequeños sorbos a medida que hablaba, continuó relatando con voz que parecía salir de un sótano:

—El hecho no tiene nada de particular si se considera que yo era un hombre solo... un hombre sin obligaciones; un hombre, pues, solo... sin obligaciones... y ella también..., es decir, ella, no. En cierto modo, sí...

Le miraba estupefacto por el modo idiota con que pronunciaba las frases, y luego por la forma en que las repetía —como todos los degenerados que dicen la misma cosa una y otra vez para cerciorarse de que la han dicho.

—Era una dama... una señora, mejor dicho; distinguida, muy distinguida... rica...

—Muy rica —le ayudé yo.

—Eso es; y tenía un amigo... su amigo... un amigo de ella... Mejor dicho yo...

—Bueno, el amigo resultó usted.

Sin hacer caso, gimió, tosiendo:

—Se llamaba Anita... Anita. ¡Usted sabe!... Primero, los pasajeros nuevos, el matrimonio que se sienta en la mesa inmediata del comedor. No tenían niños, pero, en cambio, un perro, un hermoso perro de raza inglesa que se echaba pesadamente al lado de ellos y a quien de vez en cuando hacía yo también caricias. A falta de un niño, no hay como un perro para una aproximación. El señor era mexicano; ella de... Bueno, esto no hace al caso; parecía ser de muy distinta condición social... No se llevaban bien —hay camareros, usted sabe, que informan—. Vinieron los paseos, las excursiones; esta tácita complicidad de dos personas que admiran juntas un nuevo aspecto de las cosas o a quienes perjudica un común inconveniente: la pérdida del mismo vapor, el calor en la idéntica serie de habitaciones... Luego un aliciente: la fugaz ocasión propicia para los amores ilegales; la sensación de partir y de no verse más, la noción sentimental que dan los viajes —hoy aquí... mañana más allá—... aquello de las almas que se encuentran "solas"; y las gaviotas que erran; y las olas que se tumban violenta, amorosamente, una sobre la otra, en el mismo lecho de arenas... —El "waiter" que informa suele también llevar billetes amorosos, y se guarda los de diez dólares, de prisa, debajo de la bandeja en que trae la cita.

—Y aquí entra él en escena... —dijo, mirando atemorizado a todas partes.

—¿Quién, el marido?

—No, ¡qué marido!, él..., el perro.

¡Válgame Dios! —la historia iba interesándome, y ya volvía aquel mentecato con su obsesión—. Bien —le dije—, ¡por Dios, hágame el favor de matar el perro!

Y a esto, que era una broma, subió de punto mi asombro cuando repuso, con el cabello erizado, girándole en las órbitas los ojos enloquecidos por el terror:

—Eso quise yo, y eso hice... la lucha fue desesperada... el animal ladraba furioso... iba a llamar la atención de los que dormían… iban a venir; estábamos perdidos si yo no lograba asirlo del pescuezo para ahogarle. Figúrese: en la cama mi individuo con la yugular seccionada de un navajazo se iba extinguiendo en un ronquido agónico, muy feo, ¿sabe?, la sangre a borbotones hace un "glu-glu" como cuando están llenando una botella… Oí unos pasos arrastrados, en el pasillo; ruido de puertas, hasta una voz malhumorada y soñolienta. ¡Se nos iba a destruir la combinación!…

Y aquella fiera luchando conmigo "a pata partida", digamos, me buscaba el cuello con su hocico, me arañaba el rostro con sus zarpas armadas; cada una de sus dentelladas rasgábame el traje hasta las carnes…

VI

Comprendí la importancia del can en aquella historia. Era una más en la serie de esos amores salvajes, de esas pasiones espantosas que arrojan a uno en brazos de otro; fuerzas unidas, imponderables, fatales, que convergen a un mismo cauce por encima del bien y del mal, y ante las cuales todo está condenado a sucumbir: pudor, hogar, instinto de propia conservación, ¡todo!

Hizo una pausa y me miró fijamente en silencio. Sentí una tremenda inquietud… Yo estaba solo con aquel malhechor, y en "su" habitación. Había un gran silencio. Él continuó:

—Todavía no sé cómo aquel… incidente… tan burdo, tan a las claras, se convirtió para todo el mundo en un suicidio… Usted ve: crímenes complicados y oscuros suelen precipitar inocentes a la cárcel, a la pena capital, ¿sabe?, y este asesinato estúpido, desvelado, impúdico… ¡nada!, declaraciones, viuda con ataque de nervios, amigos compasivos… A los dos meses viajaba yo para los Estados Unidos, un poco malo de los nervios, pero libre, ¿sabe?

El clima detestable... y este otoño pasado pillé una pulmonía y me ha quedado esta tos, esta tosecita... —Y se llevó el pañuelo a los labios para reprimir un nuevo ataque que no le permitía concluir la frase y le inyectaba los ojos de estriaciones rojizas y de angustia el hablar. Fui entonces yo quien no pude contenerme:

—¿Y el perro?

—No le dije, pues...

—No.

—Pues, hombre, ¿sabe?, como ladraba furioso y podía comprometerme, al fin le eché garra al pescuezo; torcí, torcí... Primero se le saltaron un poco los ojos; después su baba se hizo menos copiosa y más cálida; a poco dejó de luchar. Por la misma ventana del patio por donde solía entrar, salí con él, le arrastré hasta los muelles, a la orilla del canal viejo. Había brisa. Las estrellas estaban muy altas. Todo dormía. Cogí uno de esos pedazos de hierro de lastre que siempre hay por allí, se lo sujeté al pescuezo con el collar y lo arrojé al agua...

—Bueno, ¿y entonces? ¿Qué temor es el suyo?

—En la vida pasan cosas muy extrañas —dijo a media voz— muy extrañas. Él vive; allí siempre; me mira. La primera vez que lo encontré fue aquí mismo, a la vuelta del callejón trasero al hotel y echó a correr. Después a todas horas, por todas partes, aun en otros de su especie me miran sus ojos con una horrible expresión humana de odio vencido, de cansancio, de fastidio de sufrir. Y fue de pronto, una tarde, que se apoderó de mí semejante idea.

Claro, solo una curiosidad malsana me retenía al lado de aquel malhechor neurasténico que, sin hacer el menor caso de la impresión que pudieran causarme sus revelaciones, fue de nuevo al balcón, miró cautelosamente a la calle y se retiró de súbito, despavorido:

—¡Allí va, ¿no ve?..., es él!

Corrí a mirar. La pequeña sombra de un can errabundo se perdía en la oscuridad del callejón.

Habíase retirado, abatido, hacia el fondo de la habitación.

—¿Sabe?... me persigue... me ha jurado odio a muerte; se lo conozco en el modo de mirarme. En la cólera simulada con que se burlaba de mí. Si le echo, si le grito antes de emprender la fuga, vuelve un momento la cabeza, dejando una pata en el aire. Es atroz, es imbécil, es malvado... Me matará de angustia.

Y bajo el imperio de aquella obsesión, tornó a asomarse:

—¡Vea, vea —gritóme aterrado—, ya vuelve; mírelo... es el mismo, fíjese!

En realidad, el animalito regresaba; pero, sin duda, sorprendido por aquel cuadrilátero de luz en el cual se movían sombras gesticulantes, huyó apresurado hacia la sombra... Enfurecido, sacó el puño y medio cuerpo fuera del balcón, profiriendo en la noche blasfemias deformes...

Y le vino tal golpe de tos y tal hemorragia, y fue todo aquello tan brutal y tan inesperado, que una hora después baldeaban el piso los camareros; el médico ya había declarado "una hemoptisis como un tiro". Un cura musitaba cosas entre dientes junto a la cama. Y en la cama estaba el muerto, blanco como un papel blanco, inexpresivo como un papel en blanco...

Una hemorragia eficiente, terminante, discreta, que no ha menester interrogatorio, ni testigos falsos, ni "maitres" elocuentes, ni guillotina en la plaza de la Greve, ni torniquete, ni el trágico silletón de Sing-Sing...

La muerte es así...

VII

Al otro día, el Cónsul, varios amigos, dos compatriotas que estaban de paso, y yo, acompañamos el cadáver hasta el cementerio antillano. Cuatro largas tapias grises; mausoleos de cal y canto que parecen baúles: como el andén de una gigantesca estación de ferrocarril, y que de súbito hubieran crecido yerbajos y jaramagos por entre las maletas.

Allí se quedó, con su historia absurda y su tuberculosis y su perrofobia. Por mi parte, eché en olvido aquella novela extravagante, folletinesca, ridícula, donde la vida pareciera empeñada en darle la razón a los burdos relatos de crímenes truculentos.

VIII

Los teólogos creen en eso que llaman "la conciencia"; yo creo en los perros, más bien. El remordimiento es un asunto de sistema nervioso, de "selfcontrol", ¡qué se yo…!

Indudablemente que la mejor precaución que se debe tomar para cometer un delito es no tomar ninguna. La brutalidad descarada suele despistar mucho mejor que todas las ingeniosas trácalas.

La vida es así, brutal.

Los pequeños monstruos. *Ella.*

I

—Y esta, esta...

Pasaba, bailando esos lentos bailes en que una larga ondulación de seda apenas disimula la línea de unas formas flexibles y fuertes. Solo la espalda estaba totalmente desnuda; y era blanca, mórbida...

Sobre la nuca, el cabello leonado, corto, bravío... Y de frente, una boca ancha, roja como una herida de daga que se hunde y se mueve repetidas veces dejando los bordes dilacerados... Chocaba, como en casi todas las neoyorquinas, el contraste de los labios encarminados con la porcelana blanquísima de los dientes.

¿De qué color y línea eran aquellos ojos? Smith dijo que grises. Randolph habló de "hazel"... Otro joven, cuyo nombre ignoro, añadió que así los tenían ciertas especies de aves nocturnas polinesias... Yo no creí exacto nada de aquello... En verdad, eran dos remolinos sombríos —el movimiento no tiene color— dos vórtices insondables, de una fascinación extraordinaria, en cuyo fondo brillaba el oro de una retina como moneda caída en un pozo. Y daba a las pupilas el fulgor que aparece en las ondas de la superficie al agitarse el agua.

Observábamos la sala del "dancing", con su decorado flamante y sus globos eléctricos —la impresión de "fumoir" de un trasatlántico— y a través de ella, entre cabezas alborotadas, y rubias o muy negras, la melena corta, leonina, cruzaba... A ratos perdíase tras de alguna columna para surgir más lejana, más terrible, entre un coro de jovenzuelos cuyas parejas mirábanla con los ojos malvados y las bocas sonrientes de fría amabilidad.

—¿Conmigo?

—¿Conmigo?

Con ninguno. Tras el grupo de muchachos, un caballero impecablemente vestido, con una tremenda flor en la solapa del frac, hízole una seña imperiosa, de amo que tiene sueño:

—*Please... please...*

Y fue hacia aquel hombre de semblante grave, con la docilidad de una esclava y los ojos mansos.

A poco descendía la amplia escalera, a breves pasitos, seguida del señor, más grave, más imperioso, más soñoliento.

—¿Miss Dorothy?

—No sé; él es de California o de Alaska, Berkefield o Chester... ¡qué sé yo! Da lo mismo.

—¿Y ella?

Por ahora, "flapper" de aquí; mariposa de la "vía blanca". Basta verla.

Sí, el mohín de calofrío en el cuello, la manera de anudar el abrigo de tres mil dólares, los zapatitos rojos que saltaban inquietos como las patas de las palomas, de grada en grada hasta perderse por la vasta alfombra del inmenso "hall". Y aquel movimiento de la cabeza, como si la acabasen de mover por la nuca bruscamente.

—Miss Dorothy.

Pero estos pedazos de historia tienen transiciones inusitadas.

—No me le calientes la oreja a la muchacha, Florentino. Y anda pa que nos eches la cantadita que me ofreciste anoche.

—Ya voy, viejo. No se preocupe, que más vale que Justina hable conmigo y no con otro.

—También es verdad, Florentino... Pero es que ya el arpista está templando.

—Ande, pues y tráigame otro trago, que aquí lo espero. Y cuando ño Tereso se le apartó:

—Bueno, pimpollo, quedamos en lo dicho: esta noche en los chaparros.

—¡*Umjú* con el hombre tan atacán! ¿Se atrevería usté de verdá a hacerle eso a mi abuelo que lo quiere tanto?

—¡Guá! ¿Y él no se lo hizo a tu bisabuelo, que también lo quería mucho? Además, cariños se pagan con cariños y tú vas a recoger los que en mí ha sembrado tu abuelo.

Acaso Justina no se hubiese atrevido, así de buenas a primeras; pero Florentino hablaba en serio y en aquel momento el rapto de la nieta de Tereso Coromoto ocurríasele como la mejor solución de su conflicto espiritual, pues en cuanto Rosángela lo supiere no podría dejar de aborrecerlo y despreciarlo para siempre y así José Luis no tardaría en conquistarse su amor.

Pero ya se dirigía a donde lo esperaba el arpista cuando llegaron los peones reclutados por el comisario Cardona.

—¿Por qué se dilataron tanto? —les preguntaron los otros, creyendo que venían del hato donde los habían dejado.

Explicaron cómo habían sido reclutados y luego puestos en libertad, cuando al atravesar una mata, a medio camino del pueblo, una partida revolucionaria había caído por sorpresa sobre Cardona y su gente, desarmándolos y haciéndolos prisioneros.

—Esta señora es sobrina del secretario Fullness.

—¿Del secretario Fullness? ¡Hombre, no puede ser!

Estaba perplejo. Por más gentes que vea uno en la Grand Central, en Broadway o de doce a una entre la calle Cuarenta y dos y la Quinta Avenida, el recuerdo de aquella melena leonada, corta, bravía, y el de aquellos ojos grises o "hazel", o lo que fuesen, no era para borrarse así... No podía estar confundido... La había mirado en "Winter-Garden", otra noche en el "Palais Royal" después, en un fumadero del Este, y otra vez en "Greenwich Village", de brazo en brazo, de fox en fox, hasta que aquel señor de California o de Alaska se la había llevado... No; nada... Era la misma.

Un embajador asiático que tenía cuatro pelos en el bigote, espejuelos formidables y que de tiempo en tiempo parecía disimularse tras de una serie de condecoraciones multicolores, otro caballero reseco y sombrío cuya nariz dábale una simplicidad de ave, otros dos señores, gordos. Y entre todos aquellos semblantes vulgares, una que otra faz intelectual de ojos vivaces y atentos. Luego, al extremo de la mesa, los de segundo rango que parecían acabar de salir de manos del barbero...

Con disimulo, torné a mirar. En efecto, al lado de "ella" estaba un caballero solemne, con sotabarba, afeitado y las manos enormes, rojizas como dos trozos de carne fresca sobre el mantel.

Del extremo se alzó una voz, y nos volvimos para allá a escuchar al orador... "But here, obviously, was a condition that the store might easily capitalize". La voz engolada, magnífica. Se trataba del final del discurso cuyo comienzo no advertí. Era un asunto de salarios o de subsidios a la marina mercante, o ferrocarriles o inmigración... Casi todos estaban tan enterados como yo.

A mí, lo que me interesaba, lo que me urgía...

Pero hubo una de aplausos, que se convirtió en ovación, cuando el secretario Fullness tomó la palabra, con su copa de agua en la mano.

La dama de los ojos absurdos, sin parar gran atención al discurso de su tío, clavaba a ratos la mirada en una esmeralda de sus sortijas; a instantes, en la copa cuyo cristal formaba sobre el cubierto un juego de luces maravillosas... Y al fin no pudo resistir a la tentación de colocar la gema bajo el reflejo. Esto la distrajo de los "becauses" interminables del secretario Fullness.

Por más que trataba de fijarme en la dama de la melena leonina, nada... Había que pagar tributo a aquel mundo de personalidades... La cara de pájaro de fábula de Mac Adoc; el volumen imponderable de Taft... Underwood... Borah, que parece un "virtuoso" bien contratado. Y el ilustre catedrático de la Universidad de Columbia, un míster no recuerdo qué, diciéndonos al pasar:

—Permita "mi" *ostedes*, "caballeros"...

—¡Muy amable!

—¿Habla español?

—Como usted y yo.

—¡Qué va a hablar nada el tío ese! —terció un joven "attaché" cubano, con su desenfado peculiar. Se aprendió en el Cortina esta mañana eso y viene desde el otro salón a soltárnoslo, así, como de paso.

Fuimos a tomar café y a encender los puros en el jardín. Era una noche de octubre, seca, tibia... Algunas nubes bajas; la temperatura del otoño moribundo. Estrellas ignotas, vergonzantes, tristes. Luces en las calles de árboles; y en la sombra los cuadros negros, recios, recortados de un jardín inglés. Al fondo de la avenida, una diosa blanca vertía aguas lentas en una pila; parecía arrebujada en la incertidumbre de un cendal como la noche, la noche que por doquiera estaba perforada de luces distantes.

—Estas fiestas "secas", ¡válgame Dios!

Al ir a meternos en el automóvil de la legación, por la escalinata descendía, como una reina, envuelta en una capa blanca... ella. A su lado marchaba el orador, mudo y gordo, poniéndose el pañuelo en la boca.

Y por un segundo, desde la penumbra del coche, clavó los ojos, que eran entonces de acerina, brillante y límpida, sobre nosotros...

Comenzaban a caer gotas de una lluvia ancha, tibia, pesada.

III

Las nueve apenas. Aquella peregrinación, en el torrente de luz, en la orgía de colores de los grandes anuncios luminosos, aquel colosal fumador del tabaco "Prince Albert"; las vertiginosas letras de la torre del "Times", los regocijados peleles del Wrigleys, que hacen piruetas de pesadilla... Estrellas, arabescos, combinaciones, bruscas intermitencias de luz y de sombra. El polvillo de oro por entre las moles sombrías, enormes... Abajo, un mundo que brama, ríe y marcha, bramando o riendo; arriba, fuego, luces. Por en medio de la corriente, como un esquife raudo, el "taxi-cab". Y de tiempo en tiempo, al penetrar en las zonas de calma, de menor tráfico, de escasa iluminación, un encanto silencioso —todo el valor del silencio— y la dulzura de resbalar por la superficie asfaltada de la ciudad inconmensurable, abrazados, oprimidos uno contra otro hasta la sofocación; esos besos dolorosos que casi destrozan los labios sobre la porcelana cruel de los dientes.

Bajando luego de las alturas de Broadway hacia el Hudson, por la rampa de Riverside, separados, distanciados, mudos... Como un dije en el vasto cinturón del río, las pedrerías luminosas de Palisade Park; hay en la margen, bajo nuestros pies, por toda la orilla del agua, un trepidar de hierros; trenes que marchan en la oscuridad. A ratos cruza una sombra fugaz remolcando un ferry-boat férrico.

Las casas, altísimas, a nuestra espalda se perfilan en el cielo enrojecido de crepúsculo y de luces; parecen almenas de una fortaleza de gigantes; y el cielo, más allá, se hace niebla opaca, densa, como si la empañara el aliento de ocho millones de seres.

Estas enormidades pasan del objetivo y de la comprensión directa a un plano de panoramas estereoscópicos: todo os parece a través de un cristal, visto en sucesivas tarjetas, después de echar el "nickel" por la ranura... Todo. Hasta la ola oscura de la marea que sube y baja a horas fijas por las Avenidas, incansable, inacabable, indescriptible...

Y de súbito, un organillo, un organillo de hambre, de desolación y de orfandad da su puñalada musical y sigue tosiendo en la bocacalle.

Pasan como fantasmas los árboles de los parques, el viaducto resonante del "elevado", las fachadas acribilladas de lámparas eléctricas que destacan las propagandas comerciales, los carteles de espectáculos; o corremos a lo largo de "buildings" de construcciones sombrías que inspiran recelo en la noche.

Cuando intentaba que nos detuviéramos en algún hotel para la cena convencional —"Double-bed; mister Brown and wife"—, la mano enguantada de la caricia interminable caída sobre mi brazo:

—¡Oh, no, no todavía!

Y saltaba a mi cuello, con un entusiasmo renovado, de expresión difícil, de amor dificilísimo; o se tendía, mansa y paciente, en mis rodillas:

—Yo quisiera correr así... siempre: sin detenernos nunca. Detenerse es una cosa vulgar, chocante: comienza uno a hacer lo de todo el mundo. Mientras que esta sensación de errar entre miles, entre millones de vidas, pasando como un sueño por las ventanas estúpidas que están iluminadas esperando... Dicen que nosotras las mujeres amamos el automóvil como un lujo... Es torpe y superficial la idea: nos agrada este aparato, esta máquina, por eso: porque nos arranca en su velocidad y nos lleva a través de la vulgaridad de las calles y de los tranvías ¡y sentimos que es tan personal, tan egoísta, tan íntimo este placer!... Solas, solas con un instinto de amor que tenemos por dentro a toda hora, y otro de volar que habíamos ya olvidado... Ustedes, los hombres, están hechos para andar a pie o... en "subway". Ustedes carecen de la sensualidad de dejarse arrastrar y abandonarse a una fuerza cualquiera que devore las distancias o agote nuestras energías adormecidas... ¡Y quieres que nos detengamos en un hotel cualquiera, que entremos a un apartamento con su trivial moderno, que nos amemos allí hasta el baño, hasta el "good bye" y el beso tras la puerta entornada a las diez...! Prolonguemos esto, esta exquisita sensación de que no nos hemos de detener nunca sino para morir...

Los ojos entornados tenían una fulguración extraordinaria, las palabras fluían, flotando en la mirada que las comentaba, las explicaba, las hacía casi tangibles.

Después... No sé bien; no he podido reconstruir nada completo. Creo recordar que estuvimos, ya de madrugada, en casa de ella. Un "parlor" coquetón igual a otro cualquiera; una alcoba oscura; una cortina que cae en anchos pliegues semejantes a columnas, hasta la alfombra, en donde fumábamos, apoyados por cojines, por cojines de todas formas...

Y cuando llegó el cansancio, una voz apagada, gemidora, premurosa:

—Ya ves… "todas" somos lo mismo, todo es igual. ¡Era tan bello antes!

En el silencio, muelle, acogedor, letárgico, se hundió la conciencia de una caricia, la sensación de un perfume singular, el eco de un pequeño grito.

Los "amadores" grotescos, esos seductores de paso que enamoran en las grandes ciudades, apenas pasan de ser simples contribuyentes de la prostitución oficial, tarifada, organizada como uno de tantos servicios municipales. Y os hacen, naturales, un juicio de acuerdo con el medio en que se agitaron. La mujer, desde ese punto de vista, tiene una monotonía desoladora, y tan vacua y fastidiosa es la Mimí Pinzón que da saltitos y dice ingenuidades estudiadísimas, como la "cocotte" de la "high life" o la prostituta con honores de danzatriz de bailes absurdos que todas paran en lo del vientre… O como la "jazz-girl" que devora "cakes" y se entrega al amor como a un ejercicio calisténico, entre risotadas infantiles…

Muy pocos penetran a lo íntimo, a lo vibrante, a lo febril e infatigable de esa carne color de rosa lívida, perfumada y dura cuya fibra despierta difícilmente, pero cuando despierta fatigaría a un orangután.

Fueron tardes interminables en aquel "parlor" de cortinajes oscuros; horas que corrían en la angustia renovada de los asaltos o se espaciaban infinitamente en una atmósfera de tabaco aromático, de lacas, de pastillas turcas, de esas golosinas japonesas que saben profundamente a jengibre… Todos los muebles, todos los rincones, los innumerables cojines negros bordados color naranja, hasta el lecho profundo dentro de cuatro columnas que lucían como los blandones de un féretro, en donde quiera, por cuanto sitio presentaba algo de muelle o de complicado, aquella pasión se vertió de un modo copioso, constante, hasta el frenesí, hasta el delirio, hasta la agonía sin gemidos…

Y en las pausas de uno a otro beso, balbuceaba la canción aprendida y cuya pronunciación española iba corrigiendo mejor cada día, hasta comenzar con una limpidez criolla y perfecta.

> *"se paseaba una mañana*
> *por las calles de La Habana*
> *la mulata Trinidá…"*

—¡La negra, sí!… ¡Oh, las negras son deliciosas! Quiéreme ahora como si yo fuera una negrita; como si tuvieras en tus brazos a la de la canción…

Una tarde se marchó; no dejó dirección. No la vi más. En el cristal de la puerta clavó un trozo de vitela que decía simplemente, en español: "¡adiós!"

Y claro está, después de los treinta años, estas cosas no se toman a lo trágico. Ni a lo cínico. Se toman.

IV

Y cuál sorpresa la de ahora al leer los detalles del horrendo grupo de crímenes cometidos en el corazón de Harlem —es decir, en el cuartel más poblado de Nueva York, donde se contienen de dos a tres millones de almas—. Las víctimas eran atraídas al barrio aquel tras una cena, una audición cualquiera y la jira en el automóvil rojo a través de la ciudad… Era la manera de despistar, de desorientar la tal vigilancia que tiene más de periodística que de efectiva. La policía neoryorquina es más novelesca que útil. La coartada muy sencilla: un simple cambio de carruaje en una de las paradas y en la que no se fijaba el aturdido galán. Luego resultaba sencillamente aplastante demostrar que el automóvil número tal, de cuál clase y los que en él iban— una "reproducción", casi exacta de la verdadera pareja había estado aguardándoles hasta una hora avanzada en un sitio dado, maniobrando a fin de atraer la atención perspicaz e idiota de la policía sobre el vehículo y sus pasajeros... Además, el crimen se cometía en "ausencia" de la "persona" que habitaba allí y a la que siempre se robaban joyas valiosas. Estas "personas" eran varias, muchachas encantadoras que trabajaban en alguna oficina importante y llevaban una existencia relativamente honesta y soltera. La que yo entretuve fue la última de las desaparecidas, conforme al registro diario que iba publicando la indagatoria.

No quise ir a las audiencias. Ni leer los detalles que con un horrible encarnizamiento y con gráficos espeluznantes se encargaba de dar la prensa.

Y de súbito, alguien me informó:

Entre los días 15 y 27 de este mes la electrocutan.

Vi en el fotograbado que me mostraba aquella cara inolvidable, tan pueril de facciones, tan aniñada en la boca y en la barbilla; y los ojos claros, grandes, alocados, se abrían como un abismo desde la borrosa impresión del grabado y de mi recuerdo.

No sé cuántas gestiones hice ni cómo obtuve al fin licencia para ir a verla.

Antes me mostraron la puerta de "la cámara blanca"; me repitieron cómo se desarrollaba la conocida escena: el pañuelo que cae, el conmutador formidable... ni un estremecimiento... Y lo más repugnante, dígase lo que se diga, es aquel butacón, aquellas ligaduras mortíferas, el birrete trágico. ¿Se elimina con todo eso el horror de la muerte? ¿Concibe alguien que para sentarse y dejarse ligar y colocar el casquete y apretar las correhuelas, no se requiera una mayor energía y no se apure una angustia más espantosa que la de subir al tablado de una horca o poner, el cuello sobre la cuchilla de la plaza de la Gréve?

He visitado los sitios de ejecución en diversos países, he presenciado algunos de estos actos, he visto matar hombres en varias ocasiones... Pero la emoción que nos causa la "cámara blanca" de Sing-Sing es tremenda. Esa manera científica de matar resulta abominable, repugnante, hipócrita. Prefiero las formas brutales inferiores: a tiros, a puñaladas, nada es comparable a esta horrenda y sistemática labor de eliminar a un semejante a razón de tantos o cuantos voltios por segundo.

Prefiero la estaca del salvaje. El estacazo no tiene complicaciones ni supone "estudios". Es simple: movimiento, fuerza. Es sincero.

Aquellos hombres circunspectos, mediocres, no se daban cuenta de ser los verdugos menos pintorescos y más aborrecibles que se puedan concebir.

Y va un cura, un pastor... ¡y todos rezan!

V

—Aquí... por aquí...

Di algunos pasos. Corrieron una puerta metálica, al extremo de un largo pasillo. Diríase el "hall" de un hotel de tercer orden.

Y de repente... "ella", ¡oh, sí!, la del "dancing", la de la comida en la Legación, la de aquella noche, la del crimen del día.

—Este tipo quiere hablar a usted —díjole el empleado a quien acompañaba una "matrona" de rostro granujiento, amplio, repugnante, pero dignísimo.

—¿Conmigo?

Miróme de pies a cabeza, inexpresiva, indiferente; y de súbito, cuasi hostil:

—No le conozco; no sé quién es. He suplicado que me dejen en paz.

Di un paso hacia la reja. Me volvió entonces la espalda y mientras se alejaba hacia el fondo de la celda murmuró muy lentamente, como quien canturrea para distraerse:

"Se paseaba una mañana
por las calles de la Habana…"

No supe otra cosa después sino las tres líneas publicadas en un diario dando cuenta de la ejecución. Informaba el periódico que durante los últimos días de su cautiverio la sentenciada solía cantar un trozo de cierta vieja canción española.

El patriarcado

I

Detuvimos los caballos a la entrada del patio, donde se corta bruscamente el sendero, ábrese a manera de plazoleta y sigue, tras la choza, hacia el oeste, camino del río.

En un cielo claro, de azul absoluto, un fragmento de luna, una estrella. Los árboles grandes y oscuros en la zona del agua; los pastos verdes, ya altos, destiñen sus extremidades amarillentas en esa punta de óxido con que a fines de estación tócanse los cogollos del maizal.

Clavado a una estaca, un candil que acababan de encender al lado de la puerta.

Y en derredor de la casa, caballos atados a horcones, o sueltos, arrastrando las riendas, pastando por ahí.

II

La sala, la alcoba… Dos estancias: una saleta con techo de tramos y piso de barro, apisonado, y muros como el techo de los que colgaban yerbajos salutíferos, estampas antiguas, el retrato de un caudillo local y dos carabinas: una flamante, la otra reajustada su culata con alambres y trozos de cuerda. Le han puesto al extremo del cañón un mechoncito de algodón para calcular la mira y hacer fuego certero en la oscuridad, cuando la bandada de váquiros asalta los sembrados con su avalancha de colmillos, de pezuñas, de almizcle.

III

En mitad del gentío una mesa cubierta de clavellinas y de flores de la sabana. Y rodeado de aquellas flores que el vaho de sudor, de alcohol y de humazo de los candiles va marchitando, el cadáver de un niño, vestidito de blanco. Las manitos yertas, de cera, el semblante abotargado, aún más verdoso; le mantienen los ojitos abiertos con fragmentos de palos de fósforos entre los párpados pesados de eterno sueño; y se ve la pupila dilatada, opaca, que apenas refleja la luz de las velas de sebo como el fondo de un plato de peltre. Le han hecho sujetar entre los dientecillos blanquísimos un clavel menos blanco.

La ceremonia de velar "el angelito" ha durado seis días. Para que no se descomponga el cadáver lo han hervido ya dos veces. Por eso a ratos se siente un olor a carne sazonada por toda la casa.

Cerca del muertecito llora una muchacha. Tiene los ojos grandes, y humillada de rodillas junto al hermanito muerto, la línea ondulatoria, fuerte, de un cuerpo joven, marca bajo la ropa muy holgada, muy aplanchada, cierto género de dolor que en algunas mujeres no es más que un espasmo orgánico.

Por instantes, se enjuga las lágrimas y mira a hurtadillas el grupo de los músicos. O va a decir algo en la estancia vecina.

Es más pequeña esta. Acuclilladas, bajo las hamacas recogidas en lo alto, mujeres. Una de greña alborotada, desesperada, con los ojos en lágrimas y el cuello torcido de sollozos. Otra le habla, consoladora; las demás rezan, endomingadas, el fustán crujiente de almidón. La triste calla y llora.

La madre del niño.

IV

Entra de tiempo en tiempo un hombre y toma de un escondrijo una botella de aguardiente verdoso y un pequeño vaso desportillado, sucio, para obsequiar la concurrencia que invade lo techado y el frente de la choza.

Es un indio aventajado, canijo, de andar sigiloso y barba rala.

El padre.

V

Cuatro labradores se aproximan al niño muerto. Uno es muy viejo, con la voz cascada; guía este la antífona rústica que acorda otro, robustísimo, de seis pies de altura, en un violín minúsculo, sumergido entre el paquete de músculos de su hombro y gimiendo de angustia bajo el puño peludo y formidable. El instrumento se queja y llora a ratos como un chico perdido en un robledal. Afirma los calderones desolados, profundos, el violón del hombre blanco que está sentado y contempla fijamente al suelo, como si poseído por un destino fatal e inexorable debiese siempre dar la misma nota tras la misma pausa por los siglos de los siglos…

Completa el cuarteto un mocetón alegre, de pantalón arregazado y ojos reilones, que rasca su guitarra al desgaire, indiferente al sitio, al canto y a cuanto pasa en derredor. Solo tiene miradas furtivas para la muchacha que llora allí cerca, secándose las lágrimas con la guedeja.

La antífona es dulce y su cadencia y su ritmo marcan la resignación quejumbrosa, el dolor estupidizado e igual.

Estride un poco en los finales.

Cuando cesa el canto fúnebre, la madre, a quien aquella música parte su pobre corazón de mujer sumisa que pare y llora, grita la pena única. Es la pausa respetuosa del jolgorio, la anuncia alguien, autoritario, como un rito funeral:

—¡Paren los músicos pa' que llore la mama!

Y se eleva el acento desgarrador, único.

—¡Ay, m'hijo, ay m'hijito de mi alma, qué me está pasando, Dios mío!

Calla; solloza abatida, y mientras la asisten rumorosas las otras, el cantador entona su ingenuo responso:

> *...ique en las puertas der cielo*
> *donde lo vido er Señó*
> *de su padrino y madrina*
> *le varga la bendición...*

Y el del violón, fatídica, ineludiblemente, pasa el arco como una hoz que decapita el acorde...

> *¡ay, te varga la bendición!*

VI

La fiesta y el alcohol y el vaho de hembra sudada sin perfume que flotan en el ambiente, unidos a ese olor característico y penetrante de las clavellinas y el de las telas ordinarias cuyo engomado licúa la transpiración enervan a los viejos, que se emborrachan de prisa y alebrestan a la gente joven. Afuera patean impacientes los caballos; la racha del monte despeina la cabellera roja del candil que está en la puerta. Lo demás es noche lóbrega; y una recua de nubes cargadas de agua pasa por un cielo distante que se aclara un tanto hacia la raya de la sabana.

Muchas veces se ha vaciado el litro de alcohol que el padre torna a llenar misteriosamente en la espita del barrilillo. Detrás de la casa hay otra choceja donde se va a devorar raciones de puerco, plátanos, dulces en azúcar negro. Rige allí una comadre con los pechos como odres, la enagua prendida a la cintura, los pies en chanclos y un mandador para alejar a los granujillas que pululan en derredor de las ollas.

La orquesta ejecuta, interminable, el "joropo", el aire mixto que disuelve un solo motivo en dos tiempos truncos de baile; y de seguidas, el vejete que entonara aquel doloroso de profundis hacía un instante, se aclara el pecho y rompe a cantar con una voz eunuca:

¡Cuándo taremos nojotros
como los pies der Señó;
el uno arriba del otro
y un clavito entre los dos!

El jaleo se extiende pesadamente por la atmósfera como una mancha de aceite en una cobija.

De súbito, una voz autoritaria reclama, desde el umbral del cuarto de las mujeres:

—¡Que pare el baile un momento pa' que llore la madre!

Torna a cesar la fiesta. Las mujeres bajan los ojos, se arreglan el refajo. Los hombres tienes una mirada animal, lujuriosa, triste.

Hace un instante, la chica que derramaba lágrimas junto al hermanito, se ha deslizado fuera…

En la orquesta falta el de la guitarra.

—¡Domitila! —grita de repente el indio viejo a cuya oreja se inclina, susurrante, la comadre que reparte tocino—. ¡Ah, Domitila!

Corre hacia la puerta:

—¿Adónde está Domitila?

Se oye un relincho… El galope de un caballo…

Un hombre responde en la sombra:

—Se *jué* con el guitarrero, compadre, con Panchote; ese que llaman *er* Ñaure.

La comadre se ha plantado en mitad del patio, en jarras, y prorrumpe, iracunda, con una ira falsa y aguardentosa:

—¡*Me se* puso que tenían ese plan! Yo los *vide*… El hijo de la grandísima *der* Ñaure, ¡y el sinvergüenza de Balbino que estaba de trae y lleva!

Haciendo la mímica de cabalgar con una mujer en brazos, informa el del violón que sale por ahí, de entre unos matorrales:

—Yo me estaba cinchando cuando los aguaité: la lleva alante, en la silla. Balbino va atrás en el zaino mocho.

VII

Todos los hombres, tras breve plática alterada, echan pierna a los rocines. El padre descuelga la carabina, silencioso. La madre ve al muertecito desde la otra habitación, con los ojos agrandados, pensativos…

—¡Arza arriba!

Un momento después todo queda en silencio. Oyese un galopar frenético. Y cesa el rumor.

Una detonación…, otra…, otra…

VIII

Las mujeres rodean a la madre que se ha tirado de rodillas frente al muertecito:

—¡Virgen del Carmen, por el alma de mi muchachito que en tu gloria esté, sálvamelos, que no los cojan!

—¿A quiénes, comadre? —pregúntale tirada la mujerona de la cocina.

—¡A los tres, que los tres me duelen!

IX

El indio viejo regresa a la casa. Atado a un caballo traen un cuerpo envuelto en una manta.

Los hombres depositan aquel fardo en el suelo. Hay un corro de espanto que no se atreve a tocarlo. La voz ronca del padre, sin inflexiones, álzase dominante:

—Ahí tiene su hija… Vélela junto con "el angelito". De los angelitos dispone Dios en el cielo; de las hijas malas, la mano de su padre aquí en la tierra.

Y cuando la madre lanza un alarido de animal apuñalado y las mujeres corren locas, gritando, el indio va al rincón, se sirve un vaso de aguardiente y grita al grupo sombrío de hombres:

—¡A ver, los músicos que cojan sus *enstrumentos*; siga el velorio! ¡Mi compadre Narciso que vaya por otra carga de ron a Guardatinajas y se traiga a la *autoridaz*!

Matasantos

I

Desde la montañuela del río, aguas abajo, vio Juan Tomás erguirse, por sobre las copas de los samanes, el techo cónico de la torre, con su agujeta de zinc que pretendía perforar el cielo de aquel mediodía de junio.

La luz era cruda; acortaba las distancias precisando en la perspectiva, a más de un cuarto de legua, las últimas vueltas del camino real, el morro del cerro con la grieta profunda de los taladros para sacar piedra, la curva de las paralelas de hierro sobre pedruscos azules que iban señalando, bajo el pentagrama de los alambres, el curso de la carretera.

—¡Ya está allí San Blas! —y taloneó la borrica que traía un pasitrote largo desde más allá de Flor Amarilla.

Aquel erguirse de la torre del templo antes de distinguir las casas del poblado era para la fe de sus veinticinco años de peón arriero como la confirmación de una gran esperanza, la más grande, la última y la única después que trajo la chiquilla a Valencia y el médico le dijo que aquello no tenía remedio, que se resignara con su pobre cieguita y que no le cobraba sino veinte reales por la consulta... Regresó entonces con la niña que le iba preguntando las cosas del camino: cómo era el sol, de qué color son los pajaritos, y si el tren, que ella oía cruzar allá abajo en un loco estruendo de hierros, sería más grande que una casa… Respondíale con dificultad, casi con aspereza, sintiendo una amargura que parecía perforarle el alma.

¡Que a él no le abandonaba la desgracia! Después de lo de María del Carmen: irse con el compadre Ignacio, y dejarle la chiquita, su Carmita, que tenía los párpados pegados, velando eternamente, como dos pedacitos de lacre las pupilas color de agua lejana. Luego el mal encuentro con aquel hombre, el sendero solitario, la riña, los machetazos… Un año de cárcel, la niña recogida por caridad en casa de unos vecinos, el conuco arrasado, la choza en ruinas y los cuatro animales ¡toda su hacienda! mal vendidos o robados por aquel momento, por aquella mala hora de cólera que el agravio, el abandono de su pobre cieguita y el aire provocativo del otro le dieron en cara como una ráfaga: tiró del "cola de gallo" y allá le dejó esa tarde con una mano colgando y el rostro señalado hasta la oreja… Pasó aquello como una pesadilla; en dos años paró de nuevo la casa, quemó cuatro "rozas", y sembró sus tres tablones, recuperando poco a poco el "arreo", adquiriendo los cochinos, poblando el corralito con una algarabía de gallinas. Todo volvió a su poder, hasta la borriquita rucia en que trochaba otra vez ¡la quinta o sexta! a la ciudad para recuperar la vista de la hijita. Pero esta vez marchaba con una grande ilusión porque no en balde Dios ha dispuesto que los Santos puedan más que "los doctores" y San Blas, que era un gran Santo, iba a darles la vida a aquellos ojitos muertos ¡ya podía pensar el Santo en regalarse con su fiesta de veinticinco pesos, música, cohetes, "sancocho" para el señor cura y las seis libras de cera que le encendería todos los meses! Incorporándose en la enjalma, miró, con una fe renovada y ardiente alzarse, bajo el claro cielo de junio, por encima del verdor de los samanes, la bendita cúpula y la aguja de zinc, recta hacia el espacio como una oración.

II

Aquel templo de barrio se yergue en el ángulo oriental de la plaza, sencillo, desnudo, como la fe de su feligresía, que abarca desde los casales de San Diego toda la ribera este del Cabriales hasta más allá de los Guayos, donde tampoco hay cura permanente. Es una iglesia churrigueresca, fabricada a retazos, con dos torrecitas techadas de zinc, que rematan en una piña, sin estilo alguno en la fachada, abriendo la nave central bajo una estatua del Santo, desteñida en su hornacina y que se está, benévolo, con la nariz de piedra comida por años y años de un patronato milagrero, oyendo piar las golondrinas del vecindario.

Es la iglesia, con su extensa parroquia, un espacio abierto entre la ciudad que inicia allí la recta calle real y la inmediata, traficada por las cargas de la Laguna desde la madrugada —grandes carretones agobiados de barricas que trasudan aguardiente, tirados por bueyes pensativos; carretas crepitantes, recias, precedidas por una melancólica esquila; el tráfico todo que va dejando por las dormidas calles un olor a cañamelares, vaho de tierras fecundas, aroma de los campos cercanos— zona intermedia entre el aspecto de vida urbana a la orilla derecha de los puentes, y el panorama agrícola, montaraz donde la plata inerte de la Laguna es como una línea de luz, vaga y distante... Hay allí ese ambiente de las parroquias foráneas pobres, extensas, que el señor cura visita a mula llevando en las alforjas los auxilios divinos.

Juan Tomás amarró su borrica en la reja de la casa parroquial y se entró en demanda del párroco, un sacerdote de edad, canijo y fuerte, las barbas mal afeitadas, cerdosas, una bata de warandol por traje talar, y a manera de gorro, delatando su origen campesino y catarroso, el clásico pañuelo de hierbas.

Dándole vueltas al sombrero y a la idea le explicó el caso: el abandono de la mujer, el "desaúcio" de la chiquilla por todos los "dotores", lo que había gastado; hasta "la mala hora" en que se dejó llevar de la cólera y tuvo que purgarlo en la cárcel.

—¡Contrimás —añadió con la voz llena de lágrimas— que si no me pasa eso, atendiéndola a tiempo tal vez se me salva la muchachita!

—¿Y tiene mucho tiempo así la niña? —preguntó el señor Párroco, con esa ternura falsa de los que no tienen hijos.

—Asina nació, asina me la dejó esa mala madre. Me decían que aunque el mal era de nación, los dotores podían curarla; pero ya usté vé, ¡nada! Ahora, no espero sino en San Blas que es muy grande; como usté dice. Pagué cinco pesos a la Virgen del Socorro para una misa, pero como ella es solo, para los de allá arriba, para los ricos de la plaza, me dejó entendiendo con la muchacha ciega.

—¡No hijo, no diga así! —respondió suavemente el cura, halagado no obstante por aquella fe primitiva que no creía sino en los santos de su parroquia.

—No, si yo no lo digo por mal, mi padre; yo sé todo lo que puede Nuestra Señora del Socorro ¡cómo no! Pero es que quiero ofrecerle solamente a San Blas por la vista de Carmita, lo que le dije; y unos ojitos de plata para el Niño Jesús de aquí que es muy pobre.

—¡Bueno, hijo, bueno; la fe te salvará! El Divino Maestro curaba con saliva, peores cegueras. Ya verás… —y luego abordándole de repente le preguntó severo: ¿Cuánto hace que no te confiesas?

Se rascó Juan Tomás tras de la oreja:

—Pué… ende lo de ese hombre. Me dijeron que tenía que acusarme de eso como de un pecao, y eso no lo jago yo, en concencia, mi padre, eso no lo jago yo.

El cura hizo un gesto brusco, observó curioso aquella frente estrecha, aquel occipucio chato, aquella cabezota terca y voluntariosa que se movía negativamente sobre el cogote de bruto, mientras en los ojillos le prendía el recuerdo una llama azulenta de alcohol.

Se inclinó el Párroco, le puso la mano en las rudas espaldas:

—¿Y por la salud de tu hijita, no lo harías ahora?

Juan Tomás abatió la testa que negaba tercamente hasta aquel instante y exclamó de pronto, arrancando el sacrificio de su alma, como si descuajase un cují de un pedregal:

—Por eso… —y añadió sordamente—: asina nomás…

Finalmente convino categórico, solo que como era hombre de resoluciones rápidas quiso que fuese allí mismo; y a pesar de las observaciones del Cura que le hablaba del examen de conciencia, de preparación espiritual, de recogimiento:

—No, no, mi padre, ahorita mesmo; yo me conozco, dispués naiden me jasería, confesarme; ¡por la vista de mi muchachita, todo!

No hubo más remedio; a poco atravesaba el patio precedido por el Párroco que se había puesto súbitamente muy serio; y por una puertecita transversal junto al estribo del muro, penetraron a la Sacristía, esa Sacristía característica de las iglesias pobres, con un viejo butacón de cuero donde se sentaba su Señoría el Señor Obispo cuando visitaba a sus diocesanos, el largo mesón de revestirse, cachivaches, cuadros antiguos, alguna araña rota, y en un rincón la cabeza de yeso de alguna Santa sobre una grotesca armadura de palo.

La confesión fue larga, laboriosa. Echado de rodillas sobre las baldosas con el brazo del señor cura alrededor del cuello, vació de su alma aquel saco de culpas, "desde el hondo rencor que le salpicó de sangre", hasta las triviales picardihuelas de la merma en el maíz. Dolíale al pobre hombre todo; las faltas propias y las ajenas. Tocó su turno a las bestias; y el confesor inquirió gravemente:

—Hijo, ¿no has maltratado a los animales?

—Sí, señor, y hasta les he mentado su madre… Pero era con la calor… y er trabajo qui'en veces se le ponen a' uno los pobres burros muy requetesinvergüenzas…

Así que cuando el sacerdote le bendijo murmurando solemne, el "ego te absolvo", Juan Tomás lloraba largos y sonoros sollozos tal que si degollaran un becerro…

Una hora larga le dejó el cura de rodillas frente al Crucifijo de la Sacristía. Después le despidió paternal en el altozano, llenándolo de esperanzas y de promesas alentadoras. Ya vería cómo iba a curarse su muchachita, ya vería…

Él llevaba el aire tímido y satisfecho de los que acaban de sufrir un remedio penoso. Y recuperó la noción del tiempo en la vuelta del Cerro, al mirar un sol de cinco de la tarde, caído y amarillo… Preocupada estaría Carmita esperándolo…¡Toda la tarde solita! Y desechó la sombra odiosa de la idea que ella se hubiese salido a tientas, hasta la línea de los rieles, como ya lo hiciera una vez, impaciente de aguardarle. No debió tardarse tanto, pensaba; y al recordar sus votos, su atrición, las palabras del sacerdote, la dulce paz que parecía haber bajado hasta su alma en el claro-oscuro de la vieja Sacristía, suspiró:

—Allá está San Blás cuidándomela.

Taloneó la borrica —diez o doce cuadras más y ya la alzaría hasta su rostro para besarle sin asco aquellos ojitos muertos bajo el velo rojizo de los párpados.

III

En la última vuelta del camino vio un grupo de vecinos que rodeaba algo junto a los rieles. El corazón le dio un salto... Gente más desocupada... algún perro despanzurrado por el tren... Una voz angustiada, exclamó, indistintamente, señalándolo:

—¡Ahí viene Juan Tomás!

Pero cuando estuvo cerca y los hombres le ayudaron a bajar, y las mujeres pusieron el grito en el cielo, ya no le cupo duda, y con un salto de tigre escapó de los que trataban de detenerle: era su hija, sí, su Carmita, aquel fragmento de telas blancas, salpicado de sangre, aquellas grandes manchas oscuras sobre los guarataros aquel mechón de cabellos rubios pegado con un jirón de piel al hierro de los rieles; toda aquella horrura que iban los vecinos examinando piadosamente y metiendo en un saco.

—Mire, comadre, esto parece ser una costillita... vea compadre Pancho si me consigue la otra manita que ya yo guardé la piernecita entera y lo que queda de la otra...

Hebetado, estúpido, con los ojos clavados en aquel horror quedó Juan Tomás. De pronto sacudióse y echó a correr hacia el viaducto. Lograron alcanzarlo, sujetarlo a viva fuerza. Tuvo un acceso de ira terrible y maldijo, y clamó blasfemias espantosas. Luego se arrojó de bruces en el sendero. Su llanto empapaba la tierra, hacía barro y le ensuciaba la faz...

Horas después, asistía atontado e imbécil a las averiguaciones... la vuelta de línea... no fue posible maniobrar el freno... fatalidades...

—Solo un milagro ha podido salvarla... —concluyó el funcionario.

—Sí, solo un milagro... repuso él sin expresión.

Durante el "velorio", ya más tranquilo, lloraba en silencio; y en los intervalos del baile, cuando el compadre Pancho cantaba "la llora", que iba acompañando el maestro arpista y de Julián:

"…dichoso es el angelito…
porque siempre es quien acierta
¡ayayay, San Blas bendito…
der cielo te abra la puerta…".

Juan Tomás clavaba los ojos como dos brasas en las otras candelas donde hervía el café, con un rumor sordo, terrible, que él solo parecía entender.

IV

Un mes más tarde, Juan Tomás volvía a la faena y arreaba semanalmente sus seis asnos camino de Valencia. Por las tardes echábase de espaldas en los herbazales del ribazo y oía cantar el río, mientras de rato en rato vuelos azorados de pájaros salpicaban de puntitos negros la diafanidad crepuscular.

Aquel dolor de su alma roía tan hondo que no llegaba siquiera a humedecerle los ojos, corría por el cauce estrecho de sus ideas como esas venas subterráneas, recónditas y poderosas, que a la primera grieta del suelo surten con una violencia inaudita.

V

Una noche al segundo canto de los gallos, Juan Tomás se echó al hombro la cobija, deslizó debajo un "cola de gallo" cuya delgada lámina brillaba en la oscuridad, y salió de la choza. En menos de una hora, con la faz bañada en sudor —a pesar del frío húmedo de la media noche y las densas nieblas del Cabriales, que, de tiempo en tiempo, en cada división del sendero salíale al encuentro, murmurando— llegó a la plazoleta desierta, cruzó el patio de la Parroquial y tanteando entre los estribos del muro dio con la puertecilla… Por allí entrara un día contrito a desnudar su alma ante el Santo para que concediera la vista a la inocente, que allí penetraba ahora forzando las carcomidas maderas con el machete.

Iba como sonámbulo; sin que a su espíritu penetrase el temor de la hora y del lugar, la frialdad de aquellas losas, los aspectos fantásticos del muro en las lóbregas capillas, el eco sordo de sus pisadas, sobre mármoles de antiguas sepulturas.

A la luz vacilante de la lámpara del Santuario, arriba, en glorioso pedestal de milagros y de cándida fe pueblerina, se erguía el señor San Blas bonachón y confiado, dispensando a su placer los cortos bienes de este mundo. Tenía la misma calma insolente de su compadre Ignacio, y parecía decirle también él:

—Confórmese, compadre, que no hay mal que por bien no venga.

—¡Desgraciado, maldita sea tu alma!

Y de un salto salvó las tres gradas del presbiterio y le asentó un machetazo, el pesado maderamen crujió, se vino al suelo un candelabro rompiendo algo; la cabeza del Santo Patrón rebotó en el Ara y fue a caer a diez pasos entre un reguero de yeso…

Después él no supo de sí; los santos todos, los más graves y barbudos, las Vírgenes más tímidas dentro de sus largos ropajes, los bienaventurados que parecían querer librar al divino Niño de aquella agresión salvaje, cayeron descabezados, vueltos añicos entre amasijo de mantos, coronas de latón y sagrados símbolos. Una furia devastadora aquel machete que relampagueaba de altar en altar, de nicho en nicho, de capilla en capilla, hendiendo las maderas, lanzando chispas infernales sobre el calicanto, planeando los emblemas angustos que no se mira sin un secreto pavor de eternidad…

Las tres Marías habían caído, de bruces, con las túnicas arremangadas de un modo indecoroso, mostrando una lamentable anatomía de palo… Cerca de la puerta, en la nave central, detúvose el exterminador un instante ante un Arcángel, un mocetón rubio neurasténico, humillado y triste, sintiendo en su cuello el lanzón torcido del general celeste que tenía cara de mujer.

Juan Tomás lo contempló de hito en hito; aquel "catire" creía que él era muy guapo porque tenía al otro por debajo: ¡Así no se le tira a los hombres! Y del revés del machete dejó medio San Miguel, con media lanza y medio diablo… Juraría que Satanás, cuyo rostro había quedado ileso, le sonreía una larga sonrisa de gratitud, entre sus orejitas de murciélago…

Entonces fue locura, delirio… Violó el Sagrario, tirando a un lado la Custodia, extrajo del Copón las Sagradas formas —golpeando las doradas patenas, los albos Corporales; todo el ajuar intocable para manos profanas— y se las metió a puñados en la boca.

Veía luces en todos los altares; escuchaba voces airadas que bajaban del Coro; saltaba el agua bendita de las pilas y por todo el ámbito un rumor enorme como el de un gran vuelo negro, subía desde el fondo de las naves, vibraba en los vitrales, y parecía arrancar a las campanas, en lo alto de las torres, un tañido largo y siniestro….

El arma se escapó de sus manos; sintió como si le estallase el cráneo y cayó de espaldas con los brazos abiertos al pie de un facistol.

VI

Cuando Ruperto entró esa madrugada a tocar el Ave María creyó que soñaba; se restregó los ojos y vio a la luz del cabo de vela, estupefacto, que todos los altares estaban volcados, pedazos de imágenes y fragmentos ¡cuánto fue el piadoso orgullo de la Parroquia!

Dio un grito de pavura y echó a correr. Sin acabar de endosar el hábito vino el Cura, y una hora después, antes que el naciente tocase de púrpura los picachos del Morro, la terrible noticia corría por la ciudad. El vecindario entero corrió a la Plaza, en el altozano los vecinos más connotados, las devotas habituales, hasta el bachiller Mujica que era masón, pero antes que masón, como él decía, era vecino, formaron un vocerío tremendo. Las mujeres lloraban llevando de la mano niños que ponían el grito en el cielo.

El señor Párroco, ya revestido, en el atrio, exclamó fatídico el *anathema sit*, y Ruperto el sacristán, tembloroso aún por el susto que acababa de pasar, abrió solemnemente las puertas.

Una oleada de vecinos invadió la nave y se dispersó por las capillas un mismo rumor de escándalo. La luz del sol penetraba a torrentes y entonces apareció más lamentable el espectáculo. Todo estaba horriblemente ultrajado y macheteado; cada descubrimiento era un nuevo clamor de indignación. Avanzaban los feligreses tropezando aquí y allá con restos de cosas santas y a pesar de la luz y de la multitud, cada quien no las tenía todas consigo, e iban adelantando cautelosos mascullando algunos entre dientes "la magnífica". De repente hubo una alarma: los que iban delante lanzaron un grito y el gentío se replegó en desorden:

—¡Un muerto! ¡Aquí está un muerto!

Pero no era un muerto, sino Juan Tomás, al que sacaron debajo del atril, espantado, soñoliento, como quien vuelve de una pesadilla angustiosa. A poca distancia lucía el machete, mellado de astillas y yesos...

En un instante, todos comprendieron; y cuando el señor Párroco, gritó desolado, rasgándose la veste, como los levitas del Antiguo Texto, dando una gran voz: "¡Sacrilegio!, ¡profanación! ¡Dios tenga misericordia de nosotros!", un clamoreo imponente resonó como un eco a través de las naves, invadió la plaza, se propagó hasta las últimas casas del barrio, y en boca oficiosa de algún lechero que regresaba de la ciudad, llenaba de terror supersticioso los campos donde el buen Dios sonreía con la luz primera a la dulce paz del amanecer...

El señor Cura, el sacristán y un grupo resuelto habían hecho alzarse del suelo al pobre Juan Tomás, que con un semblante de congoja, de estupidez se dejó llevar y encerrar en un cuarto de la Parroquial, a cuya puerta, temiendo que la turba exacerbada le despedazara, habían montado guardia algunos vecinos prudentes.

—¡Dadle paso a la justicia popular! —vociferaba el hermano Mujica que tenía ideas libertarias.

Todavía sin peinarse, con los pechos colgando, la camiseta caída, las comadres se daban la noticia de portón a portón:

—¡Dios tenga piedad de nosotros, comadre!

—¡Va a pasar una cosa muy grande! ¡San Blas bendito!

Los hombres armados de garrote, algunos con el "cola de gallo" bajo la cobija bracera se agrupaban en las esquinas:

—¡Esta nos cae a todos los morreños, hay que matar a ese vagabundo!

Y el nombre de Juan Tomás volaba entre una oleada de reprobación y de castigos espantosos. Ladraban desaforados los perros, las carretas de la Laguna, detenidas, obstruían las calles que se iban llenando de toda clase de gentes. Ya a las ocho, por la Avenida de la Estación Alemana, afluían los de la parte Norte de la ciudad: el señor Vicario del Partido presidiendo un grupo de sacerdotes y de personas piadosas se abrió paso entre un rumor solemne; las autoridades que desde luego se hicieron cargo del reo abominable; una cofradía con sus insignias, precedida de un estandarte y rezando en alta voz por el alma de Juan Tomás.

Del Arzobispado de Caracas diose orden por telégrafo para un desagravio general en todos los templos; y desde los caminos vecinos de la parroquia, las gentes endomingadas que venían a presenciar aquella impiedad nunca vista, santiguábanse aterradas, oyendo el tañido lúgubre de las campanas a través de los campos.

Venían de San Diego, de El Roble, de Los Guayos, de Guacara misma, de otras feligresías a la orilla occidental de la Laguna: el marido a pie con el pantalón remangado por los barrizales y las alpargatas nuevas sobre el lío de la manta al hombro en un garrote; la mujer cabalgando la borrica enjalmada, recogidas las faldas, toda almidonada, frescota y maternal, con el crío pegado a las ubres, en un vaho de cedro, de leche y de ropa aplanchada.

Los de "Flor Amarilla", con el grueso garrote encabullado bajo el brazo, comandados por el Comisario Mayor que llevaba terciada una tercerola pendiente de un cabestro, fueron acogidos con una rechifla:

—¡Los mata-santos! ¡Los mata-santos!

Y el apodo a los del vecindario del infeliz Juan Tomás corría de boca en boca. Hubo palos y bofetadas; fue necesario destacar sobre la Plaza media compañía del cuartel Anzoátegui, pues la policía apenas lograba reprimir el tumulto.

De hora en hora aumentábase la exacerbación pública. Circulaban especies a cual más tremenda para el pobre sacrílego. El señor Vicario, decíase, había visto llorando esa mañana a Nuestra Señora del Socorro; a una viejita de El Tejal se le apareció el espíritu de un sobrino político y le dijo que Valencia estaba maldita, porque iba a pasar una cosa muy grande. Dos días antes cayó un rayo en el Monolito y en la máquina del reloj de la Torre, parada de pronto en las cinco y cuarto, ¡a la hora misma en que se descubrió el crimen se encontró una lechuza muerta…!

—¡Dios tenga piedad de los valencianos! —gemían las mujeres estrechando sus crías contra el seno, queriéndolas librar de aquella atmósfera de amenaza y de maldición. Otras, descalzas, con los chicos llorando detrás a moco tendido, desgreñadísimas, pálidas a manera de las antiguas pitonisas, iban de puerta en puerta presagiando cosas horribles; no se había echado barbasco en el río y sin embargo los peces se salían dando saltos a morir en la playa, huyendo de un peligro misterioso; en el cielo se notaba cierta tristeza y la luz tenía un tono amarillo, lívido, que jamás se le conocía.

El pánico subió de punto cuando un Capuchino misionero que estaba por tercera vez en la ciudad de paso para Jerusalén, trepó al pretil de la plazoleta, y anatematizó sacudiendo sobre la multitud, como dos alas fatídicas, las hopalandas de su hábito:

—¡Ay de ti, Valencia, ay de ti! ¡Ay de vosotros desgraciados los que vivís en impuro concubinato! ¡Ay de vuestros bienes los que tenéis cómo y no ayudáis a vuestro Diocesano ni contribuís a rescatar de manos infieles el Sepulcro de Nuestro Señor! ¡Sobre vosotros va a llover ceniza como en Sodoma! ¡Las aguas de vuestro hermoso lago se convertirán en azufre, mismamente que en Gomorra, y os anegarán vuestras casas y vuestros sembrados asfixiándoos con vuestros animales y vuestros tiernos hijitos…! Todo ello como no déis una buena limosna por las intenciones del Sumo Pontífice, y hagáis Confesión y Comunión general! ¡Aún es tiempo de salvaros, desgraciados…!

Nuevas oleadas de gente desembocaban por las cuatro esquinas de la Parroquia y la vida y milagros de Juan Tomás, aumentada y corregida en dos horas por los periódicos de la mañana, corría de boca en boca... —Era un antiguo malhechor que después de abandonar a su inocente esposa y de una tentativa de asesinato a su mejor amigo, vivía misteriosamente con una menor que decía ser su hija, a la cual cegó quemándole las pupilas con un tizón en un acceso de ira, y que recientemente desesperada por sus malos tratos se suicidó arrojándose entre las ruedas del ferrocarril...

Así que cuando el infeliz, atado codo con codo, bajo una triple guardia de policía, apareció en el atrio, un griterío de maldición, un clamor de muerte se extendió como un trueno sobre la multitud:

—¡Matasanto!

—¡Bandido!

—¡Asesino!

Los granujas chillaban lanzando silbidos ensordecedores. De súbito una piedra rebotó en el grupo; cayeron tres o cuatro guijarros más y los gendarmes giraron en confuso montón tratando de averiguar la procedencia del ataque, descubriendo al preso que recibió sobre la ceja izquierda un pedazo de ladrillo; vaciló, cayendo sentado, mientras la bárbara lapidación descargaba sobre él una lluvia de guijarros y algunos tiros atronaban la plaza...

Restablecido a poco el orden a puño de violencia, en una carga que con bayoneta calada dio la fuerza de línea, le alzaron del suelo. Tenía el rostro y las ropas bañadas de rojo, un ojo casi fuera de la órbita y en la frente la grieta profunda de donde manaba la sangre espesa, negra...

El señor Vicario se adelantó entonces lleno de mansedumbre y de piedad, amparándolo bajo un ala de su capa pluvial, rodeado de un tropel eclesiástico:

—¡Caridad, hijos míos... caridad!

Y no terminara de hablar cuando un mocetón de pelambre rojiza —medio loco, medio santurrón y medio mendigo, que acechaba el momento— le asestó tan tremendo garrotazo a la cabeza que a no ser por el caritativo hombro de Su Señoría que recibió el golpe a plenas espaldas, allí le deja seco al infeliz sacrílego.

Esta agresión insesata calmó un tanto la brutalidad de la multitud.

—¡El señor Vicario es un santo! —deploraban las personas pías, ¡por poco le mata "Pavo-Relleno", queriendo amparar a ese criminal!

VII

De esto hace ya muchos años. ¡Pobre Juan Tomás! Yo le conocí en el presidio, donde murió. Solía tener, según decía, visiones celestiales y entenderse directamente con Dios, sin influencias ni intervenciones de más nadie. Había olvidado la desgracia original que le enloqueciera. Llevaba con humilde orgullo su apodo de "Matasanto".

Viéndole arrastrar su vida de presidiario, con la testa de chato occipucio y el cogote en una actitud terca y resignada, he pensado que hace mil ochocientos años bajo el gran Juliano, este rudo gañán, este campesino enloquecido de fanatismo, hubiera sido uno de aquellos heresiarcas terribles que disolvían Concilios y hacían estremecer en sus sitiales a los más altos Príncipes de la Iglesia...

Una mujer fría

El hombre resultaba antipático. Llegaba, de tarde. Saludaba con un monosílabo seco al valet que le despojaba de la doble pelliza de gato montés, de las botas de nieve, de la bufanda de lana, ancha, refugio de toses, moteada de copos.

Luego hundíase en el mismo sillón, cerca de la ventana, al alcance de los periódicos; y sorbía lentamente su whiskey mirando a lo largo del enorme cristal de los ventanales el trozo de muro frontero, el cilindro del poste, el paisaje nevado, trunco bruscamente por la arquitectura semigótica, algo renacimiento-italiano al interior de aquel club de viejos millonarios cuyo grupo habitual, el de las 5 y 40, en la penumbra de un salón lejano movíase quedamente, a una luz de morgue; entre una perspectiva de periódicos y de ademanes lentos.

A ratos un cristal chocaba, una cucharilla daba su nota argentina, y rumor de voces venía rebotando sobre las alfombras profundas, desde los cortinajes contrariados por los gordos cordones.

Nadie había logrado interesarlo en una de esas conversaciones generales en las que suelen intervenir los retraídos. Cortés, silencioso, frío, íbase a refugiar en su rincón, o daba largos paseos en el solario que durante siete meses es una especie de invernadero, con jarrones de plantas peludas que son naturales a fuerza de estufa y parecen de fieltro. El lujo de aquel centro "exclusivo" consistía en criados cuellierguidos y en objetos que debieron ser transportados allí no en los trenes rápidos ni en los oceánicos veloces, sino en antiguas diligencias de tres tiros, con postillones de chupa roja y botas vueltas. Acaso aquellos ancianos banqueros, aquellos viejos industriales, aquellos selectos rentistas, no todos ortodoxamente solteros, iban a refugiarse allí por no estar en los tés y las recepciones de sus mujeres disecadas entre sus trajes, sus escotes de atroz anatomía, sus caricias chilladas a "Topsy", "Jervell" o "Terry", perrillos minúsculos de ladrido descomunal y que son rapados o rizados, y tienen abriguillos y duermen en una cuna y orinan en tapices de dos mil dólares.

Pero aun entre estos seres que el mundo llama privilegiados late una sorda desventura, una soledad acompañada de violaciones morales e individuales. Y de ahí esa loca ansiedad de discutir cifras, criticar dividendos o decir con acento malhumorado que los negocios progresarían "brutalmente" sin tanta legislación y trabas oficiales. Todo eso es máscara, defensa, refugio de un presente que cuajó, en los días duros del principio, en las factorías hediondas a humedad, desde el taburete del departamento de caja o azotando calles bajo sol, lluvia o hielo. La etapa final se estratifica tras de un cristal, como un insecto, exhibición de cuyas alas, donde el oro, el cobalto y el rojo apenas señalan su color primero bajo el pinchazo mortal del coleccionista. Un destino inmutable arranca lentamente esa evocación como un tapiz viejo, rococó, a flores rosadas y guirnaldas de plata deja ver el trozo de gaceta con la lista amarillenta de las cotizaciones pegado al muro en las demoliciones de una casa antigua.

Y la filantropía, ese averiguar casi sádico de las organizaciones caritativas con su comité, su papel timbrado en cuyo lema se vuelca un ángel litográfico sobre una cuna o dirige dos huérfanos por un caminito, con sus oficinas amuebladas en caobas, es como una nostalgia de verificar a través de los años, tras la niebla de la ascensión al pico, cómo eran de frías las noches en la boardilla, cuán duras las patatas cocidas en la estufilla alimentada con restos de cajones y qué largo el camino al embarcadero, a la bodega, a la dependencia y cuán cortos los salarios de entonces. En el subconsciente de hombres hechos por sí, un dejo sentimental de épocas terribles, de ese pecadillo de infancia con la miseria, tras de una puerta. Y que allí seguirá la vieja prostituta, tras de la puerta, esperando las primicias de los otros. Casi todos enferman, sucumben, pero unos pocos sanan. Pasan y se instalan a pensarlo, consolados de haber roto la solidaridad desagradable.

Ya por los veladores, en el brazo de los sillones, advertíanse las carátulas de sus libros "tropicales" que lanzan por miríadas los novelistas de invierno: escritos con notas de excursión económica... Panamá, Honolulú, las Bahamas. Carátulas con una maja, un toro, un caimán, un mejicano... "Bajo los fuegos ecuatoriales", "España al Sol", "Canela filipina".

Así se calienta la imaginación, y un poco los huesos. Y esa tarde la conversación se había animado, de súbito. Afuera, 16, 18 bajo cero. Adentro, en derredor del grupo —tres o cuatro— íbase formando una atención ociosa. Cayeron algunos anteojos de algunas frentes contraídas: arrimáronse ciertas butacas individualistas; dejáronse muchas revistas fuertemente dobladas en el "stock-exchange".

Las "caridades unidas" se había fijado un objetivo: tantos o cuantos millares. En forma de termómetro un periódico exhibía su gráfico: la columna negra debía ascender hasta cierta cifra, e iba lentamente: el de la pared llevaba la contraria: dentro del tubillo diabólico una tímida pulgada batallaba con la rayita del 15...

Cierta calma radiante precia presidir aquel conciliábulo. Ya los niños, "nuestros niños" no morirían de frío, ni el obrero ocioso de desesperación, ni la vieja de anginas; y, sobre todo, ¡se batiría un récord!

A ratos advertíase en el vestíbulo una entrada presurosa. Otro señor, gordo o flaco, despojábase de fieltros y de astrakanes, se incorporaba al grupo. A ratos, también, distinguíanse en la antesala lacayos empaquetando dentro de sus abrigos al setentón en retirada. Subíanle al coche de lujo, el conductor le abrigaba maternalmente las piernas con dobles frazadas, golpeaba la portezuela y tres cuartos de siglo y cinco o seis millones de pesos iban calle abajo, lanzando chisguetes de lodo helado a las obreritas que van de prisa, con la naricilla azul, a atrapar un tranvía atropellando a otros tres cuartos de siglo que atravesaban a pie la esquina entre canjilones de hielo y azoramiento de autobuses.

—¡Maldito viejo! —gritaba el chofer enfurecido con la emoción del viraje brusco.

Y el viejo de afuera daba cuatro saltitos ridículos hacia la misericordia de la acera, y se reía: y el viejo de adentro se reía de la cólera de su chofer y del minué del viejo de afuera.

No; la humanidad no es mala. La vida ofrece sus satisfacciones íntimas, los hombres son hermanos a pesar de todo... El crepúsculo de invierno es de una belleza y de una calma supremas: el "boss" áspero, el "big-shot" del carbón, del caucho o de la gasolina dirigíase, bonachón, a su criado de librea gris:

—¡Muchacho! ¡Qué te imaginas! Ya vamos marcando dos millones y cuarto de suscripción... ¡Tú ves! Y dicen que los ricos...

Pero esta vez no pudo evitar el bache, ni la atravesada del enorme camión "Alimentos Consolidados" y el vehículo de dieciséis mil dólares pegó un brinco y la testa del viejo de adentro casi fue a dar al vidrio luminoso del plafón:

—¡Johnny, condenado!

—Es que... perdone, sir.

—¡Es que eres idiota... Van ya varias!

El muchacho tiembla, bajo su librea gris y su pelliza de cuero porque si pierde "el trabajo" —como Tomás, como Frank, como el otro que no recordaba—, ya él conocía desde chico cierta larga cola en cierta puerta por donde surge una mano municipal y vierte en la escudilla dos o tres cucharadas de sopa. El edificio es alto, muy alto. Luces amarillas marcan el caballete contra un cielo de algodón prensado. La cruz de luces radia, aún más alto. Su hermanita Clara murió, precisamente, en la primavera del '31, cuando la hilandería cerró. Allá no está sino la madre que lava pisos en la Telefónica; la otra, Gerttry, que se fue para el Oeste con pestañas postizas y un agente viajero; y Red, el chiquillo, pisando con el tobillo desde que se le estropeó el aparato que le pusieron en el hospital y que debe estar allí, en su esquina del cruce del Imperial con las Avenidas Príncipe Oscar, alargando, todo afónico, las "de la tarde".

—¡Star! ¡Herald! ¡Star! ¡Extra!

Acá es otra cosa. Estos ancianos poderosos que se quedan en el salón comentan, acaloradamente, el asunto clima. Y uno dice —ese de los "Alimentos Consolidados" compañía limitada a varias cadenas de restaurantes cuyo neón luminoso se distingue (como lo rezan sus "menús")— a través del Continente: sopera azul que pasa a rojo, violeta y blanco dejando borbotar suculentas chispas de sopas multicolores.

—¡Ustedes, los del trópico, no tienen estos problemas! No es comer, amigo... Es el clima. Aquí, calentarse es más importante que alimentarse.

—No es muy bueno el tipo de propaganda que le haces a tus "consolidados" —observa otro que "controla" el carbón del distrito.

Es largo, flaco, ojilargo. Preside organizaciones de casas-cuna y fue Pastor en una misión en el Camerún.

Pero Patricio O'Hara, el irlandés formidable, ancha mandíbula, pelirrojo y católico, y que posee, además de sus pies enormes que conocen todos los pedregales de Cornwallis y mantiene, a pesar del Ulster y de sus flotas fluviales con estibadores a veinticinco centavos la hora, una naturaleza rebelde, interrumpe al detestable "bloke" de la city:

—¡Es que algunos individuos somos ricos, pero somos humanos!

El inglés le corta, en seco:

—¡Humanos! ¡Humanos! —y sonriendo en frío y orificaciones— Patricio O'Hara, O'Connor, caballeros, es humano. Lo dice él.

—Lo digo y lo compruebo —exclamó, rojo, batallador—. ¿Por qué subes tu carbón ahora, con el mismo costo de producción del año pasado... y ni una sombra de peste de huelga...? ¿Por qué?

—¡Ridículo! Es la oportunidad: hay mayor demanda. ¿Acaso Nuestro Señor no dispone desde el cielo sus cosas de temperatura...? Los pobres accionistas también son gente, buenos padres de familia y los gastos de administración reducidos benefician a todos.

Un hombrecillo redondo, conciliador y apelotonado como un gato, se quita la pipa de Briar, enorme, escupiendo erres y humo; interviene:

—¡Muchachos, muchachos!

—¡Refiere, con su aire sardónico de celta más refinado, más sutil que el otro, el irlandés violento, que la cuestión de calentarse por dentro es tan importante como la de calentarse por fuera.

Y alude a las copas vacías; pero es otro, cuyas hipotecas vencidas no le permiten terciar de palabra, quien ordena la ronda. El escocés acaba de desperezarse, sorbe en el enorme vaso de cristal tallado,

cata, con una chispa de malicia en sus retinas grises —¡excelente!—.
Y empata el tema:

—Sí; yo estuve en Suramérica hace veinte años y muchísimas revoluciones, que allí las llaman ahora movimientos. Antes de que el cine nos estropeara al público… Con la "Horn"… no, perdón, con la que se fusionó después, la "Evaporated" o cosa así… ¡oh! el Brasil, ¡hermosa tierra! ¡Mucho calor! Allí, en la Colombia del Panamá para abajo, una maldición de calor. Y un pobre se tumba debajo de una banana y, ¡allí tienes, William! Tu "stock" quedaría para asar plátanos. Todo es relativo en este mundo: el Señor da calor a los pobres de allá y frío a los accionistas de carbón acá… a los administradores de los accionistas —añadió, con la carita de gato vuelta un jeroglífico de arrugas.

—¡El clima, el clima! —gimotea el viejito silencioso del grupo, abogado general de los Bancos Pearry y que conserva sus guantes puestos a una dulce temperatura de setenta grados, que hace más cordial el corro.

De súbito, todos se han vuelto a la izquierda del sofá: el hombre antipático, escasamente conspicuo en la conversación, se acerca. Parece conocérsele mucho. Le abren puesto deferentemente; le ofrecen un vaso, que el criado va completando del sifón con ojos interrogantes.

Más allá, desde un diálogo, hílase el ovillo de una charla a media voz que pasa a contribución general. ¿Es el clima lo que constituye el temperamento de la gente, o es este temperamento lo que valoriza el clima?

El escocés torna a beber, y continúa, con evidente rosicler en las mejillas de presbiteriano:

—No… "¡my God!". Pero, por ejemplo, las mujeres del trópico…
Se oyen voces de protesta cómica:

—¡Malcom!

—¡Caballeros!

—¡Moción de orden!

El tema es divertido. Para la generalidad de los hombres del Norte, para quienes la novela y el cinematógrafo a base californiana, tejana fronteriza, con enormes sombreros y dos revólveres y los "romances" de Carmencita, un charro aragonés que resulta ser mejicano y que dice "madre de Dios", sudamericanos cetrinos, de Palm-Beach, y señoritas de bar que protege un capuchino del siglo XVI, y mulatos o indios semidesnudos que un joven ingeniero de "Coloredo" sujeta a punta de pistola amparando a la linda heredera del rancho "educada" en Europa y que esos "pelucas" quieren robar y sabe Dios qué más, en ese trópico fascinante no tiene sino presentarse cualquiera de estos señores para que el ambiente social se transforme. La civilización establecerá sus fueros; el "outlaw" recibirá su merecido, y la pobre señorita que "se educó" en España, de donde era su abuela, y cuyo padre es el hacendado "don Pedro" —a quien asesinaron sus peones agradecidos—, todo lo que tiene que hacer es llegarse al campamento de los ingenieros redentores y la tierra y la muchacha se han salvado.

—¡Estas mujeres del trópico!

Alguno se vuelve al recién llegado.

—¿Usted, qué experiencia tiene? Usted creo que ha vivido muchos años en el Sur.

Muy suavemente; sin darse por aludido, con un acento que se afirma en el curso del relato, habla con una voz blanca, esto es, sin inflexiones de censor. Refiere lances diversos sin que aparezca él como protagonista. "Supimos"… "vimos"… "luego nos dijeron"… Como ausente dentro de un perfecto desinterés de buen gusto.

Interrogo, casi sin completar las frases, a mi vecino:

—Sí; es rico; ¡muy rico! Posee vastas concesiones en Bolivia, en Yucatán, ¡qué se yo!

A ratos, sacudiendo la ceniza del cigarro, se deja interrumpir; aclara un concepto; explica un tecnicismo. Y la voz es igual; sin modulaciones musicales casi. Es ese inglés terso que hablan en Australia, sin el desenfado de los Estados, sin la reseca expresión de Nueva Inglaterra. Tampoco con el afectado final "chesta", loma, sueta (*chester, lomer, sweater*). Ni el acento ahumado, opaco, del londinense del West-End.

¿De dónde es este hombre? Da lo mismo que sea de la Colonia del Cabo, o de las Antillas, de las Hébridas o de Boston: lo que dice es claro, simple; y como se adueña de la atención unánime porque aúna la virtud de dejar hablar a quien esté hablando y no tiene el prurito de ser más oportuno, más brillante o más memorioso que el interlocutor, llega al término de su conversación, sencillamente:

—... y, naturalmente, he conocido algunas mujeres en esos países... Pasé la juventud, su agitación tonta, su egolatría, tan simpática y tan... inofensiva. Estuve en el Japón, en Santiago de Chile, en la India. Viví en el Brasil un poco, al dejar a Cambridge. Yo conozco algo a Europa Central; estuve en Rusia algunos meses y bastante en las repúblicas centroamericanas. Mi estada mayor fue en los países escandinavos. Mi padre tenía negocios de madera en Helsingfors. La familia vivió siempre en Dinamarca. La impresión que tengo es que el asunto "temperamental" es un fenómeno de épocas.

—¿De épocas?

—Miren ustedes a este ejemplo: la mujer más fría del mundo creo que la tuvimos entre 1929 a '33...

—¿Cuando la crisis? ¿Tuvo algo que hacer la crisis económica con el temperamento femenino?

—¿Una cuestión de bolsa? —apuntó, burlón, el escocés.

Sin inmutarse, responde:

—Sí y no. Pero el caso fue este: El jardinero que tengo ahora me refirió que hallándose sin trabajo pasó días muy malos. Llegó a tener que dormir en los parques, sobre un banco, o acurrucado en las salas de espera de las estaciones: ni el níquel para pagar un "refugio" nocturno, las escasas yardas bajo techo. Y ese fin de septiembre era de un otoño prematuro. El frío se iniciaba, insoportable, de madrugada. Vagando aquí y allí, una tarde topóse con un viejo camarada, ebanista desocupado... Le exigió una moneda ¡nada! Veintiocho centavos, diez ¡cualquier cobre!

El otro le explicó: No; dinero no tengo. Ni un podrido penique. Pero tengo las tarjetas del Socorro Directo... La mía, la de mi mujer... la pobrecilla, que... ¡Bueno, qué va a comer!

—Como ustedes saben, es el trozo de cartulina municipal con la orden permanente a la bodega para que le den al portador cierta cantidad y cierta clase de víveres... Como casado y recomendado por una institución del ramo, su ración era doble. En casa, pues, tenía comida. Le pagaba el Municipio directamente al casero un alquiler de emergencia para que no lo echase a la calle... Pero no iba a permitir que él siguiera así, sin tener dónde dormir y comiendo al acaso. En fin —le instó—, no hay más que hablar: te vienes a casa. En ciertos momentos hace falta un amigo. Allá, por el momento, tenemos lo suficiente. Y ya en la casa —un estrecho tugurio con una salita, el dormitorio y su cocinita empotrada al fondo—, lo vio tan fatigado, con los pies tan adoloridos que le dijo de súbito:

—Mira, viejo: tú no te puedes tener de pie; vete al lado y duermes en la cama...

—Yo estaba como idiotizado de hambre, de sueño —me confesó el muchacho, pero tuve que protestar—: No, chico, ¡qué ocurrencia! ¿Y tu mujer? ¿Y tú?

—¡Oh, mi mujer! —se encogió de hombros con amargura, con despecho. Le dio una palmada en la espalda:

—Mira, viejo: yo no soy hombre de escrúpulos tontos ni de preocupaciones religiosas. Anda y acuéstate. Yo me acomodo aquí en la salita, con este sobretodo.

Supondrán ustedes que mi pobre jardinero hizo cuanto pudo para disuadir a aquel marido tan… generoso. A cada objeción se echaba a reír, casi con ira:

—¡No seas imbécil! Te estás cayéndote de tus pies. Yo estoy siempre por encima de preocupaciones burguesas. ¡Qué diablos! ¿Somos proletarios, sí o no?

Y lo empujó hacia el cuarto oscuro que la cama matrimonial, único mueble no embargable, llenaba casi… Cayó allí de bruces, al lado de la mujer, acurrucada en la sábana, contra el muro.

El círculo se hizo más estrecho: hubo toses secas. Los cuellos de algunos se estiraron de soslayo. Otros apuraron bruscamente el resto de whisky.

El camarero, estupefacto, oprimía nerviosamente el sifón, bañándole una mano al irlandés O'Hara.

—A la mañana siguiente, el pobrecillo salió todo cohibido, ya más dueño de sí y de sus piernas. Su amigo habíale puesto, en una punta de la alacena, un tazón de cereales, pan, mantequilla, café.

—Dormiste bien y largo, ¿eh? —le preguntó con aire indiferente.

—Sí, muy bien —y metió la nariz en el tazón de avena. Comía en silencio, aplacando un hambre que no le permitía pensar.

Secóse los labios con el dorso de la mano. Fue hacia la ventana; miró la callejuela empinada, el asfalto agrietado, la tristeza sucia de los interiores de barriada.

Su amigo quitaba los restos del somero desayuno, envolviendo cuidadosamente los aprovechables.

El otro sintió una especie de ira vergonzosa, un loco deseo de poner fin en alguna forma a aquella hospitalidad exasperante:

—¿Sabes una cosa, chico? ¡Tu mujer sí que es fría!

Envolviendo el pan en un pedazo de periódico, sin volver la cara, le contestó malhumorado:

—¡Claro! Tiene así, muerta, dos días y no he conseguido dinero para enterrarla hasta hoy. No tengo apuro tampoco, porque estoy aprovechando la tarjeta de ella mientras tanto. ¡Tú comprendes!

Las hijas de Inés

I

Eran tres las hijas de Inés, eran tres y rubias todas tres; del oro muerto al rojizo de catorce quilates, al amarillo neto del de dieciocho.

Iban a todo: bodas, defunciones, grados, bautizos de niños, de libros; homenaje al doctor Matamoros por haber cumplido medio siglo ejerciendo su apostolado a través de los cementerios; elección de la Reina de Guaracarumbo; ternera danzante por el ascenso del subteniente Procopio Crespo C.; té-canasta a beneficio de los siniestrados del penúltimo terremoto; recital poético para levantar fondos en pro de los leprosos célibes; fundación del centro cultural Patanemo... En fin, peregrinaciones a la Virgen de Cocorote, llegada de los marinos del "Shafernow", recepción del nuevo Obispo de Ipire... Yo me las encontré en los sitios más absurdos, en los actos más raros. La última vez que creo haberlas visto estaban en el lucido baile a que dio motivo la presentación de la tesis de doctorado del hasta entonces bachiller Lupercio Chacón, hijo —un hijo del general (r) Lupercio Chacón— que despertara un enorme interés científico en aquellos días "La meningitis caprípeda en los dolicocéfalos humanos"... Fue más público al Paraninfo —todo Caracas, pues— que cuando el ensayista Anastasio Pereira Guánchez, nos leyera, tras de una mesita y un vaso de agua, en el grupo

"Aquí Estamos", aquel admirable trabajo suyo, tan anunciado y nunca bien ponderado que trataba, que trataba —¿de qué trataba, Dios mío?, los años le quitan a uno el placer de recordar... Era algo del indígena congénito, la geografía económica del estero de Camaguán o la Revolución Federal como revulsivo sintético... No recuerdo bien. Éramos una docena escasa de oyentes, sí, ¡pero qué entusiasmo! Incluso el de las tres hijas de Inés... Estaba visto que el público prefería, sin embargo, las tesis científicas a estas "vagas divagaciones" —me sopló al oído el doctor Talavera de la Fuente, quien, además de sus grados académicos, su reconocida autoridad lexicográfica y sus largos "estudios" (seis columnas y pase a la página remota del tercer cuerpo del periódico), "honraba las ediciones extraordinarias con su eminente colaboración....".

—Pero tiene una lengua como una navaja de afeitar —murmurábamos extasiados sus admiradores, cuando nos reuníamos unos cuantos estudiantes en el Bar "Las Tres Puyas" a hablar mal del Gobierno y de todos nosotros.

De eso hace ya ¡cuánto tiempo!... Y aún recuerdo, sin embargo, sus conceptos esquemáticos, refutando al bachiller Díaz-Sopena, que era de "la nueva promoción" del Politécnico: "No obsta ello, bachiller, para que en función docente se polarice la expectativa cultural —y se dice culturativa, jóvenes— hacia cauces y causas perentoriamente contaminadas o, por mejor decir de un modo moderno, saturadas en el principio de los vasos comunicantes, suerte de ósmosis psicológica, impersonal y colectiva, aunque en cierto modo negativa del ego y de sus derivaciones didascálicas...".

Era el doctor, así y todo, muy criollo, vulgarote a ratos; y ante Díaz-Sopena, ya enfurecido y verdoso, añadió con exquisita ironía:

—Eso que usted dice, ya el gran cipote de Pascal lo había dicho...

Intervine, para que no le fuera a faltar al respeto a las damas presentes, proponiendo una nueva teoría de los vasos comunicantes que calmó un poco aquello.

Y como las hijas de Inés iban también a los cursillos de capacitación que el sabio español Sinforoso de la Cruz y Toste dictaba en la vieja Universidad, y no eran extrañas a las polémicas literarias y a las palabrotas no muy literarias, tales como la que se armó cuando el crítico Samovar Ramírez disertara sobre los orígenes de la novela en función de gobierno, o del gobierno en función de novela…; pues, de esto, como digo, hace ya tiempo y uno confunde un poco las cosas, una de las hijas de Inés que leía mucho, creo que la pelirroja o la pelicana, me hizo observar, piadosamente:

—Dése cuenta que Venezuela ha avanzado muchísimo. Es lo que yo le vengo diciendo a mi papá. Mire, el mes entrante, ¿sabe?, llega Clark Gable en persona… Y ya están instalando en la Avenida del Este, ¿no sabe?, donde era antes Sabana Grande, la vaca automática, ¿no sabía?

Como acababa de verlas, no supe cuál de ellas se dedicaba a la pintura abstro-impresionista, y me despreciaba profundamente. Me oyó preguntar en una exposición, ante una de sus acuarelas, con esa ingenuidad de los ignorantes, si aquellas figuras del primer plano eran "Los bañistas en siesta" o "Mariscos en berenjena". Atajó, desdeñosamente:

—Sin duda, esa. Sí, señor, la última palabra en materia de nutrición compensada, a ver si se acaban las arepas, las caraotas y otras cochinadas que la gente pobre come. Los lecheros están furiosos, ¡pero no importa! Lo moderno se impone; el pueblo tomará leche pura sin que intervenga ningún animal…

—¿De quién hablaba, Leonorcita?

Cambió de expresión, hizo un mohín graciosísimo sacudiendo un haz de cocuizas sobre la boquita en culito de pollo:

—¡Usted, siempre tremendo!

Y fue a sentarse cerca de él, dejándome abrumado con su desprecio.

II

Al doctor Talavera de la Fuente no le ahorcaban por un par de millones de bolívares para aquella época, y Haydée, la mayor de las hijas de Inés, se ponía frecuentemente melancólica al lado del empecinado solterón.

A la salida de estas reuniones, con ese resto de hidalguía del caraqueño viejo, hacía subir a la familia a su Packard cromado, se sentaba al lado del chofer, de guanteletes y guardapolvo blancos, diciendo en el francés de 1900:

—*Allons, enfants de la patrie!*

Era un encanto este doctor Talavera, cada día más simpático "y como si no le pasaran los años"...

—¡Ay! —me confesó un día Inés, suspirando—, ustedes los hombres duran mucho. Y eso que el doctor lleva una vida... Una vida de muchacho, sin cuidados. Él tiene posición, pero eso no es todo... ¡no se cuida! ¡Falta le está haciendo una buena esposa!

Pues Inés, dígase lo que se diga, tenía un corazón de oro y era así, francota:

—Mi hija Haydée, por ejemplo, y no es porque es hija mía —comentaba con ese curioso italianismo aún perdurable en los últimos tiempos del barrio de San Juan: "La esposa mía, el hermano mío, la hija mía"—, se preocupa la pobre por todo el mundo: la gata "Fifí", la sobrina de la negra cocinera que dio un mal paso, ¡en fin, y la que más se me parece! Mire, esto es muy confidencial: el otro día estuvo a ver una amiguita enferma… ¡y la encontró en la piscina, y tenía gripe! Y, ¿con quién cree usted que estaba?

—¿Con Toño, el primo? —arriesgué.

—¡Qué va, niño!, con el doctor Talavera. ¡En trusas de esas hasta aquí! —y la pobre Inés se tocaba las ingles—. ¡Qué señor este! Y ella, pobrecita, no se la voy a nombrar: en taparrabo de celofán que le trajo de "Mayami" su marido cuando estuvo allá en misión de buena voluntad, de buen vecino… yo no sé… La pobre Haydée llegó escandalizada; y es lo que ella me decía, no es que crea yo en esas exageraciones de ustedes cuando hablaban de las medias de seda carne y las Ligas contra la inmodestia porque las muchachas anden en "shorts"; no, eso no; pero, ¡caramba, hasta los calzones tienen sus límites!

—Sí —repuse, por decir algo—, por lo menos los "zippers".

—¿Los qué?

—Los cierres automáticos: esas rajaduras largas que se abren y se cierran.

Y le expliqué el funcionamiento, con mi incurable torpeza descriptiva.

Ella protestó:

—¡Jesús, niño, qué indecencia!

Nos echamos a reír honestamente, si bien la segunda de las hijas de Inés, la de la crencha pálida, acercóse y algo alcanzó de los comentarios:

—¡Mamá, por Dios! ¿Qué pensará este señor? … Tú dices unas cosas…

Y ella, sofocada, cariñosísima:

—Es un viejo amigo mío… No nos veíamos desde… ¿desde cuándo?

Con un esguince de tacto, la auxilié:

—No hace tanto… Es que para usted, Inesita… los años… Si pasan no se les nota… Estamos en la época supersónica… Creo que fue cuando la temporada de la Barrientos —mentalmente la recordé allá, por el primer Centenario en 1910 y '11. Calculé muy mal; y tanto, que me corrigió, benévola:

—¡No…! Cuando la Barrientos yo todavía estaba en el colegio de El Paraíso, con la falda a la rodilla. Pero esta —bifurco rápida el orden de ideas—, esta que se me quiere casar ahora ¡y tan joven!

—El amor no tiene edad.

E Inés, con su francés de San José de Tarbes y del viajecito a Europa, condescendiente, suspirando:

—¡L'amour ne peut rien refuser à l'amour!

La de la crencha pálida nos miró asombrada. Pero como era tan burlona, no pudo contenerse:

—¡Ay, qué gracia! Bailaban minué, usaban guetas y sabían "el lenguaje del abanico…". Mi tía Clara Isabel creo que lo conoció a usted mucho en Macuto… Me contaba de un fulano trencito de Matarán… las palomas de "La Guzmania", donde mataron a Crespo, y de otro Presidente, y que se envenenó comiéndose una lechosa.

Quise explicarle que su tía era una respetable matrona entonces; que yo era un chiquillo y ella me llevaba de la mano; que Crespo… Pero era tan encantadora aquella cronología, todas aquellas reminiscencias absurdas, que iba a resultar un pedante. Corregir a una niña que había leído a Sabatini, que citaba la "post-guerra" y a Huxley y a Gallegos, y a Beethoven, lo encontraba yo… ¡en fin, al lado de Strawinsky, ¿usted comprende? Adoraba las novelas existencialistas, el "botecito"; "La ciudad mágica".

—¡Ay, qué de recuerdos me trae usted! —continuó Inés, como si yo, con mis cuarenta contados, llegara de las Cruzadas, de saco de estameña y bordón—, ¡qué de recuerdos!... ¿no sabe aquellos versos de Andrés Mata:

"... *debajo de los árboles...*"?

y la luna y el río y yo no sé qué más... La mirada absorta evocaba los uveros retorcidos sobre las rocas, la tibia brisa del Caribe que despeina los cocales; y en un abandono confidencial:

—¡Andrés era muy enamorado!

—¡Ay, mamá, qué plancha!, como decía mi tía Clara Isabel.

Pero su madre la cortó, severa:

—Todavía yo no había conocido a tu padre; antes del viaje a Europa... Y además, bobadas de las muchachas inocentes que éramos entonces. Recoger almendrones y jugar "mah-jong" en "La Alemania"... ¡como si ustedes hubieran inventado la juventud!

Iba a despedirme, cuando Leonor Cecilia, la que interrumpió la trilogía rubia con un azafrán de oxigenada, llegó al "porche" en el carro del doctor Talavera y nos saludó con un: ¡Buenos días todo el mundo!

—Mamaíta, vengo corriendo a cambiarme. Nos vamos ya para Tanaguarena.

—¿Con el doctor?

Y otros "boys"..., los morochos Inchauspe, la nena Istúriz, Coco Rodríguez y un sobrino del capitán Cucufate Padrón, que va para La Guaira.

—¿Pero vuelven, cuándo?

—No te puedo decir, mamita, porque hay un proyecto de pesquería, hasta Higuerote en la gasolinera de Tomás Azcárate y creo que será cosa de dos o tres días... lo más, una semana... Yo te telefonearé; y si no, ya sabes. El doctor Talavera nos lleva, pero él se tiene que regresar porque hay sesión solemne en el Congreso; parece que se murió un senador y lo van a velar en el "Countris". ¿Trajeron los retratos? Para que veas qué bien quedamos. José Manuel salió magnífico, ¡parece un lord! Yo fui la que quedé un poco majunche...

Desapareció entre una ráfaga de telas fugaces sobre sus ancas de yegua joven. La otra me tendió la punta de los dedos:

—¡Mucho gusto!

Y se marchó tras de la hermana.

—¡Estas niñas no paran en la casa! Ahora otra escena cuando venga el padre.

Y me despidió con una sonrisa de mártir. Yo tengo una compasión enfermiza por los ricos tontos, por los perrillos afeitados, por los muchachos que quieren "surgir" a punta de desfachatez, ¡son tan simpáticos!

III

Al padre no se le veía casi nunca. Al menos yo no lo vi con ellas más de dos o tres veces. Era presidente de un banco, benefactor oficial "del alto comercio", que decían allí. Gastaba un dineral: hablaba poco; y una ocasión me lo encontré solo, contemplando pensativo un albañil que estaba destapando en el campo de golf... Nos saludamos. Y a vuelta de unas cuantas frases banales, me preguntó:

—¿Cuándo se va?

Le dije que yo era de allí, que pensaba estarme una temporada; que uno siempre quiere a su país, que le gusta vivir en él y que a veces no lo dejan. Brusco, me cortó:

—Pues váyase pronto. Esto está podrido, con leyes de trabajo, con impuesto sobre la renta... y las "utilidades", para que estos beban aguardiente.

Y con un gesto me mostró a los dos peones de albañil que sacaban a brazo, del canal, un fango verdoso, hediondo. Como el país, pensé yo, bajo la influencia de aquel filántropo desencantado.

IV

A través de otros encuentros, exposiciones oficiales, homenajes a "nuestros valores", recepción a extranjeros "distinguidos" o francachelas privadas, adquirí cierta confianza con esta gente.

Entonces Leonor Cecilia, que llevaba un "flirt" intermitente con José Manuel Palmarejo, me participó que se habían comprometido y hasta me invitaron "en familia" a una especie de "cruce de aros". Fue algo aburrido... Haydée, condescendiente, me trajo el primer "martini". Le pregunté por el doctor Talavera; me puso al brazo con cierto primor la servilleta y repuso, displicente:

—Pues mire, no sé. Hace tiempo que no lo vemos... A su edad, puede que esté enfermo o temperando —y añadió despectiva—. Se la pasaba "de película" con unas rumberas de cabaret.

Tras de Haydée perfilábase un mozo alto, de anteojos de concha enormes y ojitos acuosos, huidizos.

—Le presento al Bachiller Bárcenas, o mejor dicho, al periodista Bárcenas, porque él acaba de graduarse y es de la redacción de un diario de aquí. Las sociales de él dan el opio... Y, a propósito, ¿usted no va el viernes a casa de los Cavendish? Somos de los íntimos. ¿Usted los conoce?

—Posiblemente vaya.

Eran los Cavendish una pareja americana, vagamente tejanos, muy sociables y obsequiosos y daban a cada rato "partís" o "páris", como lo pronunciaban allí.

—Bueno, los dejo, amigos… Y ya sabe, Bárcenas, lo del compromiso de Leonor, no se olvide… Este Bárcenas, tan olvidadizo, ¡pero escribe fantástico!

En efecto, a la media hora de estar charlando "fantástico" con él, a fuerza de whiskey y cigarrillos no me quedé dormido.

V

Y dos o tres semanas más tarde, precisamente en casa de los Cavendish, mientras alguien que no recuerdo, creo que un joven economista, sujetándome por las solapas, me explicaba, sombrío:

—Y si se acaba el petróleo, mi amigo, con una moneda alta y el costo de vida, va usted a ver las caraotas en helicóptero… Esta gente está creyendo que las reservas… que los Roquefeler…

Me tocaron la espalda. Era la novia de José Manuel. La cabellera como un cometa, la mandíbula tensa, un descote a media espalda que apenas retenía en el raso "rouge Scarlet O'Hara" unos senos blanquísimos, arrancóme del suplicio y me llevó casi en volandas hacia una galería lateral. Olía a desesperación, a pequeña tragedia… Bajo la luz cruda del salón de baile me pareció envejecida de repente; y más cerca, los ojos más hondos, casi lóbregos. Con todo, tenía la belleza de las resoluciones extremas. Sí, olía a desesperación.

—Vamos a bailar… Les pedí a los "Billo's Boys" "El botecito" o el *yaz* más tremendo que tengan. Vamos a tomar todos los cocteles que podamos… Yo creo que no te desagrado.

Cuando se ha doblado el cabo de las tormentas con la quilla en buen estado, empieza a adquirirse una especie de solidaridad masculina. La interrogué, concienzudo:

—Pero... ¿José Manuel?

Me torció el brazo como un muslo de gato que brinca...

—¡Bah!... Yo lo detesto, ¿sabes?

El tuteo inesperado se abría como un portón.

Vislumbré por allá, entre un grupo muy animado, a José Manuel, gesticulando frente a una de las "íntimas" de Leonor, Gladys Fuenterrabía, hija de un diplomático vitalicio. Y hasta nosotros llegaron algunas frases:

—¡Déjese de eso... yo lo conozco a usted! ¡Pobre Leonor Cecilia! —y se reía Gladys como una loca, mirando hacia nosotros.

Por debajo de una sonrisa tetánica y clavándome a mí las uñas por el antebrazo, Leonor murmuró:

—Con esa... —y lanzó la palabra, roja como una fruta.

Me encogí de hombros. El José Manuel fue conocido mío muchos años atrás. Me fui lejos. Él fue aún más lejos, quedándose: le dejé oficial supernumerario en no sé cuál Ministerio y ahora estaba en la "Evaporated Oil Company", le llamaban "el doctor Palmarejo" y míster O'Callagan lo quería mucho... Convertible, el hipódromo, "coimas" de antiguos nexos oficiales o "boladas que se presentaban", y un vocabulario cubanoide, anglicado, con estrías de cine argentino y un indudable gracejo venezolano. Era correcto, comedido o vulgarote o canallesco —de acuerdo con sitio y circunstancia—. Vestía muy bien; a tono con la hora y el acto. Veíasele frecuentemente de golfista en el "camp" con un grupo de americanos; y todo era "okey" y "buenas conexiones".

—"Come back, Joe!" —le gritaba desde lejos míster O'Callagan—. "Don't be afraid!".

Y él, dejando el grupo de muchachas y señoras jóvenes que en aquellas radiantes mañanas del abril caraqueño se pasean por los corredores del club con abrigos de pieles, respondía enfático:

— "Yes, sir: just a minute!".

Echaba a correr, con los caddies detrás, como un conejo de calzones bombachos perseguido por los ratones.

Pero aquí estaba en su hora galante… Al pasar nosotros, precisamente, protestaba:

Palabra de caballero, Gladys: eso se acabó, puedo jurárselo.

VI

No es prudente contrariar a locos en trance o mujeres despechadas; y aunque maldita la gracia que tenía todo aquello, resolví aceptar la situación. Bailamos un "botecito", *jazz, boogie-woogie*, ¡Dios sabe qué!… ¡Y aquel condenado negrito, con su sonrisa del más bello marfil y la bandeja de copitas! Empecé a echarme a perder. Desde la Escuela Naval no bebía yo tanto.

Pero surgió ante nosotros, providencial y expeditivo, un joven intelectual que vino a saludarnos. Era un mulato esbelto y guapote, con ojos muy negros de una delicuescencia de aceite. Vi la mirada que cruzaron y comprendí que aquello tenía un pasado. Además, se tutearon al encontrarse. Y como el negrito con sus dientes fulgurantes me alargaba otro *wiskey*, evadí el lance:

—Bailen ahora ustedes… Estoy algo cansado.

Me miró ella con el aire despectivo de la primera vez e hizo un mohín encantador… Pero el joven no quería dejarme hasta que no le prometiera formalmente darle mi dirección para enviar, con autógrafo, el poemario que acababa de publicarle el Ministerio de Educación: "Presencia de tu ausencia permanente" …

—El título es ya una belleza —suspiró ella, colgándosele del brazo, extasiada y sin ocuparse ya más de mí en este mundo.

En plena retirada, el poeta aun me amenazó desde lejos:

—Si no se va tan pronto para el exterior, podemos leer juntos algunos capítulos de mi ensayo de interpretación: "Metempsicosis del General Páez".

VII

Salí al vasto jardín inglés, de bojes recortados y arenas blancas. En la madrugada, con un presentimiento de luz, el cielo tenía una diafanidad incomparable. Nubecitas blancas, como las vírgenes tontas que no lograron encender sus lámparas, venían retardadas desde el fondo de Valle Abajo. Ya en los cerros se habían apagado las lucecitas de los ranchos. Una majestad aborigen y solemne contrastaba con la bulla y las músicas dislocadas que a ratos surgían de las terrazas. Me iba otra vez; ahora aún más lejos… Porque yo nací un 18 de diciembre, día de San Ausencio. Era mi sino.

Esta poesía, esta noche, ¡efecto de Leonor Cecilia, del negro de la bandeja, de aquel poemario y de las metempsicosis del General Páez!

Regresé al salón; me escurrí hasta el vestíbulo; y al ir a coger el sombrero vine a quedar frente a Inés toda sofocada, que me hizo una serie de preguntas ansiosas: ¿Había visto a las muchachas? ¿Dónde había dejado a Leonor Cecilia?… Y mientras me interrogaba iba lanzando miradas furiosas a las dos señoritas y a la niña que estaban con José Manuel en una mesita, al aire fresco, sin hacer mucho caso a mis respuestas, tan incoherentes como sus preguntas: Sí, estuve con Carlotica, la dejé con el del poemario cuyo nombre no recuerdo; a Natalita no la he visto; a Haydée la alcancé a ver de lejos, bailando con un musiú; yo estaba por ahí, en el jardín, cogiendo un poco de aire... ¿Su señor marido?, no lo he visto en toda la noche.

—Ese, ni le pregunto; se mete en el bar con otros viejos a beber y a contar cuentos cochinos... Después es el alcaseltzer y la bata y el hipo.

Desconcertado, con el sombrero en la mano, vi una Inés que no conocí. A la más trivial observación respondía con alusiones, con muecas de desdén, con indirectas venenosas. Estaba desagradabilísima. Ella, ¡tan campechana y benévola!

—...esa indecente de la Gladys, que a la menor risotada dispara las piernas para que le vean el muslo...

Al fin, en un lapso de relativa calma, ya en plan de buen samaritano, me atreví a inquirir por mi viejo camarada Toño, su sobrino. Con una sonrisa de frialdad tremenda, mientras advertí que detrás de ella la viuda Peláez hacíame señas desesperadas, tornóse, brusca:

—¡Ah, el Toño... como todos ustedes... los jóvenes de ahora... Puah!

—Pero, Inesita, yo... soy un joven bastante... avanzado...

—Me refiero a ustedes, los hombres todos: no tienen palabra, no tienen vergüenza...

Antes de darme tiempo para decirle que era de su misma opinión, se volvió hacia las otras dos hijas, que se acercaban sonriendo entre un enjambre de mozalbetes:

—Vámonos, niñitas; busquen a Leonor Cecilia. Yo les advertí que esta noche nos recogíamos temprano ¡y son casi las tres de la madrugada! Yo las traje porque Peggy Cavendish se empeñó, y lo mismo míster Ronson ¡tan gentiles! No hay como los extranjeros, digan lo que digan. Vean cómo cargan con su padre, que debe estar en el bar.

Bastante envejecido, pero correctísimo, el doctor Talavera, que salía del vestuario, se inclinó en arco impecable y le tendió la mano:

—A los pies de usted, doña Inesita.

Y se quedó atónito cuando pasó ante él, sin mirarlo, a la zaga de sus tres rubias: la pálida, la amarilla y la roja, y sin volver la cabeza nos espetó:

—Buenas noches todos.

Miróme el anciano señor, interrogante. Yo volví a encogerme de hombros y él atrapó, al paso de un camarero, un vaso de *wiskey* que apuró de un trago. Me agarró cariñosamente del brazo y salimos hacia la puerta:

—Oiga usted, querido amigo: la gente en sociedad no es lo mismo que la sociedad en la gente.

Porque así era el doctor Talavera: lapidario.

VIII

La distancia, la guerra —países, tragedias, ciudades arrasadas, ¡todo aquello borraba y desdibujaba un pasado relativamente inmediato! De tiempo en tiempo, un periódico ¡el eterno periódico nuestro, donde uno lee hasta los avisos cuando la tierra es apenas una visión, o una esperanza, o una angustia!... Y en uno de ellos, ¡el retrato, en primera página y a tres columnas, del marido de Inés! "Duelo de la Sociedad y de la Banca", en tipos gordos, negros, definitivos. Y los detalles después... Lo encontraron en el cuarto de baño, con un tajo de puntilla de afeitar en la carótida. Se murmuró un poco, ¡lo de siempre!, conflictos de familia, la neurastenia, un déficit...

Cuando regresé, por breves días, ya no se hablaba de ello. Había caído un gobierno. José Antonio —ido el suegro a otro país— era apenas una figura borrosa tras de las risotadas de Gladys. Luego a él también lo trasladaron a otro campo, a no sé qué agencia. Dejé de verlos, dejé de saberlos. Y la última noticia de esa gente me complació mucho. En las páginas de una revista que cogí en casa del dentista leí, interesado: "Nuestra gentil recitadora Natacha Navarino" —oh, sí, allí estaba el retrato que rejuvenece tanto y era ¡la hija de Inés! Natalita, que había rusificado el nombre criollo y agregado el apellido... La misma, de inteligencia tan viva y sarcástica, pintora abstro-impresionista, y ahora en plena celebridad literaria ¡y cómo!: "Deleitando al selecto auditorio con versos de Neruda, de Lorca, de Eloy-Blanco y de ella misma. Reproducimos algunas de sus poesías que pronto recogerá en el manojo de un libro *Substancia del Afán Inconcluso*". Aunque me iban a sacar una muela, púseme a leer con verdadero interés. Yo sí había notado alguna que otra vez que me hablaba de libros, de incomprensión ambiente. Hasta recuerdo que aludiendo a un ilustre poeta amigo, ya desaparecido, y que había tenido que marcharse, me interrumpió de pronto, agria:

—La evasión —entonces estaba en boga el arte de contenido social—, los que evitan sus responsabilidades frente al proletariado. Y como era hija de un banquero filántropo, aquello me llamó la atención. Pero era que yo no sabía que ella ya pertenecía al grupo de avanzada... Los versos venían ilustrados con un jeroglífico abstracto: un pecho debajo de una estrella, y un arabesco de lira que surgía del ombligo de una especie de ninfa de mechas ornamentales y desvaídas que me recordaron a la poetisa. No; no sabía yo que

"el fuego con te me vibro

y te me tuerzo

y te me rompo

*en estrellas
de cuarenticinco ángulos,
no sabe ni de la esponja,
ni de la seda, ni del molusco recóndito
cuando mi labio se dislacera
contra tu sexo negativo..."*

El periódico le pronosticaba futuros triunfos, la diplomacia ¡una carrera! Todo lo que la esperaba.

La esperaban también en su apartamento monísimo ¡y cuántas veces, para el beso del amanecer! dos chiquillas escrofulosas que le arrebató al padre cuando su primer divorcio y que, naturalmente, se las dejó el juez, porque cualquiera iba a entregarle las nenas a aquel sinvergüenza que no supo valorar la esposa que tenía... Andaba por ahí, sin trabajo, entre un pequeño cónclave de decepcionados y reaccionarios que tomaba cerveza, usaba camisa negra y soñaba con un gobierno nazi, un orden de cosas fuerte, para salvar la sociedad y la moral.

El segundo marido desapareció con los fondos de un instituto benéfico y se le dio por muerto. Siguióle un estudiante, poeta delicadísimo que estaba graduándose y fue a parar a la cárcel por una fea historia... y el cuarto, un americano de la "Evaporated". Le dejó unos reales y ciertas expresiones inglesas intraducibles. Ella estaba afiliada al "S. P. P. —el esepepe": "salvemos al pueblo proletario"—; y el musiú era un borrachón, con tendencias "fachistizantes". ¡Hasta le levantó la mano porque llegó a las seis de la mañana a su casa con un grupo de camaradas!...

Regresó él al norte, decepcionado de las señoritas latinas; y con cirrosis...

Haydée vivió algún tiempo, entre dos divorcios de Natacha; y hubo un escándalo con un cubano. Se marchó con él: puso una pensión o cosa así, que tuvo que cerrar la policía, ¡malhadado "asunto" de drogas!

Ya de partida, fui a despedirme de los Cavendish —que no daban "páris", pero recibían a sus viejos amigos, retirado Cavendish de una petrolera oriental. Y allí encontré a la viuda Peláez. Me enteró muy discretamente de que "la sociedad estaba muy cambiada" y me confirmó la dispersión de tanta gente... La pobre Inés murió en la miseria. Las dos hijas... usted sabe.

—Pero, bien, ¿no eran tres las hijas de Inés?

—Sí, eran tres.

Bajó la cabeza, miró hacia el jardín donde un brisote de septiembre barría las hojas, y añadió suspirando:

—Había una muy bonita, pero no recuerdo cuál. Y cambió la conversación.

IX

Pasaron algunos años. Cambiaron ideas, cosas, hombres y se cambiaron automáticamente hombres, cosas, ideas. Murieron algunas personas notables que fueron reemplazadas por otras notables personas. El doctor Talavera llenó la última plana de los periódicos con un sepelio de ocho o nueve invitaciones, que ocuparon casi tanto espacio como uno de sus admirables artículos. Los malvados y los envidiosos, no obstante los méritos de aquel varón, dijeron que había enterrado dos urnas: una con él y otra con su lengua. Y tuve la impresión de que con este episodio ya desaparecía una serie.

No sé lo que ocurriera en aquella anécdota de vidas que se van danzando, como las hojas secas por la avenida, cuando va a llover.

X

La enorme ciudad húmeda con su casquete de niebla que difícilmente perforaba uno que otro farol anaranjado de los últimos "cabs", que iban a recogerse sin hacer caso a los gritos desesperados del transeúnte.

Para rato tenía en aquella esquina solitaria, junto al poste. Sombras fugaces surgían de algunos vestíbulos ornamentados que la neblina tronchaba al ras del primer piso.

Veía, desorientado, el brillo de los autobuses más negro en el adoquinado, borrándose en curvas lejanas.

Ni un alma. La bruma era cada vez más densa. De pronto un cuerpo, un bulto humano que olía a pieles raídas, a trapo húmedo y el inconfundible contacto de la mujer, si era mujer aquel lío de trapos oscuros, aquella piel de zorra que me cosquilleó en una oreja, y una voz ronca y solapada:

Alló, dear...

En la sombra, dos ojos clareaban, mansos y perdidos bajo un mechón rojizo. Sonrió aquello y fue un cuajo de arrugas.

Mi acento pareció revelarle algo:

—¿Tú no eres de aquí?

El de ella me lo reveló todo.

Y siguióse un diálogo en el cual, menos comunicativo yo y resuelto a interrumpirlo y mayor su empeño en seguirlo, complicándolo con pedir un cigarrillo y encendérselo... A la llamita del encendedor cerca del rostro vi una máscara de hambre, de vicio desesperado, de jornada sin cliente, de demonio de madrugada, de taxis imposibles, de distancias tenebrosas, incalculables y de esa debilidad morbosa de lo que repugna y que uno sigue mirando...

—¿Y tú quién eres?

—Aquí, en esto —y la mueca debió ser cruel en la oscuridad—. Aquí para esto, Nelly o Lisette, como te guste más llamarme... Tengo un cuarto allí mismo, a la vuelta de la esquina de ese edificio, en una casa buena. Vivo con una amiga, ¿tú sabes?, una compañera, aunque no es de mi tierra, pero si no te gusto yo...

Y como arrastrada por la visión de un rompeolas, de unos cocales, del cerro y el cielo y la tendida villa allá arriba blanqueando en luz, ruido, juventud, calor, entre su torre gris y su calvario verde; como si tuviera que decir la cosa más vergonzosa y triste, la confesión más dura y sucia, en un "cockney" desarticulado que rezumaba el dejo español:

—Yo soy latina, suramericana, de Caracas...

Mi español brotó como una erupción, casi brutal:

—¡No seas embustera!

—Yo me llamo Leonor Cecilia, para servirte...— y el sollozo le estranguló la voz.

—¿Hija de Inés?

Se separó violentamente. ¿Tú... usted? Las pupilas mortecinas que me observaban, fijas, casi le iluminaron la cara rota de sorpresa. Balbucee:

—¿Ustedes eran...?

—Sí, yo; dos hermanas mías, Haydée y Natalita... Natacha...

Y mientras buscaba yo en la confusión del espíritu, no la frase que debía decir, sino la manera de decirla, se alejó, tornóme la espalda con la joroba del pobre sobretodo y de la catástrofe de su vida; y ya lejos, volvió el rostro e hizo en la niebla que iba devorando su silueta algo como un gesto, una aleta de la raída piel, la mano, tal vez...

Era como el gesto que hace el náufrago al hundirse por última vez.

XI

Eché a andar resuelto. Sentí frío hasta los huesos; humedad; el vaho de una fosa vieja cuando la abren; y como un refrán estúpido, como un ritornelo idiota y persistente que iba a decir y no decía:

—Eran tres las hijas de Inés, eran tres y... rubias todas tres.

El rosal de la cascabel

I

Escardando un rincón abandonado a la maleza en el jardín de la vieja casa de Camoruco donde pasé mi niñez, una sierpe mordió al jardinero. Era un negro hercúleo, el pelo cano y unos ojos de niño, cándidos y azules. Apenas tuvo tiempo, al ser mordido, de aplastar la cabeza del reptil con el mando de la escardilla.

Creí que se moría: arrojó sangre por nariz y oídos; su piel se veteó de manchas aún más oscuras; se le nubló la vista y echaba por las comisuras de sus gruesos labios de pesgua una baba amarillenta... Sí, Demetrio se moría. Se moría el pobre negro.

Solo él estuvo seguro de sobrevivir. Casi agónico había exigido que recogieran el cuerpo del animal y lo metieran en un frasco de aguardiente que mandó a colgar hacia cierto rincón cerca del camastro donde le sacudían frecuentes convulsiones.

II

Días después, todavía enclenque, atravesaba el jardín frente a mi ventana, con la herramienta al hombro y en una mano el frasco de la cascabel. Limpió muy bien el sitio de yerbajos, removió la tierra, y plantó una estaca, rodeando las raíces, antes de cubrirlas, con el despojo inmundo del ofidio.

La estaca prendió con extraña violencia; se cubrió luego de botones. Y una mañanita de abril rompían rosas blancas, enormes...

III

Cuando al arrancar bejucos y ortigas en alguna senda de la vida, sientas, de súbito, la venenosa mordedura, recuerda al negro de esta historia; cúrate del horrible mal, y, con los restos del bicho abyecto, abona la propia obra que cultivó tu mano. Una mañana sorprenderá la mirada que en el sitio mismo de la agresión, un rosal joven se viste de rosas siempre nuevas y siempre frescas.

Que así nos vengan la naturaleza y el arte de los seres que arrastran su torpe veneno sobre la tierra.

Made in the USA
Columbia, SC
02 July 2025